冷婚时代

Cold Marriage

江心 著

北方文艺出版社

图书在版编目（CIP）数据

冷婚时代 / 江心著 . -- 哈尔滨 : 北方文艺出版社，
2021.6
ISBN 978-7-5317-4910-3

Ⅰ . ①冷… Ⅱ . ①江… Ⅲ . ①长篇小说－中国－当代
Ⅳ . ① I247.5

中国版本图书馆 CIP 数据核字 (2020) 第 193870 号

冷婚时代
LENGHUN SHIDAI

作者 / 江心

责任编辑 / 侯文妍
策划编辑 / 肖博
营销编辑 / 章娟
装帧设计 / 小鱼
特约编辑 / 章娟

出版发行 / 北方文艺出版社
发行电话 /（0451）86825533
地　址 / 哈尔滨市南岗区宣庆小区 1 号楼
邮　编 / 150008
经　销 / 新华书店
网　址 / www.bfwy.com

印　刷 / 北京盛通印刷股份有限公司
字　数 / 385 千
版　次 / 2021 年 6 月第 1 版
开　本 / 710×1000　1/16
印　张 / 20
印　次 / 2021 年 6 月第 1 次印刷

书　号 / ISBN 978-7-5317-4910-3
定　价 / 39.80 元

目 录

目 录

第一章

新来的男上司

窗外，大雨滂沱，雨点噼里啪啦地敲打在咖啡店的玻璃窗上，变成一条条的水痕划过。车辆拥堵在马路中央，成串的红色车灯在水雾中朦朦胧胧，忽明忽暗，像“危险警告”的指示灯在闪烁，令人心绪烦乱。

陈楠调转视线看着面前的咖啡杯发呆，她已经在家附近的小咖啡馆里坐了快一个小时了，表面平静，心头却焦虑得犹如长满了刺。她在等，等父亲的电话，因为此时此刻霍军的母亲王桂群正在家中与父母谈判，父亲不想让她受到霍家的二次伤害，所以让她下班后先在外面躲躲。

躲躲？谈个恋爱居然谈到有家不能回的程度，也真够失败的。

陈楠不禁皱眉，半年前两家人还和和气气地坐在一起谈她与霍军的婚事，半年后却要板着面孔谈退婚赔偿，真是应了“人生无常”这四个字。

想当初结婚是霍军提出来的，而如今退婚也是霍军提出来的，一个大男人出尔反尔，把婚姻大事当作儿戏，真是令人齿寒。陈家早就憋了一肚子气，总以为就算霍军混蛋不懂事，霍家父母总是会道个歉，给个合理的说法。

却不想，真的是“龙生龙，凤生凤，老鼠的儿子会打洞”，霍家父母不仅没有丝毫的愧疚之心，还理直气壮地跑来索要赔偿，陈家对这家人大跌眼镜，庆幸女儿没有嫁给如此没有廉耻、不讲道义的人家。

看了一大堆的“心灵鸡汤”，“祥林嫂”般扯着网友唠唠叨叨了大半个月，陈楠算是对霍军断了念想。两人本就是相亲认识，直奔结婚主题而去，即便陈楠是喜欢霍军的，但也远远谈不上痴迷的地步。

她痛苦、焦虑、慌张并不全是因为霍军的退婚，更多的是因为自己这一年多来为了结这个婚处处隐忍妥协，还有眼下这一连串的“退婚后遗症”。

“叮咚”，微信提示是父亲陈永明的留言：“霍家人走了，回家吧。你妈做了你爱吃的栗子炖鸡。”

父母的爱总是温暖的，也正因为如此温暖，陈楠更觉得愧对家人。

回到家中，父母正若无其事地摆着碗筷。

“楠楠回来啦，去换衣服，洗手吃饭。”母亲何莹脸上堆着生硬的笑容，尽可能地想让气氛轻快些，但是空气中残留着王桂群的气味，又如何能够自欺什么都没发生过呢？

“霍家说什么了？”陈楠一边褪下外套挂在衣架上，一边走去卫生间洗手，耳朵却竖得老高，等着父母的回答。

“没什么大不了的事，你不用太担心，最多就是赔点钱……”陈永明平静地说。

“什么？！你答应赔钱了？”陈楠顾不上擦手就冲出了卫生间。

“没有，没有。”母亲何莹在一旁纠正，“你爸是说最坏的结果。你别急啊。”

“我不管，我不同意赔钱给他们，一毛钱也不给他们，凭什么？当初装修费是他们自愿支付的，现在也是他们悔婚，我们有什么错？太欺负人了！”陈楠终究是咽不下这口气。

“知道，知道，先吃饭。”何莹一边盛饭一边说：“楠楠，放心好了，今天爸妈已经把谈话都录音了。要打官司我们也是不怕的。”

“打官司？他们家要打官司吗？”陈楠惊问，自从霍军提出退婚，霍家人的嘴脸就一次又一次地刷新陈楠的三观。

“哎呀，你真是话多。”陈永明埋怨太太何莹，走到饭桌前喝道：“先吃饭！吃完饭再说！别人还没怎么样，我们自己就乱得连饭都吃不下了，饿坏了身子还不是仇者快亲者痛？”

父亲的话有道理，仗还未开打，怎能自乱阵脚？陈楠和母亲何莹都安静地坐了下来。

话虽如此，饭桌上的气氛依旧凝重，谁都不敢开口说话，生怕一不小心又提起霍家的糟心事。一顿饭下来，全家食之无味，只是填饱了肚子。

这就是陈楠憎恨霍军的原因，她自己的伤口可以慢慢舔舐，可是眼看家中再无欢笑，年过半百的父母每天愁眉紧锁，就像用刀子戳陈楠的心。

饭后，陈楠拿了录音记录在卧室里听。

手机里王桂群那高八度的嗓音，不用听她说什么，眼前就能浮现出一幅泼妇骂街的画面。

果然，人若是不要了这张脸皮真的是可以天下无敌的。王桂群聒噪地反复强调陈楠有不孕症，是存心骗婚，要让霍家断子绝孙，还理直气壮地要求陈家赔偿装修、婚庆、婚纱照、喜宴等一切费用。说到最后，还说自己家亲戚是律师，要把陈家告上法庭。

陈楠气得手发抖，冲到客厅，对着父母大声喊："他们冤枉我！他们冤枉我！"

吸了口气，陈楠恨恨道："我不管，我坚决不同意赔偿他们，当初是他们自愿在我们家装修的，他们要就让他们自己来拆装修，把装修材料搬走，把我们的房子装修回原样！要打官司也奉陪！"

看着泪水从女儿的眼角滑落，陈永明和何莹心疼万分，却也只能长叹一声。

那天晚上，又是一个无眠的夜。陈楠在床上辗转反侧，无法入睡。

大半个月来，白天上班忙忙碌碌的还好，可是一到夜深人静的时候，自责、懊悔、愤怒、冤屈的情绪就像是一条条荆棘缠绕上她的心头。

其实事情的真相是，陈楠从小身体就不太好，小毛病多，一年多前检查出来有多囊卵巢综合征，当时她刚和霍军相亲认识，怕将来怀孕困难连累对方，就问霍军，万一以后怀不上，是不是能够考虑不要孩子？

当时霍军正在热恋期的兴头上，几乎想都没想就一口答应了下来，有了这个口头承诺，陈楠才放下了心中大石和霍军走上恋爱的道路，并一直走到了谈婚论嫁的地步。

最后霍军反悔的原因，一方面是他觉得住女方的房子失了大男人的面子，二来加上两人在筹备婚礼阶段矛盾频发，就没了结婚的欲望。但是他想分手又没由头，于是就把陈楠有妇科方面疾病的事情告诉了父母，一股脑将所有的责任都推到了陈楠头上，借着父母反对的理由提出了退婚。

如今倒打一耙说自己骗婚？真是忍无可忍。

陈楠一把掀开被子坐了起来，强迫自己冷静下来想对策，脑海中突然翻腾出一个名字：蒋萱！

真是气糊涂了，自己最好的闺密就是女律师，怎么把她给忘了。

无论如何，遇上这种蛮不讲理的人，法律才是最终的武器。

陈楠打开蒋萱的微信，快速打了个招呼："萱，在吗？我需要你的建议，救命！"

蒋萱收到陈楠的微信留言时，正肚皮朝天、四肢撑着地面练习瑜伽中的下腰姿势，小男友白小帅在一旁贴心地双臂成圈轻拢着她的腰际，生怕她受伤。

“去把我的手机拿来。”蒋萱说。

“不行，我要保护你的安全。”白小帅一脸认真。

“快去，可能有什么急事呢。”

“不去，那么晚了哪来的公事，一定是你的追求者。”白小帅一股子醋意。

蒋萱微微一笑：“你以为都像你朝九晚五，下班就自由了？扶我起来。”

白小帅小心温柔地将蒋萱扶起，顺势将她圈在自己的怀里，紧紧抱住：“不准接听男人的电话。”

蒋萱脸泛红晕，看着眼前这个比自己小五岁、还带几分傻气的男人，年轻漂亮的脸上写满了纯真，惹人怜爱。

她忍不住吻他的唇、脸颊、颈项，贪婪地吸着他身上青春的芬芳，心里想的却是，为什么他不是比自己大五岁？为什么他不是比自己事业有成，赚得更多？为什么他不能和罗旭互换下身份或者互换下出场时间？

太多的为什么，太多的无法解释。

一想到罗旭，蒋萱心中还是暗痛了一下，轻轻将白小帅推开。

罗旭是蒋萱大学时代的恋人，比蒋萱大两岁，蒋萱毕业后，两人一起来到上海闯荡。可是，五彩缤纷的大上海，精彩得令人热血沸腾的同时也现实得令人寒入骨髓。闯着闯着，两人就在不知不觉中渐行渐远。

半年前，罗旭娶了一个上海本地的白富美，他俩的故事就此终结。

世上最锥心的恋情莫过于看着自己的爱人与他人结婚。

与罗旭分手后，蒋萱混混沌沌地谈过两个，但都无法投入。直到几个月前白小帅的出现，他的单纯天真令她放松喜爱。

很快白小帅搬进了她的高级公寓，他关心她、体贴她，驱散了她独自在异乡打拼的孤寂感，而她也爱着他、宠着他、养着他……

嗯，养着他。这三个字令蒋萱心里又沉了几分，这就是蒋萱始终都无法把他放在男朋友位置上的原因。她每个月给他的零花钱比他的工资还要多，心理上蒋萱总觉得白小帅更像是自己的宠物而不是自己的男人。

蒋萱拿起手机，看到陈楠的留言，直接拨通了电话。

“半夜喊救命，是不是霍家又闹什么幺蛾子？”

“是。”陈楠将自己被霍军退婚，索要赔偿的事大致说了一遍。

蒋萱听完叹气："亲爱的，你这事我建议双方和解，协商解决。走法律途径对你未必有利，适当补偿是跑不了的。"

陈楠顿觉一瓢凉水当头淋下，轻呼："为什么呀？是他们家悔婚啊，我做错了什么，我们家做错了什么啊？为什么坏人得不到惩罚，为什么他们可以这样伤害我们？为什么我们要赔偿？"

蒋萱做律师多年，聆听当事人陈述事情的同时，听他们发泄情绪也是工作之一。蒋萱一听这一连串的为什么，就知道陈楠的情绪波动得厉害。

"亲爱的，你别太激动，事情并没有你想的那么糟。首先，这个叫作补偿，而不是赔偿，我可以帮你把补偿金额压到最低，尽量把你们家的损失减到最低限度。这个星期六，如果你有空，我们可以……"蒋萱的话未说完，白小帅端了一盘水果过来放在她面前，一屁股坐到她身旁，紧搂住她的腰，整个人贴在蒋萱身上。

"吃水果啦！"他在她耳边撒娇地说，亲吻她的耳垂。

蒋萱被他弄得心猿意马，无法专注，皱着眉将他推开些，继续和陈楠约见面的时间地点。

"嗯嗯，好。那就这个周六中午十二点'新世界'见。"

蒋萱放下电话，转头责备白小帅的干扰："你搞什么啊？没见我在打电话啊……"

可是话未说完，白小帅已经衔了一块苹果在嘴里，一张英俊漂亮的脸凑了上来，一边将苹果喂到蒋萱嘴里，一边将她轻压在了沙发上，脱了上衣，火热地亲吻她。

"电话重要还是我重要？"他低沉沙哑地问，性感撩人至极。

美色当前，子欲何往？

于是，蒋萱被他眼底的那片欲火吸引，没有过多挣扎就在他的嘴唇和美好的肉体中缴械投降了。

现代人的一大悲哀就是没有时间悲哀。

即便昨夜气得七窍生烟，哭得肝肠寸断，天亮了也得收拾得体面光鲜，面对重重挑战。

闹钟一响，刷牙洗脸，穿衣吃饭，罐头沙丁鱼似的在公交地铁上站个把小时，别说没人有工夫听你伤春悲秋，就连你自己都没心情演绎悲情女主角。

陈楠对着镜子，用粉扑拍了一层又一层，想要遮掩因为睡眠不足而造成的黑眼圈。其实她真想请两天假在家里睡几个囫囵觉，可惜命不由己，办公室里还有一堆的工作等着她去做。

两个月前小组的创意总监离职，他们暂时由执行创意总监胡青杨直接领导。但是胡青杨管理着好几个小组和部门，原本就忙得不可开交，组里几个晚辈又事事都去请示他，结果就是这位胡总监直接黑了脸。

设计师里属陈楠的资历最老，于是胡青杨为了减轻自己的工作负担，便让陈楠暂代小组创意总监的位置。陈楠心中窃喜，很明显，这是有意要提拔自己到创意总监的位置上呢。

人的一生能有几次被人赏识提拔的机会？既然机会来了，自然要好好表现一番。恰巧当时公司正在竞标一个广告项目，陈楠花了很大心血在这上面，胡青杨也暗示了几次，只要这次的竞标成功，就会推荐陈楠登上创意总监的宝座。

如今这个社会，无论男女，没有爱情、没有婚姻不是什么大不了的事，没有工作、没有钱试试？分分钟能焦虑到掉光头发。

所以一踏进办公室，陈楠就打起精神，一头扎进工作中去了。

午饭后，陈楠坐在办公室的电脑前，一边喝着果茶，一边浏览着邮箱，问一旁的设计师吴小霜：

“馨兰那里还没出结果吗？”

“没呢。说是这个星期，我估计就这两天。”

“我听客户部的人说，馨兰内部消息，他们的法国投资方下半年要注资三千万，真希望我们公司能拿下这个项目，做他们的长期合作方。”一旁的文案杨妮探头过来。

“是啊，我听说老板最近火气大得很，如果这次比稿输了，年底红包估计是要少一个零了。”

“怎么会不火大？今年连着两次输给了LY，昨天早上的高层会议几乎是全军覆没，没有一个部门不被骂的。大家这几天还是小心点，夹着尾巴做人哈。”杨妮摇摇头。

“有什么了不起，还不是睡出来的。”吴小霜冷哼一声：“听说LY客户部的那个琳达就是靠色诱签的合同……”

杨妮眯着眼，拢着嘴咯咯笑，轻声道：“啊，原来你也听说啦……听说有一次她为了签合同，买通了达丽老总的秘书，飞到巴厘岛制造了一次偶遇，后来……”

陈楠很佩服身边这群女人的八卦灵敏度，连别家公司的秘密都能探听得如此详细。陈楠也想听杨妮把八卦说完，无奈桌子上的电话响了。

“喂？”

“来我办公室一趟！”电话那头是执行创意总监胡青杨严厉冰冷的声音。

陈楠心头一沉，本能地知道事情不好，立刻从桌上抓起笔记本，急急忙忙跑上楼。

到了胡青杨办公室门口，秘书朱悦悦一脸神秘地朝她招招手。

“发生了什么事，你老板喊得那么急？”陈楠问。

朱悦悦看了看胡青杨办公室的门，挤了下眼睛，手指放在唇上说：“嘘……我和你说，你也好有个心理准备。”

“怎么？”

“我们输了，馨兰的单子被LY抢了。唉……一千万的合同啊……”

陈楠脑袋里“嗡”的一声，顿时头脑一片空白。

“你完蛋了，这次的创意设计主要是采用了你们组的提案。”

“我知道……”陈楠脸色惨白，“可是……”

朱悦悦摆摆手，指了指胡青杨办公室的门又说道：“还有一件事，你也得有个准备，你们组的新创意总监来了，就在里面。”

陈楠又是一愣，一秒后才反应过来，顿时知道事情有异，忙问朱悦悦：“馨兰的结果是什么时候发布的？”

“半小时前。”

陈楠一咬嘴唇，被骗的感觉油然而生，摆明了胡青杨当初给她开的是空头支票，压根就没想过要提拔她做创意总监，一边用提拔作为诱饵让她带领整个小组老黄牛似的天天加班熬夜为公司卖命，一边私底下早就通过猎头物色人选，还签了合同。

陈楠握着拳在朱悦悦的桌子上敲了一下，顾不得朱悦悦张嘴要说什么，几个大步冲到办公室门前，敲响了门板。

“进来。”胡青杨的声音传来。

陈楠昂首挺胸，带着焦虑也带着火气踏进胡青杨的办公室，反手关了门，朗声道：“胡总，找我有什么事？”

胡青杨被陈楠的气势震了一下，打量了她一番，面无表情地指了指办公桌前的椅子。

“坐。”

陈楠正要坐下，一看身边的椅子里还坐了一个男人。这一看，顿时眼前一亮。或许是看多了设计部里的奇装异服，眼前的这个男人一身黑色休闲西装，里面一件高领蓝灰色紧身衣，一条休闲西裤，配着英伦风休闲鞋，整个人显得格外潇洒清爽。

“我介绍一下，这位是向阳，新来的创意总监。”胡青杨转头又对着向阳说：“这位是我们创意部资历最老的资深设计师——陈楠，她对整个部门的运作和人事都非常熟悉，希望你俩能够合作愉快。制作部那里，待会开会的时候我会向你一一介绍。”

向阳站起身来，嘴角带着一丝微笑，伸出手来。陈楠真不想与他握手，心中妒火乱窜，她一心一意为公司服务了六年，难得一个晋升机会却被人悄无声息地占了位，叫她怎么甘心？

但是此时再说什么已然多余，怒火中烧又能如何？当场发飙吗？冲上去抓着胡青杨的领子狮子吼吗？有骨气的代价就是卷包袱走人，值得吗？别忘了家中年过半百的父母还在为霍家提出的装修费补偿而烦恼呢。

一想到现实，陈楠脸上立刻浮起一个职业化的笑容，伸出手用力地握了一下：“你好。”

可能是用力过猛，向阳抬起头看了陈楠一眼，嘴角依然带着淡淡的笑意。

胡青杨推了下眼镜说道：“向阳是欧洲名校毕业，由他操刀的很多广告效益都非常好，至今在国际媒体上反复播出。他的具体作品和资历，待会开会的时候我会详细介绍。我让你俩先见面，是有事要先和你们说。”

胡青杨叹了口气，靠在椅背上说道：“馨兰化妆品公司的比稿我们输了，这对整个公司来说是个巨大的损失，前两次的失败董事会已经非常不满意了，要求公司到年底拿出令人满意的成绩，这次再次失利……”

“唉……”胡青杨长叹一声，喝了口茶，又说道，“全公司的矛头又指向我们创意部了。”

“每次都是这样，比稿失败就怨我们创意有问题，但是方案审核是各个部门都有参与的，一次又一次修改，最后成稿也是大家一致同意才交给客户的。”陈楠气呼呼地说，“有功就抢，有祸就甩。”

胡青杨是公司里出了名的老好人、和稀泥大王，况且陈楠只是把他心里想的说出来而已。所以他连叹两声，也没说什么，只是拿起手边的一份报告，继续说道：“过去的事多说无益，这是意大利一个品牌内衣的比稿邀请和简报，还有客户部和媒介部做的方案。提案时间是三十天。这个项目直接关系到我们公司明年的发展，绝不能失败。但是我们最大的竞争对手LY广告公司也接到了邀请，所以这次也是一场严峻的挑战。”

顿了顿，胡青杨接着说：“向阳初来乍到，对公司各个方面都还不熟悉，所以陈楠，我希望你能够全力辅助他，明白吗？”

胡青杨的眼神锐利，紧盯着陈楠的脸。陈楠突然觉得事有蹊跷，侧头看了看身边的向阳，三十多岁的样子，这个年纪事业小成的人比比皆是，若说资历非凡估计有点言过其实，毕竟人的资历是需要时间和经历堆积打磨的。

尤其让陈楠不明白的是，自己在这个公司里摸爬滚打了六年，连那些设计师喜欢听谁的歌、看谁的漫画、喝咖啡放多少糖都了如指掌，如今既然公司是背水一战，为何要聘用一个生人，而不用自己？

胡青杨将两份意大利内衣品牌的比稿资料分别送到陈楠和向阳的手里。

向阳翻了翻，点头道："这个品牌我知道，我在意大利游学的时候曾经关注过他们。算不上一线品牌，但绝对是个潜力型，将来成为一线也并非没有可能。他们的风格非常独特，我很喜欢。"

"好极了……"胡青杨还要说什么，电话机响，按下通话键，传出朱悦悦的声音。

"胡总，十分钟后董事长召开电话会议。"

"好，知道了。"胡青杨愁眉紧锁，抿着嘴唇不停摇晃脑袋。

陈楠知道定是竞标失败的消息已经传到了美国，挨骂肯定是跑不了的。

向阳眼眉利索，站起身来："那我们先出去了。"

胡青杨点点头："好，陈楠你先带向阳去他的办公室，介绍一下公司的情况。晚点我会让悦悦通知大家开会。"

两人出了胡青杨的办公室，路过朱悦悦的办公桌，她悄悄地拉了陈楠一把，极快地挤了下眼睛，笑道："好帅啊。"说着竖着大拇指，轻拍了陈楠一下。

陈楠哭笑不得，眼前这个男人是抢了自己晋升宝座的人，胸中一口恶气未除，还得陪着笑脸做他的引路人，已经够心塞的了，他长得再帅与自己有什么关系？又不能代替自己每个月的上万元损失。

"能走了吗？"向阳转头问。

"嗯嗯，走吧，我给你介绍一下。"陈楠换上笑脸指了指楼层说："KT广告公司一共有三层楼，分别为第二十六、二十七、二十八层，第二十八层是高层和管理层，每个部门最高层总监的办公室都在这一层，总经理的办公室在那儿。"陈楠说着指了指楼道尾端的华丽对开门。

"创意部在二十七层，一共有五个小组。你我是在A组，因为我们组历史最悠久，实力也最强。"陈楠说着习惯性地推开楼梯间的门，顿了下，停下脚步笑道："不好意思，我平时走楼梯走习惯了，电梯太慢。"

"没关系。"向阳点头。

两人缓慢地顺着楼梯往下走，陈楠继续介绍着公司的来历："KT虽然是本土的广告公司，但是董事长和总经理都是留学归国人士，远见卓识，很早就开始借鉴国际上4A广告公司的运作模式了。不但如此，还摒弃了国际大公司结构臃肿庞大的缺点，所以KT是个精简高效的团队，近年来很多国际品牌都会找我们合作。"

"确切地说，应该是国际二三四线的品牌。"向阳的脸上带着一种看穿世事的得意。

这是事实，陈楠无法反驳，却很吃惊他竟然如此直截了当，毫不留情面地说了出来。

陈楠尴尬地沉默了两秒："但是我们公司会越做越好的。"

向阳轻笑一声："当然，因为有我加盟。"

陈楠下意识地翻了个白眼，她最讨厌狂妄自大的人，而眼前这个大言不惭的男人，竟然是她的顶头上司。

"你对KT感情很深。"向阳说。

陈楠转头看了他一眼说："是的，我大学毕业后就在这工作了，这里相当于我第二个家。"

"唔……"

"怎么？"陈楠对他的这一闷哼声感到纳闷。

"没什么，你的归属感很强是好事，但是履历太过干净并非好事。"

陈楠顿生一股抵触情绪，停住脚步，好奇地问："为什么？"

向阳嘴角勾了下："履历太过干净，说明你的社会经历太过简单，思维就会有局限性。作为一个设计人员，头脑简单并不是优点。"

"你！"陈楠惊讶地盯着眼前这个衣冠楚楚的男人，气往上冲，但是多年的职场经验还是令她把怒气回咽了下去，"那就请向总监今后多多指教了。"

向阳淡笑着，毫不在意："好说。"

陈楠不再有兴致和他多说什么，很明显，这是个看似光鲜得体，实则目中无人的家伙，想想自己今后都要和这样的人共事，眼前已经出现了十八层地狱的场景。

把向阳带到他的办公室，陈楠冷冷地说："我这就叫你的秘书进来。"

"好。"向阳坐到办公桌前，打开电脑。

陈楠正要离开，向阳喊了声："等等。"

陈楠又转回来等候他的指示，向阳注视着电脑，移动着鼠标，头都不抬地说："五点半开小组会议，讨论意大利内衣品牌的项目，准备五个初步方案。"

"什么？！"陈楠惊呼，看了看手表说道，"现在已经两点半了，三点开欢迎会，五点半交五个设计方案？这怎么来得及？”

电脑屏幕的光亮映在向阳的瞳仁里，他修长的手指在键盘上噼里啪啦地飞舞。

过了几秒钟，他面无表情地说：“如果我是你，就不会站在这里和我讨论来不来得及。”

陈楠看着他那张铁板脸，也没了说话的欲望，算了，谁叫自己是打工者呢？领薪水服从命令是打工者最基本的义务。

忙，非常忙，因为任务紧急，整个下午小组都像是变身成了超人小队般，忙着讨论、编写、绘制、修改……

刚到五点半，向阳的秘书小林就通知大家去小会议室开会了，一队人手忙脚乱地拿了笔记本电脑和记事本往会议室赶。

这还真是很久没有过的情形，上一任的总监更像是个艺术家，随性、自由、闲散，注重个人生活，因此弄得整个小组也是懒散的调调。

今天这群懒人可是被这个新上任的向阳震慑得脱胎换骨了。

一坐下，向阳就直截了当地问陈楠要创意初稿。

陈楠将影像投射到屏幕上，同时解释道：“时间太紧张了，构思很粗糙……”

向阳一声不吭，静静地听完陈楠的方案介绍，挑了下眉峰，开口道：“你们没有看到策划部的意见吗？这个客户目前资金并不十分充裕，电视广告这一块播放频率偏低，周期较短，所以要求在最短时间内，让人群牢牢记住这个品牌，洗脑式循环播放不适合他们家。所以无论是平面还是影视都必须有高强度的冲击力，要一击即中！让看过的人惊鸿一瞥之下铭记于心。”

说着他拉了下嘴角冰冷道：“这五个初步构思，没有一个可以用的。明天午饭前，我要五个新的构思。”

陈楠轻咳一声：“明天是周末……”

向阳一愣，恍然道：“哦，这样啊……那明天加班，星期一补休。”

顿时，会议桌上一阵小声嘀咕。

广告公司加班调休实在是平常事，只不过前任总监是坚持双休日不加班的人，所以小组成员早就被宠坏了，向阳突然这么一说，自然引起众人情绪反弹。

“时间太紧张。”陈楠憋不住说道，“与其这样慌不择路地乱撞，不如让我们先花点时间把客户的背景和需求研究一下。”

“是啊，向总监，不如周末让我们先研究下资料，我们在家里办公，星期一也一定能把初稿交给你的。是吧，楠姐。”吴小霜明年年初要结婚，正在装修新房，只有周末才能与未婚夫和家人一起商量各种细节。

陈楠看看小霜求助的眼神，心领神会地要帮她说话。

想到之前自己装修新房时的辛苦，陈楠心中颇为同情，便说道："向总监，你今天第一天上任，大家都没有思想准备，早都安排好个人生活了……"

"不用说了！"向阳打断陈楠的话，"这一次就算了，不过我会建立一个微信群，周末所有人都要保持微信畅通，随时交流。星期一早上我一定要看到像样的设计草案。而且我现在就提前通知各位，下个星期包括星期六都会加班，所以请大家有点思想准备，安排好个人生活！"

向阳瞥了陈楠一眼，伸手按下桌子上的电话机。

"小林，表格打印好了吗？"

"好了，马上来。"

挂了电话不到十秒，小林就敲门进来了，手里拿了一沓表格分发给各人，看来小林也已经被注入了热火朝天的干劲，陈楠忍不住用眼角瞟了向阳一眼，暗自好奇他到底有什么样的魔力，才来几个小时就能让"一潭死水"变成"沸腾熔岩"。

"这是此次比稿项目的工作进度表，第一阶段是在三天内确定我小组的创意设计方案，完不成就加班，直到完成为止！这次的比稿我们必须脱颖而出！明白吗？"向阳的语气冰冷，傲气却又充满了力量。

新官上任三把火，大家都懂的，可是这向阳第一天来公司就表现出如此当仁不让，这角色投入的速度也太快了。

当天晚上，整个小组一直加班到九点多，几个小姑娘的手机都快要被男朋友打爆了，陈楠见她们一个个早就魂不守舍，不等征得向阳的同意，就私自放了她们回家去。

陈楠自己也抬头看了看窗外的迷人夜色，璀璨的灯光悄悄拉开了不夜城热闹的夜生活。只是稍一停歇，霍家那些人的嘴脸就又浮上了心头。

突然间，陈楠很想去那些震耳欲聋的迪厅里蹦跶几个小时，发泄一下心中的郁结之气，只不过……她不会去。

在这个个性化的时代，陈楠骨子里还属于老旧派，她羡慕那些活出真我的女性，但是她自己却做不到。

她生长于一个衣食无忧，遵纪守法，捍卫社会秩序的普通工薪阶层家庭。她从小接受的教育就是要成为听话、有教养的人，所有释放本性、宣泄情绪的行为，都是堕落、缺乏教养的。

白天向阳说她的履历太过干净，经历太过简单，平心静气地想想还真是这么回事，她不知道这算是好事还是坏事，她只是本能地走着循规蹈矩这一条最为安全的人生路。

将资料装进电脑包，陈楠呼了口气，有种精力透支的感觉，这大半个月的时间，她被霍家退婚的事弄得心力交瘁。

走过向阳的办公室，里面依然灯火通明，半透明百叶窗后一个模糊的人影正坐在电脑前工作。

第一天走马上任就这么拼命，或许他是想要在公司内部一举成名，又或许他天生就是工作狂。

陈楠想了想，毕竟是上司，不告而别不合礼数，于是她抬手敲响了向阳办公室的门。

“进来。”

推门而入，向阳正好接起一个电话，对着电话嚷：“我知道了！我这就下来。”

用力掐断电话，他低着头，眉心拧成一个疙瘩，焦躁、烦恼写满整张脸。

气氛很凝重，陈楠一时间很是尴尬，不知道该不该开口说话。

过了两秒，向阳抬起头有点恍惚地看了陈楠一眼，问：“什么事？”

“我……我是来打个招呼，我下班了……”

“下班？任务完成了？”向阳没好气地问，“组里的人呢？十分钟后开会。”

他说着站起身，抓起手机，嘴里嘀咕道：“我下楼处理点事，你让他们准备好，我马上就上来。”

“我已经让他们回去了……”

“什么？！”向阳猛一抬头，瞪着陈楠，“谁让你这么做的？”

陈楠自知撞枪口上了，向阳明显心情不佳，自己成了送上门的出气筒。

但是，自己毕竟是公司的老人，六年多的资历在那儿，平日里连胡青杨甚至总经理也要给几分薄面，他第一天上任就如此狂妄，不近人情，如何服众？再说他的位置原本就该是她陈楠的！

陈楠直了下腰板说：“向总监，广告公司经常加班是事实，但是工作时间也是需要提前安排好的，你今天下午才走马上任，可是我们已经在办公室里坐了十二个小时了，已经大大超过了国家规定的八小时工作时间！”

陈楠抬起手腕，露出手表，已经十点二十五分。

向阳脸上有几分愕然，才要说话，手机又催魂似的响了起来。

“我说了现在就下来！别再给我打电话，不然我就报警！”再次狠狠摁掉电话，向阳气得两颊泛红。

报警？何事严重至此？

陈楠更觉奇怪，小心翼翼地问：“没事吧？”

向阳迅速地看看她，摇摇头：“你回去吧。”

陈楠点点头，识相地关门走人。

走到电梯前按下按钮，发现两部电梯都在缓慢地爬楼，看来这栋大楼里饿着肚子加班的人还真不少。

想想也是有趣，工作挣钱的最初目的不就是为了换取食物填饱肚子吗？然而，看看这些为了工作而饿肚子的人们，每一个都在过着本末倒置的人生。

或许都是些向阳这样的工作狂，为了名利可以牺牲一切娱乐，甚至是感情……

大多数男人的烦恼不是为了事业就是为了女人。

既然他今天新官上任，说明事业无虞……那定是为了女人了？八卦细胞在陈楠的头脑里活跃起来。就向阳的这个样貌背景，应该是不缺女人的……或许是桃花太旺，成了“唐僧肉”，被各路仙女妖精给逼得情绪崩溃？

想到这，陈楠不由轻笑。

“你笑什么？”一个男声在身边响起，打断了陈楠的奇思怪想。

一转头，向阳有些好奇地看着陈楠。

陈楠尴尬地编词：“哦，没什么，只是想到网上的一个笑话。”

向阳嘴角微微扬起，沉默了两秒说道：“其实……你刚才说的没错，是我疏忽了大家的工作时间。”

陈楠一愣，没想到向阳会向自己承认错误。要知道如今的社会，仙人球似的人物多如牛毛，不记仇已经算是心胸宽大了，能主动向下属承认错误的领导，那简直就是稀有物种。

这么一来，倒是陈楠有些难为情了，整个下午她就没给这个新上司一个好脸，心中的抵触情绪昭然若揭。

两人才刚进电梯，向阳的手机又响了，向阳再次愤然按掉了来电。

直觉告诉陈楠，这是一个女人，一个难缠的女人。

果然，电梯下到一楼，门一开，一个身穿晚礼服，外披着风衣的美艳女人就冲了上来。

她手中拖着一个正在哭闹的、大概五六岁的小男孩，满脸怒气和焦躁。

“向阳！你怎么回事？我说了今晚上我有宴会，让你八点来接孩子，你不来我只能走了，阿姨看不住他，打了我一晚上的电话，烦死了！”女子劈头一顿抱怨，一转头朝孩子吼去：“你哭够了没有？你不是要找爸爸吗？”

说着，她将孩子往向阳身上一推。

向阳一把抱起孩子，正要开口说话，门外传来两声汽车喇叭声，一辆闪耀的宾利慕尚很不耐烦地在大门口催促。

那女子完全没有给向阳开口说话的机会，翩然转身，小跑着飞向她那纸醉金迷的梦幻人生……

车子开走了，孩子也停止了哭闹，整个大堂安静了下来。良久，陈楠和向阳这才缓缓从刚才的喧闹中反应过来。

看着抱着孩子的向阳，陈楠脑海中已经勾勒出了故事的概况，勉强地笑了笑。

“这是你的……”

“我儿子，向成。”向阳的脸上没了白天工作时的傲气，转而是一脸的无奈。

“你好，向成。”陈楠尝试和小孩子打招呼。

“哼！”向成毫不友善地转头紧紧揽住向阳的脖子，完全不理会陈楠。

向阳轻叹一声：“对不起，你别在意。”

陈楠摇头笑道：“没关系。我先回去了。”

正要走，向阳抿了下嘴唇，轻声叫住她：“陈楠……”

陈楠止住脚步。

向阳有些迟疑地说：“你……能不能，别把刚才的事说出去？”

这是自然，家家有本难念的经。换位思考，若是霍家退婚的事被传得路人皆知，自己也是要挖地洞钻的。

“放心。”陈楠露出一个令人安心的笑。

告别了向阳，陈楠急匆匆往地铁站跑去，向阳下意识地抱着孩子走到门口，目送她离去。

第二天中午，陈楠和蒋萱在新世界的一家咖啡店里碰头。

当陈楠见到短发俏丽、容光焕发的蒋萱时，眼睛一亮，自觉被比了下去。这是当然的，连续大半个月的睡眠不足，再好的化妆品也无法掩盖精神上的萎靡。

“陈楠。”蒋萱爽利地打招呼。

“你什么时候把头发给剪短的？差点儿认不出你。”

“上个星期，怎么样？”

“符合你的气质，干练、利落。不过……”

“不过什么？”蒋萱一边翻动餐牌，一边问。

“少了女人味。”陈楠笑道。

“切，和董伟一样没品位，明明就是光彩照人好吗？”蒋萱得意地笑，“客户都说一看我的样子就知道准能胜诉。”

蒋萱摸了下自己的短发，眼中是自信的光芒。的确，短短六七年的工夫，她不但在大上海站稳了脚跟，还与两个旧同事合伙创办了属于自己的律师事务所，几年里风生水起，有房有车有存款，妥妥地走进了精英阶层。

“好了好了，自吹自擂也得有个限度。”陈楠笑着捏了下她的脸颊。

喝了口咖啡，陈楠问：“董伟是你那个胖胖的合伙人？”

“是啊。说也奇怪，都说胖子反应慢，但是吧，他平日里呆头呆脑的，上了法庭就变得伶牙俐齿的，让我自愧不如。”

“我估计他八成是看上你了。俗话说，面对爱情的时候，再伶牙俐齿的人也会变得笨嘴拙舌。上次在你办公室里，我就觉得他看你的眼神有点儿不太一样。”陈楠玩笑道。

蒋萱刚喝了口果汁，听她这么一说，差点喷了出来。

“打住，打住，打住！”蒋萱一边咳一边翻白眼说，“我承认我肤浅，我颜控。你知不知道他有多胖？两百多斤呢！每天在办公室里走动，就像是座移动的泰山。况且我是绝对不搞办公室恋情的，爱情这么善变的东西，要我拿自己的事业去赌，疯了！”

陈楠深深佩服蒋萱的口才，口才好的人至少不用受窝囊气，自己因为口舌迟钝不知吃了多少哑巴亏。

蒋萱继续说道：“不过，说实话，他长相讨喜，业务能力也强，客户都喜欢他。我们事务所多亏他，很多案子都是他接来的。”

陈楠微笑不语，心中却暗叹蒋萱曾经那段刻骨铭心却惨淡收场的恋情，始终还是给她留下了伤痕。当年她与罗旭的那一场恋情谈得轰轰烈烈，全情投入，而如今却已经世故现实到了冰凉的程度。不能不说，失恋是让人迅速成长的经历，而成人的世界就是如此的骨感无趣。长大是好，还是不好？还真难说。

“那你那个小奶狗呢？相处得还好？”陈楠问。

蒋萱的情绪沉静了下来，嘴角似笑非笑。

“还行，挺听话的。平日里有他做做饭，我也少吃几顿外卖。”

话锋一转，蒋萱问：“说说你和霍军的事吧。”

蒋萱不想说太多关于白小帅的事，因为她知道自己对白小帅的喜欢只是因为对方年轻漂亮、精力充沛、有着迷人的肉体。这样的喜欢实在太肤浅，肤浅到连她自己都有点鄙视。

蒋萱换上职业表情说：“我还是建议你们两家心平气和地协商解决，如果上了法庭，法院通常会采用折价补偿的方式予以处理。因为房屋的装修是很难拆除的，一旦拆除将损害其价值，造成各种浪费，所以你说的让他们拆除装修再帮你把房子装修回原样的诉求，法院是不会支持的。”

“那我就这样莫名其妙地吃这哑巴亏吗？”陈楠揪着眉心问。

“但是如果对方不愿意和平协商又或者协商不成功，就可以上法院，由法院来裁决或者充当调解，这也不是什么坏事。”

顿了顿，蒋萱继续说道：“你目前可以做两件事。第一，找到当初他家自愿承担你家房产装修费的证据。第二，找到他单方面终止婚约的证据，也就是说他首先提出悔婚的证据。另外，所有的票据、合同等你都要找齐全。如果他家要打官司，你就来找我，我可以帮你把补偿金额降到最低。他们想要你家全额赔偿也是做不到的。”

蒋萱的解释虽然不能解除陈楠心中的烦恼，但是头脑算是清明了许多。

陈楠轻叹一声，垂下头：“我真的不甘心，尤其是觉得对不起父母。”

“别担心，事情总能解决的。人一生不遇到几个人渣怎么能成长呢？”蒋萱安慰道。

“可是我这次真是摊上大麻烦了，我感觉他们家不会轻易妥协。”

“你啊，就是吃了恨嫁的亏。当时我不是没提醒过你，大多数中国式婚姻都是以繁殖为目的的。别说他原本就是信口胡说，就算他真的不介意你不生孩子，就他这种‘巨婴男’，一大把年纪还和父母窝在一起，装修费还得父母掏，能扛得住来自父母的压力吗？”

“是呀，我是傻……”如今只要听到有人批判霍军，陈楠心中就会觉得宽慰些。

“而且你看看他家当时对房子装修的态度，不管不问，不喊不到，全让你家去监督，装修公司要钱，他们也是推三阻四，拖拖拉拉，早就有问题了。还有那次，他招呼都不打就和朋友跑去泰国旅行，算什么呀……”

蒋萱话未说完，陈楠的手机响了。

陈楠拿起来一看，不禁朝天花板翻了个白眼，轻声说：“新来的创意总监，工作狂！”

刚接通电话，向阳劈头就问：“你怎么回事？微信群里在开会，就你缺席。”

陈楠一时语滞，自己与蒋萱聊得畅快，压根就没去看微信。

“对不起，我有约会，没看微信。我现在就去看。”

“让你的男朋友先等等，赶紧去看邮箱。我强调一下，第一阶段的时间非常重要，前期完成得快，中后期就会有更多的余地，明白吗？”

说完不等陈楠回答，向阳已经挂了电话。

陈楠懵然看着手机，不禁讪笑：“什么人啊？自己工作狂，难道全世界都要陪着他不眠不休？如果不是看他长得帅，我星期一就辞职不干了。”

蒋萱扑哧笑道：“果然还是颜值决定一切。怎么样，是不是有点想入非非的感觉？”

陈楠赶紧摇头：“拉倒吧，见过鬼还不怕黑吗？我现在对男人有恐惧症。霍军向我求婚的时候你也在场的，你能料到我有今日？一个貌不惊人的霍军已经过把我坑成这样，再来一个发电厂似的已婚有孩男，你还让不让我活了？”

蒋萱眯着眼睛笑：“唔？发电厂……看来你还是有被电到哦。”

果然是律师，一下就精准地捕捉到了陈楠言语中的信号。

“别胡说，这个向阳可不是什么好相处的人。”

“等等！”蒋萱打断陈楠，“你说他叫什么？”

“向阳啊，怎么了？”

“向阳？”蒋萱眯起眼睛，略略在脑海中搜索了片刻，喃喃道，“不会那么巧吧。”

“怎么？你认识他？”

“去年我有一个离婚官司里的被告也叫这名字……”蒋萱说，“原告是董伟的妹妹，董菲，所以我记忆深刻。那个男的不但漂亮帅气，而且还事业有成，我当时都怀疑董菲是不是疯了，那么优秀的老公却死活要离。”

陈楠睁大眼，想了想问：“他们是不是有个五六岁的儿子，叫向成？”

“嗯，对对对！当时为了抚养权的问题，他们双方争执不下，还费了好一番唇舌呢……哎呀，这世界可真小，他怎么成了你的上司？”

“你没记错？”

“不可能，董伟妹妹的案子，我能记错吗？再说起诉书还是我起草的呢。”

陈楠想起昨天晚上大堂里的那一幕，心头唏嘘。这年头，结不成婚的烦，结了婚的烦，离了婚的还是烦，似乎只要和婚姻扯上关系，就是一团又一团的乱麻。

陈楠莞尔一笑，并没有将昨晚发生的事告诉蒋萱，毕竟自己答应过向阳保密。因为要忙着工作，蒋萱也要回家准备上庭资料，两人就此告别。

坐在地铁上，陈楠看着微信群里的聊天记录，几乎都是向阳一个人在那儿阐述自己对项目的想法，并提供了几个创意，耐心地分析着，而组员的回应零零落落，没有一个人在状态中。

陈楠摇摇头，突然有点可怜起向阳来，他是全心全意在想工作，可是他却完全不了解自己带领的团队。

陈楠忍不住在屏幕上写道：“小霜，你的那几张图我来帮你做，但是星期一你提前一个小时到公司做细化，能做到吗？”

“真的吗？能能能。”小霜发了个星星眼的感动表情。

“阿蓝，你到底有没有看向总监发的资料？别装死，我有你妈电话！”

阿蓝赶紧回了个笑脸：“有有有，楠姐饶命！我立刻、马上开电脑！千万别打电话给我妈！不然她又要说我好吃懒做，要逼我去相亲了。”

陈楠笑着又圈了下杨妮：“妮子，你再吃薯片会满脸痘痘的！”

杨妮赶紧回复：“楠姐，你也太毒了吧，这么咒我……我是想文案想得上火才长的痘，公司有啥补偿？”

陈楠笑道：“你按时完成工作的话，我送你一盒SKII的面膜。”

“哇，楠姐，你太诱惑人了，你说真的？”

“当然，我什么时候骗过你？”

“楠姐最好了，我现在就去写，不用等到星期一，明天我就可以完成。”

杨妮这头刚说完，另一个美工阿华说道：“楠姐，你不用威逼利诱了，我举白旗，一定安安分分地把图做好，不过有个小小请求，不知道行不行？”

阿华说：“如果我们小组星期一能完成进度，就让向总监请我们吃一顿大餐怎么样？”

顿时，整个群沸腾了，众人齐齐呼应。

陈楠正不知要怎么接话，向阳突然打了个“行”。

群里一片叫好声，接着大家干劲朝天，开始交流起各种工作细节。

陈楠松了口气，刚要放下手机，私信却闪动了两下。

是向阳发来的信息：“看来，我要向你学习的地方还很多，谢谢。”

陈楠回：“向总监言重了。”

毕竟自己与这些同事相处多年，这份熟悉和了解是向阳无法比的。想到此，陈楠不免有些得意又有些失意，也不知道胡青杨是怎么想的，摆明了自己比向阳更适合总监的位置不是吗？

庸庸碌碌了六七年，依然是公司小职员，连个中层管理都没混上。十几万的年薪，若不是蹭着父母提供的安乐窝，就算不至于露宿街头，估计也要节衣缩食地过日子。

不过事已至此，又能奈何？只得认命。

一进小区，远远地就看到自家楼下站着一个熟悉的身影，陈楠的身体立刻僵直，这个身影如鬼魅般侵扰了她的梦境大半个月。

几乎同时，霍军也看到了她，也是一愣。

大半个月前，他们还是未婚夫妻，如今却是仇人见面，怒火中烧。

陈楠恨不得冲上去扇他俩耳光，用最恶毒的言语诅咒他，可是她用力咬着下唇，努力酝酿情绪，最终，教养还是让她迈不出脚步，也张不开嘴。

包中手机大响，陈楠接了电话，是父亲陈永明。

“楠楠啊，千万别回来啊！”

“我就在楼下，看到霍军了。”陈楠说。

“哎哟，你快走，快走，别和他纠缠知道吗？他们一家人都不讲道理的……”

手机里传出霍家人叫嚣的声音，陈楠心头揪疼。

“快点走，他们就是要把事情搞大……”

“知道了。”

陈楠才放下电话，家里的争吵声已经从楼道窗户飘出来，引来一些爱管闲事的人围观。

一抬眼，霍军带着一张布满火气的脸，伸出手指指着她，气势汹汹地朝她走来。

完了，万一霍军上来和自己吵架动手或者说一些见不得人的话，自己一家人还怎么在这里生活？

陈楠脑袋一片空白，不知道怎么回事，下意识地调转身就走。

“陈楠，你给我站住！”霍军在身后喊。

她开始跑，一边跑一边懊恼自己的懦弱，那些大女主的电视剧她一部都没落下，那些励志的心灵鸡汤她每天都在喝，可是没用，完全没用！

一路跑出小区，陈楠拦下一辆出租车就钻了进去。她既无后宫娘娘们的心机手段，也无情感大师们的睿智情商，她成了一个“逃兵”。

下了车，陈楠依然惊魂未定，直到大楼门卫向她打招呼，她才发现自己恍惚中又习惯性地回到了公司。

可不是吗？除了家，公司是她待得最多的地方，公司就是她的第二个家。

也罢，就在办公室里躲清静吧。

阳光照在空无一人的办公室里，陈楠的情绪依然沉浸在懊恼悔恨之中，刚才是多么好的反击机会，自己怎么就那么没用？明明自己是有理的一方，竟然落荒而逃了。

坐到椅子上，陈楠心里就像被堵了一吨的水泥。

就在此时，拐角处的打印机突然“嘎达”一声自己启动了。陈楠吓了一跳，猛地回头，只见打印机正唰唰地打印着纸张。

空无一人的办公室，自动启动的打印机……

即便是在阳光灿烂的大白天，陈楠也隐约感到一阵寒意，她盯着不停吐着纸张的打印机，一颗心悬到嗓子眼。

“嗒！”

“啊！”

“陈楠？！”

向阳走出办公室，吃惊地看着她。

陈楠则是一副见了鬼的表情。

“你怎么在啊？”陈楠紧压着自己狂跳的心脏。

“这话好像应该我问你吧？你不是在和男朋友约会吗？”向阳抬抬眉，转身去拿打印机上的纸。

“是女性朋友！”陈楠朝他的背影白了一眼。

“哦。”

“你办公室里不是有打印机吗？怎么用这台？办公室一个人没有，打印机突然启动，吓死我了。”

“里面那台坏了……”

向阳转身向她走来，略略打量了她一下，见她神色慌张，挑了挑眉毛道：“脾气那么大，胆子那么小。”

陈楠张嘴要辩驳，却想到自己是为了避开霍军才狼狈地逃回公司，顿时无言以对。

“怎么想到回公司加班了？我可不觉得你有这么高的觉悟。”向阳有点挑衅地问她。

“我……”陈楠还是无言以对，一阵支吾过后，她转过身看着电脑说，“公司的电脑速度快，我来这把小霜的那几张图做了。”

向阳摇摇头：“我的确欣赏你刚才在群里激励士气的做法，但是陈楠，我不同意你替别人完成工作。如果吴小霜的工作可以由你来代劳，那她在公司里就毫无价值。”

陈楠转过头来说：“小霜在公司三年了，没有功劳也有苦劳，怎么能说她没价值呢？她过几个月就要结婚了，所以琐事繁多，您就体谅一下吧。”

“结婚有那么重要吗？”向阳说了句很不得体的话，见陈楠疑惑，干咳了一声转了话锋，“好了，既然你这么努力，那就工作吧。”

说罢，他正要离开，陈楠的手机却急急响了起来。

“楠楠啊，快点回来，你爸出事了！”手机那头传来母亲何莹慌乱惊恐的声音。

陈楠忙问：“怎么了？”

“哎呀，霍军简直就是畜生啊！他打了你爸，你爸流了很多血！你赶紧来中心医院急症室。”

挂了电话，陈楠面如纸白，脑袋里嗡嗡直响，霍军居然动手打了她父亲！自己这一年半来到底是和一个怎样的男人在谈恋爱？

陈楠一阵晕眩，身子一软就要往后倒。

向阳吓了一跳，赶紧伸手扶她：“陈楠！你怎么了？”

“我爸出事了，进了医院……”陈楠不知所措地看着他，眼里蒙上了一层泪雾。

她不知道自己望着向阳的眼神中弥漫着求助的信号，而向阳已经明白了事情的严重性。

“我送你回去。”他说。

“这……”

“还犹豫什么，我去拿车钥匙，你在门口等我。”

很快，两人上了车。一路上，陈楠都焦躁不安，蹙眉叹气。

“如果你不介意，我能问问到底发生了什么事吗？”向阳问。

“我前男友带人上门索要装修费……”

犹如抑郁者看到了树洞，陈楠竟然没有过多犹豫就将自己与霍家的恩怨倾吐出来。

陈楠絮絮叨叨地说着，直到她突然想起自己和向阳才认识两天，于是赶紧止住话头，心中犯疑自己是不是脑子进水了，怎么会对着向阳说这么多私事？

向阳倒是坦然：“这事闹成这样，要和平解决估计很难，不如走法律途径。我可以介绍一个很好的律师给你，是她帮我争取到了孩子的抚养权。”

陈楠歪头看他：“你是说蒋萱？”

“你认识？”

“我俩十多年的闺密了。今天下午她就猜你是董菲的前夫。”

向阳吃惊地看了陈楠一眼，笑了：“原来之前你是在和蒋萱约会啊。不过你们怎么会谈论起我？”

陈楠抿住嘴唇，脸上一热，不知如何作答，好在向阳也没追问下去。

到了医院，陈楠一眼就看到了霍军的母亲王桂群，一旁还有个警察拿着记录本在询问情况。

见到陈楠，王桂群恶鹰扑食般冲了过来，一把抓住陈楠就嚷：“喏！就是她，她就是女骗子！抓她，快抓她！”

大庭广众之下，王桂群这一声叫嚷顿时引来一群人的注目。

陈楠涨红了脸，回击道：“谁是女骗子，你不要造谣！”

“呸！不要脸，骗我们家儿子和你结婚，还要骗我们家钱给你们家装修！年纪轻轻就这么不要脸！”

陈楠又气又委屈，眼泪直往眼眶里涌，她不知道要怎么和一个泼妇吵架，只是奋力甩着胳臂想要挣脱王桂群的魔爪。

“你放开我！”

“不放，骗了我们那么久，到你们家几次你都不出现！今天你休想跑掉！”

陈楠急得要哭，突然一只大手上前一把扣住王桂群的手腕，用力将她拉开，甩了出去，另一只手顺势将陈楠拉到自己身旁。

“有话好好说，别动手动脚的！”向阳仗义凛然。

“你是谁啊？”王桂群上下扫了向阳一眼，一歪嘴冷笑起来，“哎哟，这么快就找到下家啦！本事大得呀！警察你看看，我儿子才和她分手一个月，她就找到新欢了，这还不说明问题吗？他们就是骗婚！骗我们家给他们家装修！不要脸！”

王桂群插着腰指着向阳的鼻子，向阳一把打开她的手，厉声道：“警察在这，你不要太过分，再胡说八道我就告你诽谤！”

民警对着王桂群低吼一声：“吵什么？！这里是医院！你儿子打了人，我就能抓他，如果伤者没事还好说，如果有个三长两短，你儿子的事就大了。”

说着民警指了指门外的警车，陈楠这才看到霍军和另外两个霍家的亲戚被押在警车上。

一听这话，王桂群不得已收敛了下来。

“先去看你爸，我在这看着。”向阳转身轻柔地说。

陈楠匆匆跑进急诊室，好在她父亲只是额头磕破，缝了两针，并没什么大碍。

经过警察一番调解，双方都是身心俱疲，最终以霍家赔礼道歉、支付医药费和精神损失费才算了结。

向阳全程陪伴着陈家三口处理完事情，一直到最后将他们送到家里才告辞离开。

虽然今天向阳出手相助的时候正义凛然、令人惊艳，但是此时的陈家就像是经历了一场浩劫，人心惶惶，谁也没有过多的精力去关注向阳的风采，甚至连一句客套话都忘了说。

父亲陈永明躺在床上休息，母亲何莹和陈楠两人收拾着家里的残局。

直到入夜，陈楠才突然想起，连忙发了个感谢短信给向阳，没想到向阳发来的消息竟是让她收拾好心情，公私分明，不要影响工作。

典型的直男思维，陈楠叹了口气，头痛欲裂，四肢无力，觉得自己快要倒下了。

就在她躺在床上昏昏欲睡的时候，突然间手机屏幕亮了起来，微信闪动了两下。

第二章
八字不合的有缘人

陈楠一看留言，原本已然放松下来的身体条件反射般地从床上蹦了起来。

“没想到才分开一个月你就有了新男友，速度可真够快的。呵呵，估计是早就准备好了备胎吧。”

没想到，消失、断联了一个月的霍军竟然发来这么一条短信！

“你什么意思？！”

“没什么意思，只是发觉自己被人耍了！”

陈楠再要发信息过去质问，却发现自己已经被他拉黑了。

该死的，又被他早一步拉黑了。

翻江倒海般的情绪吞噬着理智，陈楠真的要气晕了。

果然，分手要嘴快，拉黑要手快。被分手、被拉黑的那一方永远都只有憋屈到爆炸的份儿！

陈楠拿起手机，将刚才霍军的话截屏发给了蒋萱。

不到一分钟，蒋萱就火气冲冲地回了个电话过来。

“你怎么不骂他？”

“骂他有用吗？”

“怎么没用？至少也得出口恶气啊！这种渣男，换成我早把他骂死了。”蒋萱在电话那头激动地嚷嚷。

陈楠又把傍晚发生的事说了一遍，气得蒋萱直接从沙发上弹了起来。

“你这个笨蛋！你是要气死我吗？我是做什么的？我是律师啊！霍家人都打到你家里来了，你怎么不第一时间打电话给我？我的老天爷，你居然逃跑？！你居然丢下父母逃跑了？你……你……”

蒋萱扶额，气得无语，憋了一会儿，终于一股怒气冲口而出："你简直就是个包子！我不要理你了！"

陈楠知道蒋萱是恨铁不成钢，替自己不平，叹气道："好好好，你骂骂我，把我骂得强大些。"

蒋萱深吸口气，稍稍平复了一下情绪说："我真不知道你是怎么在这个社会上生存的？时代变了，如果你一味地逃避忍让，只会被人踩在脚底下，没有人会可怜你，没有人会同情你，没有人会拯救你的！"

停顿了一下，蒋萱又说："之前你说要告霍家，我只道你成长了。没想到你还是这么个怂样……既然霍军伤了你爸爸，为什么不让派出所拘留他几日？一来可以给他点教训，让他长长脑子；二来让他留个案底，将来你们两家的经济纠纷上法庭，这是非常有利的辅助材料。"

"我妈当时是想让他坐牢的，可是后来他们道歉了，也愿意承担医药费什么的……想想怎么也和他好了一年半，吵归吵，闹归闹，真的把他关起来，留了案底，也太绝情了……"陈楠的声音渐如蚊蝇，毫无底气。

"当真是虎狼屯于阶陛，尚谈因果。"蒋萱叹气，"算了，事已如此，走一步看一步吧。如果霍家起诉，你就来找我。"

挂了电话，蒋萱无奈地摇头，拿起茶几上看到一半的《红楼梦》，自己刚才说陈楠的那句话，正是林黛玉对贾迎春懦弱怕事的评语。

可见古今中外的女人，若是没有点气场、没点个性、没点手段，都是没法生存的。

她曾经也是软萌小白兔，梦想着童话世界里的爱情。

然，吃一堑长一智。

如今的她犀利尖刻，但当年她是怎样地爱着罗旭，只有她自己知道。

蒋萱看了一眼身边正在与手机游戏大战的白小帅，年轻帅气的脸庞的确是惹人怜爱。

她推了他一下："我有点饿了，去煮点水饺。"

"哦，等会儿，让我赢了这一局再说。"白小帅边说边两手在手机屏幕上不停地点击，紧张专注得连胳膊上的肌肉都鼓了出来。

蒋萱讨厌白小帅玩游戏，却也没精力整天捉贼似的盯着他，就答应了他每个周末可以尽情地玩。玩是可以，但是他不能忽略自己啊！

蒋萱又用力地推了白小帅一把："你去不去？"

"等一下……我正和人组队打Boss呢！马上好……"白小帅的语气有些烦躁。

蒋萱火气上涌，忍无可忍一把夺过白小帅的手机喝道：“游戏，游戏，游戏！游戏有那么重要吗？！”

白小帅“噌”地一下站起身，紧握拳头，鼓着腮帮子瞪着蒋萱，蒋萱毫不畏惧地瞪了回去。

不到一秒，白小帅就投降了，脸上的表情也软了下来。

“好好好，女王大人，我现在就去，别生气了。”他张开双臂，抱了抱她，却被她推开。

白小帅去了厨房，蒋萱火气却未消，因为刚才她分明看见了白小帅脸上那一抹怒意。

生气？他凭什么生气？吃自己的，住自己的，花自己的，只不过是让他做个宵夜而已，他凭什么生气？

谁不是付出劳动生存？助手一个电子邮件发过来，自己就得马上加班加点，工作到精疲力竭。

而他呢？朝九晚五地做着一份闲差，拿着自己给他的钱过着逍遥的优质生活，凭什么就不能乖乖伺候自己？

吃完宵夜，蒋萱一头扎进了书房工作，待到手上的工作告一段落，抬头一看已经凌晨两点。

伸了个懒腰走出书房，推开卧室的门，白小帅又坐在床上全神贯注地玩手机游戏。

蒋萱白了他一眼，很累，懒得争吵，稍稍洗漱了一下，躺在床上准备睡觉。

“我要睡了，你别弄出声音来。”蒋萱把室内的光线调暗。

白小帅放下手机，关了灯，钻进被窝从背后搂住蒋萱。

热热的呼吸缓缓送入蒋萱的耳内，年轻阳刚的身躯紧贴在她身上，白小帅的手开始不规矩起来。

蒋萱有些奇怪，今天是周六，是自己特别批准他可以通宵玩游戏的日子。平日里他最为珍惜这一时刻，不玩到哈欠连连绝不罢手，今天怎么会这么乖巧地放下游戏关灯睡觉呢？

奇怪归奇怪，蒋萱还是被他撩拨得心痒痒。两人热情似火地亲热了一番，刚完事，白小帅还伏在蒋萱身上喘着粗气，嘴里却蹦出一句：“萱，我……辞职了！”

蒋萱猛地睁开双眼，瞪着天花板两秒才反应过来，用力将白小帅从自己的身上推开，开了灯，吃惊地瞪着他。

“你说什么？你辞职了？”

白小帅低着头，躲避蒋萱的目光，点了点头。

“为什么？”

“我……做得不开心！”白小帅皱起浓眉气呼呼地说，“那个经理故意刁难我，而且，我不喜欢做销售，每天都要应酬，还得受气……”

蒋萱紧紧握住自己的拳头，生怕一时冲动给他一巴掌。

“受气就辞职？你以为人人都是你爹妈，得哄着你，惯着你？”

蒋萱如此生气是有原因的，打从他俩认识到现在不到半年的时间里，白小帅已经换了三份工作，现在这第三份工作还是蒋萱私底下拜托了一位客户介绍的。

用自己的颜面和职业操守为他换来的工作，他却如此轻易地辞职了，蒋萱如何能不气？

“你向我保证过这次一定会踏踏实实地工作，可是这才两个月，试用期都没过你就辞职？”蒋萱激动得呼吸都有些急促了。

“我不喜欢这份工作！”白小帅烦躁地嚷起来，“每天都要打电话给那些陌生人，我又不认识他们，还得低声下气地求他们，看他们脸色。”

蒋萱真的要气死了，穿上睡衣翻身下床，抬高了声量：“低声下气？你脑袋里到底在想什么？这是工作，你以为赚钱那么容易吗？你以为我现在拥有的东西都是大风刮来的？我不是一样每天在看别人的脸色？”

“我知道不容易……”白小帅过来试图抓蒋萱的手，却被蒋萱一把甩开。

“你知不知道，这份工作是我求了严总好几次他才答应的。他们公司业务发展得很好，又正规，五险一金全都帮你缴齐，只要你好好工作，稍微有点成绩，过两年就会被提拔的。”

蒋萱扶额，继续说：“你的学历根本就达不到他们公司的招聘要求，是我用这张老脸帮你换来的机会，你到底明不明白？”

“我话还没说完。”白小帅急急想要争辩。

“你说！”蒋萱此时此刻火冒三丈。

“我和朋友商量过了，想一起做生意。”

“做生意？你？”蒋萱下意识地蔑笑，“什么生意？”

“我朋友有路子，可以弄到各种汽车配件……”

“打住，够了！”蒋萱根本就不想再听下去，连连摆手：“先不说酒肉朋友和不明来历的路子都是做生意忌讳的，我只问你，本钱呢？”

白小帅眼睛睁得老圆：“有啊！我的那些朋友人都不错的，改天介绍给你认识……”

“不必了，我没空。”蒋萱用脚趾头想都知道白小帅能结交的那些人的水平档次，真心没兴趣和这些人认识，吸了口气继续问："我问你，本钱要多少？谁出钱？怎么花？多久可以回本？多久可以盈利？"

"你不要那么小看我啊。"白小帅说，"这些我们都商量过的，我们一共三个人，阿坤和阿亮一人出两万，我出六万，凑十万，注册个公司，我是老板，他们听我的。其中六万给阿坤的表叔做押金，他叔叔就把厂里的货给我们卖，另外四万就做流动资金。"

"阿坤的表叔？你见过吗？他的厂你去看过吗？他是老板还是伙计？他们的产品有检验合格证书吗？押金如何取回？还有，他俩一人出两万，你一个人出六万，再拿其中六万给他表叔做押金。也就是说，万一他表叔是个骗子卷了你们的押金跑路，剩下的四万平分，他们一人只损失七千块，而你一个人就要损失四万八。再想深一层，万一这是阿坤和他表叔做的局，那就是白拿你的钱去瓜分，你懂不懂啊，呆瓜！"

蒋萱噼里啪啦又是盘问又是算账，说得白小帅一脸懵。

"你能不能说慢点，我有点儿跟不上……"白小帅努力想要理解蒋萱刚才说的那笔账。

"看看，你连那么简单的道理和算数都听不懂，还要做生意，不被骗才怪！"蒋萱气愤地指着他，"还有，你说出六万，你有这钱吗？"

白小帅脸上浮起一个尴尬的笑，抓抓头说："我今晚和你说这事，就是想……"

"想什么？借钱吗？"蒋萱直接挑明，挑起眉峰冷笑。

"嗯……"白小帅涨红了脸，"这几个月我存了点钱，也有两万多了……萱，你如果肯帮我，我会一辈子感激你。而且我保证，赚了钱第一时间还给你……"

蒋萱觉得自己很失败，原本她也想找个男人谈恋爱的，怎么就变成谈钱了呢？她不知道其他那些所谓的"御姐配小奶狗"组合里的"御姐们"，心里真的是像爱男人般爱他们的"小奶狗"，还是像爱一只宠物狗似地爱她们的男人？

两者蒋萱都做不到，她只想爱一个男人般地去爱自己的男人，可是眼前这个白小帅，大半夜的竟然在向她借钱，这让她怎么把他当作一个男人去爱呢？

她很累，明天虽然是星期天，但是她要准备下周开庭的材料，还有很多工作要做，长叹一声，蒋萱沮丧地摇摇头说："好吧，废话就别说了，我给你两条路选择。第一条路，明天我打电话给严总，替你找个借口把辞职的事撤销了，你给我老老实实回去工作。第二条路，我给你两万当作分手费，你现在就给我走人，永远不要回来！"

"啊？！"白小帅顿时脸色惨白，目瞪口呆地盯着蒋萱。

他知道自己离不开蒋萱，离开了她就意味着要回到住破旧出租屋、挤公交车、穿打折的衣服、吃外卖的日子，他不要被打回原形。

白小帅老家在西部的一个小县城，专科毕业后他千里迢迢来上海投亲戚。可是俗话说“留吃不留住，长住无亲朋”，尤其是在寸土寸金的大上海，平民百姓家大多也就是一家人够住而已，平白多了个大小伙子自然会有影响，时间一久，亲戚就找了个由头，塞了两千块钱把他给赶了出来。

白小帅原本打算回老家，可是看到黄浦江两岸的璀璨灯光，他越想越不甘心，一咬牙决定继续留在大上海。

一次偶然的机会，他认识了雷厉风行、行事果断的蒋萱，那一刻他是真的被这个漂亮女人给迷住了。最后，他“姐长姐短”地纠缠了两个月，终于顺利博得了蒋萱的欢心。

从和蒋萱同居的那一天起，他就摆脱了挤公交地铁的平民生活方式，每天都是蒋萱开着宝马车送他上班，偶尔蒋萱有事，也会给足钱让他坐出租车。

白小帅有点“翻身农奴把歌唱”的感觉，他太爱这种精致美好的生活了，这才叫作人生啊！

可是由俭入奢易，由奢入俭难，他当然希望这样的快活日子能够天长地久。

看着他一脸为难，蒋萱没有了耐心，一抬手说：“我数到十，你不说话我就当你选择第二条路……”

“路”字尾音未完，白小帅已经冲了上来，一把抱住蒋萱说：“好好好，我听你的，我乖乖上班。你别生气了。”

蒋萱狠狠地在他肩头捶了两下。

白小帅不躲闪，紧紧抱住她：“打我吧，我这么幼稚，惹你生气了，是我不好。我听你的，我好好上班。”

温暖的怀抱，温柔的语气，瞬间像是一股清泉把蒋萱的怒火熄灭。

这个可爱的大男孩啊，总能轻而易举地激发出她的母性光辉！蒋萱心中暗叹，无奈地展开双臂回抱他。

“小帅，你先在严总那里踏踏实实地做上半年，如果实在不喜欢，我再帮你找新工作。”蒋萱安慰他。

“不如我去你的事务所工作吧，我不要工资也行，每天能看到你我就高兴了。”白小帅眼中闪着光芒，兴奋地提议。

蒋萱扑哧笑了：“你能做什么，每天帮我端茶递水吗？你愿意我还心疼呢。再说，我是公私分明的人，不喜欢闹办公室恋情。”

白小帅见她笑了，心中大石落地，松了口气，在她耳边说：“真心疼我啊？”

“当然啊，明天我打电话给严总，帮你说个情，让他把你调到其他部门试试。对了，你以前是学企业管理的，不如我让他把你调到企划部门，也算是专业对口。”

“嗯，这个好，只要不是让我整天看客户的脸色，求他们下订单就行。”

“好吧，那就这样。”蒋萱怜爱又无奈地摇摇头。

风波暂平，两人算是重归于好。

第二日，蒋萱便打了电话给严总，又是赔礼又是赔笑，就差对着手机鞠躬作揖了。总算，对方看在之前蒋萱帮忙打赢了一场棘手官司的分儿上，答应把白小帅调到企划部门做办公室助理，事情才算安排妥当。

刚走出法院，蒋萱就接到陈楠的电话。

“萱，霍家又打电话来骚扰我们了，还扬言说要来我公司里败坏我的名声，怎么办？”

蒋萱心中也替陈楠抱不平，但是作为律师，她深知法律也是有局限性的。

“你别急，这样吧，你明天下午来一趟我的事务所，我们讨论一下案情。如果你觉得有必要，可以委托我做你的代理律师，我可以出律师函敦促对方尽快和平协商。”

“如果他们真的来我公司闹可怎么办？我的圈子小，如果他们乱说话，我就没法在行业里生存了。我能用诽谤罪告他们吗？”陈楠站在楼层的一个角落，用手拢着嘴，压低声音，焦躁不安地询问蒋萱。

霍家人如今就像冤魂似的缠住了陈家，虽然经过了上次的冲突后他们不再上门闹事，但是电话骚扰却一次比一次恶劣，甚至霍军和陈楠交往时的一些私密对话也成了霍家人要挟陈家赔偿的砝码。

陈楠虽然性格有点懦弱，但好面子，如今被人泼了一身的脏水，说都说不清，自是急得不得了。

结束了与蒋萱的通话，陈楠神思恍惚地回到办公桌前，对着电脑里一大堆眼花缭乱的图片，完全没有一点儿灵感，只想放声大哭一场。

“嘀——”电话响了。

果然，连哭的时间都没有，陈楠暗叹，随手接起电话。

“到我办公室来一下。”向阳的语气明显不太好。

陈楠下意识地转头朝向阳的办公室望去，见向阳正一脸严肃地盯着她。

陈楠赶紧深吸了口气，拿起笔记本来到向阳的办公室。

“总监，找我有事？”

向阳冷冷地说："自从我到这个公司来，就没见你认认真真地工作过，我真怀疑你高级设计师的头衔是怎么来的。还有，怎么会在公司里有如此高的人气？真是不可思议！"

陈楠脸上有点儿挂不住了，她在公司六年，这还是头一遭被上司如此严厉地批评。然而，她无法反驳，她最近的状态实在是糟透了，每天晚上靠服用安眠药才能入睡，还怎么能神采奕奕地工作？

"对不起……"

"我不想听对不起，我只想知道，你到底知不知道我们眼前的任务有多重？"

"我知道……"

"其他几个小组都已经定稿，而我们呢？至今连创意主题都没定下来！"

一听这话，陈楠顿时不满，吸了口气说："向总监，我最近状态是不好，因为我惹上了麻烦，牵连到家人，所以很心烦。但是创意主题至今未定，那并不是我的错。我们这个星期已经给了你不下十个方案，可是你一点儿意见都不说就全盘否决。我们每天都在尝试寻找新的主题，但你也知道，最初的灵感往往是最好的，后续越勉强就越匮乏。"

向阳沉默两秒，拿出之前那些创意方案放在桌子上，说道："这些太老土、太普通了，我们现在是要和LY竞争，必须要想出他们想不到的创意才能胜出！"

陈楠皱眉，"再过三个月就是圣诞节，我觉得这个圣诞主题很好，圣诞节的气氛加上中国人喜欢红色，是个很好的印象植入点。而且这个主题以节日为主旋律，后续就是元旦，春节……"

"不行！太俗气！"向阳眉间蹙着疙瘩，不停地摇头。

"俗气？那好，你看这个四季花卉与女人的主题呢？"陈楠从方案中又挑出一个。

"又是花，早被人用烂了。"

"那这个呢？浪漫爱情主题。"

"又是爱情，你觉得这种主题有说服力吗？任何一家内衣品牌公司都起码看过上百个以爱情为主题的广告，这种广告创意还需要我们来做吗？"

陈楠翻翻白眼说："向总监，那你想要什么样的主题呢？卡通的？搞笑的？"

向阳不接话，等着陈楠继续。

陈楠接着说："内衣是很私密的东西，也是直接反映个人对生活品质追求的东西。但是与首饰、香水这些奢侈品又有不同，因为内衣是必需品，渲染高雅品位的同时还需要亲民。所以我觉得，花、爱情还有节日都是很好的切入点。而帅哥美女永远都是吸引眼球的亮点，所以硬照方面我们要用漂亮的明星，要用中国人。至于电视和网络上的广告，需要浓缩他们品牌的特点，做一个有视觉冲击力的短片。如果我们一味追求高大上，太过抽象的话，可能就体现不出内衣与人、与生活之间的亲密关系。”

陈楠阐述完自己的观点，办公室里一片安静，两人干瞪着对方足足五六秒后，向阳干咳了一声，转身从身后的角落里拿出一个硬纸袋递了过来。

“拿去试试，可能会有新的灵感。”

“什么？”陈楠接过纸袋，愣了一秒，看到纸袋上“米娅”的字样瞬间明白，这是客户送来的样品。

向阳将视线转移到电脑屏幕前，说：“我知道你和你前男友的事情很麻烦，但是我希望你工作的时候能够专注，私事就留到下班后再想。”

“呃……我……”陈楠愣在原地，原本想要请假的话被他堵得不知道如何开口。可是蒋萱工作繁忙，霍家又咄咄逼人，她急于想要解除这块心病，一分钟都不想耽搁。

“还有事？”

陈楠舔了下嘴唇，说：“我明天下午要请半天假，有急事……”

“不行！明天全组要定稿，下班前要送到胡总那里。”

“我是真的有急事！”陈楠急道。

“什么事？”向阳抬起眼皮看她。

“我要去找律师。”

“蒋萱吗？”向阳停下敲打键盘的手指。

陈楠点点头。

向阳想了几秒，说：“那好，今天晚上我加班到几点你就加班到几点，明天下午五点前必须回公司。”

陈楠心中气闷，她知道这段时间加班在所难免，但是她就是不喜欢向阳这种不容反驳的架势，可是气闷归气闷，她最终也还是只能接受。

窗外夜幕降临，但这个大都市却毫无休憩的征兆，几乎整个商业区里的大楼都是灯火通明，陈楠他们小组一直加班到九点才吃上盒饭。

“楠姐，我待会能不能早点走？”吴小霜弓着腰在陈楠身边哀求。

“怎么了？”陈楠问。

“我那个来了，肚子难受。”

陈楠看着她痛苦的表情很是同情，很多平时无比强大的女人一到每个月生理期那几天战斗力都会大打折扣，更何况这些二十多岁娇生惯养的小女生？

“那你快回去吧，剩下的工作我来做。”陈楠说。

吴小霜感激地谢了又谢，快手快脚地收拾了一番，离开了办公室。

她前脚一走，组里的两个美工也借故开溜了，陈楠没有阻止他们，因为她知道，十几个小时磨下来，他们的体力和脑力也早就透支了。

最后一个走的是文案杨妮，杨妮虽然平日里爱八卦，但是工作从来不马虎。

“楠姐，这三个创意的文案我都发到你邮箱了，不满意的地方你给我指出来，我明天早上改。今天先撤了，太困了。”

“好。”

杨妮伸过脸来在陈楠耳边笑说：“楠姐，你太老实了。”

陈楠一愣，转头看她，“怎么？”

杨妮神秘地一笑，“小霜上个星期才来过‘大姨妈’。”

说着，她直起身子，挥了挥手离开了。

看着杨妮的背影，陈楠倒在椅子里，思维停滞，胸中闷闷的。办公室里又只剩下她一个人，冷清孤寂，抬眼看了看向阳办公室里的灯光，还好，还有个向阳。

陈楠叹了口气，脑袋里乱哄哄的，毫无灵感。她索性松开鼠标，拿起杯子到休息室泡了杯咖啡，暂时放空一下。

走廊传来脚步声，陈楠抬头一看，向阳拿着杯子走了进来。

此时休息室里大灯已经关了，只留了几盏低瓦数的射灯，昏黄的光线将室内熏染得很有些浪漫情调。

向阳愣在门口，尴尬地笑笑：“你也在啊……”

陈楠微扬嘴角：“是啊。向总监不下班，我不敢下班。”

向阳轻笑两声，走到咖啡机前给自己泡了一杯咖啡，接着过来坐在她的对面。

空气中顿时泛起一丝奇妙的气息，这是只有异性间才能感应到的信号。

“向总监。”陈楠先开了口。

“什么？”他淡笑。

“我……应该谢谢你。上次我爸的事……”

“举手之劳。”

陈楠轻轻摇头：“这不是举手之劳，你牺牲了个人时间帮了我个大忙，我真心感激。”

向阳微微一笑，侧头看着窗外的迷人夜景。

都说柔和的光线会使人看上去更加迷人，果然是有道理的。此时此刻，昏暗的灯光将向阳映衬得深沉而内敛。

加速的心跳告诉陈楠她被眼前这个男人吸引，而理智却告诉她眼前这个男人很危险，更何况她前一段恋情的烂摊子还没收拾干净，现在是万万不能再往火坑里跳的。

为了打破这安静的气氛，陈楠没话找话地问："你不会通宵不下班不睡觉吧？"

向阳转头盯着陈楠好一会儿，嘴角扬起一个笑容："知道吗？你很老实。"

这是一个小时内她第二次听到这个评语了，陈楠并不喜欢："你是在说我很傻吗？"

向阳摇摇头，打开一包砂糖倒入咖啡中，慢慢用小匙搅拌着，似乎是在酝酿要怎么解释。

"你不傻，但是你的这种品质，在如今这个功利的社会里会被人当作傻。"向阳抿了一口咖啡。

"怎么讲？"

"你看，我说全体加班，他们一个个都找由头走了，而你却还在这。"

"你说的，要我跟着你加班，不然我明天请假不就泡汤了？"

向阳放下杯子，注视陈楠的脸：鹅蛋脸，浓浓的弯眉，闪亮乌黑的眸子，双颊饱满。她长得端庄温婉，很符合中国人的传统审美，不算大美人，但一看就是贤妻良母的类型。

男人如果要找女人风花雪月，应该是不会找陈楠这种类型的，因为她给人一种沉闷保守的感觉。但是如果要娶一个女人过日子的话，那她的形象就很符合男人的理想标准了。

"你觉得你提前离开，我明天就会不准你的假？"向阳微笑，语气中有点儿逗她的意味。

"你不会吗？"

"在你眼里我有那么不近人情吗？"

"差不多。"陈楠脱口而出。

向阳笑出声来，不再接话，一口气将咖啡饮尽，说："如果你能坚持，那我们就再工作一个小时。"

"再一个小时？"陈楠抬起手腕看了看手表，摇头道，"能不能早点？还有四十分钟末班地铁就要过了。"

向阳站起身说："这个世界上还有种交通工具叫出租车！我会给你报销的。"

陈楠一拍脑门，觉得自己真是傻透了！对啊，加班加到这个点还去坐地铁，也太亏待自己了。

回到自己的座位上，陈楠抖擞精神将之前的三个创意丢在一旁，重新构思。

打开客户的样品，精美的礼盒里是一套黑色绣花薄纱内衣，性感、美丽，充满了魅惑。

陈楠拿起内衣轻轻抖动了几下，那透明纱裙轻盈飘动，宛若黑色的薄翼……

一个灵感在脑海中闪现，瞬间像兴奋剂注入了血液，陈楠顿时疲惫全消，在设计软件上全神贯注地操作起来。

一旦投入，时光飞逝，陈楠在办公桌前醉心于自己的灵感世界，早就忘了“一个小时”的约定。

最终打断她创作灵感的是母亲的来电，此时已经过了十一点，母亲在电话中的语气听起来十分担心。

“我没事，马上回来，你们先睡吧……嗯，我待会儿自己打车回来……不是我一个人啦，我上司也在加班……是啊，就是向总监……妈，你瞎猜什么呢？没有，我怎么会和他谈恋爱啊？嗯？什么办公室性骚扰啊，妈，你是不是小报新闻看多了……”陈楠被母亲的想象力折服。

“咳咳……”两声轻咳在背后响起。

陈楠一回头，见向阳就站在自己背后，脸上带着隐晦的笑意。

该死，刚才和母亲的对话一定是被他听见了。陈楠的脸“唰”地一下红了，急匆匆地敷衍了母亲两句便挂了电话。

她转身对向阳尴尬地笑笑：“对不起，是我妈……”

“能给我看看你的设计吗？”

“当然可以，我快完成了，还请总监指点一下。”

向阳从一旁拉了把椅子过来，坐在陈楠身边，看着电脑里的图片。

他俩靠得很近，他身上飘来清新的男士古龙水香味令她心驰神往。向阳漂亮的侧脸很有线条感，让陈楠有一种立刻给他画一张素描的冲动。

他的前妻怎么舍得和他离婚？她胡乱地猜，难道他真的有什么不可告人的隐患？家暴？嫖娼？吸毒？赌博？好像都不像。

陈楠偷偷欣赏着他的容颜，向阳用眼角瞟了她一眼，轻咳了一声。

陈楠赶紧收回视线，集中精神回到工作上，解释道：“这个创意方案的主题是‘精灵世界’，你看他们的产品，飘逸魅惑，性感诱人，女人穿了一定会妖娆如精灵一般。”

向阳双手环在胸前，盯着画面良久，摇摇头，悠悠地说道：“还行。”

“还行是行，还是不行？”陈楠自认这个创意美轮美奂，一定能在明天的创意大会上一举夺魁，可是向阳这不冷不热的态度当真是一桶冷水淋头，瞬间浇灭了她七成的斗志。

向阳看看她说：“陈楠，你太容易生气激动了。你的创意不错，但是依然落了俗套。”

“俗？又是俗。向总监，请你告诉我怎么样的广告才叫不俗？难道大家都看不懂的东西才叫高雅吗？”陈楠的确生气了，她绞尽脑汁得到的竟然是这么个评价。

她原本就因为霍家的事情烦躁，此时更是火气上涌，猛地站起身来“吧嗒”一下关了电脑，收拾起自己的东西来。

“你这是做什么？我并没有批评你，只是就事论事罢了。”向阳也站了起来。

陈楠从抽屉里拿出背包，将东西快速塞进包里，背上就走。

“陈楠！”向阳追上去，情急之下一把拉住她的手臂。

陈楠停下脚步，转身直视他：“我是女人，女人对内衣的欣赏和需求我比你清楚，女人就是喜欢美好的事物，花卉、精灵、爱情都是赋予女人美好想象的源泉……”

看着向阳那张英气勃勃的脸，陈楠重重地叹了口气：“你是男人，你不懂。”

“你太武断了，男人就不懂审美吗？我并没有否定你的创意，你没必要这么激动。”

“不是我激动，是我觉得和你的设计理念格格不入，我不知道你到底要什么，我们每天围着你不停创作、设计、修改，虽然这是工作的常态，但是至少你得让我们知道你的大体方向和风格。不然我们做再多得到的都是否定的评价，大家的积极性会很受打击的。”陈楠摇摇头，她真的很累，不想再做任何争论，挣脱开向阳的手，转身走出了办公室。

直到按下电梯按钮的那一刻，陈楠才意识到自己刚才的话有些过了，自己是疯了吗？作死求“炒鱿鱼”吗？怎么可以和上司这样说话？

现在稍微冷静下来后，她心里更多的是害怕和后悔，同时她心底也觉得奇怪：自己的包子性格怎么到了向阳面前就成了战斗机了？

陈楠敲了下自己的脑袋，掩面摇头。

电梯来了，陈楠走进电梯，按下关门键，眼看着电梯门就要关上，门却突然又打开了。

向阳快步走了进来，陈楠心虚地看了他一眼。

向阳按了关门键说：“太晚了，我送你回家。”

“啊？这……”陈楠一时犹豫。

"怎么，怕我性骚扰？"向阳眼角含笑。

陈楠想起刚才和母亲在电话里的对话，更是觉得亏心："这……倒是不会啦，其实……我可以自己叫出租车回去的。"

"刚才还那么凶，现在又害羞了？"向阳用眼角瞥了她一眼，按下了负一层按钮。

"我刚才很凶吗？"陈楠低声问。

"你还是第一个对我那么凶的下属。"

陈楠红了脸，想想自己刚才的无名火发的确实有点过分，其实她发脾气只不过是因为精神和身体的双重疲累。

电梯到了一楼，电梯门打开，陈楠犹豫着要不要走出去，向阳似乎也没有阻止她的意思，只是非常冷静地站在一旁看手机。

电梯门开了很久，缓缓地又自动关上了，向阳这才放下手机，侧过脸来对着陈楠轻轻一笑。陈楠脸上烧得更厉害了，无奈，潜意识里她是信任他的，甚至还有点喜欢和他在一起。

到了负一层，两人走进停车场，陈楠跟在向阳身后，忍不住暗叹他挺拔的身材和穿衣品味，不知不觉地来到一辆亮闪闪的黑色保时捷面前。

"这是你的车？"陈楠有些惊讶地问。

"是的，请。"向阳打开副驾驶的车门，绅士地请陈楠坐了进去。

"上次那辆丰田房车呢？"

"也是我的，我喜欢开跑车，不过上下班太扎眼，只是偶尔开来过过瘾。"

陈楠看着眼前的向阳，心中的疑问越来越多。

他名校毕业，才华横溢，得奖众多，像他这样的背景和履历，不要说一个小小的创意总监，就算是胡青杨的执行创意总监ECD，甚至是首席创意总监CCO的工作也绝对能胜任，他怎么就甘心屈就在一个中下层管理职位上呢？

向阳缓缓发动跑车。

"其实，以你的资历，为什么要来KT这样一家说大不大、说小不小，名气一般的广告公司？"陈楠说出了自己心中的疑惑。

向阳沉默良久，眉峰聚拢，说不出是烦恼还是仇恨的表情。

"如果你不想说就算了，我并不想要刺探什么。"陈楠赶紧识相地圆场。

隔了好一阵，向阳才悠悠地说："我来KT是有一些个人目的。而KT也很需要我。"

"为什么？"

“请问，这两年里五百万以上的广告合同，你们赢过LY吗？”

“这……”陈楠顿时语塞。

的确，这两年里，KT和LY一起参加客户的比稿竞争一次都没赢过。

“只要有LY，你们KT就永远拿不到合同，知道为什么吗？”

陈楠一愣，她就是一个小设计师，从来只当输赢是兵家常事，却没深想一层为什么每次遇到LY就会输。

向阳接着说：“我看过你们两家最近的一些广告作品，我知道KT的创意和策划水平并不亚于LY，但是论起团队合作和不择手段、舍我其谁的斗志，KT就和LY差了十万八千里。”

“这个……我有听过LY一些不太好的传闻……”

“不是传闻，是事实。我太清楚LY的风格了。”

“你为什么对LY那么了解？”

“我大学毕业后的第一份工作就是在LY，我在那儿待了两年才出国深造。”

陈楠睁大眼睛看着他，越听越觉得事情有些不简单，却又说不出哪里不对劲。

“我说过，你是个心思单纯的人，所以你设计的作品画面虽然浪漫美好，却没有心灵冲击力。”向阳打了下方向盘继续说，“你活在一个象牙塔里，稍有些风雨就受不了，就如刚才在办公室里，我并没有批评你，可是你已经脑补了我对你的贬低和恶意。”

陈楠回想起自己刚才的反应的确有点过分，只得默然。

车子上了高架桥，向阳的手机突然响了，他按了下车载耳机，问：“嗯，什么事？”

“这……王阿姨，你看都快半夜了，你现在说不做，我要上哪去找人……是，我知道成成顽皮，我一定严加管教，我现在就回来，你能不能等我回来再走……我给你加工资，这个月我给你双倍……你消消气……哎，你不能说走就走啊！喂！喂！喂……”

挂了电话，向阳脸上满是忧虑。

“对不起陈楠，我必须马上回家。”

“哦，没事，下了高架你随便找个地方把我放下，我自己打车回去。”

向阳摇摇头：“来不及了，我必须马上回去，保姆已经走了，我儿子一个人在家，我很担心。这么晚留你一个人在这打车也怕不安全，抱歉，只能麻烦你先跟我走一趟，晚点我再送你回去。”

陈楠心头一紧，也想不出其他办法，毕竟一个六岁的孩子独自在家实在是件很危险的事，只得点点头。

午夜，道路畅通，车子在高架桥上飞驰，可能是过了平时休息的时间，陈楠此时反而来了精神头。她觉得自己与向阳之间似乎有点儿说不清道不明的缘分，才认识不久，两人就在无意中了解了彼此不愿公之于众的私生活——她被退婚，他离婚有孩子。她被前男友全家追讨，他被前妻、孩子纠缠。

他们有个共同点，看似光鲜亮丽的外表下，都有着不为人知的不堪过往。

陈楠胡思乱想着，并没察觉自己已经默默转头注视了向阳许久。

向阳快速地看了她一眼，车内昏暗的光线下，她看上去温柔娴静，他没有阻止她望着自己发呆，而且她眼中的信号，也在撩拨着他的心弦。

不一会儿，两人就到了本城著名的豪华江景公寓，向阳的家就在这里。

一进门，陈楠就发现家中灯火通明，装修豪华的屋子里一片狼藉，满地的玩具、画纸、蜡笔和漫画书，墙上被涂得五颜六色，茶几上杯盘零落，真皮沙发已经被利器划破，露出了海绵。最触目惊心的是，还有一大撮卷曲的头发散落在沙发上。

“这就是保姆半夜辞职的原因，成成趁保姆打瞌睡时把她的头发给剪了……”

陈楠不禁咂舌，眼前堪比惊悚片的场景竟然是一个未满六岁小孩的杰作。

“成成！”向阳说着，往孩子的卧室走去。

陈楠环顾着凌乱的屋子，忍不住感慨，各人有各人的难处，哪来的十全十美。

就在此时，卧室里突然传来一阵喧闹。

“爸爸，我学超人给你看！”

“不要跳！”

随着向阳的高声喝止，那个“跳”字话音未落，只听见“咚”的一声巨响，接着就是孩子尖锐的哭叫声传入耳内。

“成成！”

陈楠赶忙跑到卧室门口，只见向阳正抱住摔倒在地上的向成。原来卧室里有个儿童衣柜，小向成刚踩着桌子爬了上去。衣柜并不高，但地上全是玩具，估计是跳下来的时候正好踩在了某个玩具上，重心失衡摔倒了，看这样子可能是骨折了。

两人赶忙抱着孩子送医院，向阳开车，陈楠抱着哭喊不止的孩子。

他一边开车一边哄孩子，额头上渗出汗珠，眼圈泛红。

孩子在陈楠的怀里毫不消停，小拳头不停地砸在陈楠的身上，嘴里不停地喊“妈妈”，叫得两个大人都揪起了心。

“对不起，陈楠。”向阳深知儿子的拳头有多重。

"没事。"陈楠尝试安抚小向成，可是这孩子的个性十分别扭，温柔地安抚毫无作用。

一路上陈楠不知道挨了小向成多少拳，总算到了医院，挂了急诊，折腾了一个多小时，可能是哭累了，也可能是已止痛，小向成总算是安静了下来，迷迷糊糊地睡了过去。

医生建议孩子住院观察两天，向阳走到窗边，无奈地拿起手机打给那个自己最不愿意联系的女人。

无人接听，无人接听，永远是无人接听……

向阳一拳头打在墙上，发出巨响，吓了陈楠一跳。

"怎么了？"

向阳靠着窗框，一脸沮丧，仰天长叹道："没什么，这是我自己造的孽，当初是我向她求的婚，活该有今天的下场。"

陈楠明白他所指的是他的前妻董菲。

"她可能睡了，我睡觉的时候电话也会设置静音的。"陈楠尽力宽慰。

向阳冷呵一声："不到凌晨三点她是不会睡觉的。她不接电话的唯一原因就是不想接，她不想做的事谁也没办法让她做。"

陈楠沉默，看来相比起向阳这些焦头烂额的事来，自己被霍军退婚还真是有点儿"小巫见大巫"了。

"陈楠，我想请你帮个忙。原本我是想打电话让成成的母亲过来，我可以回家拿点儿东西，但是……你看……"他抿着嘴唇，知道自己提出了一个过分的要求。

"我明白，我留在这，你回去拿东西吧。"她微笑着说。

他抬头深深看她，嘴角是一个酸涩的笑容，轻声而郑重地说了声"谢谢"。

那天晚上，陈楠最终还是自己打车回的家，等她回到家的时候已经是凌晨三点多，一个囫囵觉睡到大天亮。

一看闹钟，十二点，她一个激灵赶紧飞身起床洗漱穿戴。

陈楠正在刷牙，母亲何莹敲了两下卫生间的门，带着笑声说："楠楠啊，你不用那么赶，那个向总监找蒋萱要了我们家的电话，他打电话来说你昨晚上帮了他的大忙，今天不用去公司了。"

陈楠口里含着牙刷，开了门瞪着母亲说："什么？！"

何莹笑说："那个向总监还特意让我帮你把闹钟关了，手机也拿了出来，说他欠你一个安稳觉。"

陈楠扔下毛巾直跺脚："哎呀，你听他胡说呢，今天下午是部门的定稿会议，我的设计稿还没做完呢。下午我还和蒋萱约好了谈霍家的案子……这向阳搞什么啊？”

说完她从母亲手中拿过手机，气冲冲地拨通了向阳的电话。

“喂？醒了？”

“你开什么玩笑？让我妈把我闹钟给关了，你要害死我啊，我的设计稿还没完成呢！”

“我已经帮你和蒋萱约好了，她说两个星期内都只有今天下午有空，明天她就要出差。你现在去，正好赶得上和她谈霍家的案子。”向阳完全没有回答她的问题。

陈楠心急如焚：“向总监，你到底搞什么？那我们小组的设计稿怎么办？”

“你五点前回公司就行了。你是我的下属，执行命令！”说完向阳就挂了电话。

陈楠脑袋里乱哄哄的，正没头绪，突然手机又响了，是蒋萱来电。

“妞，向阳给我打了电话，替你和我约了下午两点谈事，你赶紧收拾一下，给我过来，我要审你！”

“审我？”

“对，就是要审你！你这小妮子学坏了。快过来！一起吃午饭。”蒋萱假装恶狠狠地说完，也挂了电话。

既然如此，陈楠想想，那还是先去和蒋萱聊聊霍家这个心腹大患吧。

蒋萱的律师事务所装修得典雅气派，两根褐色大理石柱子中间是一个弧形前台，背后是金色秀丽的行书——“正恒律师事务所”。

除了蒋萱、董伟和另一个顾姓合伙人，事务所里还有十来个律师，规模不算大，但是因为专业，所以业务一直也还不错。陈楠到的时候，蒋萱正在和客户谈话，于是她就坐到了一旁的会客室里翻杂志。

不一会儿，一个身材壮硕的男子从门前经过，他停下脚步，朝里看了两下，敲门进来。

“你好啊陈小姐，好久不见。”

陈楠一抬头，看见一张圆乎乎、笑容亲切的脸，正是董伟。三年前事务所开张的时候，陈楠见过他一面。

“你好，董律师。”陈楠赶忙起身和他握手。

董伟在衣服上擦了擦手心的汗，和陈楠握了下手，却笑容腼腆地不知道要说些什么。陈楠赶紧找了个话头说：“我来找蒋萱一起吃饭的。”

“啊……哦，是的是的，她刚和我说了。原本……我想请她吃饭的……”董伟有些局促地说。

果然蒋萱说得没错，看他这憨厚的样子怎么也无法和口齿伶俐的大律师形象联系到一块。但他的确又是事务所的核心人物，人缘好，业务能力强，蒋萱和顾姓合伙人都比不上。

董伟似乎在犹豫什么，站在那儿迟迟不走，陈楠一时间也找不到话题，气氛颇有些尴尬。

沉默了几秒，董伟搓着双手说：“陈小姐，我能不能问你一个事？”

“嗯，你问吧。”

“蒋萱她……过得开心吗？”董伟紧张又小心地问。

陈楠不知他为何如此发问，于是模棱两可地答：“唔，似乎没什么不开心的。”

“哦，那就好……那就好。你坐，我先走了。”董伟挤了个笑容，点点头，转身离去。

看着他离开的背影，陈楠把他的话和表情联系在一起，在脑子里又过了好几圈才恍然大悟，看来还真被自己上次的玩笑话说中了，这董伟“八九不离十”是喜欢上蒋萱了。

人世间的情爱就是如此复杂难言，所以有人说相爱是一种福分，可不是吗？相对于成双成对，一厢情愿的爱恋或许更多。

午餐时，看着对面容貌靓丽的蒋萱，想着董伟那平凡的样貌和肥硕的体型，再想起蒋萱之前说过的自己是颜控，估计她这辈子应该都不会接受这样的另一半吧。

陈楠用吸管轻轻搅动着杯中的饮料，叹了一声。

蒋萱点完菜，放下餐牌，突然严肃道：“陈楠，赶紧如实招来！你和向阳到底是怎么回事？”

陈楠一愣：“我和向阳会有什么事？”

“哼，你这家伙还不说实话，无端端的向阳怎么会给我打电话替你来预约时间？”蒋萱眯着眼睛紧盯着陈楠。

陈楠哑口失笑：“那是因为昨晚上他把我折腾到凌晨三点才回家睡觉，心有愧疚……”

“什么？！”蒋萱倾了上身，睁大眼夸张地说，“折腾你到凌晨三点？你们发展得也太迅猛了吧！哎，感觉怎么样？向阳的颜值身材可比霍军强多了。”

陈楠把蒋萱的话在脑子里转了两遍才突然悟到她是在暗指那种“折腾”……

“去去去！胡说八道什么呢！”陈楠顿时两颊发烫，红了耳朵，伸手推了蒋萱一把。

两人边吃边聊，陈楠将昨晚上的事给蒋萱说了一遍，蒋萱听后轻叹：“楠，我可要给你敲一下警钟了，千万小心向阳。”

“怎么？”

蒋萱深看了陈楠一眼，认真说：“你见过董菲，连我一个女人都被她的容貌、身材牢牢吸引，何况是男人？我听董伟说，当年向阳爱董菲几乎到痴迷的程度，董菲要和他离婚时，他几乎崩溃。最要命的是他们还有个儿子，这就决定了他俩永远不可能彻底断联，就向阳当初对董菲的痴迷程度，你能保证他俩将来不会旧情复燃吗？”

陈楠默默地听着。

蒋萱又说：“还有他俩那个小孩我是见过的，简直就是个混世魔王。亲生的尚且受不了，何况是后妈。你想过没有，到时候又是前妻，又是继子，这日子要怎么过？”

陈楠久不言语，蒋萱洞若观火，知道陈楠是对向阳动了心了。

好一会儿，陈楠深吸了口气，笑着说：“我有自知之明。我就是奇怪，董菲为什么非要和向阳离婚呢？”

蒋萱神秘地笑笑：“职业操守——不能说。”

陈楠点点头，也没再追问。

饭后，两人回到办公室里研究霍家的案子，签了委托代理的协议，由蒋萱出律师函，敦促霍家尽快进行协商。

告别蒋萱，陈楠急匆匆地赶回公司，一路上脑子里都是昨晚向阳在医院里沮丧忧愁的神情。

一到公司，她疾步冲进办公室，想尽快完成设计稿，不想杨妮却上来说：“楠姐，不用赶了，已经交稿了。”

“什么时候交的稿？交了什么稿？谁让你们交稿的？”陈楠无法相信自己的耳朵，一连串的问题脱口而出。

“不知道啊。”一旁的美工阿蓝说，“我们一到公司就被通知说小组内部已经定稿。刚才朱悦悦发了邮件说已经收到了所有小组的创意方案，五点开会宣布结果。”

陈楠赶紧起身往向阳的办公室走，杨妮喊住她：“向总监今天没来上班。”

“这到底是怎么回事？”陈楠又赶紧拨了个电话给朱悦悦。

朱悦悦在电话里嘻嘻笑："我也不知道，胡总让我发的通知，我就发了。"

"可是我们小组根本就没有定稿啊。"陈楠一头雾水。

"哎呀，你真是操心的命，既然胡总说收到了那肯定就是收到了，不然早就发脾气了。既然你们小组已经交稿，那肯定是向阳的杰作啊。"

"向阳……他怎么可以这样独断专行，都不和大家说一下。"

"哎，对了，说起他，我有个现实版的宫斗剧，你要不要听？"朱悦悦神秘兮兮地开口，"男一号就是你们向总监。"

一听是和向阳有关，陈楠顿时来了兴致。

朱悦悦用手捂着话筒，轻声说出了一段向阳的往事："我告诉你，向阳以前是LY的人。"

"这个我知道，他和我说过。"

"哟，他对你倒挺坦诚，那他有没有告诉你，他当年为什么离开LY？"

"为什么？"陈楠好奇地问。

"是被人陷害的！七年前有个全国性的广告创意大赛，很多大学生和青年职业选手都参加了，他和LY的太子爷韦明轩都报了名。原本向阳是很有希望胜出的，不过后来不知道怎么回事，在复赛的时候爆出了他抄袭他人作品的事，于是向阳被当场取消参赛资格，在行业里的名声一落千丈，然后就离开了LY，消失了。"

"我不相信他会抄袭他人的作品。"陈楠几乎想都没想就说，"他心气那么高，那么骄傲，不可能去抄袭别人。"

朱悦悦惊奇道："咦，你怎么说得好像和他很熟似的？"

陈楠意识到自己说的有点多，赶紧闭嘴。

好在朱悦悦也没察觉出什么，又接着说："其实我也不信。不过后来业界就传出一些风言风语，说向阳抄袭是韦家太子爷幕后安排的。因为LY的韦老爷子非常赏识向阳，想把他培养成接班人，太子爷不服就下了个套，故意和韦老爷子说愿意在大赛中和向阳一决高下，然后花钱买通了一些人，做了抄袭的这个局。对了，听说这事还和一个女人有关。啧啧……这剧情是不是堪比一部男版宫斗剧？"

听到这里，陈楠才终于明白了，为什么昨晚上向阳谈起自己的过往时神情有异。

"哎，我告诉你，你小心点，公司里有好几个女生都盯上他了。"朱悦悦继续着自己的八卦。

"盯上就盯上呗，我要小心什么？"

"你们组就你是单身啊！近水楼台先得月，懂不？"

"大龄剩女"的婚事似乎永远都是世界关注的焦点，陈楠哭笑不得地敷衍了几句，挂了电话，不由自主地抬头望向向阳的办公室。

办公室门紧闭着，里面并没有人。

然而，令陈楠没想到的是，直到下午五点要宣布结果了，向阳依然没有过来。眼看创意部定稿会开得如火如荼，她赶紧给向阳打了个电话。

“喂？”向阳的声音听起来有气无力。

“你在哪？你让我必须五点前回公司，你自己人呢？”

“你替我去开会，做讲解。”

“我替你？我连你交了什么稿都不知道，怎么做讲解？”

“开电脑看邮件，你行的，我相信你。”

手机那边传来小向成呼喊“爸爸”的声音，向阳挂了电话。

此时此刻再纠结已无意义，陈楠赶紧打开电脑，点开了演示文档。

夕阳西下，窗外一片霞光，向阳歪在躺椅里盯着红色的云层发呆，时不时地咳两声，熬了一个通宵，夜凉入体，他着了凉。

向成坐在病床上，脚上绑着石膏，手里拿着游戏机在玩耍。

“爸爸，妈妈什么时候来看我？”

儿子的问题像一根针般刺进向阳的心窝。

他已经厌倦了替董菲遮掩丑行、对儿子撒谎的日子。这么多年，他不知道撒过多少个谎，只为了能够在儿子的心里维持“母亲”这个神圣的名词。

可是孩子一天天长大，谎话渐渐苍白无力，作为单亲父亲，向阳精疲力竭。

他要怎么和孩子说，他的妈妈此时此刻正在迪拜富豪的游艇上，完全联系不上？

可是他不得不回答孩子的提问，因为成成的性格像极了董菲：执拗、霸道、任性妄为，如果自己不回答，他会不停提问、哭闹，直到要到答案为止。

“你妈妈……她……出差了，过几天就会回来看成成了。”

“我不喜欢她出差，我已经很久没有见到她了。”

向阳摸摸孩子的头，不再出声。他很累，无心也无力去说更多的谎话。

在躺椅上小睡了片刻，直到敲门声响起，他睁开双眼，眼前风尘仆仆的陈楠让他心头一震。

“陈楠？！”

他睁大眼睛，不可思议地看着她拎着一大袋东西走进病房。

她的双颊在夕阳的照耀下红扑扑的，为她原本不算妩媚的脸庞添了几分娇美。

陈楠将袋子放在桌子上，眼睛一直没有看他，小声地说：“我不太放心，所以来看看。”

他是惊愕的，成年人的情感世界，有些事情心底清楚，但是不一定要变成事实，向阳完全没想到陈楠竟然会勇敢地踏出第一步。

陈楠拿出一个精美的儿童蛋糕，在向成面前晃了一下笑道：“成成，阿姨给你买了变形金刚的蛋糕哟。”

“哼！”向成冷哼一声扭头不理，继续玩他的游戏机。

“成成，叫阿姨！”向阳严肃地命令。

成成置若罔闻，压根不在意。陈楠立刻想起蒋萱的警告：宁可单身不做后妈。

她尴尬地笑笑，转了话题对向阳说：“告诉你一个好消息，我们的方案得到大家一致认可，于总经理当场就拍了板，让所有部门全力协助我们后续的工作。”

“我知道，开会前我就知道会是这个结果。”

一谈到工作，向阳的脸上立刻浮起有些自负的神情，不过这一次，陈楠并不觉得讨厌，而且觉得他理应如此。

当她打开他发过来的方案时，当即佩服得五体投地，她不知道原来广告策划案可以写得如此引人入胜。

向阳用陈楠的精灵创意作为基础，加入了森林女神与希腊神话的元素，画面制作精美而华丽，美艳性感的同时又充满了童话气息。

“你的构图和用色真是绝。而且更让我吃惊的是，没想到你的文字功底都那么了得。”陈楠发自内心地赞美。

向阳只是淡淡一笑。

“可是你为什么要写我的名字，这个方案完全是你独立完成的。”

“我只不过是在你的创意基础上充实了内容而已，核心创意‘精灵世界’来自你，自然要用你的名字。”

“那也该署上两个人的名字，你的功劳怎么能让我一个人独占？”

向阳浅笑着轻轻摇头。

陈楠见他一脸疲倦，眼中布满红丝，顿时明白这份精彩绝伦的创意案是他通宵熬夜的成果，心中更是佩服又心疼。

“你昨晚没睡？”她的语气温柔。

他摸了摸下巴上的胡茬，笑说：“我看上去是不是很憔悴？”

何止憔悴？而且忧伤。陈楠想说却没说出口。

“你需要休息。”她轻轻说。

他注视她，嘴角挂着一丝笑意。

她眼中的关心早就超过了普通同事之间该有的程度，他看得懂。

早十年，他喜欢有点骄横霸道的女性，对陈楠这样温柔体贴的女性从不“来电”。而现在，他真希望董菲能有陈楠一半的乖巧懂事，如果真是那样，他可以原谅她对他所做的一切。可是江山易改本性难移，他知道，要董菲改变，简直是痴人说梦。

“怎么？”他的凝视令陈楠有些局促。

“没什么，你早点回去吧。”他故意将语气调至冰点。

她扬起睫毛与他对视，两人互相观察，衡量着对方的下一步行动。

沉默了两秒，陈楠放弃了，向阳冷淡的语气刺痛了她，也让她想起自己被霍军退婚的惨痛经历。

哪怕是离异有孩，向阳的条件也依然优秀出众，而自己……自卑的情绪像旋涡般将她内心的火焰一点点吞噬。

陈楠走后，向阳走到窗前俯视，一直目送陈楠走出医院大门，过了天桥，来到街对面的公交车站。她的人影是那么小，但在人群中又是那么显眼。

她居然选择了坐最便宜的公交车？向阳心中是惊奇的，也有几分愧意。与董菲的挥金如土相比，陈楠简直是另一个世界的女人。

向阳自然也知道，她带着礼物来看望自己，自然不是单纯地为了感谢自己的策划案，而是因为她心中有种力量催动她过来。自己不但没给一个“好脸”说声“谢谢”，甚至连送都没送半步，不过虽然是过分的，可是他必须如此才能防患于未然。

公交车来了，陈楠小小的身影消失在车站前，一阵怅然若失的感觉突然萦绕在向阳的心头……

或许是蒋萱律师信的功效，霍家总算是停止了骚扰。陈楠打电话给蒋萱的时候，蒋萱和董伟正坐在动车上去拜访一位外地的客户。

挂了电话，蒋萱就给了董伟一个白眼，董伟莫名。

“怎么了？”

“你的那个小祖宗外甥把腿摔断了，你知道吗？”

“是吗？不知道啊，董菲没告诉我。”

“呵，你指望她告诉你？她现在在哪你知道吗？”

“呃……不知道。”董伟轻叹，妹妹董菲刁蛮任性的性格他是最清楚不过的。

“一问三不知。”蒋萱再次丢了个白眼给他。

“孩子怎么样了？”

“打了石膏，伤筋动骨一百天，在家养着呗。”

“哦，那我打个电话给向阳。”董伟正要掏手机，蒋萱摁住了他的手。

“陈楠说他们要开会呢。”顿了顿，又说，“我真怕陈楠着了向阳的道。”

“怎么？”

“我估计陈楠是喜欢上向阳了。”

“那也挺好啊，向阳是个好男人。”

“什么好男人，你懂什么？你谈过恋爱吗？你懂爱情吗？有些爱情是有希望的，有些爱情是没有希望的。”

董伟脸一红，极快地看了蒋萱一眼，低头不语。

蒋萱接着说：“我了解陈楠，别看她平日里做事大方利落，其实思想特别单纯。一个未婚的霍军都快把她弄崩溃了，向阳这瓶有毒的二锅头还不要了她的命啊？”

“呵呵，你也说得太吓人了。我觉得陈楠和向阳挺般配的。”

“般配？向阳对董菲旧情未了，难道你不知道？再加上你们家那个小祖宗，你想坑死陈楠啊？不行不行，反正我是坚决不同意他俩在一起的。”蒋萱越想越担心。

董伟不再说话，他的感情世界是一张白纸，但是妹妹董菲的这段婚姻他还是清楚的。

董家的一子一女，一胖一瘦，一丑一美，一宅一浪，一静一闹，从小漂亮的妹妹董菲就是众人瞩目的焦点，或许是得到了太多的宠爱，董菲家里家外都是小公主一个。

很小的时候董菲就是广告小明星，长大后家里原本为她铺了一条星光大道，可是还未出道，她就违反了经纪公司的条约，换了好几个男友。与经纪公司闹翻后，她索性流连于各种社交场合，成了社交名媛。二十二岁那年，她成了LY广告公司太子爷韦明轩的女朋友，却在机缘巧合下与太子爷身边的向阳一见钟情，于是一场三角恋爱拉开序幕。

董菲当时的确是爱着向阳的，很快与韦明轩分手，闪电式与向阳结婚，这也就埋下了韦明轩陷害向阳的伏笔。

董菲与向阳当年恩爱非常，她甚至为了向阳放下了小公主的架子，上烹饪课，为夫洗手作羹汤，令董伟这个当哥哥的大跌眼镜。而向阳也很争气，事业蒸蒸日上，一年后，两人又有了儿子向成，一切都美得犹如梦境。

可是向阳毕竟是普通人家的孩子，一分一厘都要靠自己的努力奋斗而来，而董菲早就习惯了花钱如流水的生活，孩子出生后，两人为了钱和孩子反反复复地吵架。

也就在此时，向阳被韦明轩陷害，从一个前途无量的青年才俊变成了行业里人人唾弃的抄袭者，他不得不离开中国去海外半工半读，重新发展自己的事业。

最终，董菲骨子里的不安分基因战胜了她对向阳的爱，在一次社交晚宴上，她认识了迪拜富豪，从此过上了她所向往的生活。

所以仔细想想，董伟也无法否认蒋萱的担忧，在无法确认向阳是否真的放下董菲之前，陈楠的加入无疑将会是一场悲剧的起始。

董伟想着，偷瞄了一眼正在认真看文件的蒋萱，俏丽的短发、白皙的肌肤、长长的睫毛、秀挺的鼻子和薄薄的嘴唇，她的美令他神魂荡漾，他不知道要怎么形容自己的心情，只知道她的存在就像是他生命中的太阳。

直到一阵手机铃声响起，他才匆匆收回视线。

蒋萱接起电话，脸上显出妩媚的笑容，声音也变得娇柔了几分。

“嗯，怎么？想我了？”她咯咯笑，露出洁白的牙齿。

“嗯，这就对了，你好好工作，知道吗？如果你表现得好，我回来带你去泰国旅行！”

“唔……”蒋萱睫毛闪动着，眼睛晶晶亮，“你啊，真是小醋坛子，我是和董伟一起出差啊，你还不放心啊？好好好，我让他听电话。”

蒋萱满脸笑意地将手机递了过来：“是小帅，要和你通话，让你做我的保镖呢。”

董伟一愣，接过电话，白小帅在电话里半开玩笑地说：“董大哥，我只相信你，拜托你路上多多照顾萱儿，等你回来我请你喝酒。”

“哦……放心。”

挂了白小帅的电话，董伟侧头问：“奇怪，他怎么对我这么放心呢？”

蒋萱快速看了他一眼，笑靥如花：“因为你有安全感啊。”

董伟看着她，勉强挤出一个涩涩的笑。

白小帅放下手机，一抬头，一双灵动的大眼睛正注视着他，两颊泛着红晕。见到白小帅望过来，那双眼睛的主人赶忙垂下眼睑，慌乱地翻动着桌子上的文件。

她叫吴佳，新进公司的应届毕业生，年轻又羞涩，像一只容易受惊吓的小兔子。

进公司第一天，她就冒失地打翻了女主管的茶杯，不仅弄湿了文件，还弄脏了女主管的衣裙，被女主管狠狠地训了一顿。

当时白小帅看她垂头丧气的样子，就如同看到当年被亲戚赶出家门时的自己，孤独、茫然、害怕、卑微。于是他找来抹布帮她擦干了地板，并安慰了她一番。

从那天起，白小帅就成了吴佳的恩人和保护神，而白小帅的办公桌上也经常会出现早餐、零食之类的东西。

人之常情，几次下来，白小帅忍不住要对这个小女生留意几分，而她身上那份还未褪去的校园气息令他如沐春风，心神飘荡。

这是一个与蒋萱完全不同类型的女子，清纯又柔弱。

不多久，两人又被分配到了同一个项目小组，白小帅成了吴佳的师傅，接触得就更多了。

男女间的感情滋长很微妙，吃多了蒋萱那样的“麻辣火锅”，吴佳这种就像是清新可口的“小葱拌豆腐”，让白小帅耳目一新。

两人间的眉目传情很快就被人添油加醋传得沸沸扬扬，一开始每次同事开玩笑时，白小帅都会笑着否认。但是次数多了，他也不再解释。

两人开始一起吃饭，一起回家，互赠小礼物，虽然没有挑明，但是俨然已经是众人认可的情侣，经常拿他们开玩笑。

一次公司聚餐上，有人起哄问白小帅有没有女朋友，白小帅内心略略挣扎，迟疑片刻后笑答：“没有。”

于是多事之人便开始撮合他两人在一起，白小帅没有接受，也没有拒绝。

再后来，为了和吴佳多待一会儿，白小帅自愿放弃了坐出租车上下班的待遇，又回归到之前令他厌恶的平民交通工具——地铁。

地铁车厢里人多，他充当起她的护花使者，用手臂将她与四周的拥挤隔开，她喜悦又羞涩地看着他帅气的脸，借着到站刹车，脚下不稳就顺势倒进了他的怀里，他没有推开，两人算是定了情。

“我知道你有女朋友。”吴佳抬起头在他耳边轻声说。

白小帅愣在那儿不知如何作答，吴佳接着说：“你别担心，我不会闹的。我只是喜欢你，能这样靠在你的身上，已经是我这辈子最大的幸福了。”

白小帅一言不发，一手轻轻抚过她柔顺的长发。

几天后，白小帅回到家中，惊讶地发现蒋萱比自己早到家，并且正在厨房里做饭，这可真是罕见画面。

“想我了没？”蒋萱围着围裙从厨房里快乐地跑了出来，扑进白小帅的怀里亲吻他。

白小帅尬笑了两声，敷衍地点头。

“今天怎么回来得那么早？”他问。

“下飞机已经六点了，就不想再回事务所了，直接回来做饭给你吃。”蒋萱挤了下眼睛，“你不是老说没吃过我做的饭吗？今天让你尝尝。不过，你得给我打下手，快去洗手换衣服来帮我。”

蒋萱推了他一把，欢快地回了厨房。

白小帅看着她的背影，心头暗叹，又是“打下手”，好像自己和蒋萱在一起永远都是矮一头。

在卫生间里洗手时，突然听到蒋萱在厨房里尖叫一声，接着传来一阵“哐啷”的声响，白小帅手都来不及擦赶紧冲进厨房。

只见炉灶上一团浓烟，油锅里的热油发出噼里啪啦的响声，锅碗瓢盆散落得到处都是，一条活鱼在地板上翻腾跳跃。

“鱼，我的鱼！”蒋萱挥舞着锅铲，双脚直跳，“你快把它捡起来啊！”

白小帅赶紧上前把炉火熄灭，盖上锅盖，开了窗。

“你怎么回事？把活鱼直接往热油里放？”

蒋萱惊魂未定，急急解释：“我是想炒菜的……”

话音未落，白小帅转过身来埋怨道：“热油遇到水就会沸腾，你这点常识都没有吗？”

“我……”

白小帅皱着眉捡起地上的活鱼，扔进水槽里，挥挥手说，“还是我来吧，你去休息。”

原本这不过是一场小意外，蒋萱自知自己厨艺不佳，白小帅接手做饭是顺理成章的事，但是他脸上的厌烦表情和语气中的嫌恶令她心惊。

若是从前，白小帅的第一反应应该是熄了火之后就赶忙上前来查看她有没有受伤，然后用热情的拥抱和亲吻安抚她。可是今天，他从进厨房到现在就没有一点点关切担心的表现，太反常了，这让蒋萱一下子心火上蹿。

“你什么态度？我差点儿被热油给烫伤了，你一点儿都不关心，还摆这副嘴脸给我看？”

“我什么态度？什么嘴脸？”白小帅反问。

“你是在嫌弃，抱怨我？”

“不敢，我只是没想到你居然会犯这么低级愚蠢的错误，把活鱼直接丢到油锅里去。”

“我低级愚蠢？！”蒋萱声高八度叫起来，白小帅的这个评价令她震惊，“白小帅，在你没弄清楚到底发生了什么之前，最好把这四个字给我吞回去！”

蒋萱气得发抖，指着案板上的一小筐青菜说：“我再蠢也不会把一条还没剖洗干净的活鱼丢到沸油里去！我要炒的是这筐青菜！是这鱼在水槽里翻腾，把水溅到了锅子里，我想把水槽里的水放了，没想到它跳了出来，差点儿把油锅都弄翻了。

所以，在你指责别人低级、愚蠢之前，先用你的猪脑子好好想想事情有没有其他的可能性！”

蒋萱气得呼哧呼哧地瞪着白小帅。

白小帅看了看凌乱的厨房，一阵语塞，自知理亏。

“好了好了，算我说错了，我来打扫，你去做你的事吧。”他垂头低语，拿着拖把擦着地上的水渍。

“什么好了？道歉！你必须向我道歉！”蒋萱昂头挺胸，上前一步严肃要求。

白小帅直起腰，眉头紧蹙，胸中一阵逆反：祸又不是自己闯的，明明是她弄得厨房一团乱，自己帮她收拾，到头来居然还要低声下气去向她道歉？

其实跟着蒋萱之后，他赔不是早就成了家常便饭，但是今天他就是不想道歉，他也是人，而且是男人，有自尊心的男人，男人哄女人是天经地义，但是万事都得有个度不是？

看着蒋萱一副盛气凌人的样子，白小帅就低不下头，索性反击！

他将拖把一把扔在地上，第一次厉声吼道：“道歉？道什么歉？！你自己弄的烂摊子，要我来收拾，还要我道歉？行啊，你能干，你有理，那你自己收拾吧！”

说罢，他一把推开蒋萱，夺门而出。

直到那一声关门的巨响传进耳内，蒋萱的意识才被震回来。

他对自己吼了？他推了自己？他摔门而出？怎么可能？她的“小奶狗”居然反抗自己了？

蒋萱愣愣地盯着那厚重的门板，脑子里一片空白。

她木然回到客厅里，坐在沙发上反复地想，却怎么也想不通。之前白小帅是那样呵护着自己，就连她的指甲边长了根倒刺，他都会小心翼翼地帮她去掉，还要亲吻很多遍才算完成仪式，如今他居然凶狠地推开她甩门而去？

忽然间，她觉得宽敞华丽的屋子寂静得可怕，就如当年罗旭离开他们的小租屋后的感觉一样，房子变成了坟墓，自己孤单得犹如一个游魂。

她不喜欢一个人，她需要陪伴……

两个小时后，蒋萱开始焦虑地在房内踱步，走了一圈又一圈，最终忍不住拿起电话拨通了白小帅的手机。

白小帅接到电话时，两条浓眉扭成了结，而他对面的一双明亮眼睛将他脸上的烦恼尽收眼底。

“时间太仓促，我随便做了两个三明治，你尝尝合不合胃口？”吴佳轻轻将食盒向前推了一下。

白小帅抬眼看看吴佳清丽的脸庞，嘴角浮出一个无奈的笑容，按掉了蒋萱的来电。

“你怎么不问我大半夜的叫你出来是为了什么？”

吴佳抿嘴笑：“不问，不想知道。”

“那你怎么会做了三明治？”

“晚上十点多是吃夜宵的时候啊，无论你为什么叫我出来，也一定会有点儿饿的。”

白小帅轻笑，拿起三明治吃了起来。

白小帅没有说自己为什么离家，吴佳也没问，两人在外滩漫步，聊着各自的家世和故事。

一样独自来沪打拼，一样的初出茅庐，一样的雄心壮志使得他们很聊得来。

“白大哥，你想过自己创业吗？”吴佳纤细的手指将一缕被江风吹落的发丝拨到耳后，动作轻巧而妩媚。

白小帅不禁心神悠悠，发现自己好像已经有很久没有见过女性的这种柔姿了。

不是因为发型的关系，而是言行神态，相比吴佳的柔和，蒋萱的一言一行简直和美国英雄片里的神力女超人有得一拼。

看着波澜起伏的江水，白小帅想起不久前问蒋萱借钱创业受挫的事，心里很不是滋味，叹了口气：“想过，没有本钱，谈何容易？”

“嗯……我有点积蓄，不多，我们可以一起创业。一个人力量小，两个人力量大，我们年轻，可以吃苦，早上我们还是上班，晚上我们可以做自己的事业，一点点来，一定能成功的。”

白小帅倒吸一口气，吃惊地望着吴佳那小小的脸庞，一双眼睛在夜色中闪耀着悸动的光芒，不由自主地被她追逐爱情的勇气所感动。

他张开了手掌，她谨慎地看了他一眼，将手轻轻地送进了他的掌心……

第三章
复仇者的秘密

“胡青杨怎么会让你在这个节骨眼儿出差？”当陈楠得知向阳被派出差时，惊得对上司直呼其名。

还有三天就是米娅公司的比稿大会，一个月的辛苦，成败在此一举。而向阳作为项目主管此时被派去洽谈一个二十多万的小广告，在陈楠看来，这简直不可思议。

向阳倒是很淡定，毫无半点怨言的样子，夹了一块笋尖到陈楠的碗里。

“领导的决定，我们服从就是了。”

话锋一转，向阳抬起眼帘说：“今天请你吃饭，是有件事要拜托你。”

“什么事？”

“成成的腿伤还未痊愈，我这次去深圳出差半个月，不太放心……”向阳神色忧愁地说，“我想请你每天……哦，不，每隔一天去看看他。”

说罢他紧紧抿住嘴唇，盯着陈楠。

他知道这是个过分的要求，陈楠工作有多忙他很清楚。而且最重要的是，两人是上下级的关系，上次陈楠主动到医院探望，自己一张铁板脸把人给打发了，如今又要人来关怀自己的儿子？实在是有点打脸。

果然，见到陈楠的眉间轻蹙，他嘴角带着一丝尴尬的笑意，想想还是算了。

“如果你不愿意也没关系……”

“我很愿意帮忙。”她淡淡地笑，“不过我想知道为什么你不找别人。成成的母亲呢？”

向阳眉头皱得更紧，拿起杯子喝了口茶才缓缓道出因由。

“我父母都不在人世了，而我在本城也没有亲戚朋友，最亲近的可能就是董菲的哥哥董伟。”

向阳叹了口气，接着说：“董菲的父母是生意人，早些年移民美国了，董伟和董菲是跟着祖母长大的，前两年祖母去世，也就只剩下了董伟和董菲兄妹在本城生活。董伟倒是很关心成成，不过他工作太忙，顾不上。而董菲……”

陈楠轻轻晃动着杯子里的茶水：“再怎么她也是孩子的母亲啊。”

向阳扬起一个苦笑：“并不是所有女人都能成为合格的母亲。我联系不上她，所以，想来想去，只能麻烦你。”

陈楠垂下眼皮浅笑不语。

“你是个有责任心的人，所以我相信你。”说着，向阳从口袋里拿出一张门禁卡和一串钥匙推到了陈楠面前，“新来的保姆也不知道能做多久，万一有什么事，你出入也方便些。”

陈楠扫了一眼门禁卡上的照片，是董菲的相片，好奇地抬起头看向他，向阳赶紧补充道：“我的那张门禁卡给了保姆。”

“离婚不离家吗？”陈楠忍不住调侃，但这份调侃里，还带着几分私心的打探。

“她才不会和我一起住，我一回来她就搬去她男朋友家里了。”

“哦？”陈楠本能地对这个回答有些酸意。

“她一向追求者甚多，我并不是她需要的人。”

向阳眼中一片伤痛，陈楠止住话题。她的视线不由自主地停留在他的脸上，在她看来，眼前的这个男人除了有些高傲自负，其他方面堪称完美，她想不出任何董菲坚持离婚的动机。

向阳迎着她的目光，洞察她的思维，微微一笑：“我并没有你想象的那么好。”

“你怎么知道我把你想象得很好？我对你可没多少好感。”陈楠调皮地逗他。

向阳笑了笑，没再说话。

第二天，向阳就出差去了深圳。胡青杨又拿了两个小广告项目给陈楠的小组做，对两天后“米娅”的比稿大会却只字不提了。

组员也都私下里聚在一起嘀咕，陈楠尝试从朱悦悦那里了解情况，却也是信息寥寥。

工作轻松了，下班也早了，陈楠买了些食材先去向家。

才到门口，她就听到屋子里孩子的号哭声和保姆的怒吼声，推门而入，正巧保姆往外冲，两人差点儿撞个满怀。

保姆愣了愣，立刻大声抱怨起来：“哎哟！向太太，你总算是回来啦。你再不回来，我就要报警了！”

说着她撩起一侧缺了一块的衣角说：“你看看我的新衣服被他剪成什么样了？还有，你看看，你看看！”保姆扬起手中的一束稀烂的花布条，“向太太，你可要看清楚，这被单是你们家孩子剪的，可不能怪在我头上。”

“向太太，不是我说，你们家孩子实在不像话，我一个人是带不了他的，如果不是向先生出手大方，我早不干了。”

保姆一口一个“向太太”，弄得陈楠很是尴尬。才要张嘴解释，保姆已经接过陈楠手上的食材往厨房走去了。

陈楠想想，还是先去看看向成又闯了什么祸。

走到向成的卧室门口，还未站稳，向成就大声嚷起来：“出去！我不要你！”

话音未落，抬手就扔了一辆玩具小汽车过来，陈楠下意识侧身躲过，惊出一身冷汗。

“向成！你太过分了！”陈楠厉声喝道。

“这是我的房间，我不要你进来！我不喜欢你！”

向成又抓起一个玩具机器人就要扔，陈楠冲上前一把抓住他的手腕，强行夺了下来。然后将他床上所有的玩具全部扫到地上，连他手上的一个游戏机也一并夺过，扔到小沙发里。

这一举动大大出乎向成的意料，他一下子反应不过来，睁着大大的眼睛惊讶地瞪着陈楠。

陈楠气道：“我告诉你，是你爸爸请我来照看你的，我不拿你爸的工资，也不受你的气，明白吗？你乖乖地听话，我可以满足你的合理要求，如果你敢胡来，我就替你爸爸教训你。”

“坏女人！”向成竖起眉毛，龇着牙，样子简直就像个小恶魔。

“嗯，说对了，我就是坏女人！所以我不会对你客气。”

小向成的眼睛突然朝床头柜上的那把儿童美术剪刀斜瞄了一眼，他的腿还没拆石膏，翻身颇为费力，见他要去拿剪刀，陈楠心头“咯噔”一下，眼明手快抢先一步拿到了手。

“剪刀是用来方便生活的，不是让你拿来破坏东西或伤害他人的！从现在开始，不准你碰剪刀。”陈楠真的被这个小恶魔给气到了，才六岁就已如此，长此以往那还了得？

陈楠把保姆叫过来，两人一起把向成够得着的范围内的所有玩具和物品一股脑打包搬到了别的房间里，只扔给他几本漫画书。

从来没受过如此大委屈的向成此时彻底没了办法，只能用最后一招——大哭，来发泄内心的愤怒。

陈楠看了看房间，确认没有了危险物品，就拉了保姆出来，一把关了房门，留他一个人在房间里哭闹。

在厨房里，陈楠对保姆亮明了身份，两人一边做饭一边聊了起来。

“哎哟，陈小姐，不瞒你说啊，我是受过育儿培训课程的呢，之前也做了好几家的，从来没见过这样顽劣的孩子……”

保姆神情严肃地指了指自己的脑袋说：“恐怕是这里有问题呢。”

陈楠略略惊疑：“不会吧……”

保姆严肃道：“这种事我怎么敢乱说？平白无故咒人家小孩造孽的，我是照我自己的经验说。不过啊，孩子也是可怜。自从我来做事，就没见过孩子的亲妈，孩子的爸又总是忙到深更半夜才回来。”

陈楠默然不语，对小向成多了几分怜悯之心。

“他午饭吃得怎么样？”

“哎哟，别提了，说我做得不好吃，吃了两口就全扔在了地上，我打扫了一下午。”

“那我来做吧。”

陈楠说着卷起衣袖，拿出食材，利索地弄了个肉松鸡蛋羹和蔬菜肉丸子。

饭菜做完，屋子里哭声渐小，陈楠推门进去。

向成小小的脸蛋上挂着晶莹的泪珠，瘦削的肩膀随着抽噎上下跳动，桀骜不驯的表情已经变成了楚楚可怜。

“吃饭了。”

“不吃！你是坏……女人！”打了个嗝，向成继续撒泼，“我要告诉爸爸，说你虐待我！”

“哦，那好……”陈楠将托盘放在一旁，拿出手机对着他拍，“我从现在开始录像作证，到时给你爸爸看看，是我虐待你，还是你冤枉我！”

说罢柔声问：“饿不饿，要不要吃饭啊？”

向成又一次呆住，再也想不出什么坏主意，况且闹腾了一天，他也确实精疲力尽，看着桌子上热腾腾的饭菜，顿时饥肠辘辘。

就这样，向成总算是安安静静地将饭菜吃完了。

吃完饭后，还没停歇一秒，他又开始怪叫着要玩游戏机。

陈楠一挑眉，拿起游戏机摇头说：“你好好说话我就给你，如果你撒泼，我就不给你。”

向成又开始哭叫，用拳头砸枕头，陈楠还是那招，关了门让他去哭。

隔了十来分钟，等陈楠再端了水果进去，发现小恶魔已经不哭了，这才说：“这里有水果和游戏机，你如果礼貌地说话，我就送到你床边。如果你敢扔东西，那从今天开始到你爸爸回来，你就只能坐在这张床上，没有玩具，没有游戏，没有电视，没有电话，什么都没有！”

“我爸爸不会放过你的！”向成恶狠狠地瞪眼。

“我说了，所有的一切我和苗阿姨都会录视频，我们不会饿着你，也不会虐待你。你乖乖听话，想要吃什么、用什么，我们都会满足你的要求。但是你如果不听话，糟蹋东西，欺负阿姨，就会受到惩罚，明白吗？”

“你是坏女人！”

“你是坏孩子！”

说完陈楠又开了视频录像，拿了水果和游戏机放到床边。

向成抹了眼泪，一把抓过游戏机再也不理睬陈楠了。

以前在网上看到那些为人父母吐槽育儿艰辛，陈楠从来都是一笑而过，如今才几小时，她就已领教了此间磨难，真可谓人生一大修炼场。

看看时间已过九点，当真比加班还累，陈楠嘱咐了保姆几句，便匆匆回家了。

路上，陈楠接到向阳打来的电话，原本还想埋怨几句，却也累得失了兴致。

“我刚和成成视频，他居然没有打你的小报告，还安安静静地在看书，这简直太不可思议了！”向阳的语气带着笑意，颇为兴奋。

陈楠心想，一来腿都摔断了，就算是孙悟空转世也只能老老实实；二来这是耗费了自己多少脑细胞和这个小恶魔斗智斗勇换来的平静。

不过，她不想表功，轻描淡写地说：“苗阿姨挺有经验的，待会就会帮他洗漱，安顿他睡觉。”

想了想，陈楠的责任心又冒了出来说：“向阳，你还是尽快回来吧，孩子没有父母在身边，很可怜的。”

“我知道……谢谢你。”

电话那头沉默了一会儿，陈楠以为他要挂电话，不想向阳吸了口气又说：“陈楠，等我回来，我想和你好好谈谈。”

心头一股异样的电流窜入血管，使得陈楠原本已经进入半休眠的神经再次振奋起来。

怕是自己自作多情，她小心翼翼地问：“公事？”

“私事。”

就这两字，瞬间犹如一颗种子播进她的心田，开出一朵娇艳柔美的爱情之花。

她的嘴角不自觉地扬起甜笑，却不知道要怎么继续两人的谈话。

两人隔着电话静默了十几秒，还是向阳接了话：“那等我回来聊吧。”

挂了电话，他磁性的嗓音不停地在她脑海中回旋。

一路上，陈楠几乎回到了十八岁，轻哼着小曲，脚步轻快。

回到小区，正要拐进自家小楼，突然，一旁的绿化带里蹿出一个黑影，重重地将她拉到了路灯下。

陈楠惊恐地朝那人看了一眼，全身立刻被一股丧气包围，又是霍军！

“你做什么？！”她用力甩开他的手。

“我做什么？我们家被你害得那么惨，你居然问我做什么？”霍军那原本就不太好看的脸在昏暗的灯光下更显狰狞。

“你疯了吧，我害你们家？我爸额头上的伤还没好全呢，你要不要上去看看？”

“那也是你们家逼的！如果你们爽快地把装修费还给我们，我们好聚好散，怎么会有那么多事？”

“你真可笑，成年人要为自己的言行负责。你妈冤枉我骗婚，你摸摸良心，我骗你什么了？”事发后霍军一直采取逃避策略，让陈楠无处申冤，如今他主动找上门来，倒是可以一吐为快了。

“陈楠，分手的时候，我和你说得很清楚，我俩性格不合适，而且你身体有毛病，我们家是不能接受不生孩子的。”

陈楠冷笑：“我身体有问题早在一开始就和你说过的，你当时怎么不说不能接受？”

“好了好了，我来不是和你翻旧账的！我问你，你让蒋萱发律师信是什么意思？”

陈楠更气：“你是看不懂中文吗？信上不是已经说得很清楚了吗？”

“陈楠！”霍军突然吼起来，“别跟我来这套！这二十万是我父母的血汗钱。还钱，我们从此各走各的！不还钱……我就……”

“你就怎么？”

霍军脸上的肉因为他紧咬着牙齿而变得扭曲，突然间，他猛地挥起拳头。

“要打我？”陈楠既吃惊，又觉得可笑。

“不还钱，你就别怪我对你不客气。你毁了我们家，我也会毁了你！”

霍军眼中熊熊燃烧的怒火让陈楠相信，他说的是真的。

“好，既然这样，我们还是法庭见吧。法院怎么判我们就怎么执行。”

“不行！”霍军斩钉截铁地否决，“我知道你们打什么算盘，上了法院，法院只会让你们做出适当补偿，最后吃亏的还是我们家！不行！二十万！一分不能少！”

“霍军，你不讲道理！”

“我不管什么道理不道理，我要钱！给你们一个星期的时间，二十万少一分我也不会放过你！”

霍军狠狠推了陈楠一把，气势汹汹地走了。

看着霍军充满戾气的背影，陈楠心头一阵紧缩，后怕起来。

回想当年两人恋爱时，霍军其实就不止一次有过暴力行为，还因为一次与人发生肢体冲突而被带去派出所问话，只不过当时的冲突对象是陌生人，陈楠虽然觉得心情大打折扣却没往深处想，更没有想到，有朝一日这种暴力倾向会降临到自己身上。

现在想想当时的自己真是蠢到家了，只有一个字能形容陈楠的心情：悔！

回到家，陈楠越想越觉得像吃了一只苍蝇般恶心，原本想和父母说说，但是一看父亲额头上的胶布，还是把话咽了回去。

接下来的几天，倒不是陈楠故意忘记霍军给的一个星期的期限，而是公司里发生的大变故让陈楠完全顾不上霍军的恐吓。

米娅的比稿大会在本城一个著名的五星级酒店举行，陈楠准备好所有的资料，精心装扮了一番，跟着胡青杨和其他部门的几个主管一起来到会场。

向阳的缺席让陈楠觉得很不安，总觉得事有蹊跷。

女人的直觉有时候真的比雷达还精准。果然，很快，令她震惊的事情发生了。

当胡青杨打开手提电脑，将创意方案投影到屏幕上时，若不是极快地捂住了嘴，陈楠应该会当场失声叫出来。

此刻屏幕上显示的画面是：晨曦中，一个帅气的男人手持一朵黑色玫瑰轻轻转动，转出了一个身穿内衣的美女在花心中独舞，然后内衣的搭扣打开，美女又变成了黑天鹅消失了，男人手里的玫瑰变成了那美女刚才穿的那款经典薄翼内衣……

画面美极了，胡青杨的解说也很完美，但是陈楠完全懵了，这根本就不是她和向阳一起完成的那个“精灵”方案，怎么会这样？

演示结束，陈楠跟着胡青杨走出会场，想问又不敢问。

显然，胡青杨是早有预谋，向阳也一定早就知晓，而其他几个部门主管也必然是事先知道的，只有她和小组人员是完全被蒙在鼓里。她在KT工作六年，还是第一次遇到这样的情形。

陈楠正低头郁闷，突然胡青杨和几个主管的脚步停了下来。

抬头一看，迎面走来一群西装革履的人，带头的是个三十岁上下的年轻人，傲气与骄横清清楚楚地写在了他的那张脸上，那人正是LY广告公司的太子爷韦明轩。

这三四年里，LY的当家人韦先礼已经是半退休状态，公司大权基本移交给了独子韦明轩。

父子俩虽然都是野心勃勃之辈，但是行事风格却不同，韦先礼虽然好胜心强，但是做人做事还有底线，而韦明轩的为人处世就四个字——不择手段。

“哟，真是有缘啊，又碰到你们了。”韦明轩上前来打招呼。

“是啊，韦先生，我们又见面了。”胡青杨堆起笑脸回应。

“你们的唐董和我爸斗了十多年，屡战屡败又屡败屡战，真是精神可嘉啊。听说，这次你们把向阳请回国了，是打算用我爸培养出来的人来打败我们？”韦明轩嘴角挂着一个阴阳怪气的笑容，言语间连商业化的客气都免了。

胡青杨严肃道：“我们唐董一向敬重韦先礼先生，说他虽然生意上咄咄逼人，但是做人倒是人如其名，很讲礼数。韦公子还是应该多学学您父亲的为人处世之道啊。”

“你！”韦明轩变了脸，气道，“哼，别以为你们把向阳那家伙弄回国就能赢，我告诉你，有我在你们就赢不了。向阳不过是个抄袭狗，糊弄糊弄老外还行，在国内名声早就臭了，想翻身没那么容易！”

“这就奇怪了，既然向阳是个没本事的‘抄袭狗’，您又何必那么介意他在哪里效力呢？我们公司虽然没有LY那么多所谓的奇招，但是我们公司也不缺人才，没有向阳，KT也已经挂了那么多年的牌了。”胡青杨淡淡一笑。

韦明轩自然听得懂他口里的“奇招”是在讽刺他们用金钱与美色收买客户，这是LY惯用的手段，他也知道自己这样为人不齿，但是相比名声脸面，他更看重利益输赢。

韦明轩刚想开口回击，会议厅里一个工作人员出来请他们进去做演示，他这才作罢，带了人进场去了。

一路上，胡青杨脸色凝重，时不时看看手机，像是在等谁的电话。

陈楠实在憋不住，开口问：“胡总，这是……”

“陈楠，我知道你要问什么，少安毋躁，一切很快就会有结果。”胡青杨直接截断了陈楠的话头。

回到公司，小组组员即刻围了上来询问情况，陈楠不知道要如何解释事态的巨变，想想在没搞清楚状况前还是保持沉默为好。

同事四散离开后，她悄悄走到公司大楼的休息区，打了个电话给向阳，可是向阳却直接拒听。

第一次，陈楠感觉到了商场如战场的火药味，虽然她说不出个所以然，但是心里却已清楚，这一次比稿与往常不同。

一直到下班时分，陈楠一边在电脑里选图找灵感，一边脑子里还在想着整件事情。

向阳的就职十分突然，事前完全没有任何的风声。而且，向阳的资质和职位完全不相符。还有，向阳与LY曾经有过节，而KT的董事长唐进与LY的创始人韦东胜在商场上争斗了十多年。最奇怪的就是，向阳作为创意策划案的制作者，竟然在比稿大会前夕被派往深圳做项目。

所有的一切都很不合理，陈楠越发断定这件事不简单。

“楠姐！”杨妮提高声量，又拍了下陈楠的肩膀才将陈楠从“柯南”状态给拉回到了现实。

“啊？什么？”

杨妮摇摇头说：“你们是怎么了，一个个怎么都魂不守舍的？”

杨妮说着指了指一旁支着脑袋看着窗外发呆的吴小霜。

“小霜也是发了一天的呆了，不知道是不是又和她男人吵架了。”杨妮轻叹了一声，看了看手表说，“楠姐，我今天家里有事，要先走了。”

“哦，好。那你先回去吧。”

杨妮离开后，陈楠看了一眼吴小霜发呆的背影，这个小丫头是组里最活泼的一个，也是最喜欢迟到早退的一个，今天过了下班时间还坐在那儿发呆，真是难得。

陈楠上前轻拍了下吴小霜：“小妞，下班时间到了，今天不用加班，怎么还不回去？”

吴小霜猛地一惊，转过身来，一脸惊慌。

“你怎么了？”陈楠问。

“没，没什么……”

“那就早点回去吧，我看你脸色不大好。”

吴小霜抿着嘴唇点点头，抬头看了陈楠一眼，支吾道：“楠姐，今天的比稿大会怎么样？一切都顺利吗？”

陈楠摇摇头：“不知道，有些事我需要先和向总监沟通。”

“是不是有什么意外？”吴小霜直起上身。

“算是吧，但是目前我自己都没弄明白发生了什么，所以也没法和你们说清楚。所有的事还是等向总监回来后再说吧。”

“这样啊……那向总监怎么会临时被派去深圳？楠姐，你知道他去干什么吗？”

“他和唐董还有客户部的几个人一起去谈一个项目。”

“哦……”吴小霜眉间紧蹙着点点头。

“我还有事就先走了，你也早点回去休息吧。”

陈楠不知道她到底在想什么，但看她好像没什么异样，自己还要先去向家，然后回家，路程颇远，就收拾东西离开了公司。

路上陈楠再次拨打向阳的电话，可是依旧无人接听。

陈楠有些生气了，前天晚上还柔情蜜意地说回来谈私事，今天竟然就不接电话了。

到了向家，门一开，就听到向成的欢笑声。

陈楠以为是向阳回来了，心想着这人怎么这样，工作不交代清楚，回来也不说一声。正要大步去向成的卧室找他理论，保姆苗阿姨一把拉住了她。

“陈小姐，向太太回来了。”

苗阿姨说着，脸上显出关心又尴尬的表情，陈楠愣了几秒才明白过来，八成苗阿姨是误会她和向阳的关系了。

“哦，那我去和她打个招呼。”陈楠微笑道。

“哎哟，陈小姐，这不太好吧，我看你还是快走吧……”

“谁啊？”

苗阿姨话音未落，一个傲气的女声已经从房内传出，循声望去，董菲浓妆未卸，珠环叮当地走了出来。

“你是谁？”董菲上下打量着陈楠。

“你好董小姐，我是陈楠，上次我们在我公司楼下见过一面的。”陈楠大方地上前伸出了手。

董菲皱着眉，脸上毫无友善，想了片刻道：“你公司楼下？什么公司？”

“KT广告公司，我和向阳是同事。”

“哦，我记起来了，怪不得有点面熟，不好意思。”董菲笑笑，“陈小姐，那你这么晚了到我家里来做什么？”

“成成受伤，向总监要出差，不放心，所以叫我过来照看一下。”陈楠如实相告。

董菲心头一紧，再次认真打量陈楠，接着掩嘴咯咯笑道：“这么说，你就是成成嘴里的坏阿姨吧？”

陈楠虽觉尴尬，但一时间不知如何应对，只是站在那儿保持淡淡的笑容。

董菲见她微笑不语，颇是厌嫌，只觉得眼前这个女人和自己比起来简直一无是处，向阳向来眼光高得很，怎么会看上如此货色？或许是自己多心了。

这样一想董菲心底倒是释怀了些许，笑道：“陈小姐，那谢谢你了，如今我也回来了，就不用麻烦你再过来了。”

“既然你回来了，那我就不打扰了。”陈楠说着就要告辞离开。

董菲开口喊住她：“陈小姐，不好意思，你能不能把门禁卡还给我？”说着指了指她手中的门禁卡。

“哦，我差点儿忘了，还有钥匙。”陈楠赶紧从包里拿出钥匙，连同门禁卡一起交还给董菲。

董菲得知向阳竟把家里的钥匙交给了这个女人，心中突然升起一股怒气。虽然她和向阳已经离婚了，但这里还是她的家，成成也还是她的儿子，向阳竟然把整个家都交给了这个女人，这算什么？想到这，董菲一把拿回钥匙和门禁卡，动作之猛让陈楠一阵莫名。

“陈小姐，初次见面有句话我本不该讲的，但是不说我又怕将来你会越陷越深。”董菲眼神凌厉地盯着陈楠，“向阳是个喜欢挑战刺激的男人，无法忍受平凡的人和事。我知道他很有魅力，招女人喜欢，从我认识他的第一天起，他的花边新闻就没断过。你和他既然是同事，可要小心啊。”

陈楠对董菲的直截了当很不适应，她习惯于大家客客气气，说话做事都给对方留情面、留余地。但是此时既然董菲开了头，自己怎么也要回应两句的。

“董小姐，你过虑了，向阳是我的顶头上司，我们只是工作关系。这次事出突然，他无法应付才托我过来看看成成，并没有什么暧昧不清的地方。”

“哦，这样最好，你不要介意我说话太直，我就是这性子。向阳可不是个好男人，不然我怎么会和他离婚呢？”

陈楠涩涩地笑了笑，再也不想多待一秒，便匆匆地告辞离开了。

回到家，看到母亲正在给父亲换药，陈楠心中难过，上前查看。

看到女儿担心，陈永明故作轻松地说：“楠楠啊，爸爸没事，你没嫁给那个畜生就好。”

“这两天霍家没有再到家里来捣乱了吧？”陈楠问。

父亲陈永明和何莹互换了个眼色，说：“没有，没有，你安心工作就好。”

陈楠见父母神色不对，知道必有事发生。见母亲心虚地往墙角的废纸篓瞄了一眼，陈楠赶忙上前从里面找出一张已经被团皱了的纸。

刚要打开看，陈永明伸手把纸团给抢了过去，回头就对妻子喝道：“叫你扔掉你怎么不扔？”

何莹红了眼圈：“万一上法庭，可以作为证据呢？”

“你真是傻了，这种东西能做什么证据？”陈永明边骂边用力撕纸。

“爸，你给我看看，这里面写了什么？谁写的，是霍军吗？”陈楠伸手想要去夺。

陈永明抬高了手快速撕毁纸条，女儿是他的心头肉，他不能容忍他人一次又一次地伤害她。

可是他伤势未愈，原本虚弱，此时激动，心血上冲，顿时一阵晕眩跌坐回沙发里。

陈楠扶着父亲坐下，顺手接过还未撕完的纸，拼凑着一看，纸上用鲜红色大字写着：“女骗子，骗婚骗钱二十万！欠债还钱！”

“无耻！”

陈楠丢下纸就拨通了蒋萱的电话。

“萱，霍家又来闹了，在我家门口贴了字！”

蒋萱听着陈楠在电话里愤愤不平的讲述，轻按了两下额角说道：“适用《治安管理处罚法》。但是你们拍照了吗？楼道里有没有监控器？”

“没有，我爸怕被邻居看到，第一时间撕了。我们是老房子你知道的，只有楼下小区里有监控器。”

“那没有办法了，法律是讲究证据的，既然你爸已经撕掉了纸张，楼道里又没有监控器可以证明是谁在你家门口贴了字条，只用小区里的录像并不能说明问题。”

“对了，前天晚上霍军来找过我，威胁我……”

“证据！证据！证据！他威胁你你录音了吗？有旁证吗？如果只有你的一面之词，虽然我百分百相信你，但是你让法官怎么相信你？”蒋萱提高了嗓门，头痛欲裂，耐心已经接近极限。

“萱儿……你没事吧？”陈楠和蒋萱是多年好友，彼此了解，蒋萱从来没有用这样不耐烦的语气和她说过话。

蒋萱一愣，反应过来，赶紧缓了下语气："楠，对不起，我这两天心情不太好。"

"怎么了？"

"现在不想说，等过阵子结束手上的这个案子，我请你吃饭。你的事别急，把我上次和你说的那些证据材料准备好送到我办公室来，我会再出一封律师函给他们。"

"好的。那你早点休息。"

挂了陈楠的电话，蒋萱一把阖上电脑，痛苦地将脸埋在掌心里。

她的情绪坏透了，坏到无法工作。白小帅已经离家出走三天了，她从一开始的生气到现在的焦虑，好像没有多余的脑细胞想白小帅以外的任何事。

她发现自己根本就不像自己以为的那样坚强，每天回家，开门的那一瞬，她都心头惴惴，害怕门一开，扑面而来的是屋内空寂静默的气息。

这是罗旭留给她的阴影，她还记得他们分手那天的清晨，他在出租屋内拥她入怀，看着窗外冉冉升起的朝阳说："萱儿，你就像这一轮红日，艳丽，充满朝气，我知道你一定会在这个城市闯出一片天地，而我……"

她蜷在他的怀里，微笑着睁开惺忪的睡眼看他，完全没有听出他话语中的无奈和伤感。

罗旭也低下头来看她，眼中溢满柔情。

她轻抚他的脸颊说："邱大律师说他退休后要移民去美国，他走之前会把客户转给董伟、顾文广和我。"

她翻了个身，望着天花板，心中的喜悦让她睡意全消，胸中溢满了豪情壮志："我和董伟、顾文广说好了，将来我们三个一起开事务所，邱大律师可高兴了，说他会资助我们……"

她兴奋地说着她的灿烂前程，丝毫没有察觉到罗旭脸上的落寞。

直到那天晚上，当她兴高采烈地回到家中，推开门，人去楼空。

他走了，只在书桌上留下了半页残纸，上面写着："萱儿，你是被幸运之神眷顾的人，而我不是。珍重！"

直到那一刻蒋萱才明白，幸运是会令人嫉妒的，幸运过了头就会带来霉运。原来，自己的幸运对罗旭来说一直都是一种威胁。

她恨自己的愚蠢与迟钝，她那样爱他，如果他告诉她，当年的她会毅然放弃那份工作，选择和他在一起。

可是他没说，因为他也爱她，他希望她事业成功，只不过他男性的自尊容不得自己活得不如自己的女人，于是他走了。

之后，蒋萱通过一些校友偶尔还能得到一些罗旭的消息。他回了老家，他去了北京，他回了上海，他恋爱了，他结婚了……

蒋萱默默地关注着他的人生轨迹，将这段恋情深埋心底。

她努力工作，认真生活，可是被人抛弃的痛苦，门后荒凉的世界已经成了她的心病。

如今，白小帅又走了，不同的门后是和当年一样的凄清孤独。

她开始想念白小帅温暖的怀抱，她开始自责自己为什么要对他那么凶……

蒋萱一把抓起电话，按下了白小帅的号码，可是却犹豫着不敢按下拨号键。这几天她已经给他发过好几条信息，也打过好几次电话了，他全都无视，再打实在是太践踏她的自尊。

蒋萱厌恶这样不争气的自己，看着那个熟悉的联系人名字，她突然悲从中来，鼻头发酸，两行热泪流了下来。

没想到时隔多年，她终于又为另一个男人落泪了。

正在伤心，突然听到微弱的钥匙开门声。

她一愣，竖起耳朵细听，真的是有人在开门。

胡乱抹了一把脸上的泪水，她几乎是从椅子上弹跳起来，冲到客厅里。

门开了，白小帅一脸憔悴地走了进来。

“小帅……小帅……”蒋萱不能自已，泪流满面扑上去紧紧揽住他的脖子，亲吻他的脸颊、嘴唇。

“萱……”他也唤她，强壮的手臂将她牢牢圈在怀里。

“你到哪儿去了？为什么不理我了？”她边哭边问。

他不答，一手捧起她的脸，细细看了两秒，火热的双唇用力吻住她，一把将她斜抱起来走进卧室。

白小帅回来了，他俩和好了。

这一次的波折使得两人的关系来了一次大调整，蒋萱终于不再把他当作依附于自己的“小奶狗”来看待，而是真正的恋人。

“小帅，我不准你再离开我了，听到没有？”她紧紧抱住他，将脸贴在他光滑的胸前。

他低下头在她脸颊上印上一吻，并没有说什么，他这次回来，带着极为复杂的心情。

看到蒋萱为自己流泪，为自己改变，他明白蒋萱爱他。而他也放不下她，哪怕吴佳对他体贴入微，千依百顺，但是毕竟蒋萱是先来的，在他心里有一定的分量，更不用提蒋萱是在他最落魄失意的时候伸出援手的人。

“叮咚……”

手机微信的提示音响起，白小帅松开抱着蒋萱的手，转身拿起手机看了一眼。

“谁啊？都这么晚了。”蒋萱睡意蒙眬，但是女人的天性还是让她有一丝的警觉。

“没什么，生意上的事。”

“生意上的事？你当我三岁小孩子啊，拿给我看看。”

白小帅略一迟疑，把手机递了过去。

手机上显示是一个叫小吴的留言：我已联络好做网页的朋友，价格合适。周末早上七点准时出发去批发市场，别忘了。

“男的女的？”蒋萱问。

“女的，同事。”白小帅将手机拿回，索性关机。

“喜欢你？”

“不知道。”

蒋萱抓着白小帅的肩头把他扳过来面对自己。

“小帅，我知道，上次你说要做生意，我没答应借钱给你，你生我气。但是你听我说，生意真的不是那么好做的。”

“嗯……”

“不是我不支持你，你听话，好好在严总那里做几年，累积点工作经验和待人处事的经验。过几年，等你成熟点，如果你还想做生意，我一定支持你。”

白小帅不以为然：“等几年？难道要等到我被磨得什么心气都没了再去闯吗？说到年轻，你不也是差不多的年纪就自己开事务所了吗？”

“你怎么能和我比？我是名牌大学毕业。”蒋萱脱口而出。

白小帅不再说话，侧身躺下。

蒋萱意识到自己又说错了话，赶紧从背后牢牢抱住他，想法补救。

“我不是那意思，小帅，我爱你，我不在乎什么学历、年龄。好好好，你想做生意就做吧。”

“你支持我？”他转过身来面对她。

蒋萱无奈，爱情有时候就像是一柄锁喉钢叉，刚经历了分合，她不想再次失去他，只得小心应对：“嗯，我支持。”

小帅捧起她的脸，亲吻她的鼻尖。

“放心，这次我们做得很简单，就是低买高卖而已，从批发市场拿便宜货，然后高价卖出去。而且我也没打算辞职，只是利用业余时间做做。”

“事情没那么简……”蒋萱停住，没有再往下说了。

她虽不熟悉商业，但是也知道低买高卖只不过是一个笼统的道理，要达到最终赚钱的目的，中间还有很多环节要思虑。但是白小帅现在正在兴头上，她不想再为了这件事和他起争执。退一步想，成败另论，男人有想法、有抱负总是件好事。

“萱，既然你支持我，那……能不能……”白小帅突然支吾起来。

蒋萱心领神会，点点头：“要多少？”

“不多，五万。”他睁大眼睛，紧张地看着她。

“好，那你答应我，不能再离家出走了。”

“不走，我舍不得你，这几天我一直在想你。”白小帅笑了，火热的身子再次覆在她的身上。

蒋萱心中暗叹一声，她爱他，但是她也清楚，她与白小帅的交易达成，其实是她向自己的欲望妥协了。

夜色蒙蒙，眼角瞥见窗外一抹清冷的月光，蒋萱一点儿都不觉得这月色浪漫……

第二天，刚结束一场合议庭辩论，蒋萱就被顾文广在门口叫住了。

“蒋萱，你今天怎么了？被告的名字念错了三次，证据拿错了两次，还好王法官和我们相熟，只是略略警告了一下，但是脸色已经很难看了，对方的律师都在偷笑。”顾文广摇头叹了口气。

蒋萱汗颜，白小帅离家几天她都没有好好睡过一个安稳觉，睡不好自然精神不好，精神不好自然容易犯错。

“对不起。”

“我们是同门师兄妹，如果你有事需要帮忙，尽管开口。但是你不能把负面情绪带到法庭上去啊，那会影响我们事务所的声誉。”

蒋萱只得接受批评：“是，前两天家里有点事，不过现在已经没事了，合议庭辩论我会做好的。”

顾文广道：“我看你脸色不太好，要不要休息几天？这个案子是你和董伟一起接的，他也一路跟着，不如合议庭辩论就让董伟来吧。”

“文广，别急。”董伟拍了拍顾文广的手臂，“你下午不是要去跟进威科合同纠纷的案子吗？你先去吧。”

“嗯，那我先走了，这个案子你们负责吧。”顾文广说罢急匆匆地离开了。

目送了顾文广离开，蒋萱肩头一垮，歇了口气。

董伟笑说："你别怪文广，他一向心直口快。"

"我知道，又不是第一天认识顾哥，而且今天的确是我不好，丢了事务所的脸。"

"怪不得你，是那个被告的名字实在难念，字又生僻。"

虽然董伟安慰开解，但蒋萱心里知道，是自己精神不集中才会一个名字念错三次。

"我最近状态不太好。"蒋萱叹气，揌了下太阳穴。

"你很久没有休假了，这个案子结了之后，不如好好放个假吧。"董伟建议。

"开玩笑，我手上还有好几个案子要跟呢。"

"我来跟就好，你好好休息，身体要紧。你……最近瘦了。"董伟略略结巴，脸上一红。

蒋萱斜着看他一眼笑道："你怎么老是一说话就脸红？大姑娘似的。上庭的时候倒是口齿伶俐，从不怯场。"

董伟轻挠耳际，微笑不语。

两人上车，蒋萱驾车，开到半路，指了指街对面的一间冷饮店。

"口干舌燥，去买两杯冰沙吧。"

"好。"董伟笑眯眯下了车。

见他肥胖的身子在斑马线上摇摆疾步，蒋萱突然有些不忍。这些年来董伟十分照顾她，她心知肚明，不过她刻意没有捅破窗户纸。

蒋萱心中暗叹一声，终究自己是肤浅的，如果他和白小帅换一个外型，或许自己就早已接受。

董伟拿了两杯冰沙回到车上，额头上冒着汗珠。

"今天真热，给你草莓味的。"

蒋萱接过，笑着递了张纸巾给他。

"你怎么知道我想吃草莓味的？"

"我看你每次出去点餐，饮料都是草莓味的，桌子上的糖果也都是草莓味的……难道我买错了？那我这个薄荷味的你喜欢吗？要不我再去买一个吧，你想要什么味的？"他紧张地问。

蒋萱笑道："算你有心，猜对了，我的确想吃草莓味的。"

董伟憨笑，抓抓头，看着她大大地吸了一口自己买的草莓冰沙，心里一阵甜蜜。接着，从口袋里掏出一个卡通的草莓娃娃锁匙扣，递到她面前。

“给你。”

蒋萱看着他涨得通红的耳郭，接过锁匙扣笑了：“我很喜欢。”

发现蒋萱正看着自己，董伟更是紧张，不知道要说些什么才好，只得低下头微笑。

最后还是蒋萱打破了尴尬沉闷的气氛。

“你下午要去法援中心吗？”

“是的。”

“亏你有耐心处理那些婆婆妈妈的事。”蒋萱用吸管搅着冰沙，笑着说，“听说你出钱给一个七十多岁的老太做了白内障手术？”

为弱势群体提供法律援助收入少，大多是一些刚入行或者接不到活儿的律师在做，像董伟这样在行业里小有名气的律师基本上是不会再那么拼命地去接这些案子。

这两年蒋萱名气渐盛，虽然法律援助的案子也会接，但是数量少了很多。而董伟从拿到律师执业证后一直在兼职做法律援助，从不间断。

“前阵子接的一个赡养费案子，家里几个孩子争着分财产，把老人的房子卖了，又没人愿意赡养她，让她住在顶楼的一个破棚子里。老人家双眼白内障，下楼的时候摔成了骨折……”董伟摇摇头皱眉道，“我一定要给老人家讨一个公道！”

除了在法庭上，蒋萱很少见他如此严厉。

“做我们这行的，看多了这些狼心狗肺的东西。不过有时候出于职业需要，还得站在他们的立场上帮他们说话。刚入门师父就说过，我们这一行只能尊重法律条文，个人情感和立场是不能太鲜明的。”

“我自有办法在尊重法律条文的前提下惩恶扬善。”

“怪不得师父说你是大智若愚，将来必然是你最有出息。”蒋萱撅撅鼻子，“哼，我偏不服你！”

董伟笑起来：“我哪是什么大智若愚，是笨鸟先飞而已。文广犀利敏捷，你聪明锐利，我是及不上的。”

蒋萱放下冰沙杯子，重新发动了车子。

“对了，陈楠和我说在向家碰到了董菲，你这个妹妹永远都是那样的趾高气扬，她对旁人如何我不管，但是如果她欺负陈楠，我可不饶她。”蒋萱边开车边说。

“董菲前两天说，她想和向阳复婚。”

“复婚？”蒋萱摇头，“那向阳怎么说？”

“不知道，好些日子没和向阳联系了。”

蒋萱不再作声，暗自祈祷陈楠不要蹚这趟浑水。

只可惜，事与愿违。

三天后，向阳神采奕奕地踏进了办公室，他回来了，不过没有来找陈楠谈“私事”，而是一切恢复原状，按部就班，公事公办。半个月的工夫，向阳就像是换了一个人般，无比生疏。

陈楠一度怀疑，之前在电话里是不是自己听错了。

越是如此，她的心神越是被他牵挂，每次他进出办公室的门，她都会鬼使神差地抬起头追随他的身影。

陈楠心绪难平，虽然他们只是上下级关系，他出差拜托自己照看下孩子，也算不上什么暧昧情愫。

但是，私事可不论，公事呢？这创意提案调包一事他总得给个说法吧！

想至此，陈楠像是终于找到了一个光明正大的理由，抓起记事本，起身就往向阳的办公室走。

“进来。”

陈楠深吸口气走进向阳的办公室。

“向总监。”

“什么事？”他一边敲打着键盘，一边问。

“我想我们是不是该谈谈了？”

向阳敲打完最后一个字，将邮件发出去，这才抬起眼皮看了陈楠一眼，靠在椅背上，指了指桌前的椅子。

“坐。”

陈楠坐下，看着他那张既熟悉又陌生的面孔，心中不禁有些悲哀，才两个星期而已，他们的距离就被拉得这么远。

“我想知道米娅比稿提案的事。”

向阳嘴角微扬：“我们赢了，邮件刚发出去。”

“什么？赢了？”陈楠从椅子上弹起来，“怎么赢的？是哪个方案？”

向阳从容地站起来，走到她跟前，眼神烁烁道：“你的精灵世界。”

陈楠更是想不通：“可是那天比稿大会上演示的是玫瑰天鹅的方案啊。”

向阳从桌子上拿起一份合同的复印件，递给陈楠。

“这是KT与米娅签订的三年广告代理合同的复印本。你是大功臣，很快就会得到公司的奖励。”

陈楠不可置信地浏览了一遍合同，果真没错，然而最后合同签订地点上写的是——深圳。

“深圳？”

“是的，大半个月前我就知道米娅的老板阿尔贝托会先到深圳看工厂，所以和唐董事长、于总经理还有胡总监联手演了一出戏。”

“演什么戏？”

“我和你说过，KT每每败给LY，并不是因为水平不够，而是因为手段不够。阿尔贝托的行程很低调，我用了点意大利的人脉才知道他会提前先到深圳看工厂，然后返回上海参加比稿大会。于是唐董和我立刻到了深圳与他秘密会面，而于总和胡总监则留在上海继续维持局面。”

“你的意思是，你提前与米娅的老板见面，给出了我们的策划案，私底下和他签了合同？”

“没错。”

“那上海的比稿大会压根就是一场戏了？”

“可以这么说。”

“这是作弊！”陈楠不满，即使要赢，也要得赢得光明正大，靠走后门赢了，自己的良心能安吗？

向阳眯了下眼睛，嘴角是一个得意又傲慢的笑：“商场如战场，兵不厌诈！”

“胜之不武！”

“陈楠，你的思想太保守了。现代商场是只论输赢，不论手段的……”

“是，我就是个老旧派。我只知道，君子爱财取之有道。这样的胜利当真没什么好高兴的。”

“你……”

向阳还要说什么，陈楠打断他：“我一直以为你是个靠实力打天下的人，不会用什么投机取巧的办法，可是如今看来……”

向阳略略叹气，他知道陈楠本性如此，不想和她再争执，接着道：“算了，赢了就好。”

陈楠摇摇头，转身离开了。

回到自己的座位，陈楠开了邮箱就看到公司上下的庆贺邮件。

小组的年轻人都跑到休息室去庆祝了，奇怪的是，只有吴小霜坐在座位上恹恹的。

下班前，吴小霜被向阳叫去办公室不知道说了些什么，出来后脸色更是凝重，两眼泛着泪光，一言不发地离开了公司。

过了一会儿，向阳的秘书通知小组所有人一起去吃饭庆贺，陈楠勉为其难地答应。

杯盏交错，欢声不绝，几个年轻人都为了此次的胜利而兴奋不已，向阳看上去兴致也很高，眼光不时有意无意飘向一旁带着微笑却沉默寡言的陈楠。

酒足饭饱，等结账时，陈楠的手机突然响了，一看竟是向阳发来的微信留言："让他们先走，我送你回家。"

陈楠抬眼看他，而他也毫不避让，眼眸深邃地看着她。

大家四散回家，陈楠编了个理由不与大家同路，站在路边等向阳。

不多久向阳的车就开了过来，陈楠上了车，车子在璀璨的夜色中奔驰。

两人都有很多话要说，却又不约而同地沉默，车厢里的暧昧不言而喻。

陈楠心跳很快，却也不敢抱太大的希望，她知道自己被向阳所迷，但是两人之间的差距何止一星半点。

向阳则是心情郁郁，总感觉有股神秘的力量在推动他往前行，可是他知道自己没有做好准备，一切言之尚早。

向阳极快地侧脸看了看陈楠，眉清目秀的长相，不美艳，却耐看。

这次董菲回来后一反常态的温柔顺从，要是从前，向阳一定把她视作女神，全世界的女人都再入不了他的法眼。可如今，每每与董菲在一起，他总会下意识地拿她和陈楠做比较。次数多了，他也暗地自问，到底情往何处？

但是，这次回国，他是打算重新建功立业的，现在小试牛刀实在不是谈情说爱的时候，加上董菲的纠缠，儿子的牵绊，他不得不深思熟虑。

每每想到这些现实的问题，他就不得不将才从心头冒出的一小簇火焰及时掐灭。

这就是真实的成年人生活，哪来奋不顾身的爱？哪来毫不犹豫的情？

所以向阳冷静思考后改变了主意，想要一冷到底，在无言中结束与陈楠的暧昧情愫。

可是她误解了他，他怕她误解，所以他想要找她解释。

车子没有驶向陈楠的家，而是缓缓停泊在滨江大道的停车场里。

黄浦江两岸灯光闪烁，夜晚的上海比白天更有风韵。

两人低着头缓步走在风景怡人的大道上，耳旁江风徐徐，江水滔滔，不知走了多久，终于，向阳停下了脚步，像是第一次上台演讲的孩子般，紧张地吸了口气道："我得谢谢你，帮我照看成成。"

"客气了。"

“董菲为难你了吧？”

“并没有，她只是提醒我，让我不要痴心妄想。”

“对不起，你不用理会她，她一向如此。”

陈楠轻叹：“其实就算她不说，我也知道有些事是不可能的。”

向阳涩涩地笑了声：“虽然你有些迟钝，但是你是个聪明的女人。”

“这算是恭维还是讥讽？”陈楠淡笑，好在自己从没有对他有过多的奢望。

向阳笑笑，抬手抓了下头发，走到栏杆前眺望江面。

“你总是没有耐心等我把话说完，就对我下断言。”

“你是指什么？”

“下午你在办公室里说我们胜之不武，所以我不得不找你把话说清楚。”

“你不是说只论胜败不论手段吗？”

“是，但是首先你得看你面对的是什么样的对手。若对方是君子，我们自然应该以君子之法应对，但是如果对方是小人，我们自然要用些手段应战。”

向阳直起身来，蹙起眉说：“你知道七年前我被人冤枉抄袭的事，是吗？”

“听朱悦悦说过几句。”

“当年他们联合了大赛组委会里的一些人偷了我的创意，还反过来诬陷是我抄袭了别人的作品。你信我吗？”

“我信！所以我才会对你今天下午的话感到吃惊。”

向阳陷进七年前那个最黑暗的日子，几百人的会场，他被公开点名批评，取消了参赛资格。

“他们用了许多不光彩的手段，贿赂、修改档案、修改原始资料，让我百口莫辩。我只能吃了哑巴亏，带着污名离开了LY，离开中国。六年多的时间，我在国外努力进修、工作，直到取得今天的成就，为的就是有朝一日回来洗清我的冤屈！”向阳说到激动时，愤恨地握紧了拳头。

陈楠叹了口气，为他的遭遇难过。

“陈楠，你不知道韦明轩有多卑鄙，KT每次比稿都会输给LY，就是因为他们在背后捣鬼！”

向阳惨笑：“这些年我明白了一个道理，君子之道只能和君子谈，对付小人就只能以彼之道还施彼身。实话告诉你，我来KT前就知道米娅的广告项目，我和他们的老板阿尔贝托三年前就认识了。”

陈楠震惊，不可思议地瞪着向阳。

“再告诉你一件事，米娅在意大利的广告项目就是我策划的。”向阳眼神里满是傲气。

向阳道出的事实让陈楠一惊再惊，已然说不出话来，半天才结结巴巴地说："那……你……早就知道米娅要进军上海？"

"是，而且是我在背后推动整件事情。米娅和几个世界级的品牌都在谈合作，后期发展不可估量，这次的比稿只是一个开始。"

"你想要通过这次比稿拉开和LY的竞争？"陈楠一手扶着身旁的栏杆，生怕自己再听到什么意外的消息而晕厥。

"没错。"向阳目光如炬，"我和唐董在深圳与阿尔贝托见面，邀请他去桂林玩了一圈，避开了LY派来做手脚的人马，我和他打赌，LY一定会出一个和我们类似的创意方案，希望他能给KT一个机会。"

"你一开始就确信LY会做一个和我们类似的方案？"陈楠紧蹙眉头，一时不敢相信这些传说中的残酷商战会真实地发生在自己身上。

向阳看看她，拿出手机轻戳了几下，递给陈楠。

"这几张图就是LY在比稿大会上的创意策划案。"

陈楠低头一看，瞬间脸色大变。这分明就是自己"精灵世界"的创意主题，只不过LY将这个创意改成了黑精灵，十分亮眼，与向阳的精灵女神创意可以说是各有千秋，不分上下。

"怎么会这样？他们怎么也会用'精灵世界'的主题？"

向阳吸了口气道："你还记不记得，公司定稿大会的前一晚，你做出了'精灵世界'的创意，当时你生我的气，只是将电脑屏幕给关了便匆匆离开了公司。"

陈楠回想片刻点点头。

"第二天一早，杨妮给我打了个电话，说有人动过你的电脑。"

"杨妮？"陈楠轻声惊呼。

"是的，她的心思可比你细密多了。"

"那到底是谁动了我的电脑？"

向阳深看她一眼，叹气："吴小霜明天就会办离职手续。"

"小霜？不可能！她在公司三年了。她就是个有点爱偷懒，喜欢迟到早退的小女孩啊。"陈楠兀自摇头，完全没办法接受这个事实。

"定稿大会那天早上，她是第一个到公司的，杨妮到的时候见到她正从你的办公桌前离开。"

"怎么会这样？"

"陈楠，你待人以诚，但是并不是所有人都会以诚待你。其实，不止你的电脑，连我的电脑也被人动过，所幸我的资料都在手提电脑里，公司的电脑我一般不会留太过重要的东西。"

“你的电脑也被人动过？可是你的办公室不都是上锁的吗？”

“除了吴小霜，还有行政部的老范。”

“老范也是公司的老人了，他是有公司各个办公室的备用钥匙……”陈楠下意识地打了个冷战，再也说不出话来。

“唐董原本是要报警的，但我觉得还是算了。各人有各人的难处，但说白了都是为了钱。吴小霜需要钱结婚，老范需要钱给他老婆治病。”

向阳叹气摇摇头，再次转身眺望江面。

两人都沉默了下来，只剩江水有节奏地拍打着江堤发出的声音。

良久，陈楠才把所有事情生硬地消化掉，倚着栏杆看着江面发呆。她怎么也没想到，一向与自己亲密的吴小霜会成为公司叛徒，而杨妮则不声不响地成了向阳的耳目。

看到陈楠沉默不语，向阳又补充道：“唐董和韦先礼是十多年的商场宿敌，韦先礼一直打压KT的生存空间，唐董早就想反击。只是一来韦先礼的确有才，眼光独到，狠辣胆大。二来LY的资金和人才实力也的确胜了KT一筹，所以一直无法如愿。这次我加盟KT，又恰逢韦先礼在加拿大休养，正式移权给韦明轩，机会难得，所以唐董自然是极力支持配合。”

“怪不得唐董会特意从美国飞回来跟你去了深圳。比稿会后胡青杨那么紧张，原来是在等你的消息。”陈楠叹气，原来这就是商战，自己今天算是领略了一番其中的惊心动魄。

向阳不再作声，隔了几秒柔声说：“我让你失望了？”

陈楠摇头：“是吃惊。”

他张开嘴想说自己这半个月一直想念她，可是话到唇边，心中一阵犹豫，终究是没有说出口。

江风轻送，两岸流光溢彩，一对对的年轻情侣或依偎缱绻，或窃窃私语，气氛浪漫得令人陶醉。这是上海谈恋爱最好的地段和时段。

年轻就是好啊，向阳心中暗叹，懵懂莽撞，凭着初生牛犊不怕虎的勇气，无所顾忌地追求着爱情。当初的他又何尝不是如此，爱昏了头，连太子爷的女朋友也笑纳了，以至于被人暗算而一败涂地。如今他早就过了奋不顾身的年纪，成熟多了，牵挂多了，顾虑也多了。

陈楠留意到他欲说还休的表情，没有捅破，只是淡笑转过脸去遥望对岸外滩的万国建筑群。

今晚她被他说出的真相弄得心绪烦乱，但与此同时，这样的气氛，这样的环境，两人肩并肩漫步江边，心知肚明，已非纯粹的工作关系。可至于怎样捅破这层窗户纸，何时捅破，她只能由他来决定。

已近十月，夜里江风吹来已经有了一丝寒意，陈楠穿得单薄，不自禁地圈住双臂。

向阳微微一愣，脱下西装轻拢在她肩头。

他的体温通过西装温暖了她的身体，也让她的心擂起了小鼓。

陈楠驻足，鼓起勇气看他，希望他能把话挑明。

然而他抿着唇，眉头紧蹙，沉思片刻，最终只是低声说："夜深了，我送你回去。"

第二天一早，吴小霜很早就到了公司，收拾完东西，办完离职手续就匆匆走了。小组里的人似乎嗅到了空气中的异样，都保持着沉默。

陈楠原想追上去与她告别，杨妮轻拉住她的手腕，摇摇头。

"楠姐，她现在并不想得到别人的关注。"

陈楠想来也是，走得不光彩，他人的关怀只会是一种羞辱，让她安静地离去才是最好的道别。

第四章
接连不断的闹剧

自从那天晚上与向阳在滨江大道逛了一圈，陈楠和他之间的关系更是扑朔迷离。除了工作上的交流，向阳并没有更多的表示，但陈楠却一颗心全都记挂在他身上，无时无刻不在猜度他的思想。

女人一旦沉入爱情的迷思里，对周围的事常常会出现一些“健忘”的症状。

陈楠被向阳占据了心神，早就把霍军给她的“一个星期还钱”的限期给忘得一干二净。

刚吃完饭，霍军假模假样地低头看着手机就往自己的房间里走。

“你给我坐下！”霍来宝将筷子“啪”的一声往桌子上一砸，沉着脸喝道。

“哎呀，我还有事，待会要出去一趟。”霍军皱起眉头，边说边往玄关走。

“有本事你就给我滚出这个家，一辈子都不要回来，不然你逃得过初一逃不过十五！”霍来宝难得发那么大的火，连平时跋扈的王桂群也懵了。

“你那么大声干什么，有话好好说呀。”

霍来宝怒气腾腾地站起来，抓起桌子上的律师信，走到门口朝着儿子的脸上扔了过去：“好好说？你看看，人家又发律师信来了！我们才是受害方啊，现在却动不动就被人警告。钱没了，面子也没了，还不是你这个不争气的搞出来的事！”

“我已经催过他们还钱了，谁知道他们家那么不要脸啊！”霍军梗着脖子也嚷。

“你催？你怎么催的？跑到人家家里去贴大字报，你有没有脑子啊？”霍来宝气急，抬手就朝霍军的脑袋上打了一下。

“哎哟！你打他做什么！”王桂群丢下手中的碗筷，跑上来站在霍来宝和儿子中间。

霍来宝指着王桂群呵斥："你也是的，还怂恿儿子跟你去贴大字报？现在小区都有摄像头的，万一被拍到，我们有理也说不清了。"

王桂群气得跺脚，泼妇的性子被点燃，对着丈夫就骂："吃了老酒发酒疯啊！你那么厉害就别在家里耍威风，有本事你去让陈家还钱啊！"

霍来宝素来知道妻子的蛮横个性，不敢再和王桂群吵，转向儿子霍军喝道："我告诉你，我现在身体不好，看病吃药的钞票都没有，你再不去把钱要回来，我就要死了！"

这二十万的装修款霍家是定要拿回来的，他们之前也咨询过了律师，律师建议双方协商处理，若协商不成可以通过法院进行调解。

但是毕竟霍家是悔婚一方，又动了手，自知理亏，知道通过法律途径讨回全款的可能性已经微乎其微，所以王桂群思来想去只有撒泼这条路，把陈家弄得鸡犬不宁，让他们自己松口才能如愿。虽然手段卑鄙下作，但是在钱面前她也顾不得这么多了。

"你爸说得也没错，都是你不争气，你早点儿告诉我们她不会生，我们也不会同意这门婚事，怎么会搞成现在这个样子？"王桂群叹息一声坐在沙发里。

"到底是陈楠骗了你，还是你瞒了我们？你给我说实话！"霍来宝将儿子拽回客厅，怒气上冲，涨红了脸。

霍军极快地窥视了一下父母的神情，知道如果自己说实话一定会被骂死，只得将错就错"咬死"是陈楠骗了自己。

"反正……她告诉我的时候，房子已经在装修了！"

霍来宝气得直摇头："当初看陈楠老老实实的，怎么会是这样的人？"

王桂群护子心切，听霍军这么一说，直接把矛头对准了自己丈夫："当初就是你整天说陈楠老实，把我说昏了头才同意拿钱出来装修他们的房子。我就说那时候他们家一直说我们浦东的房子太远，上班不方便，非要我们装修他们浦西的房子。搞了半天，上了大当了！"

王桂群摁着太阳穴直摇头："哎哟……一说起这事我就头疼，估计血压又上去了。"

霍军走到一旁柜子里拿了降压药，又倒了杯水过来。

"妈，我想……不如算了吧，我们就让律师去交涉、协商一下，能拿回多少算多少……"

霍军将药和水递给王桂群，小心翼翼地试探。

一听这话，王桂群猛地从沙发上直起身子，瞪大眼睛指着他就骂："你这个没出息的！什么叫能拿回多少算多少？这些钱都是我和你爸的血汗钱，我们存了那么多年就是为了给你结婚用的，你倒是大方了。”

霍来宝也跟着骂，一副恨铁不成钢的表情：“真是没出息，我怎么就生了你这么个讨债鬼！”

王桂群噌地站起来，吼道：“哼！怕什么？我就不信他们能这么不要脸！家里闹不通，我就去她公司里闹，把她名声搞臭！”

霍军一愣，心中很是犹疑，他威胁陈楠一个星期内还钱，其实只是吓吓她，想尽快了结此事。真要跑去陈楠公司大闹，那就会把她给彻底毁了。

他最后的一丝良知让他觉得有些于心不忍，毕竟陈楠和他好了一年半，两人也有过甜蜜时光，加上又是自己理亏，欺瞒了父母，把分手的责任全都推到了陈楠头上，如今要彻底毁掉陈楠，于情于理都太说不过去。

“妈……别搞那么大行不行？”霍军语带哀求。

“没出息！你们怕，那我就一个人去！去她公司大闹一场，要不回钱我也要出这口恶气！”

霍来宝从桌子上拿起酒杯，一饮而尽道：“也好！给他们点颜色瞧瞧，我们一起去！”

霍军心急，却又不知道要说什么才能熄灭父母的怒火，只得抓起手机回到房里，拨通了陈楠的电话。

这边，陈楠一看到是霍军的来电，狠狠地摁掉了。

没过一分钟，霍军又发来了微信：“陈楠，一个星期的期限到了，还钱！我警告你，如果你不还钱，我会让你后悔的！”

陈楠厌恶地将信息截屏保存起来，这是蒋萱教她的，任何霍家的恶行都要收集起来，留成证据以备后用。

将手机扔到一旁，陈楠只觉烦躁疲累，想去洗个澡，刚打开房门就听到父母在客厅里小声商量着什么。

“这样拖下去不是办法啊……”陈永明说。

“是啊，这种人什么事都做得出来。我现在上街都提心吊胆的，怕他们真来横的。”何莹说。

“前天他们还说要带人去砸新房子。不行，明天我去新房子看看。”

“哎呀，你别去。上次医生说你血压有点儿高，不能激动，万一撞到他们怎么办？要出事的……”何莹连连阻止。

陈永明也自知自己体弱多病，如妻子所说，万一出点儿什么事，最后连累的还是自己的家人。他长叹一声，皱着眉头，纠结良久，欲言又止。

何莹察言观色，轻声道："你是不是想把钱还给他们？"

陈永明犹豫地抬眼望向妻子，半天小声道："我怕楠楠不肯。"

"楠楠不过是受了委屈一时想不开，你女儿的性子你还不知道啊，过阵子气消了，她自然是肯妥协的。"

"我知道楠楠心肠软，但是我就怕我们这样让步，会让楠楠有了心理阴影，觉得我们做父母的这座靠山都靠不住，不能替她遮风挡雨，今后就更不敢谈恋爱了。"

何莹摇头叹气，他们只是普通人家，无论有理没理都不想惹上官司。

就算硬碰硬和霍家对簿公堂，最后经济上损失减少了，但若是霍家发起狠来要阴招伤害楠楠呢？可若是要妥协让步把二十万还给霍家，那这口气又怎么平？女儿吃了那么大的亏，作为父母却表现得如此软弱，正如陈永明所说，可能还会影响女儿将来的婚恋。

"爸，妈，你们别愁了，我要打这个官司。"陈楠站出来说，"我已经把所有的证据都整理好了，只要他们告，我们就应诉，要补偿可以，但是只能给法院判的数，多一分钱我都不给他们。"

陈永明和何莹互看一眼，陈永明点点头道："楠楠啊，爸妈只想让你知道，无论你做什么样的决定，我们都会支持你。既然你想和他们打官司，那我们就打！"

洗完澡后，陈楠想着最近发生的事情，躺在床上辗转反侧无法入睡，刚想拿出手机浏览一下网上的新闻，突然间微信弹出消息，竟然是向阳发来留言。

"抱歉这么晚打扰你，我想问一下，那个菜肉丸子是怎么做的？"

"嗯？"陈楠瞪着屏幕大感奇怪。

"苗阿姨辞职了，成成不肯吃饭，说只吃你上次给他做的菜肉丸子……"

陈楠坐起身来，一看已经晚上十一点了，暗自叹息，这个小恶魔真是够能折腾的。

"我上次是用荠菜和猪肉做的，还加了一点点咸蛋黄……"

"荠菜？长什么样子？我上网查查，你等等……"

看着向阳的留言，陈楠一阵无语，于是直接拨通了电话过去。

"喂？"电话里向阳的声音明显有些慌乱，背景音效自然是成成的哭闹声。

"向阳，你别弄了，你连荠菜长什么样都不知道还怎么做？况且做菜需要时间，你看看现在都几点了？"

"可是成成他还没吃饭……"

“你不能总是一味地惯着他，你已经把他给宠坏了。你现在去给他蒸一碗鸡蛋羹，然后告诉他，如果他想吃阿姨做的菜肉丸子，就要听话。吃完鸡蛋羹乖乖睡觉，明天阿姨就来给他做。如果他不听话，那这辈子也别想吃了。”

“我怕他不会听我的……”向阳心虚地说。

“你让他和我视频。”

“这……陈楠，不瞒你说，成成总叫你坏阿姨……”

“没关系，既然他想吃坏阿姨做的菜，那么我在他心里还是有可取之处的不是吗？”陈楠自嘲地笑了笑。

向阳没办法，只能死马当活马医，拿了手机到成成的卧室，此时的成成早就已经哭成了泪人，又哭又咳又号……

“陈楠阿姨要和你视频。”向阳打开视频投射到电视上。

“我不要视频！我要吃丸子！”向成执拗地嚷。

电视上出现了陈楠的脸。

“坏！坏阿姨！”向成指着陈楠喊。

向阳尴尬万分，连忙呵斥：“成成！不准没礼貌！”

“没关系，不用阻止他。”陈楠笑笑，对着向成说，“坏孩子！听说你想吃我做的菜肉丸子了？”

成成哽咽着看着陈楠不说话。

“你想吃啊，我偏不做。”陈楠故意仰起头不看他。

“那……我就不吃饭！”

“哦，那你就饿肚子好了，反正我只做饭给好孩子吃。”

“我……我也是好孩子！”

“你也是好孩子？”陈楠故意歪着头打量他，然后摇头道，“我看你可不像。好孩子听话，有礼貌。”

向成咬着嘴唇，瞪视着屏幕上的陈楠，憋得两腮鼓鼓的。

陈楠一转话头说：“这样吧，你喊我一声陈阿姨，然后好好说‘我想吃阿姨你做的菜肉丸子’，只要好好地说一遍，我明天就来给你做，好不好？”

向成倔强，心里憋着一股怒气，但陈楠不受威胁这点他是领教过的，憋了快一分钟，才终于开口服软：“陈……阿姨，你来给我做菜肉丸子吃好吗？”

向阳还是第一次听到自己的儿子这么温柔地表达自己的意愿，当真是喜出望外。

陈楠微笑着点点头说：“好，明天一早阿姨就去买菜，中午给成成做最好吃的菜肉丸子。不过有一点，待会爸爸做的鸡蛋羹成成可要乖乖吃掉，不准再闹了，不然阿姨明天就不来了。”

向成“嗯”了一声，点点头，便转身去玩玩具了。

向阳将视频切回到手机屏幕上，一脸高兴地走出成成的卧室。

“陈楠，你太厉害了！你知道吗？从小到大，从来没有人能够拗得过成成。你居然能让他这么听话，我真觉得你才应该是他的母亲……”

话一出口，向阳立刻意识到自己说错话了，赶忙刹住。

陈楠自然也是听出了异样，但是她也知道这是向阳一时激动口不择言，也就微微一笑带过去了。

“那明天早上十点，我去你家接你。”向阳有些尴尬地说。

“好，你快去给孩子弄点吃的，早点儿睡觉吧。”

“陈楠，明天……我们再谈谈。”

他说得有些犹豫，陈楠知道他依然举棋不定，只是轻轻“嗯”了一声。

第二天一早，陈楠就写好购物清单，仔细检查着有没有落下什么东西没写。

“楠楠，你这是要去哪儿啊？”陈永明问。

“哦，待会儿和向阳一起去买菜。”

“向阳？”何莹正在递茶杯给丈夫的手停在了空中，不一会儿，猛然想起道：“你是说那个向总监？”

“是啊。”

陈永明夫妇俩对看一眼，心里都转着一样的疑惑。

“楠楠，你和那个向总监……是不是有什么事啊？”何莹小心翼翼地问。

“没有，他儿子喜欢吃我做的菜，所以我们去买点菜，做顿饭给孩子吃。”

“儿子？”一听到这，何莹瞪大了眼睛，“他结婚了？”

“离婚了，儿子快六岁了。”

老两口还想说什么，陈楠的手机响起来，向阳到了。

陈楠背起小包，拿着购物袋，脚步轻快地下了楼。陈永明夫妇满腹狐疑又担心，走到窗前看着女儿坐进了那辆丰田房车。

陈楠坐到副驾驶的座位上，才发现小向成坐在后座打游戏机，他的腿上还打着石膏，不过精神倒是很好。

“成成，早上好啊！”陈楠和他打招呼。

向成没抬头，别扭地低声回了声：“你好……”

向阳笑起来：“你别介意，他能这么友善地打招呼已经不错了。”

陈楠淡笑不语，心里却忍不住想，这都能叫友善？

“保姆找了吗？”

向阳摇摇头：“还没来得及，下午去家政服务公司看看，如果你有空能不能一起去？给我参考参考。”

陈楠一抬头，正撞上他殷切的目光，心猛地一跳，脸颊微微有些发热，于是赶忙转过脸去，故作镇定地说：“好吧。”

没一会儿，车子便停在了一家大商场的停车场。

向阳好说歹说才把向成劝服下车，放在小轮椅上，推着前行。

陈楠默默跟在他身后，看着他的背影只觉无奈和感慨。这是一个多么美好的男子，帅气的外表，出众的才华，却父母早亡，婚姻破裂，儿子叛逆。

她暗暗叹气，为他也为自己，都说人生就是品尝酸甜苦辣，然而人生的苦楚常常是占了一大半的，而人们却又为了那一点点的甜味在努力生活。

三人来到超市，成成竟然有点像刘姥姥进大观园似的，格外兴奋。

“爸爸，我要这个……”

“爸爸，那个我也要……”

成成睁着圆溜溜的眼睛，好似对每一样商品都充满好奇，几乎只要是他看到的，就都要拿几个放在购物车里，而向阳只能悄悄地在后面把货物再放回架上。

一开始陈楠还不太在意，可是当成成拿了两大包成人纸尿裤扔进购物车里的时候，陈楠才发觉有点不对劲。再一看购物车里的东西，什么清洁剂、扫把、卫生纸之类的小孩子基本看都不会看的东西，成成却都是路过就拿。

“成成为什么拿这些东西？”陈楠疑惑地问。

“这是他第一次购物，随他吧。”向阳答。

陈楠吃惊：“他从没有来过超市？”

向阳苦涩地笑，摇摇头：“没有，我是个失职的父亲。他刚出生我就去了法国，后来董菲带他到法国来和我团聚，我也忙于学习和工作，几乎没有时间陪伴他们，对他们母子的确是亏欠很多。”

听他说这话，陈楠心中涌起一丝酸意。

“所以你对成成溺爱，对董菲忍让，忍让中还有一丝情意吧……”

向阳笑，突然凑过脸来在陈楠耳旁调侃：“怎么，吃醋？”

陈楠略一惊，根本没想到他会说这样的话，脸上顿时飞起一抹红云，娇嗔道：“你说什么呀……谁吃醋了……”

向阳眼角带笑地斜睨她一眼，不再说话。

买好菜大袋小袋拎回家中，向阳和小向成在客厅忙着拆新买的玩具，陈楠则在厨房里忙活了起来。

向阳和儿子玩着打怪兽的游戏，一阵闹腾，他假装打输倒在地毯上，小向成哈哈大笑扑到他怀里，他一边摩挲着儿子，一边朝厨房里陈楠忙碌的背影望去。

陈楠穿着一件鹅黄色的毛衣，头发草草盘起，围裙在她腰际系出了一个曼妙的弧度。她一手端碗一手快速地轻甩筷子，正在打鸡蛋。

这再平常不过的一幕，却让向阳不禁看痴了，陈楠身上娴静柔美的气质像一根隐形的丝线，正悄悄地、慢慢地将他的心缠绕。

一转眼忙忙碌碌地在职场上拼杀了十年，没有欢笑，没有天伦，没有休闲，他今天的成就是用多于常人几倍的努力挣来的，他之前从不在意，甚至觉得那些整天鼓吹亲情互动、唠唠叨叨的人都是多余的。

可是此时此刻，他很愉快，长久以来，他第一次觉得窗外的阳光投进了他的心窝里，很暖、很宁静。

原来这就是家庭温暖？这就是天伦之乐？

陈楠并没有注意到向阳痴痴看向她的眼神，专心在厨房施展着自己最拿手的厨艺。不一会儿，水果沙拉、荠菜肉丸子、糖醋里脊、蒜蓉扇贝、莲藕排骨汤、干煸豆角等陆续完成，中西合璧，荤素搭配，色香味俱全，摆满了一桌子。

向阳帮着摆放碗筷，成成今天似乎也特别听话乖巧。

“好吃！”成成眯着眼睛撅着油滋滋的小嘴说，“比妈妈做的燕窝粥好吃。”

“哟，那你可太抬举阿姨了。”陈楠笑着夹了块里脊肉给他，心想毕竟是孩子，还是难以抵挡美食的诱惑。

向阳难得见到儿子吃饭吃得这么香，心中很是宽慰，也很感激陈楠。

他深知董菲的厨艺，当年新婚浓情蜜意之时，董菲也是动了好一番心思要学做饭。

只不过，在董菲的思维里，只有贵的、高级的东西才符合她“女神”的形象，所以她食材也只挑贵的，做来做去就是燕窝、鲍鱼、鱼子酱、鹅肝酱、进口红酒、乳酪等这些东西，加上她爱惜容颜和身材，油炸煎烤想都别想，油盐也都严格论滴论克数放，酱油更是黑色素代名词，绝不可以出现。

向阳平日里只忙于工作，对吃喝从不计较，没在意过这方面的问题，况且当时两人恩爱，看到董菲努力为自己做饭已经让他感动不已，无论好不好吃，在爱情的调味下都让他觉得是人间美味。

如今陈楠做的这些家常小菜，鲜香滑嫩，浓郁可口，是个味觉正常的人都无法抗拒。两下对比，曾经吃下肚的那些高贵食材简直就是枯枝残蜡，毫无滋味。

三人边吃边说笑，正感其乐融融，一阵突如其来的钥匙开门声像一把剪刀般把屋内的温馨时光生生剪断。

三人齐齐抬头朝门口望去，只见一个穿着普拉达大印花连衣裙、蹬着小牛皮长筒靴的妖娆女人，一边摘着太阳镜，一边甩着卷发走了进来。

陈楠心头一沉，没来由地觉得自己像个介入别人家庭的第三者，浑身不自在，就要起身，一旁的向阳轻轻摁了下她的手，示意她坐下。

成成看到董菲，响亮地呼唤一声："妈妈！"

陈楠局促地坐着，预感到了一场风暴马上就要到来。

董菲看到餐桌前的一切，微微一愣，她的心里也是震惊的。将挎包和太阳镜往一旁的矮柜上一扔，她摇曳着模特般的身姿走到三人面前，修长的手臂环在胸前，垂着眼皮，一种居高临下的气势直逼陈楠而来。

轻笑一声，董菲拉开了战幕："怎么，这么温馨的家庭聚餐，竟然不邀请我这个女主人？"

"你想吃就坐下。"向阳冷冷地说道。

董菲眉间怒意渐升，狠狠瞪了一眼桌上的菜肴道："我才不要吃这种猪食。"

一转头，她的火力对准了陈楠："真是奇怪了，陈小姐，你三番两次出入我家，却从来不和我打招呼，你知不知道我现在就可以报警，说你擅闯他人住宅。"

"你胡说什么？陈楠是我请来的客人。"向阳气愤地站起身。

"你请来的？呵呵，你有什么资格请人来我的家？"

董菲抬高声量叫道："这是我的家，房产证上写的是我的名字，户口本上我才是户主。不过是看在孩子的分上让你暂时在这里住，你竟然敢带女人回来！"

"你的家？你看看这像个家吗？对，房产证上写的是你的名字，可是每个月的贷款是我在还！你的话说反了，董菲。是我看在孩子的分上才答应继续还房贷的，不然你以为你能保得住这房子？"

董菲气得全身颤抖，因为这是向阳第一次如此强硬地对她说话。一直以来向阳都是那样疼她、宠她，哪怕是她出轨、要求离婚，向阳也是痛苦地挽留，从来不曾说过一句重话，最坚持的也不过是要求孩子的抚养权，从来没有和她红过脸。

她这次是想和向阳复合的，她也自信自己可以办到，她有美貌，有儿子，还有向阳曾经的一往情深。可是刚要执行复婚大计，却突然冒出个什么都不如自己的陈楠，她怎能不气？

于是她一转身，指指向成，又指指向阳，劈头对着陈楠嚷道："这是我儿子，这是我儿子的爸爸，我们才是一家人，你明白吗，陈小姐？你上次不是说向阳只是你的顶头上司？你们只是工作关系，并没有什么暧昧不清的地方吗？怎么转眼你就上我家来勾引我的男人了？”

“董菲！你给我住嘴！”向阳愤然，走到陈楠身边，将陈楠拉到自己的身后。

“我说错了吗？你竟然连说都不说一声就把钥匙和孩子都交给她？她是谁啊？我才是孩子的母亲！”

“说得好，你是孩子的母亲，你看看，孩子的腿摔成这样，你这个母亲当时在哪儿？”

“你管不着，我已经和你离婚了！”董菲昂起下巴怒目圆睁，毫无半点愧色。

“我需要工作赚钱，孩子需要人照顾，陈楠为人心细，所以我才拜托她来照看一下。今天也是因为成成想要吃陈楠做的饭菜，我才请陈楠过来帮忙，你凭什么对人家如此刻薄？”

“我刻薄？难道我看不见吗？”董菲一把推开向阳，指着陈楠问：“你敢说你对我老公没有半点想法？”

陈楠早已是面色惨白，不是害怕，而是尴尬到无所适从，不知要如何回应。

如果她和向阳确实是情侣关系，那她可以理直气壮地回：“他不是你老公，是我男朋友。”

可是至今，对她向阳连个口头上的承诺都没有，甚至连那层暧昧的窗户纸都没捅破。名不正则言不顺，理亏则心虚，她只能哑巴吃黄连。

向阳自然是要护着陈楠，拉开董菲呵斥：“你简直不可理喻，当初是你坚持要离婚，要离开我的，我已经不是你老公了！我已经说了，陈楠是我同事，也是我的客人！”

“呵呵……同事？客人？”董菲不屑地看了看桌上的饭菜，斜睨了儿子一眼问，“好吃吗？”

成成茫然害怕地看着母亲，他不明白成年人的纷争，眨巴两下眼睛，犹豫着点了点头。

董菲一甩头，大步走进厨房，向阳和陈楠还没反应过来，董菲已经拿了一瓶酱油回到饭厅，手臂一个翻转，“哗啦”一下把整瓶酱油全都倒在了饭菜上。

瞬间，酱油汁被甩到墙上、地上、桌椅上和衣服上，空气中满是酱油味和“火药味”。

陈楠看着自己一片心意被毁心如刀绞，小向成看着美食被毁号啕大哭，向阳看着自己好不容易得到的片刻安宁被毁忍无可忍。

终于，他爆发了，一把夺过董菲手中的酱油瓶子扔在地上，冲上前紧紧抓住董菲的双臂，一张俊脸因为怒火而变得狰狞可怖。

“你给我道歉！”向阳怒吼。

董菲惊呆了，从认识向阳到两人离婚，他从来都没有对她高声说过话，更不要说动手了。眼前这个男人还是那个对自己千依百顺，把自己视为女神的男人吗？

“你……要做什么？”她颤声问，“你……想打我？”

“打你？我怕弄脏了我的手！我真不知道当初自己怎么会鬼迷心窍般地和你结婚。”向阳说到心酸处，红了眼眶。

都说男儿有泪不轻弹，可是男人的心何尝不是肉做的。他们的心也会疼，也会碎，只是平时把泪蓄在了心底。

董菲的一些做法其实早就把向阳伤透了，只是为了孩子他一直隐忍，今天陈楠受辱是最后一根稻草，将他压抑这么久的痛苦和愤怒给激化了。

她背叛她、折磨他，她几乎毁了他，他确实忍不住想打她，可是他的教养不允许他动手打女人，最终向阳只是将她推倒在了沙发里。

“我们彻底完了。既然你不愿意我住在这，我马上去找房子，孩子我也要带走，因为你根本就不配做一个母亲！”

董菲惊讶地睁大双眼瞪着向阳，这不是她认识的向阳，曾经的向阳那么温柔，那么爱她。

眼前的三人即便再争吵哭闹，但依然是一家人，他们曾经相爱，他们有剪不断的血缘关系牵绊，而自己呢？陈楠呆呆地看着面前的狼藉与混乱，只觉得自己格格不入，再无留下去的理由。

拿起自己的挎包，她尴尬又难过地站起身来说：“我先走了。”

向阳赶忙收住自己的情绪，转身道：“我送你。”

“不用了向总监，我本不该来的。你还是先照顾成成吧。”说罢陈楠快速走到门口换鞋。

“对不起，陈楠，真的对不起，我……”他捏了下额角，明白陈楠已经受到了伤害，而自己此时，也必须留下来收拾残局。

“别说了，我明白。”陈楠轻声说，开了门就要走。

向阳舍不得，一把将她拉住：“给我点时间……”

她抬眼见他两条浓眉紧锁在眉心，眼中满是伤痛，心软了，点点头。

整个周末，陈楠都过得昏昏沉沉，脑子里不停重复着在向家发生的那场闹剧。

理智清醒地告诉她，向阳是个麻烦的男人，应该离得远远的，将一些刚刚萌芽的念头及时掐灭在摇篮里。然而，那天他送她出门时眼中的那抹伤痛，却像一根刺般扎在了她的心上。

她情不自禁地想去搭救他、温暖他、爱他……

原本想着上班的时候暗中观察下向阳的动静，不想向阳却请了三天假在家中办公，一切工作都通过线上交流。

等待的时光最煎熬，越见不到向阳，陈楠心绪越烦乱。最后，她打了个电话，约了蒋萱这个“军师”出来聊聊。

难得的，陈楠和蒋萱两人面对面地坐着，却默然无语，一个捏着吸管，无意识地戳着杯子里的奶昔，另一个托着腮，用小匙慢吞吞地搅动着杯子里的咖啡。

还是隔壁桌一对年轻情侣突如其来的争吵，才把两人的思绪给拉了回来。

那女孩二十出头的年纪，穿着俏丽，妆容精致，一脸怒气地站起身，对着对面的年轻男孩高声喝道：“你自己迟到半小时不说，还阴阳怪气地说和我约会花钱太多？我打扮得漂漂亮亮来和你约会，还不是因为我喜欢你，想取悦你！你以为做头发、买衣服、买化妆品都不用钱吗？还有脸和我‘AA制’？”

说罢女孩从包里掏出两张百元大钞，“啪”地一记重重拍在桌面上，杏眼圆睁：“分手！”

说完嫌弃地瞪了男孩一眼，便转身潇洒离去。

那男孩一脸吃惊，还未反应过来，发现周围人投来的注目礼，尴尬地干咳两声，把女孩留下的钞票装入袋中，结了账起身便走。

“真羡慕现在的年轻女孩，够有勇气。”陈楠笑着说，啜了一口咖啡。

“换我也会生气。”蒋萱嘴角勾起一个轻蔑的笑，“最受不了小气的男人。不过是吃顿饭，还要在饭桌上几块几毛地算清账，真是够倒胃口的。”

“是啊，现在很多男人，都太没绅士风度了。”

一说起算账，陈楠又想到自己和霍军这摊子事：“萱，霍家的案子你看要怎么了结？”

蒋萱叹气：“就装修费这个经济纠纷案来说，你们家是得利的一方，所以必须他们家提出起诉，我们才能应诉，走法庭调解程序。如果他们不起诉，只能等起诉时效过期。”

“多久？”

“三年。”

“三年？！”陈楠惊呼，“这种提心吊胆的日子三天就够受的了。”

蒋萱轻叹：“没有造成人身伤害的骚扰案件很难量刑，你说受到精神伤害，这要怎么评估？所以遇到这样的事，最好的办法是调解协商，各让一步。上次你爸受伤倒是可以追究他们的法律责任，可是你们家又选择了和解。”

蒋萱顿了一下，补充道：“为今之计就是，他们每次骚扰，你们一定要取证，录音或者录像，必要的时候一定要报警。”

陈楠蹙眉不语，心中矛盾，父母的话在心头萦绕，谁都知道钝刀子割肉是极为痛苦的事，可是无论出于报复还是省钱的心理，她都无法遂了霍家的愿。

过了几分钟，陈楠叹道：“那就这样吧，无论如何我也要让他们家有点损失，不然我这两年的损失和煎熬算怎么回事？”

刚说完，手机突然响起来，陈楠一看，是向阳打来的，顿时一阵迷茫，不知道是接好还是不接好。

蒋萱见她盯着手机发愣，一脸愁容，觉得奇怪，稍稍一探头，见到“向阳”的名字，顿时心中清明，笑道：“接吧，再不接待会儿他挂了，你又会后悔的。”

陈楠白她一眼，做了个鬼脸，接起了电话。

“什么事？”

电话那头的向阳似乎是在思考怎么开口，半天后才说：“陈楠，前几天在我家发生的事，我很抱歉。”

“没关系。”

“这两天我想了很多，觉得都是我的错，但是我不知道怎样才能弥补。”

“我说了没关系，我理解你的处境。”

“是我不好。陈楠，我想……”向阳在电话那头重重叹了一口气，似乎是非常挣扎。

“我想，我们还是做回普通同事吧。”

陈楠的心像是坠入了冰窟窿里，等了这么多天，最终从向阳口中听到这样的结果，她的心又痛、又闷、又冷。强作镇定，陈楠轻咬了下嘴唇，“嗯”了一声。

“我希望你明白，我有个混乱破碎的情感世界……我不希望因此伤害你，更不希望这件事影响我们的工作。”

他的声音磁性而温柔，即便是在说一刀两断依然像天籁般刺激着她体内的荷尔蒙，令她着迷，可是事到如今还能如何？

“放心吧，不会影响工作的。”

向阳也不再说什么，无奈地答了句：“好吧。”

电话挂断，陈楠像泄了气的皮球般，全身无力地倒在椅背上，神情呆滞，一言不发。

而这一切落进蒋萱的眼里，脑筋一转，前后连贯再加点想象，她也已经猜到了七八分。

“妞，你是不是和向阳发生了什么？”她试探着问。

陈楠苦笑：“发生了一场闹剧吧。”

"怎么了？你没吃亏吧？"

"没有。"陈楠摇摇头，"不过是他有他的债要还，我有我的债要还。"

"我早和你说过要小心向阳，已婚男人是毒药，离婚有孩子的男人是迷幻药，瞧他把你迷得七荤八素的，真在一起你就知道有多麻烦了。我劝你还是悬崖勒马，回头是岸。"

可能是爱情的魔力，蒋萱说的每一个字在陈楠的脑袋里转了一遍，她都觉得很有道理，但到了心里，她却还是别扭地生出一股逆反心理。

离婚的人也有权利再寻找幸福啊，离婚有孩子的人更需要重新组织一个幸福的家啊。

孩子无辜，自己不是什么小心眼的女人，只要两人相爱，自己拿出十足的真心，怎么会换不来孩子的认可？陈楠眼下难过的并不是董菲的跋扈、小向成的执拗，而是向阳情感上的飘忽。

一边想着这些，陈楠敷衍地点了点头，一抬头，却发现蒋萱也是一脸愁绪。

"我这里是前有虎后有狼，愁眉苦脸也就罢了，你这个超级女超人怎么也苦瓜脸了？"

蒋萱继续戳着杯子里的奶昔，苦笑着说："你是为情所困，我是为钱所困。"

"怎么了？"

"没什么，就是小帅之前找我借了几万块钱……"

陈楠知道蒋萱为白小帅供吃供喝供住，只是不知道除此之外，她竟还借钱给他了。

"他平时吃你的住你的，自己还有工资，还要借钱干什么？"

"说是和人合伙做生意……"

蒋萱借钱给白小帅之后，表面上两人和好如初了，白小帅依旧对她体贴呵护，可是这五万块钱不知怎的在她心里变成了一根刺，同样的事情白小帅以前做，她觉得可爱甜蜜，如今再做，她则时时疑心他是不是另有所图。

不过这样的话蒋萱实在没脸说出口，只好摇摇头囫囵带过，好在陈楠心事重重没有接着问，也就作罢。

两人吃了顿饭，逛了逛街便散了。

和陈楠分手后，蒋萱心中闷闷的，独自在南京路上闲逛。走过一家装修华丽的婚纱店，她不自觉地停下了脚步，目光被橱窗内一件鱼尾婚纱牢牢吸引。

婚纱是女人一生最美的衣裳，也是最美的梦。

蒋萱凝视着这件婚纱，突然间心酸。她曾和罗旭手牵着手站在婚纱店前，畅想过未来的婚礼。

“你看这件好不好看？”她问。

“好看，就怕爸妈会更喜欢中式的。”他说。

“我不管，我要西式的婚纱，鱼尾的。”她坚持。

“我都喜欢，那就一套中式的，一套西式的。”他妥协。

她甜美娇羞地点头，他凝视她，眼中满是柔情。

“萱儿，我一定要娶你，等我们在上海闯出名堂，我们就结婚。答应我，嫁给我。”他拉住她的手，深情地说。

她咯咯笑，故意抬眼看天，就是不回复。

他也笑，手臂一用力，将她拥进怀里，用力吻她的嘴唇。

“答应我……”

“嗯，我答应……”

岁月如梭，往事如尘，当年尽诉莫别离，只是聚散皆由缘。

蒋萱将目光从婚纱聚焦到玻璃窗上自己孤单的身影上，不由自主环住了自己的双臂。

正要转身离开，忽然，身后一个熟悉的高瘦身影映在了橱窗玻璃上，顿时让她的心猛地一颤。

“罗旭……”她不敢相信自己的眼睛，赶忙转身。

是他，真的是他！

稍有些发福，却依然帅气，眉间紧蹙，眼神忧郁。是的，他当年在大学里就有个绰号——忧郁王子，她怎么也不会忘记，自己就是被他那安静忧郁的气质吸引了。

两人只隔了几步之遥，却像隔了千山万水，谁也没有迈步走向对方。

就在蒋萱愣神之际，一旁的点心店里走出来一个穿着优雅的孕妇，她拎着一盒糕点径直走到罗旭身旁，罗旭赶紧接过糕点，嘴角是蒋萱熟悉的笑容。

他拢着他的妻走了，她留在秋风中茫然目送。

蒋萱从没想过自己和罗旭还会有这么一次相遇，游魂似的在大街上逛了不知多久，她的心绪才缓缓平复下来。

回到家中，开了门，白小帅正坐在窗台上全神贯注地玩手机。蒋萱停住脚步，靠在门边看他，脑海里却依然是与罗旭偶遇的那几秒。

罗旭的妻子看上去优雅又知性，蒋萱落寞地浅笑，心头依然酸涩。罗旭看起来生活得很好，但她无法大度地去祝福。

好在自己也是有人爱的，白小帅还年轻，说不定将来会大有可为。而且至少在外貌上，白小帅绝不输罗旭。

算是给自己打了一剂强心剂，蒋萱提起精神走进屋子。

“我回来啦……”她故意拉长声调撒娇，小步跑上前去想索要一个拥抱。

不想白小帅转头见她跑来，一脸惊慌，手机都差点儿掉在地上。

“干什么？见鬼啊？”蒋萱对他的反应很是不满。

白小帅抓抓头，镇定下来，赶忙赔上笑脸，上前抱住她。

“不是，你突然跑过来，吓我一跳。”

蒋萱狐疑：“我在门口站了好一会儿了，你没听见动静？”

“啊？是吗？可能是我和同事谈生意上的事太投入了，没听见。”

“谈什么生意谈得那么投入？我看看。”蒋萱说着，伸手索要白小帅的手机。

白小帅犹豫了一秒，皱眉道：“有什么好看的呢，你说过以后都不查我手机的。”

“怎么？做贼心虚？为什么不让看？”

“又来了！我就知道你坚持不了两天。”白小帅变了脸，怒气渐渐占据了他的五官，“给你，看个够吧。”

把手机扔给蒋萱，白小帅气呼呼地走去厨房。

蒋萱心头一沉，顿时没了查看手机的兴致。

这次复合后，她下决心要把白小帅当作平等的恋人看待，一而再、再而三地放低身段。可是说不清为什么，对白小帅，她就是充满了控制欲。

来到厨房，白小帅正在水槽边洗菜，蒋萱想缓和下气氛，上前从背后环住了他的腰。

“生气啦？”她尝试用温柔的声调。

白小帅不语，将菜从水槽里捞起，拿出一个锅子放在桌案上，转身盯着蒋萱。

蒋萱被他看得有些莫名：“好啦好啦，我不查你手机了还不行吗？”

说着将手机塞回他手里，白小帅抬抬眉毛，嘴角一扬，轻轻笑起来。

当真是迷人的笑容啊，蒋萱心头松了口气。

“看看我买了什么？”白小帅朝锅里斜了一眼。

蒋萱打开锅盖一看，满满一锅已经剥洗干净的小龙虾，顿时惊喜得捂嘴笑起来。

“知道你爱吃这个，我一下班就去市场买回来弄干净了，就等你回来下锅。”

“哇……小帅，我爱你。”她扑进他的怀里，紧紧搂住了他的脖子。

白小帅的厨艺很不错，一大锅香辣小龙虾吃得蒋萱百忧皆消，总算是用食欲压制住了罗旭留下的那缕愁绪。

看着围着围裙绕在自己身边斟酒、剥虾的白小帅，蒋萱心里甜丝丝的，过去的人，过去的事，如风如烟，总是要消散的，珍惜眼前人才是明智的。

或许白小帅年轻幼稚，但有什么关系？他爱她，对她好，这就够了。

蒋萱畅快地大吃大喝，却不知道什么时候眼角就潮了。

“小帅，你知道吗，你的手艺真不错……”蒋萱有了几分醉意，眯着眼笑，“等我做烦了律师，就开个餐厅，你做大厨，我管收钱……哈哈，餐厅的名字我都想好了，就叫……萱帅美食屋，你说好不好？”

说着蒋萱又喝了几大口白葡萄酒，白小帅把她的手拉下。

“萱儿，你别喝多了。还有惊喜呢！”

白小帅说着起身走进厨房，过了几分钟，端出一盘蒸扇贝。

蒋萱瞪大眼：“今天是什么日子？”

白小帅有些神秘地摇摇头，开了一个扇贝给她，自己也拿了一个，两人继续对酌，享用美食。

不一会儿，盘子里只剩最后一个扇贝，白小帅看看扇贝，给蒋萱递了个眼色：“你的。吃完了我告诉你今天是什么日子。”

蒋萱好奇心起，顿时酒也醒了几分，她拿过最后一个扇贝，轻轻打开贝壳，一条极美的珍珠项链闪烁着莹莹光华。

“哇，好美，这是……”蒋萱不解地看着白小帅。

“喜欢吗？送给你的。我们的小店今天做成了三笔交易，我就立刻给你买了这个！”

蒋萱高兴地看着他，但是下一秒，律师缜密的思维又让她觉得有点儿蹊跷。

“这个多少钱？你今天赚了多少钱？”

白小帅脸上的笑意收拢，觉得有点扫兴：“哎呀，今天是我的小店第一次做成了买卖，总要庆祝一下的嘛，就算我贴钱也要送你礼物的。你不喜欢吗？”

蒋萱知道他定是把赚的钱全花在礼物上了，至少是花在自己身上了，总不能再责怪他没脑子，赚的还不够花的，于是笑着扑进他的怀里亲吻他：“我很喜欢，以后我每天戴着它。”

白小帅也笑了，亲自为她戴上项链，两人在沙发里拥吻。

那天深夜，白小帅的手机震动了两下。

微信上来了条信息：她喜欢那条项链吗？

白小帅侧头看看身边早已香梦沉酣的蒋萱，拿起手机回复：怎么还不睡，在做什么？

吴佳拍了一张被剪刀割伤、包了止血贴的手指的照片：在包明天的货。

白小帅一阵心疼加愧疚：怎么受伤了？

吴佳：没事，心里有点儿难过，一不留神就……

白小帅轻蹙眉头写道：别弄了，明天我来包。

吴佳：明天一早发了货，赶去公司时间刚好。你快去陪她吧。晚安。

放下手机，白小帅再也睡不着，睁眼瞪着天花板好一阵，不是不挣扎，不是不知道对错，可是吴佳受伤的手指和她的温柔体贴像一根隐形的丝线将他的心紧紧缠绕。

翻身看看蒋萱熟睡的样子，也是恬静美好的，如果可以不选择，坐享齐人之福多好啊，他贪心地想。

最终，白小帅还是挣脱不了心中的魔，悄悄地翻身起床，拿了手机走出卧室，在没有灯光的客厅里，按下了吴佳的电话。

第五章
乱糟糟的人生

一上午，整个小组为了两个不同的创意方案争论不休。

新来的设计师叫安心如，是个个性张扬，表现欲极为旺盛的小女生。她在国外待过两年，拿了个不错的学历，也得过几个校园奖，一句话里定要蹦几个英文单词才能把话说利索。

会议室里，她坚持着自己的设计方案，而早就看不惯她的阿蓝和阿华正与她争执不下。

“我的idea（创意）明显更fashion（时尚），更有taste（品位）啊。Okey（好），well（好），你们的idea也很nice（好），但是，不符合客户的style（定位）啊！我希望大家不要因为我是newbie（新人），就deny（否定）我的工作。”

一连串中英文夹杂的表述，听得阿蓝和阿华两个热血爱国青年不停摇头皱眉。

阿华嗤笑：“在座的都是中国人，你能不能用中文把话说明白了？”

安心如冷笑：“上海是international（国际化）大都市，能进到这样规模的公司里工作的人，不会连这么simple（简单）的英语都听不懂吧？”

阿蓝怒道：“听得懂我们也不想听你这种不中不洋的鬼话，不就是在国外念过两年书吗？又不是移民十年八载，连母语都不会说了？”

安心如笑笑，不以为意：“Okey，我不是来和你们吵架的，我们以实力论输赢。”

杨妮轻推正在发呆的陈楠：“楠姐，你不说两句？”

陈楠恍然收回心神，说道：“我觉得两个方案各有千秋，不如我们投票决定吧。”

众人都觉有理，转头朝正盯着投影屏幕的向阳看去。

这是一个饮料广告，安心如的创意草案是夸张的画面，用饮料本身的色泽、气泡等特质做一个抽象概念的渲染。

而阿蓝提出的草案是围绕年轻人充满活力的生活为主题，身体上的文身、篮球场上的厮杀、摇滚乐的张扬和大汗淋漓后的畅快。

向阳半天没有反应，陈楠只得轻咳一声，率先举起了手说："我投阿蓝的草案。"

阿华与阿蓝一直交好，自然也举手投了阿蓝的票，杨妮随后也投了阿蓝的票。

安心如气呼呼地坐在椅子上生闷气。

"向总监。"陈楠唤他。

向阳嘴角一动，关了投影，清晰又冷淡地说："用安心如的创意。"

说罢他起身就走。

安心如一脸骄傲得意地笑，小组其他人自然是口服心不服，拉着陈楠到一旁开小会。

"楠姐，她才来几天啊，就已经用了她的三个草案了。再这样下去，我们不都成了吃干饭的啦。"

"你看她那个得意忘形的样，真受不了。"

"我最受不了她一句话里夹七八个英文单词，显摆什么呢？怎么不干脆移民？"

"楠姐，我是真不知道她的草案到底哪里比我们几个想出来的好，我是不服气的。"

最后众人一致要求陈楠出面去找向阳讨个合理的解释。

陈楠心里五味杂陈，虽然上次在电话里说终止两人的情愫，但是人的情感如何能开关自如？两人每天抬头不见低头见，要装成什么事都没发生过，比撕破脸做仇人更难。

心有所念自然行为上就诸多顾忌，为了避免尴尬，除非是集体会议，不然两人都自觉地尽量回避彼此。

可是眼看着小组成员人心不齐，士气低落，陈楠觉得自己总不能视而不见，尤其是阿蓝对安心如意见很大，已经暗示过想跳槽走人。

做了一下午的心理建设，陈楠终于鼓起勇气走到向阳的办公室前，抬手正要敲门，突然门开了。向阳正要往外走，两人一打照面，都愣住了。

"我……"陈楠张嘴要说。

"我现在要去见客户。"他拿出手机看了看时间，"估计八点能回来。你等我。"

陈楠不知道他为什么要让自己等他，但这最后三个字像有魔力般，瞬间控制了她的大脑和心脏。

向阳走后，陈楠心不在焉地做着设计图，满脑子都是他，哪来的创作灵感。

同事们陆续离开，她依然坐在电脑前磨洋工，时不时地看看电脑右下角的时间。

突然安心如的笑声钻进耳内，陈楠不自觉地抬头看她。

安心如从陈楠身边走过，往大门外走去：“谢谢向总监的肯定！成成so adorable（很可爱）。Oh, yes, 他和你一样handsome（帅）……”

几句轻飘飘的话随着安心如的身影飘远，却让陈楠心惊不已。

安心如才进公司不到一个月，却已经得到向阳如此的青睐，还见过了成成？

难道安心如也和自己一样，和向阳有着说不清道不明的关系？

这样一想，陈楠顿时全身发冷，向阳到底是什么样的人？自己对向阳来说难道和其他人一样？

在椅子上呆坐了大半个小时，陈楠越想越气，越想越觉得自己窝囊，自从与向阳认识，她就一直被他牵着鼻子走，他想谈就谈，他不想谈就不谈，他让她等她就得等，他让她走她就得走……

凭什么啊！

关了电脑，陈楠抓起包就要走，却不想向阳迎面急匆匆地从大门走来。

“你要走？”

“是。我不知道自己为什么要像个傻瓜一样坐在这等你。”

“你不是有事要和我说吗？”

“现在没有了。你是领导，小组是你的，你爱怎么管就怎么管，你爱用谁的创意就用谁的创意。”

陈楠侧身避过向阳，径直走到电梯前。

向阳疾步追上来，伸手拉着她的小臂：“你在说什么？”

“没什么，安心如连成成都认识了，我还有什么好说的？”

“安心如？”向阳更是一脸疑惑。

两人正在争执，突然电梯门打开了，里面站着一脸吃惊的胡青杨和朱悦悦。

陈楠和向阳激动的情绪完全写在了脸上，因为激动，以至于两人完全忘记了身体距离。向阳手上用力，拉扯得她几乎靠在了他身上。

只要长了眼睛，都看得出这两人的距离过近了。

看到突然出现的两人，向阳赶紧松开手，退了一步和陈楠拉开距离。

胡青杨轻咳一声："你们要进来吗？"

向阳摇摇头，陈楠转身走进电梯。

电梯里，陈楠的脸上仍带着怒气。

"你和向阳怎么了？"胡青杨问。

陈楠挤出一个笑容："没什么，工作上的事有分歧，吵了两句。"

胡青杨半信半疑地点点头，不再追问，而一旁朱悦悦嘴角的笑意则是意味深长。

陈楠有些心虚地看了她一眼，迅速转过脸去。朱悦悦是出了名的"广播台"，公司里一点点的风吹草动，只要让她知道了，必然整个公司都会知道。但是这种事往往越描越黑，还是保持沉默为上策。

但是即使沉默，事情也绝不会烟消云散。

果然陈楠还没下地铁，就接到了朱悦悦的八卦微信留言。

陈楠只能敷衍回答，让她别误会。

这头刚结束和朱悦悦的对话，那头向阳就打来了电话，陈楠无可奈何地接起电话。

"陈楠，你刚才说的话是什么意思？"

"没什么意思，我觉得很累。"

"你刚提到安心如和成成，我想你是误会了。"

"我误不误会并不重要，只要你能带领小组做出更好的成绩就行了。"

向阳隐约叹了一声，沉默了几秒问："你在哪儿？我想当面和你说清楚。"

"我要换地铁了，还是明天回办公室再说吧。"陈楠不想在人群涌动的地铁站里和他说话。

不是不想见，是太想见，所以怕见了后就不舍得分开。

不等他回复，陈楠就迅速挂了电话。

从地铁站出来，陈楠买了些糕点慢步往家走。

父母已经再次给她安排了相亲，这个周末，或许就能有一个新的开始。

陈楠不喜欢相亲，但是自己总得嫁人，就算不为自己，也得为父母考虑，家有大龄剩女不是什么体面的事。

老一辈人家庭观念重，也喜欢攀比，人到中年，比钱、比房、比孩子似乎已经成生活中的固定节目。

陈家亲戚混得好的多，留学的、移民的、嫁给大老板的、成了高管的、生了二胎的、坐拥几套房收租收到手软的，无论哪方面，陈楠实在算不上出色。

陈永明虽疼女儿，却也极好面子，原想今年给女儿办了喜事，算是了了一件心头大事，却不想会出退婚这样的事，弄得他颜面扫地，见到亲朋也只有躲的分儿。

陈楠自然是知道父母的困境，所以即使心有所属，也不得不面对现实。

陈楠低着头，缓缓地走在黄昏最后的一抹霞光中。

这个小区她已经住了快二十年，闭着眼都能找到回家的路。她沉浸在自己的世界里，一边想着霍家的官司，想着向阳暧昧不清的态度，想着自己渺茫的姻缘路，一边习惯性地伸手去包里拿门禁卡。

“哔——”

突然一声响亮的汽车喇叭声，吓了陈楠一跳，抬头一看，自家楼下铁门前停着一辆车。一看车牌，顿时惊变成了喜。

向阳从车上走下来，说：“我们的谈话并没有结束。”

她吸了口气，努力想屏住因为欢喜而要绽放出来的笑容。

他看出她的笑意，自然也知道她的心意。

“上去和父母说一声，我们出去吃饭。”

陈楠一抬头朝自己家的窗口看了一眼，只见窗帘后有个人影，看来一切都已被父母尽收眼底。

正想打电话回家，不想还是父亲陈永明快了一步，先打了过来。

“楠楠啊，是向总监在楼下吗？既然来了就请他到家里来坐啊，反正也是吃饭时间，就一起吃顿便饭吧。上次我受伤他一路接送照料，我还没有好好谢谢他呢。”

虽然向阳不是第一次去陈楠家，但是上次完全是突发意外，事态严重，情有可原，可现在算什么？两人关系都说不清，莫名其妙把向阳领回家和父母一起共进晚餐，既不合情也不合理。

陈楠心头虽然有主意，却想刁难下向阳。

“我爸请你上我家吃饭，你去吗？”

向阳一愣，干笑了两声：“这……合适吗？”

“你有恩于我们家，有什么不合适？”

向阳尴尬地笑笑，摇摇头：“现在不是时候。你明白的。”

说罢，他朝陈家窗口挥了挥手，朗声道：“多谢！改次再来打扰！”

陈永明和何莹站在窗口也对着他们挥了挥手，目送着女儿坐上向阳的车离开，何莹再也憋不住萦绕在心头的一些担忧。

“永明啊，你看这个向总监怎么样啊？”

陈永明叹了口气：“人是不错啊，稳重也有气度……就是长得太好看了，估计我们家楠楠压不住啊。”

“长得好看还成罪过了？我们楠楠也漂亮啊，我看外形上两人挺般配的。就是……你没听楠楠上次说吗？他离过婚，还有个儿子，这事我就不喜欢了。”

“是啊，我们楠楠可是头一次结婚啊，莫名其妙跑去给人家当后妈，不行不行。”陈永明的头摇得像拨浪鼓。

“所以啊，这个事情我们可要问问清楚，如果楠楠真要动这个心思，我们可要给她泼泼冷水。”

陈永明皱紧眉头，点了点头。

灯光浪漫的西餐厅里，轻音乐悠扬悦耳，杯里的香槟酒冒着小气泡，在烛光下闪烁着莹莹光芒。

向阳拿着酒杯靠在椅背里打量着陈楠，烛光烘托下的她显得别有一番风情。

“知道吗？你不是我见过最美的女人，却是越看越美的女人。”

被他这么一恭维，陈楠羞涩地垂下睫毛，脸上现出一抹红晕，又给她增添了几分娇美。

“安心如是个很张扬的小女孩，但是她有才华。她的创意有震撼力，我没有理由拒绝。”他开门见山地说出了她心中的疑问。

“可是你如此偏用她的创意，让小组其他成员都很丧气，这样也导致大家都不喜欢她，不利于她融入我们的团队。”

“一个公司需要的是能为公司赢得客户的创意人员，我们不是做慈善，也不是要搞一个团结大联盟，竞争从来不可避免。”

“话虽没错，但我觉得强调个人才华的同时也不能小觑团队合作的力量。”陈楠坚持，“安心如没来之前，我们一直都是团队合作，每个创意都是大家一起参与的成果。可如今阿蓝已经和安心如矛盾尖锐，难道你看不出来？”

“看出来了，但这并不是我关心的重点，我的工作是做出最好的创意提案让客户接受。今天下午，安心如的一个创意已经被客户接纳。陈楠，你不能老盯着一个人的人品瑕疵，你得看看她的能力和才华。”

“我无法和你分辨，只是觉得如果她不能融入团队中来，迟早都会是个祸患。”

“你多虑了，安心如只是有些自命不凡，我也一样，只不过我现在年纪渐长，懂得收敛，她还年轻，所以锋芒毕露招人讨厌罢了。但这并不是什么致命的缺点，创意设计人员需要有艺术敏感度，也需要有自信心，甚至有点自负也没关系，大胆、没有约束、天马行空的想法和行事风格，对于我们这一行来说都不是缺点。”

“你是不是有点夸张了？”

“陈楠，你有没有好好看过安心如的创意设计？有没有心平气和、客观地去评价她的作品？阿蓝这次的创意其实早就有其他广告用过了，没有任何新意。”

陈楠理亏，的确，因为安心如的性格，整个团队成员都不太喜欢她，连带对她的作品也有了偏见。

她端起酒杯，轻酌浅饮，沉默几秒，话题一转，直接开口问道：“那安心如是不是喜欢你？”

向阳眼睛睁大：“是吗？或许吧，但是这对我来说并没什么两样，也不会左右我对她作品的判断。”

“你不喜欢她吗？她年轻漂亮，脾气性格和董菲也有几分相似。”

“呵——”他仰头苦笑，“我和董菲的悲剧你是亲眼看到的，你觉得我会再去找一个和她相似的女人？”

“那你还带她去见成成？”

向阳眼睛睁得更大，一脸疑惑地问：“我什么时候带她去见成成了？”

“我听见她在电话里说的，还说你handsome。”

向阳抿嘴笑，发现陈楠吃起醋来更有女人味了。

“前天下午我带成成去医院拆石膏，碰巧遇到她和她的朋友在逛街，她送了一盒点心给成成，如此而已。”

陈楠心头大石落下，为自己的敏感小气感到难为情。

沟通完了公事，又解释清了误会，两人安静地吃着精致的烛光晚餐。

一顿饭毕，两人的话题再没有回到感情问题上，问题太多，心结太多，时间不对，情绪也不对。

毕竟都已是三十多岁的人了，不可能再没心没肺地爱恨，也都知道这个年纪的感情所意味着的责任和重担。

陈楠已到尽快出嫁的年纪，于她，恋爱的目的就是结婚，失败的恋情就是蹉跎岁月。

而向阳则早已是千帆过尽，于他，恋爱是要找一个懂自己的伴侣，结婚与否已不再重要。

所以不是陈楠懦弱，更不是向阳油滑，实在是两人心中明白目的地不同的旅人最终只能分道扬镳。

送陈楠回家的路上，两人都分外沉默，只有那首经典的《爱的罗曼史》吉他乐娓娓传来，倒也浪漫醉人。

直到刺耳的手机铃声响起，生生破坏了车内的气氛。

向阳按了下车载耳机：“什么？又摔了……你带他去迪士尼乐园了？你疯了吗？他才刚拆石膏啊！你简直……好好好，我不想和你吵，我现在就回来。今晚我带孩子去我那里住……是，我已经安排好了保姆。行行行，你要走就走吧！你不在可能他更安全……董菲！我说了我不想和你吵架，我很烦。呵呵……你爱我？董菲，我建议你去看看心理医生，我觉得如果不是你快疯了，就是你想要把你身边的人都逼疯。”

向阳重重按掉了手机，脸上怒色浓重，还不到两秒，手机又响了，向阳直接拽掉耳机，关了手机。

“看到了吗？我现在的生活就是一个烂摊子，我没有资格去爱，也没有资格被爱，所有爱我的、我爱的都会倒霉。远离我才是明智的……”略顿了顿，向阳艰涩颤声道，“可是我又忍不住想亲近你……”

向阳把车停在路边，情绪崩溃地拍打了一下方向盘，脸埋在方向盘上小声说：“所以，陈楠，你必须要拒绝我，推开我……我不想拉着你一起跌入泥潭……”

轻轻地，一只凉凉的手覆在了他发颤的拳头上，像一股清泉悄无声息地熄灭了他内心的怒火。

他抬起头看着眼前容颜清丽的陈楠，缓缓松开了拳头，抬起手来想要抚摸她的脸庞，但举到半空中，理智还是压制住了他的冲动，终是无力地垂了下来。

车内的气氛静默，向阳抬头望向前方，似乎是在酝酿情绪。良久，他看向陈楠，缓缓开口：“想知道我和董菲的过往，还有我和LY的恩怨吗？”

陈楠没出声，点了点头，她知道，此时此刻，她最适合的就是扮演一个安静的倾听者。

“韦先礼是设计师出身，眼光独到，我在LY的时候他就很赏识我，把我从一个实习生直接提拔成了他的御用设计师，他做不完的brief都会让我做，也教会了我很多东西。因为这个关系，我和韦明轩熟了起来，经常会玩在一起。不过我没有什么家世背景，在他们的圈子里常常被人看不起，那时候每次都是韦明轩替我出头。其实说起来，韦家父子对我是有恩的。”

“后来我在一次聚会上见到了董菲，她真的美极了。当时她是韦明轩众多绯闻女友中的一个，因为韦明轩迷上了一个小明星，所以冷落了她，她很不开心，坐在一个角落里喝闷酒。聚会上，我与他们富二代们格格不入，又被她的美色牢牢吸引，于是鬼迷心窍地去和她聊天，没想到聊得十分投机，她拉着我进小树林，说她喜欢上了我，要和我在一起。”

“所以韦明轩要陷害你抄袭？”陈楠惊问。

向阳摇摇头："不止是为了董菲，还因为韦先礼想要栽培我成为他的接班人，像韦先礼这样的精明人，怎么会不知道自己的儿子几斤几两？"

向阳露出一个无奈的笑，叹了口气继续说："年少无知总要付出代价的。我娶了董菲，还有可能成为LY的接班人，无意中得罪了很多人却浑然不知。他们有的是钱，能花钱把人捧上天，自然也能花钱把人踩入地。"

"那你后悔吗？"

"后悔？离开LY我不后悔，毕竟他们不择手段的风格我也早有排斥。但娶了董菲，我后悔了。"

"为什么？董菲那么美，而且你们又聊得来……"

向阳偏过头来看看陈楠，苦笑道："她是和我聊得来，但她不只和我聊得来，和其他人也一样。"

陈楠有些吃惊，睁大眼问："你是说董菲她……"

"结婚后不久董菲就和韦明轩旧情复燃，她以为我不知道，其实我知道。但我太爱她，爱得连尊严都没了。当时的我想用真情感动她，等她回头。后来韦明轩又甩了她，她回到我身边，我们有了孩子。现在想起来，她怀孕的那段日子算是我们最美好的时光了。孩子生下来没多久，我就被韦明轩陷害得身败名裂。我不甘心，如果连事业都没有了那我就真的什么都不是了，于是我去了法国进修。后来董菲也带了孩子来到法国，可是，当时我处于人生低谷，没工作，收入微薄，没有时间带孩子，更没时间哄老婆。"

向阳沉入到自己的回忆中，顿了顿，再次开口："我忙着上学，打零工，疏忽了她和孩子，她一气之下就带了孩子回国了。就这样我在法国独自打拼，等我完成学业，找到工作，得到国际创意大奖的时候，想回国带他们母子到法国定居，可是回国我才知道，董菲已经和一个迪拜的富商好上了。呵呵……"

"富商给了她豪华奢侈的生活，当时的我还不自量力地想着，如果我在上海给她买个江景公寓，给她一个家，或许她就会回到我身边。没想到，我刚把房子买下，她就向我提出了离婚，因为富商承诺要娶她。"

向阳痛苦地轻叹："我求她不要离婚，我不信那个迪拜人是真心爱她，而且成成还那么小……唉……最终我还是输了。"

说完整个故事，向阳长长地舒了口气，这是他第一次完整地将整件事的前因后果说出来。

陈楠沉默着，半天也没有反应，向阳侧过脸来看她，苦笑道："是不是很失望？我在感情上竟然是个如此失败、如此没有血性的男人，一而再再而三地被人背叛。"

陈楠只觉得心痛，纠结着眉头，再次握住了他的手。

“我只是替你不值，心里难过。”

向阳淡淡地笑笑，突然握起她的手放到唇边，轻轻地吻了一下。

“你还爱她吗？”

“我现在谁也爱不动了。陈楠，原谅我吧。”

四目相对，空气中弥漫着一股无奈的气息，良久，陈楠点点头，把手抽了出来：“你的爱情全都给了她，她辜负了你，也耗尽了你所有的感情。”

“是的。”

“明白了，以后我不会再单独见你。因为我怕……你也会耗尽我所有的感情。”

向阳沉默了，没有说话。

陈楠纠结片刻，下了车。

他张嘴想挽留，却发不出声。

夜色中，橘黄色的路灯将四周景物覆上一层朦胧的忧郁之色，他目送着她孤单的身影渐渐离去，心中泛起一阵久违了的痛楚。

所幸不是活在小说里，每天面对着钢筋水泥的城市，再多的情感也会在功名利禄的强光下蒸发殆尽。

经过了这几次的尝试和剖白，陈楠虽不舍却也不得不将对向阳的迷思放下。虽然她没有蒋萱的锋利，但是这么多年来的情海浮沉，又生在这么一个现实功利的大都市里，理智迫使她放下虚妄，接受现实。

周末陈楠如约去相了亲，对方是个公务员，国字脸，鼻梁上架着一副眼镜，相貌平平。

简单自我介绍后，就是直奔主题地“谈条件”，工资多少，有没有车、房、贷款，包括父母养老等问题。一个小时下来，谈不上喜恶，就是没感觉。

回到家中，父母正在吃饭。

“楠楠，你怎么这么早就回来了？小葛没邀请你吃饭吗？”何莹惊讶地问。

“没有。”陈楠换了鞋，神情恹恹地走到饭桌旁。

“怎么样？”陈永明问。

“没感觉。”

何莹给女儿盛了饭说：“看相片的时候，你不是说还可以吗？”

“我又不是和相片结婚。”

“那到底怎么样，你倒是说说啊。”

陈楠轻叹，一口气背书似的说道："公务员，父亲三年前去世了，家里有套新装修的小两房，和母亲同住，没有房贷，工资一万多。"

"哟，婆媳同住啊，这个不太好……"何莹慎思片刻说，"要不我们出一部分钱给他妈租个房子？"

陈永明摇头："这怎么行呢？孩子结婚就把老妈赶出去租房子住，楠楠不要被人戳脊梁骨的啊？我觉得啊，还是小两口住我们家的新房子，他妈就住他们自己的房子。"

"哎呀，我这不是怕小葛又和那个霍军一样，觉得住我们家的房子失了颜面，到时又来闹……"

陈楠扒着饭，听着父母的争执只觉好笑，咽下一口饭菜说："爸，妈，我今天才第一天认识对方，你们想这个问题是不是也太早了点儿？况且，我对那人一点感觉都没有，我不会嫁他的。"

原本想说服父母不要多想，不想这话一出，顿时引起陈永明夫妇更强烈的反应。

"感觉可以培养，你千万不要一上来就拒绝人家啊。"

"没错，你妈说得有理，王阿姨说这个小葛挺好的，不吸烟不喝酒，只谈过一个女朋友，家庭、工作、收入各个方面都可以。"

"人要多接触才知道合不合适。你现在年纪不小了，不能再和那些小姑娘一样整天想着什么高富帅。嫁人就要嫁老实本分的，长得好看没用，好看的男人大多花心，就算他自己老实也架不住身边都是投怀送抱的。"

陈永明频频点头说："听说十二栋老刘的闺女阿芬就是这样，找了个离婚带孩的老外，贪图人家金发碧眼长得好看，可去了美国两年就撑不住了，前几个月刚离婚回国。后妈哪有那么好当呢？"

"是啊，这后妈啊，就是猪八戒照镜子——里外不是人。你对孩子太好，人家说你别有用心；你对孩子不好，人家又说你心肠歹毒。"

虽然不熟，但陈楠是认识阿芬的，也知道她嫁了个美国帅哥，不想却是如此结局。正替阿芬惋惜，忽地想起向阳，她顿时明白，父母的这番话其实是说给自己听的。

陈楠刚想说话，突然家里的座机电话响起。

何莹接起电话，不到一刻，怒气在脸上凝聚。

"报警！报警！你们报警吧！"

挂断了电话，陈楠和陈永明被她的愤怒声调吓了一跳。

何莹抿了两下嘴唇，颤声道："霍家带了人跑新房子撬门，物业让我们赶紧过去。”

陈永明“啪”地一掌拍在桌子上：“真是欺人太甚！我今天非和他们拼了！”

陈永明说着四下一看，冲到厨房，拿了把菜刀就往门口去。

陈楠和何莹吓坏了，赶紧上前去拉住他。

“爸，你冷静点！冲动解决不了问题啊！”

陈楠说着赶忙从父亲手上夺下菜刀丢开，何莹一把捡起拿回厨房，并把厨房门给死死锁住了。

一家三口正乱成一团，突然电话铃再次响起。物业报了警，警察来了，要求陈家马上到场进行调解。

三人手忙脚乱地赶到新房子的物业中心，一进门就看到角落里摆着一堆铁锹、榔头、钳子，都是刚才警察从霍家人手中没收下来的。

“简直就是疯子！”陈永明狠狠地咒骂。

两家人仇家见面分外眼红，空气中一片肃杀之气。

警察分别向霍家和陈家了解了情况，开口说道：“既然两家人差点儿成为亲家，有什么事情不能好好商量的呢？非要搞成这么难看的局面。”

“哎哟，警察同志，你不晓得呀，他们……”

警察一挥手，阻止王桂群继续说下去：“大家的时间都宝贵，我们坐在这里是要解决问题，不是来听你们吵架的。我刚才拟了一份调解协议，大致上就是陈家退还十万元的装修费给霍家，霍家支付陈家被损坏的门锁五百元，从此两家划清界限，各不相扰。同意的就签字。”

陈永明说：“我们同意，那个门锁钱我也不要了，算我们触霉头，就当花钱消灾了。”

“我们不同意！”王桂群立刻叫嚷起来，“我们是被骗的一方，他们女儿不会生孩子，骗了我们一年多，没要他们给精神损失费已经很不错了，我们出的二十万装修费，必须一分不少还回来！”

“你再敢污蔑我女儿，我就对你不客气了！”陈永明激动地站了起来。

何莹和陈楠赶紧拉住他。

“来啊，我怕你们啊……”王桂群也毫不示弱地直起了身子。

“都住嘴！现在是调解！当我是透明的吗？”民警声音洪亮，立刻镇住了双方，“叫你们双方到场也是想把事情和解，不愿意的也不勉强，可以去法院起诉。”

见双方都不再出声，警察柔下声音道：“都是可怜天下父母心，就不能换位思考一下，彼此退一步？陈家已经给出了态度，现在就看你们霍家的了。”

“同志，二十万啊，我们是下岗工人，存了几十年的积蓄，就为了儿子娶媳妇的，这样莫名其妙少了一半，你说这公平吗？”

“你们对这个媳妇不满意可以早说啊，当初双方谈婚论嫁的时候，也没人强迫你们。女方出房子，男方出装修也是你们同意的。你说人家骗你们，有什么证据？总不能因为你们现在不想娶这个媳妇了，就说人家是骗子吧。”

“她不会生孩子没告诉我们啊！”

“女方已经把病历给我们看过了，医生都没说她不能生，你们凭什么说她不能生？你们到处说人家女儿不能生孩子，有没有想过对人家的伤害？听说之前你们还动手打伤了陈先生，人家放你们一马，没有追究法律责任，你们倒跑来砸人家的房子，这样说得过去吗？”

警察的一席话说得陈家三口热泪盈眶，尤其是陈楠，憋了几个月的委屈突然被一个不相识的外人所理解，心中的酸楚顿时化作泪水涌出眼眶。

她咬着牙狠狠盯着霍军，霍军躲闪着目光垂头不语。陈楠再一次觉得自己当初定是中了邪，不然怎么会看上这么个畏畏缩缩，敢做不敢当的男人。

“那这样吧，再加两万，十二万，从此了结。怎么样？”警察提议。

双方僵持，都在心里打着算盘。

陈楠的手机响动了几下，微信上传来向阳的留言：制作部送来的模特照片你看了没有？还有莉丝杰卡的海报做得怎么样了？

陈楠迅速回复：前男友带人来闹事，正在物业中心接受调解。晚些联系。

正要放下手机，向阳又发了一条信息：需要我过来吗？跆拳道黑带五段。

黑带五段？是要来打架？陈楠哭笑不得，还是第一次发觉向阳有如此幽默的一面。

陈楠回了信息：有警察在场。

匆匆将手机塞回包里，与此同时，陈永明一拍大腿，下定决心说：“可以！”

霍家也被民警的气势和道理压得说不出拒绝的理由，加上他们也知道，就算上了法庭判决结果也不会比这个好多少，而且还得多支付一笔律师费用，还有巨大的时间成本。

谁都不傻，心里都有算盘。

“算了算了，就当我们倒霉，花钱买教训。”霍来宝愤愤地叹了口气，拿起笔来就要在调解协议书上签字。

没想到王桂群一把从他手中将笔抽走，狠狠瞪了他一眼，转头朝警察堆笑说：“你们不是说不强迫的吗？”

“这个当然，我们是充当调解人，至于接不接受由你们双方自行决定。”

“那好，我们回家商量商量再说。”王桂群起身拉着霍来宝和儿子霍军。

“可以，不过我有言在先，你们愿不愿意接受调解是你们的权利，但是你们不能再有上门打人、撬门以及砸东西等行为，不然我会依法治办你们！”民警严肃地盯着霍家三人。

霍家人点头哈腰应承着离开了，心里却是气不顺。

“你老糊涂啊，十二万你就签字，那八万块就白白送给陈家啊？你别忘了这钱我也有分的，你要大方也别拿我的钱去大方！”出了门，王桂群就朝着老伴一顿吼。

“哎呀，为了这个事我这几天血压都上去了，快点结束算了。”霍来宝皱着眉头不停摇头。

“什么算了？你倒是大方，钱是从天上掉下来的啊？！”

王桂群越想越气，重重打了儿子一下：“都是你这个败家子。”

霍军早就心烦意乱，被母亲这么一打，顿时爆发，梗了脖子大声嚷：“都是我的错行了吧！我现在就去把陈楠揪出来打一顿，钱也别要了，把她打废了我就进监狱，省得天天听你唠叨！”

霍军说着转身要走，霍来宝一把拽住他：“嘿，脑子进水啊！一天到晚只会发牛脾气。”

“那你们叫我怎么办？事情已经这样了，你们天天骂我钱也回不来啊！”

“哼，就算钱要不回来，我也要让她身败名裂！当我们霍家好欺负吗？”

王桂群恶狠狠咬牙，一跺脚，计上心头。

第六章
绝望中的爱情之花

陈楠一大早来到公司，就发现其他几个小组的“八卦精”们正聚在一起窃窃私语。见她走过来，那几人马上停下了话头。

不用想，自从上次朱悦悦偶然间撞见她和向阳在电梯口拉扯，她就有心理准备这个“小喇叭”会把这件事添油加醋到处传播。虽然自己已经和她解释过，但嘴巴是长在别人身上的，她要说也阻止不了。再说自己和向阳都是单身，公司也没有明文规定说员工间不能谈恋爱。

虽然不停在心里自我安慰，但是陈楠坐在座位上依然全身不舒服。她不喜欢被人议论，被人冤枉。

头疼，两侧太阳穴发胀，真是一波未平一波又起。

果然，麻烦事都是扎堆出现的，这个念头才刚闪过，就见到阿蓝气呼呼地从休息室里走出来。

安心如跟在后面，嘴里噼里啪啦地说：“哎，what's wrong with you?（你怎么回事）我在和你说idea灵感源泉……”

阿蓝冲到陈楠面前指着安心如说：“楠姐，我受不了了，我没法和这个女人一起工作。从我进门，她就不停地说我的图做得不好；我去泡杯茶，她就像只乌鸦一样跟在我身后喋喋不休。如果她不走，那我走！”

阿蓝“咚”地一下将茶杯重重往陈楠桌子上一放，气得满脸通红。

安心如也跟到陈楠座位旁，讥笑道：“你还告状？Really childish（真幼稚）。”

“楠姐，你看到没，整天自以为是地说这种不中不洋的鸟语，我没法和她合作，她自己的设计自己去做，我不做她的图。”

陈楠只觉头昏，伸手一摸自己的额头，发现自己竟然有点发烧。

“好了好了，阿蓝你不想做安心如的图，那就把保利厨具的那几张图赶出来吧。”陈楠有气无力地转头又对安心如说：“安心如，大家都是中国人，以后你尽量讲汉语好吗？不要和同事发生矛盾了，既然客户喜欢你的创意，那我们会配合你做好工作的。你的brief（项目）我来帮你。”

“Well！好吧！”安心如耸耸肩，摊摊手，若无其事地回到自己的座位上去了。

阿蓝依然怒气未消，狠狠瞪了安心如几眼。

“楠姐，我真的没法待了。”

“消消气，为了她，不值得。”陈楠笑笑安慰道。

“也不单是为了她，我在公司也三年多了，想换换环境，看看自己能不能往上走走。”

这话一出，陈楠再也无法反对，毕竟为自己寻找更好的前途是每个人的权利，只是每次有小组成员离职，她总觉得不舍。

结束了和陈楠的对话，阿蓝就走进了向阳的办公室。

大约十几分钟后，阿蓝走了出来，陈楠的电话响了。

“来我办公室一下。”向阳在电话里有气无力地说。

陈楠抬头朝他的办公室看了看，百叶窗后隐约看到他正双手支着额头。

走进向阳的办公室，两人相互打量，一个是面容憔悴，一个是满脸忧愁，都忍不住微扬起一个自嘲的苦笑。

“莉丝杰卡的海报，我已经做好了。”陈楠递过一个U盘。

向阳接过点点头，明显有点心不在焉。

“你那天的事处理得怎么样？”

“什么事？”

向阳抬眼看着陈楠，陈楠恍然大悟，他是指自己和霍家的事。

“不怎么样，僵局。”

“他没对你怎么样吧？”

陈楠也抬眼看了下他，两人四目相对，陈楠顿时一阵心跳，下意识地赶紧避开了向阳的目光。

“没有。”

“你爸爸的伤怎么样？”

“好得差不多了。谢谢。”

向阳点点头，轻咬了下嘴唇。话已至此，他也实在没有其他多余的可以问，于是只得将话题重新拉回到工作上来。

“这个星期要敲定米娅的硬照模特和短片演员，你尽快把人物设计图和整个创意构思跟制作部沟通清楚，有一部分任务是需要外包的。”

“好。”

“最近我有两个重要的brief需要独立完成，你多费心跟进一下组内的任务。另外，那个运动器材的广告客户有些地方不满意，时间紧张，必须加班。你改到自己满意为止再拿给我看，有事可以随时和我沟通。”

“明白。”陈楠点头，“如果没事我就先出去了。”

“等等，阿蓝刚才来和我说他要辞职。这事你怎么看？”向阳靠在椅背里看着陈楠。

“人员流动是正常的事。他已经为公司服务了三年了。而且……我上次和你说过了，他和安心如合不来。”

向阳沉默片刻，摇摇头：“我并不觉得他是真心要离开公司。”

“为什么？”

向阳嘴角一扬：“我看了他的履历，就他目前的学历和工作能力，找不到比KT更好的公司。”

“你也太小看人了吧。”

“做事浮躁，性格懒散，而且自尊心太过，心胸狭窄，就因为没有采用他的创意，他就和安心如闹得水火不容。这样的人，走到哪儿也不会有发展。”

陈楠不自主地皱起眉头，咬着嘴唇，心里想着如何为阿蓝打抱不平。

向阳傲气道：“你是感情大于理智的人，我知道你想替他辩护，可是你不得不承认我说的都是事实。”

陈楠无法反驳，阿蓝的缺点她心里清楚，只是相处了三年，感情上无法平复。

“那你是同意了他的辞职？”

向阳摇头：“不，我没有。”

陈楠有些吃惊，疑惑地看着他。

“因为我知道他找不到比这个更好的工作了。除非他离开这个圈子。”

“那他的意思呢？”陈楠有些欣慰。

向阳淡笑：“给他加了点工资，他暂时不会走了。我也知道安心如的问题，待会就会找她谈谈。”

陈楠笑了，原来他在工作上也不是完全不近人情。

向阳好奇，半开玩笑似的脱口而出：“你为什么这么高兴？不会是喜欢阿蓝吧？如果是，我现在就让他走人。”

她愣了一下，想笑却又笑不出来，他像块巨大的磁铁，牵引着她的心魂，可是他更像是一个深渊，让她望而生畏。

摇摇头，陈楠微笑道：“我没那么多情。”

他尴尬地笑笑，点点头：“我知道。”

怕再被他弄得意动神摇，陈楠站起身整整衣衫：“如果没什么事，我先出去了”

“好，去吧。”向阳点点头，目光重新回到自己的手提电脑上。

离开了向阳的办公室，陈楠感觉如释重负。

经过大门，刚来上班的杨妮冲上来勾住她胳膊，一把把她拉到了角落里。

杨妮左右一看，在陈楠耳旁小声说：“楠姐，你和向总监的绯闻传得连前台和快递小哥都知道了。”

“有那么夸张吗？”

“怎么没有？你知道二十六层行政部和客户部那些人，各个都和狗仔队的似的。”杨妮说着一脸兴奋好奇，“不过楠姐，你和向总监是不是真的啊？”

陈楠只觉头晕无力，不想再去纠结这些她自己都没有答案的事情。摇摇头，拉开杨妮的手说：“既然知道是绯闻，就别再瞎传了。”

说罢，她回到自己的座位上，拿了杯子和维生素C泡腾片进了休息室。

坐在休息室的高脚椅上，看着窗外阴沉沉的天空和灰蒙蒙的摩天大楼群，陈楠觉得心烦意乱。

或许应该跳槽的不是阿蓝而是自己，在一个地方待得太久不一定是好事，外面的天地有多广阔，自己人到中年是应该出去看看的。

可是，从前只是单纯因为忠心和贪图安逸，而如今多了个向阳，多了根情丝，想走是更难了。

想到自己与向阳之间缥缈的情缘，陈楠突然眼眶发热，有种想要落泪的感觉。

好在已经过了为爱痴狂的年纪，知道维护形象的重要性，陈楠硬生生地将眼泪咽了回去，轻轻将泡腾片放进杯子里，看着它在水里冒泡，发出滋滋的响声。

才刚喝了一口，就听到外面传来一阵喧闹，好像有一群人冲进了公司。

初以为是物业带人来检修设施，直到一个熟悉又刺耳的嗓音叫嚷着她的名字，陈楠才意识到大事不好。

“陈楠是不是在这上班的？”

“陈楠！你给我出来！”

“你们别拦着我啊，我们是来找陈楠的。”

“我们要陈楠的领导来评评理，你们公司的员工骗婚，骗了我们家二十万的装修费！”

……

王桂群犹如从地狱里钻出来的恶魔，口中喷吐着仇恨的毒焰，要来摧毁陈楠的世界。

陈楠大惊失色，手一颤碰倒了水杯，水杯“啪”地一下掉在地上，摔得粉碎。

杨妮慌慌张张跑了进来：“楠姐，有人找你来了……你，你要不要躲躲？”

陈楠没想到王桂群真的会来自己公司闹事，面色惨白呆在原地，只觉得一阵头晕目眩，差点儿就要倒下去，幸亏杨妮眼疾手快扶住了她。

“楠姐，你没事吧？要不你先坐坐，我去帮你挡一下……哎呀，今天董事长还要来视察，真是……这也太不巧了。”

“董事长今天来？”陈楠手足无措，几乎要哭出来，但依然拼命忍住。

“是啊，刚通知的……算了，我先出去帮你劝走他们，你在这躲躲。”

杨妮说着起身离开休息室，并顺手关上了休息室的门。

办公室里俨然热闹得如同戏园子，王桂群不知道从哪里弄了个板凳，站在上面不停地嚷嚷，周围聚满了不明真相的同事。

杨妮上前好言相劝：“阿姨，我们去会议室说好吗？你不能在这打扰我们的工作啊，陈楠她今天没来上班，她不在这里。”

王桂群呵呵冷笑：“小姑娘你不用骗我，她的包就在那儿，我认得的。”

“可是你这样吵，我们没法工作啊。待会保安来了把您架出去也不好看，对不对？不如我们先去会议室吧。”

一提到保安，王桂群身后几个不知道从哪里请来的“打手”就“挺身而出”了。

王桂群眼珠子骨碌一转，从板凳上下来说：“不去！让陈楠出来和我们当场说清楚，还钱！不然我们今天就不走了！你们如果敢叫保安来把我们轰出去，我们一定把视频录下来放到媒体上去，让大家都知道，你们公司包庇女骗子！”

这句话一出，众人立刻都明白了这里面的利害。

网络时代，媒体资讯发达，这件事放到网上后，一旦有心人敲敲键盘，带带节奏。最终，无论大家是支持陈楠还是支持霍家都将不是重点，而KT广告公司的大名一定会变成一个大大的笑话。

杨妮赔笑安抚着霍家人的情绪：“阿姨，那你别急啊……楠姐真的走开了，我现在就去找我们总监来。”

“好！那我就在这里等着你们的领导，今天一定要有个说法！”

杨妮赶紧推开人群，跑到向阳的办公室前。

“向总监呢？”杨妮轻声问小林。

“正在和客户通电话，不过已经听到动静了，估计马上就会出来。楠姐呢？”

“躲在休息室呢。”

小林叹气：“我看这事还是要楠姐出面的，不然向总监一个局外人怎么处理啊？”

“诶，你说向总监和楠姐是不是真有点什么啊？”杨妮抬抬眉毛，极小声地问。

小林捂嘴轻笑：“说不准，不过上次我听到楠姐和向总监两人在办公室里吵得厉害，感觉一点儿都不像是下级和上级说话，更像是……”

“什么？”

“更像是两口子吵架。”

两个小女生说着凑到一起窃笑。

向阳结束了电话会议，走出办公室，见她俩正在说笑，皱皱眉，敲了下小林的办公桌。

“发生什么事？吵得跟菜市场似的。”

小林和杨妮吐了吐舌头，赶紧将刚才的事情报告了一遍。

向阳的脸色越来越沉：“陈楠呢？”

“在休息室里。”

向阳眉头蹙得更紧，吸了口气道：“这件事我来处理，小林你跟我去把他们劝进会议室。杨妮，我们进会议室后，你就赶紧让陈楠先离开，别影响其他人的工作。”

“好。”小林和杨妮应道。

接着向阳又和其他几个组的总监打过招呼，把围观的人群都劝回了各自的工作岗位。

人群散开后，向阳面无表情地对王桂群说：“我是陈楠的领导，有什么事我们去会议室谈吧。”

王桂群一愣，她自然是认得向阳，上次在医院的时候，就是他为陈楠出的头。她一边跟着向阳往会议室里走，一边盘算着待会要怎么抹黑陈楠。

待到向阳带着王桂群众人进了会议室，杨妮赶紧跑到了休息室。

“楠姐，那群人现在到会议室去了，你赶紧走吧。”

陈楠已经没了主意，想想也是，再待下去，万一和王桂群撞个正着，不知道她还会说出多少难听的话，于是点点头，由杨妮护着，弯腰悄悄从休息室回到了座位上。

快速收拾好东西，陈楠背着包拿着手提电脑离开。路过会议室时，只听到里面一片吵闹声，不知道王桂群是在和谁吵，不过此时也不是研究这个问题的时候，她只想立刻离开。

来到电梯前，陈楠突然想到，万一正好撞上领导就麻烦了，还是先走楼梯再搭电梯比较保险。

思及此，她转身走到一旁，拉开了楼梯间的门，猛的一个黑影站在她面前，差点儿把她吓得灵魂出窍，定睛一看，更是震惊，站在她面前的竟然是霍军！

霍军的脸上也是一片惊愕之色，两人愣了两秒，霍军突然一把抓住陈楠的手臂。

“你想跑？”

“霍军，你疯了！你想做什么？”陈楠被他推搡着回到楼道里。

“你这次别想跑！我说了你必须还钱，不然别怪我不念旧情！”霍军恶狠狠地威胁。

“放手，你放手！”陈楠又急又怕，拼命想挣脱开霍军的魔掌。

然而果然是怕什么来什么，两人拉扯间，电梯门豁然大开，一队西装革履的大人物走了出来。

陈楠眼角扫了一眼，差点儿没昏过去，来人除了董事长唐进、总经理于明华、执行创意总监胡青杨，还有客户部总监带了两个外国客户。

陈楠一愣，手上力气一松，恰好被霍军拉扯跌撞到了这群“贵人”的面前。

众人皆是惊诧，反应过来后，唐进脸色已然铁青，厉声质问：“怎么回事？你们俩是哪个部门的？”

于明华眼看情况尴尬，赶紧带着两个客户往办公室里走。

胡青杨低头弓背上前道：“陈楠是我部门的人。”

“你怎么管人的？这里是公司，不是幼儿园！上班时间在公司门口拉拉扯扯，如此不自重，影响公司形象，待会让她写辞职信。”唐进说完冷哼一声，愤怒地走进了办公室。

这一切发生得太过突然，陈楠像是被人兜头敲了一记闷棍，懵在原地。她忠心耿耿在KT工作了六年，她这六年取得的成绩和建立起的个人形象就在这短短的几分钟内尘归尘，土归土了。

然而，那个该死的霍军还死拉着她不放。

胡青杨赶紧上前来问：“陈楠，这是谁？工作时间你在这瞎搞什么？”

霍军扬声道：“她欠我们家二十万，如果她今天不还钱我们是不会走的！”

胡青杨紧皱眉头，陈楠的为人一向很好，工作六年也从没把私人情绪带到工作上来。最近她是怎么了，前段时间他亲眼看到她和向阳在电梯前拉扯，现在怎么又冒出这么个莫名其妙的男人来。

胡青杨干咳了一声，刚要张嘴说话，突然办公室里又炸了锅，传来一阵男女叫嚷吵架的声音。

陈楠知道大事不好，哀求道：“霍军，求求你，放了我，放了我吧。”

“不行！我早就警告过你，不还钱就要你好看！”

霍军虽然嘴上这么说，但其实在来陈楠公司之前，他也是反对母亲这个做法的。所以到了陈楠公司，他没有进去，只是躲在楼梯间里抽闷烟，没想到陈楠一头闯进了楼梯间，这样一来，他想置身事外都不行了，只能豁出去了。

霍军拽着陈楠的手臂，将她拉扯进办公室。

办公室里已经闹成了一锅粥，王桂群站在木凳上呱呱乱嚷，她带来的几个“保镖”将她围在中间，不让其他人接近。

原以为领导来了会要批评陈楠，但没想到向阳言词间却在竭力维护她，王桂群知道在向阳这不可能得到自己想要的结果，所以中断了谈话，冲出了会议室叫嚷着要求见公司负责人。

于明华护着两个眼珠子瞪得老大、仿佛在看人间奇闻般的外国客户急匆匆离开。

唐进气得满脸通红，对着身边的人大喝道：“岂有此理！叫保安，快叫保安！”

看到陈楠被霍军拖了进来，唐进立马调转火力朝陈楠发难：“我告诉你，不管你是谁，在这里工作了几年，家里发生了什么事，你被开除了！你，现在，给我立马走人！”

一听到唐进的话，陈楠顿时觉得一股冤屈从心底翻腾上来，哽在喉头，鼻头一酸，化成两股热泪涌出眼眶。

“我，我……没有……”她极力想要坚强，想要开口自辩，可是只要张开一点点嘴，她就忍不住想要放声大哭了。

“你就装吧，陈楠，我们是被你逼到走投无路才来你公司闹的！”王桂群大嚷，“你们别看她一副老实样，心眼坏得不得了！骗我儿子和她好，骗我们家出钱给她家装修房子！我今天就是要让你们的董事长、总经理都知道，你们用的是什么员工！”

“保安呢？保安！”唐进气得跳脚。

眼看有人要去找保安，向阳赶紧出声制止，附耳道：“董事长，保安一来必然会动手，他们万一录了视频放到网上，无论我们有理没理都会对公司形象造成损害。您先回办公室，我和胡总来处理这个事。晚些给您报告。”

唐进想想有理，于是低声说：“别碰那个老太婆，也不准任何人录视频！”

“明白。”

向阳赶紧给身后其他几个部门的经理递了个眼色，几个经理护着唐进，转身快步离开。

唐进离开后，向阳才发现胡青杨并不在场。

一转身，却见到陈楠头发散乱，嘴唇发白，似要晕倒的样子，他心中着急，大吼一声：“好了！不就是要钱吗？可以！你先从凳子上下来。”

“你给啊？”王桂群歪歪嘴，根本不信。

向阳从身上掏出支票本，快速地开了一张二十万的支票。

“这是二十万的支票，你不收支票的话，我们也可以去银行转账。阿姨，你来闹不过是为了钱，只要你下来，我们和和气气地谈一谈，这钱就是你的了。”

王桂群盯着向阳手中的支票，眼中闪着贪婪的光芒，却犹豫不决。

霍军拉了把王桂群的衣袖：“妈，算了，拿钱走人吧。”

王桂群这才从凳子上下来，正要上前从向阳手中接过支票，突然，出乎所有人意料，安心如从一旁冲过来，一把从向阳手上把支票夺了过去。

“No way（不可能）!你这个女人那么野蛮，为什么要给你钱？有本事你就天天来这里吵，我们还是做我们的工作，不会打你，也不会骂你，但是警察是一定会来管你的。Understand（明白）?”

说完，安心如干脆利落地将向阳的支票撕碎扔进废纸篓，昂起下巴转身就回自己的办公桌去工作了。

这一变故弄得向阳措手不及，他根本没有在支票上签名，不过是打算先用支票将王桂群等人诱回到会议室，恩威并施地先把他们打发回去，再与陈楠商量通过法律途径解决问题。他也没料到安心如会这样突然插手，一时间也无计可施。

一抬头见到陈楠正与霍军缠斗，她想跑，却像一只被捕兽器夹住的小鹿，被霍军牢牢地拽住手腕。她转过头，两人眼神交汇，他看得到她眼神里的求救信号，只一瞬，向阳心中就涌起上前解救她的冲动，可是刚迈出一步，他又立刻感受到了周围的眼光。

这不是英雄救美的场合，风口浪尖，众目睽睽之下，自己任何并不过分的言行都可能被无限放大，成为他人的话柄。

片刻犹豫之际，忽然四周又乱了起来。

原来众人被安心如撕支票的行为带动，许多与陈楠交好的同事像是突然醒悟过来，纷纷开始指责王桂群，阿蓝连同几个男同事趁乱绕到了人群背后，拿起王桂群的凳子跑到楼道里，丢进了男厕。

那几个霍家带来的彪形大汉正要动手，马上又有几个充当和事佬的男同事上前，围住他们和稀泥。

王桂群看到就要到手的钱被人撕了，又被人冷嘲热讽了一通，气往上涌，更是来了泼劲。

她眼珠子一转，指着向阳朗声道："哦……我想起来了，你就是她的姘头！上次我们去她家讨要说法，是你开车送她到医院的，后来还开车送她回家，要好得很！"

王桂群此话一出，一些八卦人士顿时又来了精神，一个个伸长脖子看着这边，等着王桂群继续爆料。

向阳皱眉警告王桂群："你说话小心点。"

"呵呵，我小心点？"王桂群冷笑，对着众人叫嚷，"大家想想看，如果他和陈楠没有关系，怎么会如此大方出手就拿二十万帮她还债呢？"

众人一听，似乎也觉得有理，纷纷点头议论开来。

"还有，这位向经理，你敢对天发誓，你和陈楠真的一点儿关系都没有吗？"

向阳心虚，刚想开口辩解，不想一旁的霍军突然冲上来，抓住他的衣领怒道："原来是你给我戴绿帽子。"

向阳一把将霍军推开，阿蓝和阿华还有另外几个男生见状也立刻上前站在向阳身前，和王桂群带来的几个人对峙。

眼看双方剑拔弩张，王桂群赶紧上前拉住霍军，嘴里一刻不停地叫嚣着："别打他，脏了你的手。让他和那个生不出孩子的女人好，断子绝孙的时候他就知道什么叫报应了。"

人的嘴能毒到什么程度？人的心能恶到什么程度？

天空突然一个霹雳，阴沉的雨云伴随着滚滚雷声而至，哗啦啦地下起倾盆大雨。

陈楠被这个霹雳震得耳膜发颤，一时间似乎失去了听觉，只看到向阳和王桂群带着两队人互相推搡，彼此指责，却听不到任何声音。

被抛弃，被冤枉，被指责，被追债，被辞退，她到底做错了什么？

她盯着王桂群开开合合的嘴巴，只觉自己像被人当众扒光了衣服一般，杨妮和其他几个女同事吃惊又同情的目光只让她觉得更为羞辱。

她的世界坍塌了，有没有人理解她、支持她都变得不重要了。她昏昏沉沉地推开杨妮，踉踉跄跄地夺门而出，差点儿撞上正往里走的于明华和胡青杨。

她听不见身后人的呼喊，冲进电梯关了门，只想赶紧离开这个是非之地。

为了避免事态升级，于明华和胡青杨最终还是叫来了警察和保安，一片混乱中，向阳一面回答着警察的问题，一面寻找着陈楠的身影。

“陈楠呢？”向阳抓住杨妮问。

杨妮急得跺脚：“她跑出去了，我一晃神她就下了电梯了，我回来帮她拿东西的……”

又是一声震耳欲聋的霹雳！

看着窗外大雨倾盆，向阳心头一沉，没听完杨妮的话，赶紧冲了出去。

出了大楼，大雨瓢泼，视线模糊，向阳焦急地搜索着陈楠的身影。她走时没有拿包，也没带手机，没有钱、没有证件她会去哪儿？

他刚才看到她脸色惨白如纸，全身发抖，绝望得像一只濒死的小兔子，他想保护她，可是他没有合适的身份，他不能在大庭广众之下做得太明显。

一条街、两条街……他穿梭在街道上寻找。来到一个十字路口，正四下张望，一阵震耳欲聋的喇叭声传来，接着是一声刺耳的刹车声，一种不祥的预感在他内心升腾。

一转身，发现一个小小的人影站在马路中间。

“陈楠！”向阳睁大眼睛看仔细，是她，像个游魂似地晃晃悠悠往马路对面走去。

向阳赶忙追过马路，朝路上的司机频频挥手致歉。

“陈楠！”他一把拉住她，心急如焚，“你要干吗？你知不知道这样很危险？”

陈楠缓缓抬起睫毛，泪汪汪的眼睛可怜兮兮地看了他一眼，湿漉漉的脑袋摇了两下又无力地垂了下去。

他急急捧起她的脸，才发现她的脸滚烫。

“你在发烧？走，先跟我回去。”

“你走吧，别管我。我想一个人……”陈楠下意识地挣脱开他的手，转身就要继续走。

“我不会丢下你不管的。”向阳赶忙拉住她。

“你会的……你有太多的心事……”

“是，你懂我，你明白我，你爱我，我都知道。”他把她扳过来，对着自己，“我是有很多的心事，但是今天霍家人说的那些绝对不在我的心事范围内，陈楠，我喜欢你，我不在乎姓霍的一家子说了些什么。”

陈楠垂头，哭得很伤心。

向阳动情地将她拉进怀里：“很多次，我都想向你表白，可是我不确定，我不敢，我害怕。我已经过了可以随随便便说爱的年纪了。”

陈楠哭得更厉害了，她其实听不太清楚他在说什么，雷声、雨声，还有那些人的吵闹声在她脑子里轰鸣，像在打仗一样。

她只知道自己很委屈，只知道他的怀抱很温暖。

“你生病了，这样吧，我先带你回我家，吃点药休息一下。”

陈楠只觉得太阳穴发胀，脑子晕乎乎的，但是她还是下意识地拒绝：“我不去，董菲……”

他淡淡一笑：“放心吧，我现在租了一个公寓单住了。”

陈楠还是木然地看着他，一时间发生了太多的事，她也不太确定他的意思。但是他冒雨冲出来找了她，他关心她，他在乎她，他的拥抱、他的话就像是一股暖流突然涌入她掉入冰窟的心里。

她全身湿透了，一双大眼睛里满是泪水和茫然，就像是一头刚失去母亲的小鹿，是如此需要保护。

向阳心中为她难过，抬手将粘在她额角上的发丝拨到耳后，眼中满是爱怜疼惜。

他的眼神是那样的温柔，他的动作是那样的亲昵，不知道是太过伤心还是太过感动，陈楠哭得更厉害了。

此时此刻，她的世界仿佛只剩他了，他是她唯一可以依靠的对象，也是她唯一的港湾。

陈楠轻轻点了点头，缓缓地靠在他的肩上。

两人叫了一辆出租车回到向阳的住所，回到家，向阳就忙着倒茶、拿毛巾、找衣服。

他拿了一套自己的睡衣出来道：“卫生间在那里，你去洗个澡，将就一下先穿这个，我去煮点姜汤。你先喝点热茶，我再去找找退烧片……”

他的“片”字还没说完，陈楠只觉一阵晕眩，眼前一黑就昏了过去。

脸，很多的脸，王桂群、霍军、霍来宝、唐进、向阳、董菲、安心如……

所有的人在她眼前走马灯似的旋转，最后变成一团火球，在她体内熊熊燃烧起来，直到她的额头传来一股冰凉，像是把她体内的那团火慢慢吸了出去。

渐渐地她不再做梦，沉沉地睡去。

不知道多久没有睡过这样的安稳觉了，像睡了一个世纪般，再次醒来是因为头上传来一股冰凉。

陈楠睁开睡眼，发现他那张俊美的脸庞就在自己眼前，他正在帮她换冰袋。

见她睁开眼，向阳终于放心地笑了：“你总算醒了，我还在想要是再不醒就要送你去医院呢。”

她虽然已经醒来，但是神智依然迷迷糊糊的，有点儿分不清自己是不是在做梦，喃喃道：“有你在比医生好。”

向阳凝视她，手指轻轻抚过她的脸庞，低下头在她鼻尖上亲了一下。

“我给你父母打过电话了，说你在我这，我会照顾你的，你放心吧。”

陈楠嘴角浮起一丝羞涩的笑：“他们有没有说什么？”

“说？应该是审问才对。”

陈楠被他逗笑。

“你放心，我应对得很得体。他们只是担心罢了。”

陈楠笑着斜睨他一眼，点了点头。

“你饿不饿，我熬了点粥，要不要吃点儿？”向阳温柔地问。

陈楠眼皮很沉，却舍不得闭眼。

“我不饿，就想你陪着我。”

“好。”他笑着偎在她身旁，将她搂在怀里，陈楠趁势环住他的腰，扬起头，在他嘴唇上轻而快地啄了一下。

“知道吗？今天在路上差点儿被车子撞死的那一刻，我心里第一个反应是后悔没有抱过你、吻过你。如果那时候我死了，真的是抱憾终身。”

听到这，向阳捧住她的脸，将她拉开点距离严肃说：“你还敢说，知不知道你今天那样有多危险，以后再也不准这样了！”

陈楠没有说话，安静地点了点头。在王桂群出现在公司的那一秒，她觉得自己的世界被摧毁了，而现在依偎在向阳温暖的怀中，她感觉自己又好像重新拥有了全世界。

向阳拉下她的手握在掌心，轻柔地说：“陈楠，我知道你骨子里并不是个软弱的人。你知道吗？我第一次被你深深吸引，就是那天我让大家加班，你据理力争告诉我大家的工作时间已经超过了国家规定。”

一听这话，陈楠眼前又浮现起唐进那张愤怒的脸和冰冷刺骨的话语，她想到自己为公司、为同事真心真意付出这么多年，换来的却是大庭广众之下的斥责和辞退，顿时悲从中来，泪如泉涌。

向阳紧紧抱住她，亲吻她的额头和脸颊：“别哭了，你看你当时在我这个新来的领导面前都那么勇敢、直言不讳，我相信，这么一点挫折肯定难不倒你……”

陈楠听他这么一说，忍不住破涕为笑，举拳轻捶他。她点点头，擦了擦眼泪，闭眼贴在他胸前，没一会儿又昏昏睡去。

第二天清晨，窗外一片雾色，陈楠隐约听到屋子里有响动，好像有人在走动。

吃了药，休息了一晚，她的烧已经退了许多，头脑清明起来，只是身体还很乏力。

睁开眼发现自己被向阳圈在怀里，她又惊又喜。他没有抛下她，陪了她一整夜。

陈楠小心地打量着，他的小臂很结实，隐约可以看到几根筋络；他的手掌大大的，摸上去很温暖；他的手指修长，像个艺术家……陈楠觉得，自己这辈子都没如此爱过一个男人，爱到连他的指甲形状都牢记在心。

向阳的脸贴在她的颈后，呼吸均匀地喷在她的颈窝里，酥酥麻麻的，他身上散发出的男性荷尔蒙令她陶醉。

这或许就是上天的公平之处，她被霍军抛弃，被唐进辞退，丢了脸面，丢了工作，却意外得到了向阳的表白。

陈楠拉起他的手放在唇边轻轻亲吻，他被她的动作惊扰，身子轻动了几下，转了个身，仰面躺着。

陈楠翻过来，小心翼翼地伏在他肩头上。

“醒啦？”向阳睡意蒙眬地喃喃呓语。

“嗯。”

过了一会儿，向阳的手机闹钟响了起来。他伸手按掉闹钟，侧过身子轻拢着陈楠，伸手探了下她的额头。

“还有点烧……今天你别去上班了，我帮你补一张病假条。”

“我已经被解雇了，你忘了？”

向阳轻笑：“唐进不过是一时生气罢了，回头我和他打个招呼就没事了。”

陈楠略显惊讶地看他：“董事长怎么会听你的？”

向阳笑意更深："他万里迢迢把我从法国挖回来，这点面子还是会给的。"

"是董事长挖你的？"

"怎么，不相信我的能力？"

陈楠懵懂地看着他，眼神清澈如小鹿。向阳邪邪一笑，猛地覆了上来，将她压在身下。

陈楠明白了他的一语双关，双颊瞬间一红，抿嘴笑着转开脸去。向阳俯身吻了下来，把她抱得更紧，手顺势滑进了她的睡衣。

肌肤相亲，耳鬓厮磨，两人正要进入更深的境界，突然门外传来一阵小跑的脚步声，随之房门"咔哒"一声被打开了。

"爸爸起床啦！"

稚嫩的童声划破屋内情意绵绵的气氛，把床上的两人惊得愣住了。

小向成说着灵活地爬上了床，直到看到父亲和"坏阿姨"搂在一块，笑容瞬间凝滞，脸上的表情渐渐变成震惊。

看到儿子茫然不知所措的样子，向阳赶紧一边穿衣服一边解释："成成，爸爸和陈楠阿姨……"

"我不要听！"向成歇斯底里地喊叫，手脚并用地踢打着向阳发泄内心的失望和愤怒，"我讨厌你们，我要妈妈！我要妈妈！"

"呜哇……"向成拉开嗓子哭起来，他哭得撕心裂肺，也哭得陈楠心魂发颤。

她昨天才受到极大的刺激，好不容易从向阳那儿得到情感上的抚慰，还没得以喘息，没想到更可怕的困境再次降临。

陈楠只觉得头疼欲裂，气血上涌，好像连带着体温也再次升高，想想自己真是一个走到哪儿都不受欢迎的人。

"坏女人……坏女人！"向成哭喊着，两只小拳头忽然调转方向直奔陈楠而去，陈楠和向阳同时伸手想要阻止他的行为，然而混乱中，他的一拳还是重重打在了陈楠的脸上。

陈楠吃痛惊叫一声，捂着脸倒在枕头上。

向阳大惊失色，赶忙侧身护住陈楠，一手挡住了儿子的拳头。

看着在自己怀里颤抖的陈楠，他心疼万分，气上心头，猛一转身，一巴掌掴在了小向成的脸上。

小向成惊呆了，瞪大眼睛盯着父亲，一脸不可置信的表情，一秒后他跪坐在床上哭得更大声了。

看着儿子白嫩的脸上渐渐浮现出来的红色指痕，向阳回过神来，心中撕裂般的痛，后悔自己下手重了。

人要摆脱过去有多难？不停挣扎想要挣脱沉溺的命运，却一次又一次地被人世间的牵挂拽入更深的泥沼。

离婚后向阳一直不敢涉足情场，一来他心上的伤痕太深，二来后面遇到的很多女孩虽然都不缺追爱的勇气，却大多不明白爱上他这样的男人意味着什么。

一个离婚有孩子的男人，就如戴了个枷锁的囚徒，他的感情、他的婚姻不再属于他自己，儿子的喜好也是他择偶时要考虑的必要条件。

事发突然，向阳无奈地抱着向成走出卧室，百般安抚。

过了很久，向成的哭声终于渐弱，向阳这才重新回到卧室，查看陈楠的状况。

“对不起。”他拨开覆在她脸上的发丝，在她脸颊上轻轻亲吻，“我现在要送成成去幼儿园，然后去公司。钟点工阿姨九点会过来，你放心睡，等我回来。”

“你今天能不能别去公司了，陪陪我……”陈楠泪眼汪汪地看着他。

向阳无奈地笑笑，柔声解释道：“我今天有三个重要的会议，不能缺席。再说，昨天出了这样的事，如果我今天也不出现，估计我俩的绯闻会传得路人皆知。”

“我们现在算什么关系？还是说……你是想和我地下恋？”

向阳抿了下嘴唇，点点头，握住她的手放在唇边，略带愧疚地说：“你知道的，我这次回国有更重要的事要做，现阶段，我不希望感情影响事业。但我向你保证，我不是玩弄感情的人。”

陈楠不知该喜还是该忧，她爱他，可是他这样的做法总有些令她不安。

她叹气，点了点头：“好的，我明白了。”

向阳带着向成走后，陈楠昏睡了一会儿，钟点工阿姨就来了。

受向阳的嘱托，阿姨做了些白粥配着酱菜端到陈楠面前，陈楠吃完，略略洗漱了一番，原本想继续休息一下，可是胸口被重重心事压得烦闷不堪，翻来覆去再也睡不着了。

有了向阳的爱情，她暂时找到了慰藉，可是，要直面的问题也变得更多了。

要不要辞职？要不要起诉霍军？要不要把这些事告诉父母？要怎么和小向成相处？

脸上被向成打的地方又酸又疼，陈楠到卫生间一照，发现眼眶上已有一块乌青，看来那个小家伙这一拳真是带着满满的恨意，自己这样子是不能那么快回家了。

晚上向阳回来的时候是独自一人，为了让自己和陈楠能有片刻的宁静，他不得不把成成送到了董伟处，才得以稍稍脱身。

向阳还带回了陈楠落在办公室里的手机、手提电脑和挎包。

“没人议论吗？”陈楠问。

向阳一边解着衣领，一边摇头答道：“我到公司的时候，你的东西就已经在我的办公室里了。我猜是杨妮，她是个心细的人。”

顿了顿，向阳接着说：“霍家的人已经被警察扣留了，做了笔录，我给蒋萱打了个电话，她建议你以侮辱罪起诉霍家。”

陈楠一听到“霍家”这两个字就条件反射般地坐了起来，牢牢捂住自己的耳朵。

“我不想听，不想听！”

向阳有点惊讶，将她拉到自己身旁安慰：“你必须要为自己讨还公道啊，你放心，我绝对支持你，无论是作证还是经济支持，我都会帮你……”

“我不想再听到霍家这两个字，我也不想再见到霍家的任何人！”陈楠激动地甩头，强行打断了向阳的话。

“陈楠……”向阳抱住她，“你放心，我从来没有因为这些事而嫌弃你，我喜欢你，我希望你能勇敢一点，据理力争……”

“不，我不勇敢，也不想勇敢！”陈楠情绪崩溃，哭着推开向阳，“你根本就不明白我有多累，多害怕。你嘴里说着喜欢我，但其实你根本就不确定，所以你对我总是若即若离。如果你爱我，现在就不会让我再和霍家扯上任何关系……”

向阳有点莫名，男人的直线逻辑使他无法跟上女人的跳跃式思维，他不知道陈楠怎么会把霍家的事和他俩的感情扯到一块。

在他看来，正因为自己爱她，所以要陪在她身边用法律的武器为她找回公道，让霍家这些人受到法律的制裁。

可他不知道，陈楠的内心如今脆弱得犹如一片枯叶，随时都会裂成碎片，她需要的是他的爱和呵护，而不是再把她推到风口浪尖上去。

不过陈楠说他情感上不确定、若即若离这一点，他却无法反驳。

虽然他爱陈楠，但是在他心里还有一个跨不过去的坎，他深知陈楠需要婚姻，而他自己对婚姻却早已梦碎，他不敢，或者说不想这么快就再次陷入那种深刻、纠缠不清的感情关系里。

既然不能给她承诺，又何必给她幻想？既然不能给她幻想，又为何要一步步靠近？

向阳紧紧抿住双唇，坐在床沿上默然地注视着眼前伤心抽噎的陈楠。

良久，他才缓缓启齿说："如果我只能给你一个梦，你要吗？"

似乎早有答案，陈楠涌出两行热泪，坚定地点头："要！"

他心头一阵酸楚，这一刻，感动和爱恋战胜了他的理智。

他缓缓站起，一把将她拉入怀里，一手固定住她的后脑，用力吻住了她的嘴唇。

第七章
女强人的爱情故事

蒋萱泄气地将手机扔到一旁，趴在床上，一边眯着眼享受着白小帅的按摩，一边抱怨。

“这个陈楠真是着魔了，几天不开机，我这里急着想要帮她起诉霍家，她倒是玩起了失联。算了，我也不管了。”

“她出事啦？”白小帅问。

“中了男人的毒了。真是劫数，那个向阳一看就不是个安分的主，长得好看就是犯罪。”

“他很帅吗，有没有我帅？”白小帅撒娇着问。

“比你帅，不过离过婚还有孩子，前妻是个搞事精，儿子是个麻烦精，帅上天也没用。只有陈楠这样不清醒的才会选这种剧毒蘑菇来吃。”

蒋萱叹了口气，不愿再去想陈楠的事。她接了两个案子都需要去外地调查取证，这个星期坐了四趟飞机、四趟高铁，全身都快散架了。

白小帅的私人按摩才享受了没几分钟，手机又响了，蒋萱一看，是自己的助理发来的微信，问董伟生日事务所要准备什么价位的礼物。

这种小事都要打电话来问，蒋萱没好气地发了个“随你”，再次把手机丢到一边。丢开手机的那一瞬，她突然想起，董伟两天前邀请她去他家过生日，自己当时没多想就一口答应了。

她性子爽利，一转身就抛在了脑后，现在再次想起，这其实是个难得的机会。

她与董伟相识多年，朝夕相对，彼此扶持，董伟对她有意，她也并非没有知觉，但是董伟从来没有单独约过她，更不要说是约她去家里了。

董伟这人，一谈及他的身世背景就含糊其词应付过去，当年师父邱博渊一向对他青眼相加，很多大案、要案都是他亲自带着董伟跟进，当时蒋萱和顾文广暗地里还吃了不少酸醋。更让蒋萱记忆深刻的是，事务所开张后不久，有一次资金周转不灵，她和顾文广愁眉苦脸之时，董伟竟当场签了一张三百万的支票给银行，解了燃眉之急！

要了解一个人的身世背景，去他家当然是最好的办法，想到可以大大满足自己长久以来的好奇心，蒋萱的嘴角不自觉挂起了一个开心的微笑。

闭眼享受着白小帅的按摩，蒋萱觉得身心无比放松。

“你的按摩功夫可是越来越好了。”她喃喃道。

“你觉得舒服就好。”白小帅说。

“对了，你的网店做得怎么样了？”

“不错啊，每天能卖出去五六件。”

“才五六件？你们一天才卖这么点，怎么够？”

“放心，我们这个星期开始做促销活动，吴……小吴说促销活动一做，量就大了。”

“小吴？就是那个和你一起开店的女同事？”

“是啊。挺能干的。”

“这么看好她，是喜欢她吗？”

白小帅心头一颤：“不过是同事一起做做小买卖，什么喜不喜欢的？而且现在阿坤和阿亮也要加入我们了。”

“哦，你那两个猪朋狗友啊。”

“你怎么又这么说我朋友？”白小帅心中不爽地翻身躺下。

蒋萱被他按摩得舒服放松，其实意识已经模模糊糊快要睡着了，只是张嘴随便一说，根本没经脑子。见白小帅生气，她略有些后悔，微睁双眼，笑着轻推他一把：“又生气啦？”

白小帅侧身背对她，不再说话。

“你现在脾气可是越来越大了。”

“不敢。我哪儿敢生你的气？”

“不生气那继续给我按啊，我腰酸得很。”

“手酸了，想睡觉。”白小帅拉起被子想睡觉。

蒋萱见他不服从自己，一股犟气升起，硬掰着他的肩膀，把他扳了过来面对自己。

“哎，你真是不识好人心，我是为你好啊。朋友有很多种，人要和比自己优秀的人交往才能往上走。阿坤和阿亮连个正当职业都没有，你和这样的人搅和在一起，能有什么好前途？”

白小帅听不下去，坐起身道：“你知道什么？他们是我老乡，我被亲戚赶出门的时候，是他们接济了我；我被人欺负的时候，是他们为我出头。阿亮为了帮我头都被人打破了，这是过命的交情。”

“估计他们也只能帮你打架了。这都什么年代了，你以为现在的大上海还是丁力、许文强的时代啊？”

“好了好了，我不想和你说了。我只告诉你，如今阿坤已经是他叔叔工厂的经理了，这次他们加入，就是想在我们的淘宝店里卖汽配。一分钱不用我们出，赚到的钱我们拿三成。”

蒋萱睡意全消，越听越觉得奇怪：“你们不是卖服装的店吗，怎么又卖起汽配来了？这两样东西怎么混在一起卖？”

“这个你就别管了，反正我们有办法。”

“什么叫我别管了，你别忘了，我可是花了五万块钱的。”

“那五万块钱是我向你借的。”

这话越听越不是滋味了，蒋萱腾地一下坐起身：“你的意思是我没资格过问？”

白小帅见她有怒色，立刻收敛：“我不是那意思……”

蒋萱抓起枕头就朝白小帅砸过去：“你说我有没有资格？有没有？”

白小帅不知道蒋萱为何这么生气，为求太平只得连连应道：“有有有，我说错了。”

蒋萱将枕头往旁边一扔：“知道错了就继续给我按摩。”

说着又趴了下去，她是在撒娇，也是在妥协。照她过去的脾气，可能会揪着这个事把白小帅骂得狗血淋头，然后负气睡觉，等着白小帅来哄自己。

可是如今她真有点怕了，怕白小帅抛弃她，怕输给罗旭的妻子，怕自己的感情世界一败涂地。

蒋萱心里明白，借给白小帅的那五万块钱等于是给他交学费的，所以她压根没把什么淘宝店放在心上，她担心的是白小帅被那些损友给带坏。

白小帅默不出声地再次轻轻捏着蒋萱的肩背。

他不敢告诉蒋萱，其实那五万块确实如她所料打了水漂，包括吴佳的三万块，都已经被消耗得差不多了。开店远没他俩想得那么简单，网站设计、拍照、进货、包装、宣传促销等，花的永远都比赚的多。

说他们不努力其实并不公平，可是想尽了法子，能用的推广都用上了，网店依然门可罗雀。

一开始的豪情壮志被惨淡的订单量冲刷得只剩下“别亏太多”的想法。

看着吴佳哭得梨花带雨，白小帅心里也很难过，虽然自己亏损较多，但是只要不离开蒋萱，他的衣食住行是不用愁的，而吴佳投入的三万块钱，是她辛苦攒下来的生活费。

如今他俩创业失败，白小帅不忍眼睁睁看着她被房东赶走流落街头，于是便把蒋萱平日里给他的零花钱悄悄转给了吴佳。

一开始，他也觉得这样不太好。但是后来转念一想，自己是一视同仁的，如果哪天蒋萱落难没钱了，他也会豁出命去赚钱养她。

蒋萱爱他，需要他的陪伴，他可以倾尽全力满足她。吴佳也爱他，现在她有难处，那他尽力资助一点金钱也是理所应当的。

白小帅每天都用这些“伟大”的理由安慰着自己，时间一久，他甚至觉得自己是竭尽全力帮助了两个女人，还真觉得自己是个有情有义、济贫扶弱的勇士。

蒋萱一方面工作忙，另一方面过于自信，也没有过多关注白小帅的一些变化。

至少现在，相比白小帅的淘宝店生意，她对董伟的生日会更感兴趣。

第二天，蒋萱把自己收拾得落落大方，一件高领宽松毛衣配上一条灰色休闲牛仔裤，一双高帮橘色小皮靴，胸前是一条长长的装饰链，喷了点香水，穿上呢子长大衣，拿起小挎包就要走。见到白小帅正坐在窗台上玩游戏，她上前在他脸颊上亲了一下。

“喂，傻小子，还生气呢？”

“没有。”白小帅盯着手机敷衍地回答。

蒋萱推了他的脑袋一把：“看你小气的。好好看家哈，亲一下，我走了。”

白小帅恹恹地抬起眼皮看看她，在她靠过来的脸上亲了一下。

蒋萱又捏了一下他的下巴，这才算心满意足地离开。

刚按下电梯，就接到了陈楠的电话，不等她说话，蒋萱劈头盖脸就先开了口。

“大小姐，你总算来电话了，你知不知道我找了你几天啊？”

陈楠在电话里简要地把霍家上她公司大闹的剧情说了一遍，也把自己和向阳定情的事告诉了蒋萱，但隐去了自己被小向成打了一拳的事。

蒋萱心中暗叹，吸了口气说：“不用你说，我用脚趾头想都猜到你肯定是和向阳在一起了。好了，这下高兴了吧，总算把这个毒蘑菇吃下去了。味道如何啊？”

陈楠在电话里甜笑两声又沉默了下去，这不是陈楠原来的个性，往日陈楠每次恋爱都会叽叽喳喳拉着蒋萱说上半天的，可是这一次她的笑声中隐藏着不安和焦虑。

蒋萱知道向阳的爱情是陈楠眼下唯一的精神支柱，若把她的这根支柱都打碎的话，真不知道会出什么事，所以也不想再去泼冷水。

“好了，妞，既然你俩已经这样了，那就好好地走下去吧。霍家的事我等你的决定，如果你想要追究他们的法律责任，我一定帮你到底。”

陈楠叹了一声，只说自己要再想想，就收了线。

蒋萱无奈地收起电话，一出电梯，就看到董伟的车停在了停车场。

她小跑过去开了车门，坐上车才发现后座上还坐了一个花白头发的老太太。

“这位是？”蒋萱问。

“哦，这就是上次和你说的援助中心赡养费案的当事人，祝奶奶。”

“您好，祝奶奶。”蒋萱笑着打招呼。

老人抬手拢着耳朵，伸头过来。

董伟笑说：“祝奶奶耳朵不好，听力基本已经丧失了。”

蒋萱点点头，又大声地自我介绍了一遍，那祝老太才笑呵呵地说：“好啊，好啊，漂亮。”

董伟也盯着蒋萱傻笑。

“笑什么呢？祝奶奶的案子怎么样了？”

“案子已经结了，目前她的子女给她租了间一居室……”

董伟话未说完，那老太突然对他伸出大拇指，大声说：“好人啊！我的子女不孝顺，多亏了董律师……”

祝老太说着，激动得哽咽起来。

蒋萱赶忙大声安慰：“祝奶奶，别伤心了，无论他们愿不愿意，赡养您都是他们作为子女的义务，不然法律是不会放过他们的！”

祝奶奶懵懵懂懂地抬眼看着蒋萱，语重心长地说：“董律师是好男人，你好福气啊！”

蒋萱一愣，朝董伟看了一眼，董伟憨笑着说：“今天也是祝奶奶的生日，所以……我接她去家里一起过生日。”

蒋萱嘴角微动，不想破坏了两个寿星的好心情，所以明知祝奶奶误会了她和董伟的关系，也并没再开口解释。

董伟红了脸，转头开车。

蒋萱不再说话，默默地想着心事。她的心里其实很清楚，自己的一缕情丝还系在罗旭身上，无论他抛弃了自己，还是已婚，那一缕情丝她始终都斩不断。白小帅则是一个能让她喜欢的人，不仅漂亮帅气，还体贴，会做饭，抛开他异想天开的创业梦不说，他的陪伴还是令她感到温暖舒适。而董伟呢？蒋萱悄悄地瞄了下董伟胖乎乎的侧身……心中立刻跳出一个声音：不，还是让他继续做好朋友、合伙人吧。

大约一个小时的车程，车子驶进了上海近郊的一个别墅区。

蒋萱已经猜到董伟必然有点家底，加上他自己这几年的积蓄，住在别墅区她也不太惊讶。

车子缓缓驶进一幢三层楼的别墅，两侧花坛夺人眼球。一侧花坛中置着古意十足的中式流水喷泉，下方一汪池水中几条锦鲤悠闲畅游，周围种着几丛翠竹。而另一侧的花坛中，一条小石子路蜿蜒而上，一方小亭伫立在兰草芬芳之中，上书“兰亭”二字。

“没想到你家这样诗情画意。”蒋萱点头赞美。

话音刚落，车子已停下，一个衣衫整齐、四五十岁的大叔上前来开车门。

“少爷回来啦。”大叔恭敬地问候。

蒋萱瞪大眼睛，一脸疑惑：“少爷？我不会是穿越回了民国吧？”

董伟尴尬地笑，转头对大叔说：“蔡叔，我说过多少次了，不要这样叫我。”

蔡叔笑着说：“少爷啊，你别忘了，今天老爷、太太和小姐都回来了。”

接着，他转头对蒋萱补充道：“这位小姐别介意，少爷平日里都不让我们这样称呼他的，不过今天是特殊日子，老爷和太太，尤其是小姐比较讲究些。”

蒋萱翻翻白眼，虽然不知道董伟的父母是何方神圣，但是董菲骄横的样子她是见过的，也就见怪不怪了。

两人搀着祝老太走进大宅，宽敞豪华的客厅，高挑的屋顶，向南一侧是一整排的落地窗，配上各种室内植物和精美的装饰品，一看就是名设计师的杰作。

此时已是黄昏时分，落日的霞光透过大大的玻璃窗照射进来，把屋内的一切覆上了一层浪漫宁静的色彩。

“原来你是富家子弟。”蒋萱狠盯董伟一眼，玩笑道。

“这些都是父母的，和我没什么关系。”董伟淡淡地笑了笑。

“喂，《继承法》我会背的。”蒋萱撅撅鼻子。

董伟笑了：“待会向你解释。”

蒋萱举起拳头，轻捶了下他的手臂。

“哎哟，真漂亮！我一辈子也没见过这么漂亮的房子。”祝老太像极了进大观园的刘姥姥。

董伟扶着她到一旁的沙发上坐下道：“祝奶奶，您先坐，我去见见我父母就来。”

刚一抬头，后花园的玻璃门处走进来边说边笑的三个人。

“爸，妈，董菲。”董伟迎了上去

“Oh，my boy！我亲爱的孩子。”其中那个气质高贵的中年妇女快步迎了上来。

衣着洋气的中年男子跟了上来，嘴里也是一溜的英文。

两人左右夹着董伟，又是拥抱又是亲吻。

蒋萱看得眼都直了，虽然知道董伟的父母移居美国已经有二十多年，生活习惯有所改变也是情理之中。但是毕竟都是中国人，和自己的亲生儿子久别重逢还要来个不中不洋的见面礼，实在是有点儿古怪。

还在发愣，董伟已经拉了她到身边。

“爸，妈，这是蒋萱，我和你们提到过的。”

二老眼中立刻放出异样的光芒打量起蒋萱来，然后频频点头。

“你也是lawer（律师）?”董伟的母亲问。

“是的，我也是律师。”蒋萱微笑答。

“很漂亮啊。”

“谢谢。”

“有留过学吗？董伟的PHD（博士的英文简称）是在Stanford（斯坦福大学）念的。”

蒋萱尬笑：“我没那个本事，就是在国内的大学里念的硕士。”

“Pity（可惜了）!你该去美国，拿个PHD！”董伟的父亲若有其事般地插了句。

蒋萱心想：法学博士如何？斯坦福大学又如何，如今你们的儿子还不是我的合伙人？每天进同一家事务所，做着一样的工作，何况，你们的儿子还喜欢我呢。

蒋萱默然不语，面上带着敷衍的假笑。

“哎呀！你是谁啊？你怎么坐在我的大衣上啊？！”一个尖锐的女声怪叫。

众人转头一看，董菲正从祝老太的身下抽出一件白驼绒的高级大衣，一脸嫌弃地瞪着祝老太。

董伟忙上前扶住被吓得手足无措的祝老太，皱眉道：“不过是件衣服，你用得着这样大呼小叫的吗？”

“你懂什么？这是我刚从巴黎买来的最新款，十万人民币呢！”

“再贵也不过是件衣服。”

“你说得倒轻松，爸妈的钱都是你管着，你当然不在乎，你们一个个防我像防贼似的……”

董父上前安抚：“菲菲，有客人在，你胡说八道什么？”

董菲毫不收敛，猛转过脸来，蓬松的头发扬起，简直就像头发怒的狮子，抬高了嗓门嚷：“怕什么？我都不怕丢人，你们怕什么？这么多年你们管过我吗？你们躲在美国倒是清闲，我说要过去和你们一起住，你们就推三阻四，有你们这样的爸妈吗？”

伸手抓了一把蒋萱问：“你见过这样的爸妈吗？女儿要和他们团聚，他们竟然躲着，女儿生孩子，他们也不管，女儿没钱他们也不给，女儿离婚他们也不安慰一句。你说，有这样的爸妈吗？”

蒋萱心中暗笑，忍不住腹诽，没有这样的爸妈怎么生得出你这样的女儿？董母脸上挂不住，上前来好言相劝：“菲菲，今天是你哥哥的生日，你就别闹了，不就十万人民币吗？妈妈给你二十万，行了吧？”

董菲伸出三根手指头：“三十万。”

董母拍拍董菲的脸宠溺地点点头，董菲这才展开如花笑颜揽着母亲的肩头一阵撒娇。

蒋萱对董菲看不对眼，于是转过身去，背对这一家子。一抬眼，就见向阳抱着小向成从花园里走进来，两人微微点头致意。

水晶吊灯，红木家具，大圆桌中央是一盆造型优雅的蝴蝶兰盆栽，瓷盘银勺，精致美观。

董家父母坐首席，董伟、蒋萱和祝老太坐在左侧，董菲、向阳和向成坐在右侧。

桌子对面的这一家子蒋萱是怎么看怎么碍眼，尤其是这个向阳，一会儿给儿子喂饭，一会儿给董菲夹菜，一会儿给董父斟酒，一会儿给董母倒茶。

如果不是自己亲眼见到过他俩的离婚判决书，就眼前这个场景，打死她都不相信向阳和董菲已经离婚了。

他这一切做得太自然，表现得太亲切了，好父亲、好丈夫、好女婿，每一个角色他都表现得那样完美。这让蒋萱甚至都怀疑，刚才陈楠告诉她与向阳定情的事是不是陈楠自己幻想出来的？

酒足饭饱，董父突然举起酒杯感慨发言：“今天是我儿子小伟的生日，一眨眼他就这么大了。我甚至还记得三十七年前的那个下午，我在产房外紧张得来回走……”

董父说着突然略带哽咽，鼻子都红了，眼看有要落泪的架势。

虽然孩子过生日父母开启忆苦思甜的模式不是什么稀罕事，但是说得如此动情就有点戏剧效果了。

蒋萱看着好奇，心里正嘀咕这二位父母戏都有点多，突然董菲丢下筷子，噘起嘴抱怨道："爸！你有完没完？好不容易一起吃个饭，又是哥的生日，你哭什么呀？真是！"

董母轻轻瞪了她一眼："菲菲，不准没规矩。"

蒋萱看看董菲又看看董伟，越发觉得这两兄妹有趣得很，不仅性格不一样，长相更是天差地别。哥哥善良持重，却其貌不扬；妹妹骄横跋扈，却美艳绝伦。

董菲眉毛一扬道："过生日嘛，当然是要高高兴兴的，干什么老说过去，我不想听。不如问问哥什么时候和蒋萱结婚吧！哥，你打算什么时候请我们喝喜酒啊？"

她这话一说出口，惊得蒋萱差点儿把嘴里的一口葡萄酒喷在桌子上，赶紧用纸巾捂住嘴，硬咽了下去，却呛得连连咳嗽。

董伟也吓了一大跳，羞得耳朵根都红了。

其实这次他请蒋萱来家里，是有些不得已的理由。

前段时间，董菲不知道搭错了哪根筋，心血来潮似的非要把她的一个女性朋友介绍给他。董伟心急之下只得搪塞说自己已经有了女朋友，这下董菲更是来劲，一个长途电话打到美国，说董伟有女朋友了，估计好事将近。董家二老一听这消息就盘算着从美国飞回来看看未来的儿媳妇，最后二老决定给儿子一个惊喜，回来前什么都没说，愣是给董伟将了一军。

董伟没办法，这才硬着头皮想邀请蒋萱冒充一下自己的女朋友，在办公室里做足了心理建设，鼓足勇气开口邀请蒋萱到家里参加自己的生日宴，话还未说全，蒋萱便爽快地答应了下来，一转身就出差了。

看着雷厉风行、潇洒干练的蒋萱，董伟也不知道要怎么把话说下去。拖拖拉拉了两天，原本打算今天路上说的，可是路上祝老太和蒋萱一直在聊天，他在一旁听得入神，竟然又给忘了。

如今被董菲这么一问，自然是头都抬不起来，更别说要迎接蒋萱惊愕的目光了。

好在董菲是个没耐心的人，而且她眼下关心的重点也根本就不是哥哥的婚事，于是等了两秒没见董伟说话，她又把话题扯到了自己的人生大事上。

轻咳两声，她突然用清亮的嗓门宣布道："爸，妈，我和向阳打算复婚！"

又一颗原子弹爆炸般的消息，惊得蒋萱直接从椅子上站了起来。

"董菲，你说什么？"

众人齐齐转头望着她，董菲也有些莫名其妙地看看蒋萱："我说我要和向阳复婚了，你紧张什么？"

“向阳，这也是你的意思？”蒋萱也顾不上大家疑惑的眼神，严肃地质问。

向阳嘴唇绷得紧紧的，一言不发。

“你既然打算复婚，为什么要骗陈楠？”蒋萱气得不行。

“我没有骗她。”

向阳小声地答，眼底有一丝痛楚。但是蒋萱压根没兴趣关注他内心的纠结和眼底的悲喜，她只知道这个男人玩弄了自己的闺密，他这样的做法会给陈楠带来毁灭性的伤害。

“陈楠阿姨是坏女人！”一旁的小向成喷出一口汽水，一脸乖戾地说，“她睡在爸爸的床上！”

小孩子口无遮拦，众人一阵错愕和尴尬。

董菲抬抬眉毛，嘴角扯出一个酸笑：“男人嘛，逢场作戏，这种事我是可以理解的。不过我相信向阳会回心转意，以我们的小家为重。”

小向成拉着向阳的衣袖：“爸爸和妈妈在一起好吗？”

向阳低头看看儿子一脸的期待，他无法当着孩子的面说出拒绝的话，却也无法违背自己的心意，只能无奈地笑笑。

但他的笑容在蒋萱眼里就是一种妥协，是对陈楠的欺骗和侮辱！

扫了一圈圆桌上表情各异的人，蒋萱实在没法再平心静气地与他们一起共享豪华大餐，转身抓起挎包，拉起一旁的祝老太，大声说：“祝奶奶，走，我送你回去！我们别和这群奇葩一起吃饭，我请你吃饭去。”

说着便扶着祝老太离开了餐厅，往客厅走去。

走到一半，心中气愤不平，又折返回来，指着向阳说：“向阳，我告诉你，你知道陈楠刚受了多大的打击，心情很不稳定。她没事的话还好，如果她因为你再做出什么自我伤害的举动，我不会放过你的！”

说罢她扬手一挥，转身离去。

董伟赶紧起身追上来，急急道歉：“对不起蒋萱，对不起，是我的错。我没有事先告诉你，我只是想让你假扮一下我的女朋友……”

“这不是重点，重点是向阳和你妹妹，他们是想联手毁了陈楠！”蒋萱气呼呼地边说边穿外套。

董伟急得满头汗：“不是的，我相信向阳不是故意的。”

“不是故意的，难道是有人逼着他勾引陈楠吗？”

蒋萱边说边扶着祝老太往大门走去。

祝老太耳背，不知道发生什么事，只是见到蒋萱和董伟情绪都很激动，以为小两口闹了别扭吵架，不停地安慰二人：“哎呀，不要吵，要好好说。”

董伟叹了口气，嘴拙不知道还要说些什么，只好抓起桌子上的车钥匙紧跟了上去，送她二人回家。

将祝老太送回家后，董伟开着车子送蒋萱回家。

车子在暮色中行驶，蒋萱显然还在生气，闷声不语。

她在想怎么告诉陈楠向阳要复婚的消息，还是说等向阳自己告诉陈楠？

董伟谨慎地看了她一眼，轻声道："向阳不会和董菲复婚的。"

蒋萱惊讶地转头看他："你怎么知道？"

"向阳告诉我的，董菲纠缠想要复婚，可他一直没有答应。他告诉我，他现在根本就不想结婚。你误会他了。"

蒋萱呼出口气，倒在椅背上摇头："更糟。"

"蒋萱，有句话我不知道该不该说。"

"说吧。我们是朋友。"

董伟听出她的话外音，苦涩地笑笑继续说道："陈楠未必不知道向阳的心思，他俩彼此喜欢，或许你不要掺和会比较好。我相信向阳的为人，他做事有分寸的。"

乍一听此话，蒋萱心有反感：她是陈楠的朋友，怎么能眼睁睁看着好友往火坑里跳？但转瞬，她又觉得董伟的话不无道理。

世间情事，拗不过你情我愿。陈楠是成年人，经历了多次感情创伤，若还是学不乖，那只有一种可能，就是明知山有虎偏向虎山行。若真如此，自己真是白操了这份心。

说到底，各有各的缘分，莫说是朋友，就算是亲人也未必能阻止对方的一意孤行。

想通后，蒋萱长长地吁了口气："你说得对，我们还是静观其变吧。"

放下陈楠与向阳的感情纠葛，蒋萱心头松快了许多，侧过头看看董伟，心生歉意。

"对不起，我把你的生日宴给弄砸了。为表歉意，明天我给你单过吧。"

董伟笑笑："从我记事起，我们家人就没聚在一起吃过几顿安生饭，今天就算你不在场，也不一定会是个温馨的场面。"

"你家人经常聚少离多吗？你父母为什么不和你们住一起呢？"

"我爸妈是自由主义者，不愿意被世俗的事情牵绊。我爸年轻时就因为想法太过前卫被我爷爷赶出了家门，后来他和我妈决心去美国闯荡，为了没有牵挂，就把我和董菲留在了国内给爷爷奶奶抚养。我爸早年在国内做供销的，头脑灵活，我妈是药剂师，精明能干，所以两人去美国后，也打拼出了自己的一番事业。”

“看不出你平时深藏不露，原来是传说中的富二代啊？”蒋萱打趣道。

“你又拿我开玩笑了，我哪是什么富二代啊。”

“你就别谦虚了，刚董菲都说了，你父母的钱都在你这儿。”

“其实是因为以前父母在外创业，会把一部分的收入转到国内，由爷爷奶奶支配，负责我和董菲的生活和学业。爷爷奶奶很宠爱我和董菲，尤其对董菲几乎是有求必应，所以董菲花钱从来没数。后来爷爷和奶奶去世，董菲和我曾经去美国与父母团聚过，只不过董菲太过闹腾，不但与模特经纪公司闹掰了，还交了许多男朋友，我爸妈没法管束她，就只能用经济制裁的方式，董菲一气之下就回了国。后来我在美国攻读完法学博士，爸妈担心董菲一个人在国内出事，就让我回国照应一下，金钱方面就由我来支配。董菲需要钱的时候可以来找我要，但是我必须知道她要钱来做什么。所以她多多少少会觉得我啰唆，管得太多。”

“你爸妈可真精明，三下五除二就把董菲这个大包袱丢给你了。”蒋萱轻笑。

“是啊，从那以后，董菲一有什么要求，爸妈就会让她来找我。”董伟也跟着无奈地笑。

“董菲与向阳结婚后，还是照样找我要钱，但是向阳坚决不肯，悄悄地把钱退还给我。他是个有骨气的男人，要靠自己的力量养活妻儿。”

“你对向阳的评价怎么也这么高？我是看不出他有什么好，怎么你们一个个都被他迷得七荤八素的。”

“还好你看不出他的好，不然你也被他迷得七荤八素我就要急了……”

话一出口，董伟自己也吓了一大跳。脚下一紧，踩了下刹车，两人都被惯性往前一送。

“哎哟！你干吗啊？”蒋萱捂着自己被晃得快要脑震荡的脑袋。

刚才董伟那句话说得并不大声，加上他迅速反应过来猛地一脚刹车，蒋萱其实并没听得太清楚他那句不小心说漏嘴的心里话。

“你怎么样？”见蒋萱皱眉捂着脑袋，董伟又是心疼又是心慌，赶紧把车停到路边查看她是否受伤。

“我没事，就是被吓了一跳。”

董伟仍不放心地开了车内的小灯，凑上来仔细查看蒋萱的情况，紧张得眉毛都揪到了一起。

蒋萱靠在椅背上，看他神情紧张的模样，突然心中有股暖意，看得出来董伟是真的把她放在心上了，被人呵护、被人爱的感觉还是很美妙的。

董伟担心蒋萱有事，一时乱了分寸，没注意到自己凑得离蒋萱如此之近。蒋萱也从没如此近距离看过董伟的脸，现在距离突然被拉近，她细细一看，竟觉得他的五官好像长得也并不差。

是啊，董家二老上了岁数还那么潇洒优雅，董菲更是天生的美人胚子，董伟怎么会遗传不到一星半点的优良基因呢？

真是一胖毁所有，因为他肥胖，所以蒋萱之前从来没有好好看过他。

蒋萱像是有了重大发现般，好奇地看着他的脸。董伟莫名其妙地找出一张创可贴贴在蒋萱的脑袋上，总算是觉得安心了点。

“你觉得怎么样？要不要去医院看看？”

他低下头，却见到她一双星眸闪闪动人地正盯着自己的脸看，顿时心脏在胸膛里狂跳。

因为蒋萱的椅背比较低，他侧身过去检查，两人的身体位置就像是他覆在她身上一般。

这个位置，他只要低下脑袋就能轻而易举地亲吻到她樱桃般红润的嘴唇。

他早就在脑海中幻想过千百遍亲吻她的场面，而如今，她离他这么近，她身上传来的诱人香味像迷药一样麻醉着他的神经，令他全身血流加速。

“我……”他犹豫着，手心冒汗。

蒋萱回过神来摸到额头上的创可贴，咯咯笑了起来：“说了我没事，你怎么还给我贴了个创可贴。你看你这么傻乎乎的，怎么交得到女朋友？”

犹如一盆冷水淋下，让董伟瞬间回到了现实。自己肥胖丑陋，动作迟缓又不善言辞，而蒋萱是那样的明艳照人，聪慧利落，亲吻蒋萱？自己简直就像是一只想吃天鹅肉的癞蛤蟆。

董伟赶紧直起身子，红着脸端坐在驾驶座上，好一会儿，才默默地再次发动起了车子。

陈楠坐在车内一言不发，呆滞地看着车窗外的景色变幻。

她不想回家，向阳的公寓已经成了她的避难所，她可以像鸵鸟一样自欺欺人好像什么都没发生过。

可是向阳已经招架不住陈家父母的盘问，陈楠必须回家了。

“陈楠，你随时可以回公司上班，唐董的气已经消了，而且他知道你是米娅项目的创意负责人，所以希望你能尽快回公司上班。”

见陈楠没有回应，向阳快速地瞥了她一眼，自顾自地接着说：“我要去深圳几天……”

“我不想你走。”她小声说。

“工作需要，没办法，不过我保证一定随时和你保持联系。”

“我害怕。”

“别怕，有什么事我都会在的。”

“可是你要去深圳。”

向阳眉头微微蹙了一下，不再接话，他是个行动派，这样无限循环模式的对话让他觉得有些无厘头。

作为男友，他向唐进和其他高层解释了霍家大闹公司的原因，竭尽所能地替陈楠辩解、开脱、争取。他该说的都说了，能做的也都做了，而且他也确实帮陈楠重新争取到了回公司工作的机会。

他知道陈楠很难过，但是再难过日子还是要过的，总不能就这样每天躲在家里自怨自艾。

两人沉默了一会儿，向阳又说道：“霍家人已经犯法，只要你起诉他们，他们就会受到法律的制裁。公司的同事都会为你作证，蒋萱也会帮你。但是你必须尽快站出来，拖得越久就越不利。”

“能不能不要说这个，我不想听，不想打官司，不想见霍家的人。”陈楠痛苦地摇头。

“这是了结一切的好机会，刑事附带民事……”

“别说了，我不要听！”陈楠捂住耳朵。

向阳长叹一声，不再说话。

车子缓缓停在陈家楼下，向阳转身过来凝视着陈楠，伸手将她散落的长发拨到颈后，轻柔地说：“好了，我不逼你，但是你也知道，这件事迟早要解决的。”

陈楠点点头，这是自然，如果霍家人三天两头这么闹，她怎么正常生活、工作、恋爱？

向阳在她额头上印下一吻，替她解开安全带，从口袋里拿出一把钥匙交到陈楠的手中。

“这是我公寓的钥匙，以防万一，万一成成有事，或者你想清静清静都可以上我那儿去。”

陈楠将钥匙紧紧握在手心，这是一份信任，她感激地望着他。

“你不上去见见我爸妈？”

“不了，时机未到。”

陈楠有些小失望，她知道回家就意味着接受亲情的审问，父母的爱与关心在不恰当的时候也会变成一根索命的铁链，她希望向阳能够陪着自己，哪怕他一言不发只是坐在那儿，她也会觉得有个依靠。

陈楠踩着楼梯，感觉腿上像绑着铅块，刚到家门口，门就被打开了。

何莹面有怒色地站在门口，气呼呼地转身进屋："你晓得回来啦？"

陈楠换了鞋，关了门，跟了进来。

父亲陈永明也是一脸怒容地坐在客厅里，两眼像镭射灯般盯着陈楠："你给我过来，坐下！"

陈楠内心暗叹，审问要开始了。

"楠楠啊，爸爸妈妈知道你长大了，谈恋爱，和男性交往都是正常的。但是再怎么样，你也要有个分寸。"

陈永明年轻时担任过小学教导主任，岁月流逝，他说教的功夫却毫不褪色。

"一个女孩子家，招呼都不打就在外面住了一个星期。电话也没一个，像什么话？我们陈家可是有规矩的人家！"

"是啊，楠楠，你要和向阳在一起，总要先和父母打招呼的。这样一声不吭地就跑到男人家里去……"何莹说着眉毛都皱到了一块，"像什么样子嘛。"

"是啊，你这样会被人看不起的。"陈永明捂着额头，无奈地倒在沙发里，"楠楠啊，怎么每次你的感情都弄得乱七八糟的。"

何莹接着说："我还在电话里听到了小孩子的哭声，是他儿子吧？我和你爸爸都不同意你和向阳在一起。你别不听老人言，当后妈可不是闹着玩的！说得难听点，如果他前妻去世了还好说，日子久了小孩子可能还会把你当成自己的妈妈，可是他那前妻还在，这样的小孩带不亲的。妈妈也是为你好，不希望你将来每天过的都是里外不是人的日子啊……"

母亲这番现实的话让陈楠觉得毛骨悚然，但转念一想，事实好像确实如此。

如果董菲不在人世，那么凭着自己的耐心和厨艺，总会让小向成慢慢接受自己的，况且之前他俩的关系就有所改善，但是自从董菲出现，小向成立刻与自己疏离了，果然没有血缘维系，始终还是差了一大截。

父母还不知道霍家大闹公司的事，陈楠也不想说，但是自己来之不易的爱情还是需要争取一下的。

"他离婚是迫不得已，孩子也没有错，照你们这么说，那所有离婚有孩子的人都只能一辈子单身了。"

"不行！"陈永明一挥手阻止陈楠继续说下去，"这个向阳的背景太复杂了。还有，我们陈家是有规矩的人家，绝不准婚前同居。"

"是啊，楠楠，你要记住，别看男人都喜欢勾三搭四，其实他们内心最看不起随随便便的女人。你结婚前就这么轻易让他得手，结婚后他就更不会珍惜你了。"

关于这点，陈楠羞于反驳，也无力反驳。陈家家教甚严，父母传统观念十分严重，从小她就被教育要求两点一线、事事报告的生活模式。而性这个话题，在这个家里更是禁忌一般。

在父母持之以恒的熏陶下，陈楠直到大学毕业后才正式交往了第一个男朋友，当时被对方亲吻了一下，她都足足担惊受怕了半个月。

之后每一次陈楠恋爱，都会有父母的参与，没有得到父母的批准，她是绝不会和男性单独远行。唯一一次与霍军一起出游，也是在他俩明确了未婚夫妻的关系，得到了陈家父母的批准后才成行的。

所以这次先斩后奏地在向阳那里住了一个星期，陈楠虽然觉得甜蜜无比，但此举还是违背了家规，违背了父母的教育，她内心甚至也认为，这就是错的。

听了父母近一个小时的思想教育后，陈楠拖着疲累的身躯回到自己房中。

将自己抛进床里，她拿出手机发了个微信给向阳。

“我很想你。”

隔了十几分钟，向阳回了一条：“我也想你。在整理行李。”

不到一分钟，向阳又打来了电话。

“对了，我需要你尽快回公司，米娅、莉丝杰卡、通利、万中，还有好几个项目需要你跟进。”

“我不想回公司。”

“陈楠，别担心，现代人都在忙自己的事，他们爱说就让他们说几天，我保证再过几天就没人关心这事了。我一走，小组的工作就没人监督，你就当是帮我的忙吧，好不好？”

陈楠长叹一声，心爱的人开口求助，还能怎样？就算是刀山火海自然也是要去闯一闯的。

挂了向阳的电话，陈楠看了看微信上蒋萱发来的一连串留言，想着给蒋萱回个信息，但是手指在屏幕上划拉了几下，还是放弃了。

陈楠知道，只要自己一接通蒋萱的电话，肯定会被她追问为什么不和霍家打官司。

而现在，她只要一听到“打官司”这三个字就头痛。浪费时间、金钱还是其次，一旦走法律程序，再次撕开伤疤就在所难免。

如果今天这件事发生在别人身上，陈楠也会义正词严地高喊“告他”，但是当自己变成了事件的主角，那种心理上的压力和精神上的折磨，可不是旁观者可以体会的。

刚要放下手机，突然手机发出了提示音。陈楠一看，竟然是日历事件提醒服务，点开一看，原来是自己好几个月前设置的——今天是吴小霜的结婚日。

同事一场，虽然小霜走得不体面，但陈楠还是有点记挂她。

打开微信界面，陈楠给吴小霜发了一个红包，祝她新婚快乐。

她不喜欢把事情做得太绝，也不喜欢与人决裂，所以即使霍军再三威逼伤害她，她内心依然不想把他送进监狱。

再次站在高耸入云的商业办公楼下，陈楠百感交集。曾经，她把这里当作她的第二个家，认为自己会在这里大展才华，实现自己的价值。

可是如今，她觉得这里陌生又冰冷，这栋钢筋水泥打造的建筑物，它巍峨地伫立在此只不过是在彰显少数人的财富，而楼内进进出出的人们就像是蚁穴里的蚂蚁，不过是为了生存和利益在忙碌着。谈感情，傻透了。

陈楠低下头，想用垂下的长发尽量多地遮住自己的脸。

一到公司，还是不可避免地引来众人的注目礼。

说不慌张是骗人的，但是既来之则安之，她快步走到自己的座位上打开电脑，让自己尽快投入工作之中。

查了遍邮件，还好，如向阳所说，并没有什么解雇信、批评信之类的邮件。

“楠姐，欢迎回来！”杨妮探头过来，伸手递过来一颗巧克力。

陈楠微笑接过，以为她要安慰自己几句，不想杨妮接着就开始说工作上的事，完全没有提到半点霍家大闹KT的事。

一整天下来，除了其他小组的人投来几个异样目光外，还真的没有任何改变。

陈楠悬着的心渐渐放下，全身心地投入到了工作中。一个星期没有上班，工作已经堆积如山，也根本没时间让她再去回忆自己的窘境。

“安心如没来上班吗？”陈楠问杨妮。

“她跟向总监去了深圳，你不知道吗？”杨妮答。

“啊……我没有听说。”陈楠一愣，面上虽然保持着云淡风轻的样子，心中却还是有种不舒服的感觉。

那天晚上，她加班到很晚，是向阳的电话及时阻止了她加班过午夜。

“就知道你会加班，快回去吧。”

“那你呢？”

“我刚应酬完，才回到酒店，洗洗也要睡了。”向阳笑道，“如果你够快到家，而我又没睡的话，就让你看看我，解解相思之苦。”

陈楠心中顿时一阵甜意，展开笑颜道："贫嘴。"

"怎么，你不想我？"

"对了，这次安心如和你一起出差？"陈楠没有回答他的话，而是抛出了一个问题。

"对啊，她英语流利，创意大胆，很得老外的欣赏，有她在客户部如虎添翼，我也多一个人商量。"

"你把她说的那么好，那我呢？"陈楠的话里隐隐有些酸意。

"呵呵，你人缘好，认真负责，留在公司跟进工作进度是最合适的。"

陈楠对这个评价不太满意，接着问："那我的设计怎么样？"

"唔……"向阳沉吟片刻说，"你的设计保守传统，和你的人一样，但是你的用色和画面层次感掌握得很好。"

"你的意思就是我不如安心如啦？所以你带她出差，不带我。"陈楠半嗔半埋怨地低语。

"我没说你不如安心如，你俩风格不同。例如上次的饼干广告，所有人都采用传统的食品理念作为创意基础，而安心如竟然敢在饼干屑上做文章，和头皮屑做了个幽默的对比。当时所有人都认为她疯了，然而广告播出，效果却出人意料的好。"

陈楠不再说话，她深知广告创意的基本要素就是吸引注意力，无论是华丽的、高贵的，还是有趣的、荒谬的，只要能让人记住，这个广告就是成功的。

虽如此，但这些话从向阳嘴里说出来，她的心还是酸酸的。

挂了电话，收拾好东西，陈楠坐出租车回家。

回家路上，陈楠接到蒋萱的电话，想了想，还是接了起来。

"陈大小姐，你总算是肯接我电话。我知道你怕什么，我不说行了吧。从今往后，你和霍家的事我再也不提了。"

"萱，你别这样……我知道我没用……"

"你啊，简直是胆小如鼠……"话一出口，蒋萱知道最近陈楠心里也不好受，于是赶紧止住了自己的批判欲望，转了话题，"算了算了，你自己的事自己拿主意。不过，我有一件事憋在心里好几天了，想来想去还是要和你说，不然我晚上都睡不好觉。"

"什么事？"

"前几天我去参加董伟的生日会，你知不知道向阳也在。"

"他俩关系一向都很好，正常。"

“问题是董菲也在。”

“那董菲是董伟的妹妹啊，更正常。”

蒋萱吸了口气说：“我都不知道你是真傻还是装傻，你就一点想象力都没有吗？我看到的是向阳、董菲和他们的儿子坐在一起，俨然一家人。那个向阳对他的前妻和前岳父母好得没话说。你明白吗？”

陈楠心略一沉，满脑子搜索着替向阳辩解的词句：“或许……他是带成成过去……”

蒋萱朝天翻翻白眼，叹气道：“大小姐，他如果要替董伟过生日，并不需要跑去他家里的。如果他要带成成过去，送了孩子就可以离开。明知道前妻和前妻的父母都在场会有多尴尬，他却还是留下了。我是亲眼所见他对他们有多亲热，实在忍不住才来告诉你的，我不想你受到伤害！”

“我知道你是为我好。”

“还有，那个董菲当着所有人的面说，她打算和向阳复婚。”

“什么？复婚？！”陈楠的心脏像是被捶了一下。

“是啊，我气得当场就离开了。原本我也想早点儿告诉你，可是一想到霍家的事闹得那么大，我怕你受不了接连的打击，就没敢说。但现在我看你和向阳越走越近，我担心你将来越陷越深，受的伤害也会越重。”蒋萱把憋在心里的事说完之后，觉得轻松了许多。

“复婚……不会吧？当初是董菲放弃了他啊。”

“世事难料，你怎么知道不会？向阳这样优质的男人，本来就容易吸引女人注意，董菲她又不傻，说不定她又后悔不想放过他了呢？而且她的身材样貌你是见过的吧，男人这种单细胞动物，看到这种尤物有几个能抗拒？况且向阳之前也爱她爱得死去活来。最要命的是，他们还有个儿子，董菲随时都可以用儿子来搅扰向阳的生活啊！”

陈楠心乱如麻，咬着指甲不语，蒋萱说的道理她都懂，公司现在也有很多女孩盯着向阳，董菲也像是个安在她和向阳身边的定时炸弹，可是她放不下。

她爱向阳，而且自从那周在向阳的公寓里，他给了她那个美妙绝伦的“梦境”，她对他的爱意更是成百倍千倍地飙升。

都说女人的身体是武器，一旦缴械投降，女人的心就更容易在梦境中沉溺。

蒋萱也深知这个道理，就如她对白小帅的爱恋，也是从他俩的肉体关系起始的。

结束了与陈楠的通话，蒋萱转身看看身边光着上身的白小帅，他结实的胸肌和腹肌总是诱惑着她亲近。

蒋萱的手指顺着他的腹肌线慢慢划过，白小帅会心一笑，放下手机，俯下身子亲吻她。

“我爸病了，让我过年的时候回去看看，你要不要和我一起回去？”白小帅问。

“病了？什么病？”

“心脏病，要搭桥。”

“危险吗？”

“现在在医院，暂时没危险，就是费用厉害……”

蒋萱眨着睫毛看他：“差多少？”

“不不不，我不是问你要钱……”

“别废话，你开店我都愿意给钱，难道你爸生病我一点儿表示都没有吗？”

白小帅感激地看着她，温柔地捧着她的脸：“你真好。”

“两万够吗？”

白小帅心头一阵暖流经过，舔了舔嘴唇道：“萱，过年和我一起回家吧，我爸妈一定会很高兴的。”

“你这是什么意思？”

“我的意思是……我们总不能一直这样同居下去，我想……明年我们结婚吧。”

蒋萱感觉脑袋里有一颗小炸弹爆炸了。

他在说什么？求婚？他疯了吗？

蒋萱坐起身，定睛看他：“你想和我结婚？”

“是啊，难道你不想？”

“不想！”蒋萱斩钉截铁地回答。

她爱他，但是她没有爱到失去理智。

“你现在这样子有什么资格和我结婚？你有事业吗？有钱吗？有房子吗？结婚后谁来养家？我吗？生了孩子谁养？还是我吗？”

蒋萱一连串的问题问到白小帅一阵发蒙，他愣了一下，才开口说道：“我也有工作啊！”

“拜托！你那点工资能养活自己就不错了。如果你不是在我这吃住，你每个月能存多少钱？我喜欢你，但是结婚是人生大事，不是过家家。等你赚得比我多，不用我倒贴你的时候再讨论这个问题吧！睡觉！”蒋萱一个转身躺下，用被子裹住自己，已经没有了亲热的兴致。

白小帅碰了一鼻子灰，很不是滋味。

他白小帅在上海只不过是一个不起眼的底层小职员，但是在他生长的那个小县城里，他已经是许多人羡慕崇拜的偶像。

前两个月回老家时，他拿出来的各种时髦礼物让亲朋好友大开眼界，巴黎的香水、俄罗斯的鱼子酱、澳洲的保健品、挪威的烟熏三文鱼，还有意大利的红酒等。茶余饭后他晒出繁华大上海的东方明珠、摩天大厦、外滩万国建筑群、蒋萱的高级公寓和小轿车的照片，让家乡的父老乡亲看得惊叹连连。

当场他的虚荣心爆棚，感觉好极了。

而这一次父亲生病，他俨然一家之主般在电话里安慰哭泣的母亲，宽慰忧心的妹妹，作为家里唯一的儿子，他一定要承担起最大的责任。

他向蒋萱提结婚，其实还有一个原因。在他的家乡，娶个有钱的女人是种荣耀。加上这次父亲心脏病发，差点儿一命归西，于是家里三姑六婆齐出动，轮番催促他春节带上富有、漂亮的女友回老家把婚期定下来，早点结婚生子，光宗耀祖。

如今这社会，找长期饭票可不是女人的专利，想少奋斗二三十年的男人也大有人在。

白小帅只当蒋萱已经年过三十，恨嫁之心旺盛，加上两人总体来说相处愉快，蒋萱嫁给自己应该是顺理成章的事，却不想被喷得一文不值。

月光透过纱窗洒在大大的双人床上，两个背对背的身影显得很不和谐。

几天后的一个清晨，一阵急促的手机铃声将蒋萱从睡梦中惊醒。

迷迷蒙蒙中接起电话，电话那头传来董伟沙哑的声音。

“蒋萱，祝奶奶……没了……”

“啥没了？”蒋萱糊里糊涂地问。

电话那头董伟的哽咽声猛地让蒋萱心头一震，强迫大脑进入工作状态，豁然明白过来是祝老太过世了。

虽然仅一面之缘，但是几天前还在一起吃饭说话的人说没就没了，还是令人震惊唏嘘的。蒋萱心脏咚地一沉，整个人清醒了过来。

“到底怎么回事？”

“我现在联系不上她的子女，我在医院……”

“好好好，你别急。是不是中心医院？我马上赶过来。”

蒋萱挂了电话，急急忙忙地翻身起床，洗漱换衣，梳头整理。

“你干什么去啊？一大早的……”白小帅睡眼迷蒙地翻了个身。

“祝奶奶出事了，我现在要赶去医院。”

“哪个祝奶奶？”白小帅呢喃。

“你不认识的。”蒋萱俯身在他的脸颊上亲了一口，“你再睡会儿吧，上班别迟到了。”

蒋萱说完，伸手抓起手机和车钥匙，挎上包就冲了出去。

冬日的清晨，空气冷冽，瞬间让蒋萱头脑清晰，精神无比。

因为时间还早，一路畅通，很快就到了医院。蒋萱停好车疾步走到大厅，扫视了一圈，没有发现董伟的身影，于是赶紧从包里翻出手机，准备给他打个电话。

拿出手机那一刻，她忽地愣住，原来自己慌忙之中错拿了白小帅的手机。

还好，白小帅的手机密码是自己的生日，董伟的电话号码她也记得清楚。

蒋萱迅速在手机上输入自己的生日，然而手机却提示“密码错误”。

蒋萱皱眉，以为自己摁错数字，又试了两次，结果接连提示密码错误。

这该死的白小帅，竟然悄悄改了手机密码，难道他的手机里有不想让自己看到的秘密？

一种被骗、被背叛的感觉在蒋萱的心头油然而生，如果白小帅此时在眼前，她应该会扑上去吼问他。

不过事情总得一件件处理，眼下她首先要做的就是找到董伟，问清楚祝老太的情况。

当她正想拉一个护士问，眼角扫到一个高大胖硕的身影站在走廊尽头，额头正抵着墙，双手无力地下垂，不用靠近，已经能够感受到他的伤心。

蒋萱快步上前，关心道：“董伟，怎么样了？你还好吗？”

他转身抬头看她，双眼通红，还泛着些泪光。

蒋萱也跟着鼻酸，她从没见过董伟如此伤心的样子。

“到底发生了什么事？祝奶奶怎么会……还有，你昨天早上不是去了广州吗，怎么又回来了？”

“昨天傍晚我一直打不通她的电话，于是就打给她的子女，可是他们都不接我的电话。我放心不下，就坐了晚班机回来了，到上海时已经凌晨。”

董伟几乎是滑到一旁的椅子里，低声说：“等我赶到祝奶奶的家里，发现她倒在地板上，叫了救护车，可是一切都太迟了……”

他不再说话，胳膊肘撑在膝盖上，将脸埋进掌心。

蒋萱也很伤感，说不出安慰的话，只能坐在他身旁，用手掌轻抚他的后背。

医院要求死者的亲属来办理老人的后事手续，董伟又拨打了七八次电话，依然无人接听，气得直摇头：“怎么会有如此禽兽不如的人？”

蒋萱夺过他的手机，给祝老太的儿子、女儿各发了一条短信：“我是你们母亲的代理律师，你们的母亲已过世，需办理遗产继承手续。请速到中心医院。”

对于无情的人，金钱是最大的诱惑！

果然，不到半个小时，祝老太的一双儿女就赶到了医院。

演戏般哭号了一阵，办妥了手续，两家人围着董伟争先恐后地问着遗产分配的问题。

董伟还未来得及回答，两家人又翻起旧账吵了起来，互相推诿责任。

看着眼前一张张贪婪丑恶的嘴脸，董伟忍无可忍，终于怒吼道：“够了！你们的妈妈死了还不到三个小时，能不能先尽尽孝道？！”

两家人这才安静了下来。

董伟强忍怒气，压下声量道：“你们的母亲祝香花女士，生前立有遗嘱。但是我现在不能告诉你们，等到老人家的后事料理完毕，你们拿着所有的票据到我们的律师事务所来，我会当场宣读。”

说完他推开面前的人，抬腿就往外走，带过的风让站在一旁的蒋萱第一次感到他的力量和魅力。

出了医院，两人找了家咖啡店，买了两杯浓咖啡和两个三明治对坐在窗边，快节奏的生活让他们没有时间补觉休息，只能靠咖啡因来强行提神。

从医院出来后，董伟就没有说过一句话，浓眉绞起，神情七分悲伤三分愤怒，低着头用小匙搅动着咖啡。

蒋萱一只手托着下巴，默默地看着他，暗自疑惑自己与他相识多年，为什么从来也没好好地去了解过他？他在想什么？他为什么会因祝老太的去世那么伤心，又为什么对祝老太子女的不孝行为那么愤慨？

他们是律师，职责就是替当事人在法律上争取最大权益，哪怕委托人是个十恶不赦的人，自己内心想让他死一百次，但是工作时他们必须摒弃个人情感与喜恶，在法理范围内替他说话。

“当年师父就说过你容易被感情左右。你再不改的话，我看你这行是做不长的。”蒋萱抿了口咖啡。

董伟露出一个无奈的笑容，拿起三明治咬了一口。

“滴滴滴——”手机在蒋萱的包里响起来。

估计是白小帅发现手机被拿错了，蒋萱看也没看直接接起了电话：“睡醒啦？”

“啊？！”对面传来一个吃惊的女声。

蒋萱一愣，这才看到手机上的来电显示写着“佳佳”。

这显然是女人的名字，蒋萱顿时警觉起来。

“你是谁？”蒋萱问。

“啊……你是萱姐吧？”对面传来一个柔弱的声音。

“我问你是谁？找白小帅有什么事？”

“我……我叫吴佳，我找白大哥有点事。”

“吴佳？你就是那个和他一起开淘宝店的女同事？”

“嗯，是的。萱姐好。”

蒋萱挑着眉毛说：“我今天拿错了他的手机，你要找他的话就只能打我的电话了。我把我的手机号告诉你？”

“不用了，不用了……再见萱姐……”

吴佳匆匆地挂了电话，蒋萱盯着白小帅的手机发愣。

“怎么了？”董伟问。

蒋萱歪着头想了想，突然抬起眼皮盯着董伟说：“把你手机给我。”

董伟递过手机，蒋萱立刻拨打了自己的号码，响了几声后对面传来白小帅带着鼻音的嗓音。

“你不会还没起床吧？”蒋萱看看手表，此时已经十点半了。

“我头疼，今天不想去上班了。”

蒋萱下意识地心生反感，但没心情说教，吸了口气道：“我拿错了你的手机，现在回来。”

告别了董伟，蒋萱开车回家，一路上心里七上八下，吴佳的声音不停在她脑海中回绕。

她的嗓音如此娇弱柔美，说不定本人更是千娇百媚。这样的女人，莫说是男人，就是女人也会“见者三分怜”。

蒋萱的心中打鼓，吴佳在电话里的反应让她敏感地察觉到，有些事一定不一样了，她必须让白小帅给出一个合理的解释！

回到家，白小帅依然躺在床上，蒋萱见他这副不长进的样子就来火，冲上去一把掀开被子。

“白小帅！”她像一头发怒的母狮般大吼。

白小帅大吃一惊，支起上身看着她，他听到了蒋萱回来的声音，却不知道她为什么如此生气。

蒋萱拿出手机扔到床上：“白小帅，你给我说清楚，到底是怎么回事？”

“说什么？”

“你还给我装傻？手机的密码是什么？说！”蒋萱大声地叫嚷。

白小帅愣在那儿，脑袋一阵阵发晕，他平时是不太上进，经常迟到早退，但是今天他的确是病了，在发烧。

“手机密码是你的生日啊。”

“你这个骗子！你自己试试！”白小帅更觉奇怪，拿起手机按下了蒋萱的生日密码，果然提示错误。

“这是怎么回事？”

“你还给我装蒜，你改密码是什么意思？有见不得人的秘密？你给我打开，立刻！马上！”蒋萱说着扑上去，抓住白小帅睡衣的衣领，用力摇晃他。

白小帅被摇得头晕，一阵阵恶心，心里烦躁不已，本能地抓住蒋萱的双臂用力往后一推。

蒋萱重心失控，往后跌了出去，后背撞在墙上。

白小帅用人脸识别功能把手机解了锁，不耐烦地说：“你要看就看！反正我在你眼里就不是个人！”

白小帅将手机扔在床上，翻身起床去卫生间洗漱。

摸了下自己的额头，烧得还挺厉害，白小帅脑海中浮现出吴佳细语温存、体贴备至的样子，再看看门外歇斯底里、动手动脚的蒋萱，两相对比，真是一个天一个地。

刷了牙，白小帅用冷水洗了把脸，一来为了降降体温，二来为了让头脑清醒些来应对蒋萱的“审问”。

他一边洗一边回想着自己的手机里有没有什么不能被蒋萱看到的东西。应该是没有的，自从他和吴佳越走越近后，他就很小心，每次两人的聊天记录只要稍有暧昧，他都会及时删除，吴佳的照片他更是从不保存，为了这事吴佳还抱怨过他。

一想到吴佳的抱怨，白小帅一拍脑门，似乎明白了手机密码是怎么回事。

那天他和吴佳一番温存后，吴佳小鸟依人地蜷在他怀里，噘着小嘴酸溜溜地问他：“大多数情侣的手机密码都是对方的生日，我猜……你的手机密码也一定是她的生日，对吗？”

激情之后，白小帅睡意渐浓，迷迷糊糊地“嗯”了一声。

“唉，我知道我是没有这个权利的了……”吴佳失落地放下了白小帅的手机。

“萱姐比你大五岁，那就是八八年的了？”

“嗯……”

“她是什么星座？那么能干，狮子座吗？”

“不知道。”

“你是白羊座的……和你最合拍的应该是双子座、狮子座和射手座。我猜她一定是这三个星座里的一个。”

“好像是什么射手座……你问这个做什么？”

“没什么，就是想知道她和你到底有多配。”吴佳轻飘飘地说。

“你们女人就是迷信，睡吧……”白小帅困顿至极，吴佳的声音虚无缥缈得像是空中飞舞的棉絮。

“射手座的话，那就是十二月生日了对吧？”

“嗯……”白小帅用最后的一丝意识回应了一句，之后就沉沉睡去。

第二天醒来，吴佳给了他一张纸条，上面写着她的生日，神秘地笑：“这是我的生日，哪天你遇到了麻烦，或许能给你个惊喜！”

当时他急着出门，把纸条塞进口袋就走，后来就把这事给忘了。

蒋萱的生日是十二月二日，只要试两次就能轻松打开手机。

莫非是吴佳把手机密码给改了？

白小帅正愣愣地看着镜子中的自己发呆，突然卫生间的门被蒋萱砸得“嘭嘭”巨响。

“白小帅！你给我滚出来！”蒋萱尖锐的嗓音让白小帅心头发颤。

难道她发现了什么？不会吧，白小帅心里犯嘀咕，他清楚地记得自己小心清理过和吴佳的暧昧聊天记录。

“白小帅！你再不出来我就砸门了！”

白小帅打了个激灵，瞪着卫生间的门把半天不敢动，像是门后有一只超级怪兽正准备撕咬他，咽了口唾沫，鼓足勇气他才开了门。

蒋萱一把将他拽出来，瞪着眼珠子将手机伸到他面前。

“你和吴佳到底什么关系？”

白小帅快速扫了一眼屏幕，顿时心脏咯噔一下。

屏幕上是吴佳刚发来的微信：你怎么还没到公司？原本想叫你一起吃早餐的，谁想电话是她接的，吓死我了！我给你买了吞拿鱼三明治和豆浆，快来吃吧。

“同事而已。”

“呵！”蒋萱冷笑一声，“同事？什么样的同事会给你买早餐？什么样的同事会因为你女朋友接了一个电话就要吓死了？”

白小帅蹙着眉，轻咬着嘴唇。

“你老老实实告诉我，你和这个吴佳到底什么关系？你……是不是……”蒋萱鼻子一酸，泪水悄然蒙住双眼。

她讨厌自己落泪，眼下这一刻自己应该大发雷霆狠狠教训白小帅才对，不可以流泪，流泪会让自己显得软弱。尽管蒋萱这样告诫自己，可是心中的愤怒、伤心和失望还是凝结成了串串珠泪不听话地从她的面颊上滑落。

“不过就是同事买个早餐而已嘛……”白小帅还在极力狡辩。

蒋萱失望地看着他，摇摇头，拿起手机打开转账交易记录，颤声道：“两个月内你给她转了十多次的钱，加起来有三万多。你的网购交易记录里，那些唇膏、香水、睡衣都是买给谁的？我吗？我怎么从来都没收到过？”

“那……是给我妹妹的……”

“呵呵……”蒋萱苦涩地冷笑，“收货地址是在上海，你妹妹在上海吗？白小帅啊白小帅，你简直就是个白痴，你连撒谎都不会啊！我怎么会喜欢你的啊？！你这个白痴！”

他低着头，他沉默，他别过脸去，他身上的每一个细微表现都在告诉她一个事实——他背叛了她！

“你拿我的钱去讨好她，你……你……你这该死的混蛋！”

蒋萱气到浑身发抖，哭喊着不顾一切地扑了上去打他。

雨点般的拳头砸在白小帅的头上和身上，她使出了全力，白小帅吃痛皱眉。他心有愧疚，不敢出声也没有躲避，想着忍一忍算了，不想他的忍耐和沉默使得蒋萱更气，抓起手机就朝白小帅的脑袋砸去。

“啊！”一阵剧痛彻底把这个年轻的男人激怒了。

白小帅张开双手迅速抓住蒋萱的手腕，稍稍用力就将她摔到了床上。

“够了！”白小帅霍地站起身，捂着脑袋，“我受够了！”

“你敢推我？！”蒋萱愤恨地想要再次站起，却被白小帅一把摁倒在床上。

“蒋萱，我知道你看不起我，就因为你赚得比我多，我吃你的住你的，所以我永远都要矮你一头，所以我得伺候你，得听命于你，给你洗衣、做饭、擦皮鞋，甚至连你的内衣裤都是我洗。我是你的男朋友，不是你的奴隶啊！”

“是，我是喜欢吴佳，因为她像个女人。而你，你自己照照镜子，你像个女人吗？”

“对，我是花你的钱，但是我伺候你伺候得还不够周到吗？这叫两相情愿、各取所需，懂吗？你看不起我，看不起我的朋友，看不起我的家人，那好，我走，我不伺候了！”

蒋萱惊愕地瞪着他，她原以为白小帅会跪地求饶，会忏悔发誓悔过，当场删除与吴佳的一切联系方式。可是他没有，他不仅推开了自己，还冲自己咆哮，甚至还批评、鄙视自己！

“你要去哪儿？”蒋萱抓住白小帅的手臂，“我告诉你，你还欠我的钱，如果你不还，我就告你！”

白小帅原本身体就不舒服，前两天求婚被拒后心里不爽，现在又被打了一顿，真的是忍到了极限，身心俱崩。

“你要告我就告吧！我不在乎，我宁可坐牢也不要和你这样的疯女人在一起！”

说完他用力甩开蒋萱的手，拿了几件衣服塞进行李包就头也不回地甩门而去。

“砰！”又是那令人胆战心惊的关门声。

他又走了，再次把她抛进了孤独的深渊。

蒋萱瘫坐在地板上，脑袋一片空白。

电话响了，又停了，又响了，又停了，蒋萱只是充耳不闻。

不知过了多久，一个小时？两个小时？突然大门又被人拍得巨响。

难道是白小帅又回来了？一定是他，他终究还是放不下自己的，他们有过那么多恩爱甜蜜的时光，他一定会回来向自己忏悔、求饶。当然，自己是不会那么轻易原谅他的，他必须和那个吴佳一刀两断，必须当着自己的面把她所有的联系方式都删除。

蒋萱这才像是灵魂归体般恢复了神智，跑到门口打开门。

门一打开，蒋萱吃惊地看着防盗门外的董伟，心里是无尽的失望。

董伟有些气喘：“我打了好几个电话给你，一直都没人接……”

蒋萱开了门让他进来。

“你没事吧？为什么眼睛红红的？”董伟低头看蒋萱的脸。

“我没事。”蒋萱赶紧转身用手背将眼角的泪痕抹去。

一时间，两人都不知道要说什么，董伟更是不知道自己是该走、该坐还是该说些什么。

董伟的突然出现令蒋萱觉得十分很尴尬，她一向是以精明能干、雷厉风行的强者形象展现在人前，眼下这副头发凌乱、泪痕未干的疯妇形象，她自然不愿意让任何人看见。

“你怎么会来？有什么事吗？”蒋萱问。

“我……哦，你忘了今天下午三点我们要去平达贸易公司签法律顾问合同吗？”董伟结结巴巴地找着借口，他们的确是要去谈案件，但他急匆匆赶过来，是因为蒋萱一直不接电话，他担心她有什么意外。

蒋萱看看墙上的钟，点点头：“我去梳洗一下。你等我。”

走到卫生间，才要洗脸，眼角扫到一旁白小帅的牙刷、毛巾、剃须刀……蒋萱的心像是被人猛地捅了一刀，一阵剧痛，再也忍不住委屈的泪水，蹲在洗漱盆旁痛哭起来。

听到哭声，董伟快步走进来。

从他认识蒋萱至今，她从来都是精神奕奕、神采飞扬地出现在他面前。她怎么会哭？

因为身材肥胖，他的行动不是很利索。他吸了口气，蹲下身子，轻轻扶住她的肩膀。

“你怎么了？是不是有什么难处？我……能帮你吗？”董伟小心翼翼地问。

听到他温柔的语气，蒋萱很想将一腔委屈告诉他，但倔强的性格让她说不出口。

她蒋萱身材高挑，容貌美丽，职业体面，收入丰厚，她这么优秀居然输给了一个才刚入职的黄毛丫头，还被自己养的小男人给甩了。这是何等的屈辱！她的自尊心不允许她将如此不堪的事实告诉他人。

但她止不住心痛，止不住哭泣……

董伟慌了神，完全不知道要怎么办，双手在衣服上擦了擦，才像捧一件绝世珍宝般将她扶起。

“你……你去和平达谈合同吧，我没事……”蒋萱哽咽着轻推了他一把。

董伟蹙着眉头连连摇头：“你这样我不放心。”

说着，他拿出手机拨通了平达贸易公司的电话：“叶总，对不起，临时有点急事，您看能不能改成明天？出差啊……下午两点的飞机？那我十一点准时到你办公室……放心，合同全都做好了，您过目后只需要签个字盖个章就行，十分钟足够了……放心，我亲自送你去机场，绝对不会误机。没问题，中午我请……好，就这样说定了。拜拜。”

放下电话，董伟见到蒋萱正泪眼婆娑地望着自己。

“怎么了？”董伟柔声问。

蒋萱拿着纸巾擤擤鼻子说：“没什么，只是觉得你是不是有多重性格。”

“为什么这么说？”

“你看你和客户说话进退得当，在法庭上也是条理清晰，可是一到生活里就跟个呆瓜似的，毫无情趣。”

董伟憨笑。

两人沉默，董伟极力在脑子里搜索着要说些什么，突然被他想起一个万能话题。

“啊！你还没吃午饭吧？”

蒋萱摇摇头。

“我也没吃，你饿不饿，我们出去吃饭好吗？”

蒋萱指了指自己红肿的眼睛嗫嗫道：“你看我的样子能出门吗？”

“那我叫外卖吧。”

“算了，也不知道干不干净。”

“这样啊……”董伟皱着眉，想了想说，“那我给你做饭吧。”

这话一出，蒋萱朝董伟投去疑惑的目光。

董伟笑道：“你不相信我会做饭是不是？”

“不信，你家那么多用人，你会做饭？”

“嘿嘿，小看我，你等着，我做完就叫你出来吃。”

说着，董伟自己摸进了厨房。

蒋萱好奇地跟到厨房，只见董伟在厨房里转来转去，这里看看，那里翻翻，嘴里嘟嘟囔囔地自语着什么。

“你要找什么？”蒋萱问。

董伟一愣，上前把她轻推了出去：“你别偷看，等着吃就行。”

厨房门被关上，蒋萱叹了口气，坐在餐桌旁发呆。

她没兴趣知道董伟到底在厨房里折腾什么，哭了这一大通，她像一只泄了气的皮球，一点力气都没有，脑袋疼，眼睛疼，嗓子也疼。

渣男！骗子！混蛋！她愤愤咒骂，可是愤怒过后又是浓浓的伤感。她以为自己早就在罗旭离开那日起就大彻大悟，看破人间情事，修炼成了情场高手，还成天为陈楠指点迷津，一副恋爱专家的架势。可如今看来，她和陈楠一个是”傻子“，一个是笨蛋，根本就是半斤八两。

蒋萱摇摇头，叹了一声。

“哎哟！”

一声惨叫声后，厨房里传出一阵”丁零哐啷“的声音，好像一堆锅碗瓢盆同时砸到地上。

蒋萱赶紧起身去敲厨房的门。

“董伟！发生什么事？开门，让我进来。”

“啊？不用，不用，马上就有得吃了，你去坐好。”

“大哥，你这是在做饭还是在砸锅啊？”

“哎呀，没事，没事……”

蒋萱也没力气多问，坐回餐桌旁。

不一会儿，厨房门打开，董伟满头大汗地端了两碗面出来。

“你在厨房里弄了一个小时就弄了这两碗面啊？”

董伟拿纸巾擦了擦脸上的汗珠，神秘一笑道：“还有！”

说着，他转身又进了厨房。

蒋萱眨巴着眼睛，看他还有什么“宝贝”。

这次董伟拿着一个平底锅出来，有些得意地笑笑，小心翼翼地将锅里的两个荷包蛋分别放在了蒋萱和自己的面碗里。

又跑去厨房放了锅，他拿了筷子汤勺出来兴奋地在蒋萱对面坐下。

“快尝尝好不好吃？”说着他自己先动了筷子。

蒋萱看他吃得津津有味，也动起筷子。

董伟边吃边笑眯眯地问：“好不好吃？”

蒋萱看看他，有点儿哭笑不得，说实在的，董伟的厨艺真不怎么样，面煮得太烂，荷包蛋又煎得太老。但是不知道为什么，看着他投入的吃相，蒋萱忽然胃口大开，越吃越觉得味道竟还不错。

“你怎么不问我为什么哭？”蒋萱问。

董伟咽下面条说：“我知道我嘴笨，无法逗你开心。能做的，可能就是给你煮碗面，暖暖胃。”

听他这么说，蒋萱的心脏像是被人戳了一下，又酸又疼，不过这次不是因为痛苦，而是因为感动。

眼泪不自觉地又流了下来，董伟吃了一惊，赶忙放下筷子给她递上纸巾。

见她哭得梨花带雨，他的心里也很难受，其实他猜得到她是和白小帅出了问题，只是他不知道要如何去安慰她，尤其自己对她的那一腔爱意，稍有不慎就会有乘虚而入的嫌疑。

他爱她，他自卑，但同时他也有他的傲气。他不希望她是因为感情受挫而接受他，那样的话，他的感情就太廉价了。

第八章
委屈的恋情

开完了工作协调会议，陈楠翻着手上的客户资料，缓步走回自己的办公室。恰巧有其他部门的三个小女生结伴而行从她的身边经过，小声地议论着什么。

“啊，不会吧……你是说创意部的那个男神？”

“真的，客户部的艾米说的，说男神和他小组里的一个女的在深圳的酒店过道上搂搂抱抱，被客户部的杨经理看到了。”

“不会做得那么明显吧，要抱也可以关了房门啊。”

三人说着，低头嘻嘻笑起来。

“他们创意部可真是好戏连连，前阵子不是还有人因为骗婚被人追来闹事吗？”

“对啊，我记得当时那个女的也是和男神有关系呢。”

“现在知道什么叫红颜祸水了吧，以前只说女人是祸水，其实好看的男人更是祸水！”

看着三人说笑着走远的背影，陈楠愣在当场，心头泛起一波又一波的疑云醋海。

当天晚上，向阳打来视频呼叫，陈楠赶紧整理了一下头发，调亮光线，坐在一个角度最佳的位置上接通了视频请求。

屏幕中的向阳刚洗完澡，穿着浴袍，甩了下尚未干透的头发，对着摄像头朝陈楠挥挥手。

“有没有想我啊？”向阳眯了下星眸笑问。

“当然想啊。但是你肯定不想我。”陈楠看着他帅气的脸庞撒娇。

向阳把脸凑到镜头前，咧嘴笑："不想你我现在应该已经睡大觉了。今天可是忙了一整天呢，明天休息，和安心如出去找灵感。"

"就你和安心如？"陈楠想起今天在公司里听到的流言，心里很不是滋味。

"是啊。这个小丫头真的很有潜力，这次的两个项目她给了我很好的灵感。"

"就像当初的我一样吗？"

"差不多吧。"向阳见到陈楠脸上收起的笑容，马上又补充道，"但和你不一样。"

"向阳，你和我说实话，你对安心如……真的没什么其他想法吗？"

"当然没有。"向阳当即回，"你每天都在胡思乱想些什么啊？"

"公司里有人说你和她在深圳很亲昵。"陈楠终于忍不住说了出来。

"我什么时候和她亲昵了？真是服了这些人，是不是都太闲了，到处捕风捉影？"

"无风不起浪，你以后还是尽量和她保持点距离吧。"陈楠好意提醒。

向阳百口莫辩，心中想要和陈楠浪漫晚安的兴致瞬间破灭，取而代之的是满心郁闷。

"陈楠，拜托你不要人云亦云，我要和她一起工作的，你说怎么保持距离？"

陈楠听他语气不好，有点儿后悔自己鲁莽，破坏了气氛，想赶紧补救。

"我不是不信任你，我只是希望你不要被别人说闲话嘛。"

"我已经为了你被人说了不少闲话了，再多几个我也不在乎，但我有我做人的原则。"向阳烦躁地摇摇头："你早点儿睡吧。"

向阳按掉了视频，疲累地捏了捏鼻梁，果然是相爱容易相处难。

不多久，陈楠发来留言道歉。

向阳叹了口气，他知道陈楠爱自己，可是他俩的恋情发生得并不是时候，事实上，他还处于离婚后的恢复期，他对爱情与婚姻充满了矛盾和恐惧。

其实他也后悔过，不该这么草率与陈楠开始，可是既然开始了，他也决定认真对待。安心如对他有意，他在这几天的出差过程中已经明显感觉到了，但他并不在意，他管不了别人的想法，他只能管住自己。他也不在乎别人的说法，可是陈楠也对他如此不信任，这让他感到莫名烦躁。

或许是他俩相处的时间还太短，该给彼此更多的时间去了解对方。

看着陈楠的道歉，向阳也意识到自己刚才的语气太过生硬，怕陈楠心中难过，于是赶紧又打了个电话过去安抚了几句。

放下电话，向阳坐在电脑前设计着图稿，内心却有点儿分心。

他发现自己的恋爱心态与几年前大不相同，如今的他不想再花太多的时间和精力去讨好女人，他的满腔热情好像在追求董菲的时候就消耗殆尽。他喜欢陈楠温柔懂事、棉里带针的个性，与董菲结束后，他想要找一个与她完全不同的女人。

一想到董菲，向阳停下了手中的工作，捏了下眼角，阖上电脑。

第一次约董菲看夜景，他特意学了简单的魔术逗她高兴。第一次两人去旅行，她说累了，他就背着她爬山。求婚的那天，他包下了整个餐厅，在盈盈烛光和美妙的音乐中与她翩翩起舞。新婚之夜，他用玫瑰花瓣铺满睡床，在满室花香中与她相拥沉醉。

可是如今，就算他想为陈楠做些类似的事，好像也心有余而动力不足。他只想和陈楠顺其自然地发展，走到哪儿算哪儿，不想再费尽心思在爱欲中沉浮。

他不知道自己的这种心态到底有没有问题，只是对自己的这种转变觉得有点儿不安。

“滴滴滴——”手机响了，打断了向阳的思绪。他看了看来电显示，一阵愁绪油然而生。

又是董菲，他出差后，成成就回了董菲那里，她这几天几乎每天半夜时分都打电话来骚扰他，而他担心成成，总是不得不被她骚扰。

接起电话，董菲用柔腻的嗓音娇嗔道：“喂，你睡了吗？”

“有什么事吗？”向阳冷冷地答。

“啊呀，你怎么那么冷淡？”

“没事我就挂了。”

“向阳！你别那么不识好歹好吗？”董菲变了口吻，厉声喝道：“我想你才会打电话给你。”

“算了吧，董菲……”

“为什么要算了？我不信你能忘记我们曾经恩爱的日子，我不信你会爱那个呆头呆脑的陈楠而不要我！”

向阳长长地叹了口气：“我没有忘记过去，这是我的悲哀，但是这并不等于我们可以从头开始。”

“为什么不能？！”

“我已经有女朋友了。就如对你一样，当初我不会背叛你，现在也不会背叛她。”

“就那个该死的陈楠吗？她凭什么和我一样？你对我必须比对她好！”

向阳沉默不语，她知道董菲器张霸道的性格，只要她不满意的她都会想办法毁掉，越和她辩驳她就会越疯狂。

向阳很累，不想再陪她发疯。

董菲在电话里不停地诋毁、咒骂着陈楠，向阳只觉可笑可悲。当初两人在一起时，董菲看不到他的好，现在两人结束了，她又拼命想要强留。

电话那边董菲骂着骂着突然哽咽起来："为什么你这么绝情？为什么你不肯回到我身边？我和爸妈说了我们要复婚的。只要你答应，我们就可以马上去领结婚证，这样成成就又有一个完整的家了。"

向阳越听越觉得心累，忍住性子说："董菲，我早就和你说过，我不会和你复婚的。那天在董伟的生日会上，你要我看在成成的面子上陪你演戏，我已经做到了，但你别得寸进尺好吗？"

"向阳！你有种！明天一早，我就带着成成和我爸妈一起回美国。既然你不想和我复合，那你就没资格拥有我生的孩子！"

"董菲！"向阳噌地一下从椅子上弹了起来："你拿孩子威胁我？！你别忘了，我才是孩子的监护人！你敢带他走，我就告你！"

"你要告就告吧，别忘了我哥是大律师！上次若不是蒋萱那个贱人帮着你忽悠我，我是不会把孩子的抚养权让给你的！这次你有本事就到美国来打官司吧！"

向阳知道董菲是说到就会做到的人，意识到事情的严重性，急得在房里踱步。

"董菲，你别冲动，复婚的事等我回来再谈，孩子你不能带走。"

"我偏要！我是他的亲妈！"

"如果你执意要这样做，我只能报警！喂？喂？"

董菲已经挂了电话，再打过去，关机了。

向阳跌坐到椅子上，这就是他的前妻，他曾经深爱过的女人，事到如今，只能怪当初自己入世未深，以貌取人。

向阳又气又急，感觉脑浆都要沸腾了。强迫自己冷静下来后，他赶忙打电话给董伟。

"董伟，董菲要带成成去美国了！"

"不会吧？"董伟开了床头灯，迷迷瞪瞪接起电话，"我没听她说起啊。"

"成成在你那吗？"

"没有啊，三天前董菲接了成成和爸妈去她那儿住了。她说是你同意的，我当时想有爸妈在应该问题不大……"

“什么问题不大？她刚才打电话来和我说，明天一早带着成成和爸妈一起回美国。”

“什么？”董伟也被这突如其来的消息给惊得睡意全无：“爸妈是打算住到月底再回美国的，我没听他们说要提前回去啊。”

“董伟，我实在受不了了，董菲怎么可以拿成成来威胁我复婚？”

“别急，这事估计是董菲在搞鬼，我马上打电话给我爸妈。”

于是，凌晨时分，一场恐慌在董家蔓延开来，董伟打电话给了父母，父母听后起床质问董菲，董菲和父母大吵。

董家父母压制不住这个强势的女儿，气得又打电话给儿子，董伟只得半夜开车跑到董菲家里来做调解。

“你知不知道你这样做是犯法的，向阳是孩子的合法监护人。他不同意你无权把孩子带走。”董伟严厉地说。

董菲双手环在胸前，毫不买账：“法不外乎情，我是孩子的母亲，你们想强行把我和孩子分离，没门！亏你们还是我的亲人，怎么都站在向阳那边？”

董伟皱眉摇头道：“我们站在道理那边，当初为什么法庭会把抚养权判给向阳，难道你不知道吗？”

“是蒋萱那个贱人骗我让我拿房子放弃抚养权，是我傻才同意的。我现在后悔了，我要告！”

董伟转身见父母一脸疲倦疑惑，赶紧让二老先回房休息，待父母关了房门，董伟才转过头厉声说：“你当初输了抚养权是因为你出轨迪拜那个混蛋，蒋萱是用尽全力让你得到更多的利益，你不知道感恩还骂她？你有没有良心！”

一提到自己当年背叛婚姻的行为，董菲顿时吃瘪，怒气使得胸膛不停起伏。

董伟接着说：“你知不知道向阳握有大量你出轨的和挥霍无度的证据，为了保住你的颜面不让你在法庭上出丑，我和蒋萱才与向阳私下交涉，用抚养权来交换你那些丑态毕露的相片。你简直不知好歹！”

董菲一把抓住董伟的衣袖怒道：“好啊，你和他们串通起来骗我！”

“骗你？你认为法院会将孩子的抚养权交给一个没有工作，挥霍无度，忘记孩子生日，忘记孩子下课时间，生病时找不到人，不忠于婚姻的母亲吗？”董伟继续说：“我是你哥，成成是我的外甥，向阳还年轻迟早要再婚，但凡有一点儿可能我怎么会不帮你争取抚养权？”

“那你就帮我争取啊，我现在要孩子，我一定要孩子！”

“你先问问你自己做了些什么吧。你别以为我不知道，你和那个迪拜混蛋压根就没分手。”

董菲惊呼：“你怎么知道？”

“多亏你看得起我这个哥哥，把我的名片给了他，他在国内投资的生意出了问题，来找我帮他打官司。所以吃饭喝酒，聊聊天是避免不了的。”

董菲略顿了顿，眼珠子溜了一圈问：“那你知不知道他的实际身家到底有多少？是不是像他说的那样富可敌国？”

董伟吃惊地盯着自己的妹妹，完全无法理解她世界。

“董菲，你到底怎么想的？你一边说要和向阳复婚，一边又和这个中东商人藕断丝连。还有，家里并不缺你钱花，你到底图什么？”

董菲叹了口气，坐到沙发上：“向阳是好，我是喜欢他，可是他太冷漠刻板了，现在又冒出来个陈楠，我知道他再也不会像以前那样宠我了。韦明轩是花心反复的小人，但是他有情趣。而这个阿米尔出手大方，对我又好，可以让我过公主般的生活。我才不在乎钱，我在乎的是他对我好，能够在我身上大把大把地花钱。这点是向阳和韦明轩都比不上的……”

董伟挠头，倒吸一口气：“等等，等等，韦明轩？你怎么又和韦明轩搅在一起了？”

“我现在是单身，韦明轩是我曾经爱过的男人，也是单身，我和他重温下旧梦有什么关系？”

董伟摆手摇头：“好了好了，三更半夜的我不想听你说这些。我头晕，理解不了。总之我提醒你，如果你擅自把成成带走，向阳就可以报警起诉你。你最好三思。”

董菲从沙发上站起来，挥舞着手臂嚷：“我怎么会有你们这样的家人？做爸妈的防贼似的防着女儿，做哥哥的整天帮着外人说话。好！好！好！”

连说了三个好，董菲突然大步走到成成的卧室，开了灯，一把将孩子从床上拽起来，夹在腋下走到客厅。

成成睡梦中被母亲如此野蛮地强行弄醒，惊惧之下自然是大哭起来。

正打算要离开的董伟见此情形目瞪口呆，董家二老才要入睡又被孩子的哭喊声吓得开门出来。

“菲菲，你要做什么？”董父惊问。

董菲气道：“你们一个个都想把孩子从我身边夺走，好，我不要他了！我再也不回来了。哼！”

说罢，她将孩子一把塞进董伟的怀里，抓起一旁的背包就冲了出去，重重地关了门。

董家三个大人全都惊呆了，一时间愣在原地。

成成第一个反应过来，挣脱了舅舅董伟的怀抱，光着脚丫，一边抹眼泪，一边哭喊着追了出去。

“妈妈，妈妈……”

夜色暗沉，小向成又是困倦又是恐慌，母亲的那句“我不要他了”犹如在他幼小的心灵里投入了一颗原子弹。他不知道自己做错了什么？更不知道为什么母亲不要他了？

他只知道要追上母亲的脚步，要尽力让母亲要他……

电梯门打不开，他就跑楼梯。董伟和董家二老慌忙追出来，但董伟身体肥胖，跑了两步就喘了起来，董家二老腿脚也没有成成的灵活，小家伙一眨眼已经追到了楼下。

一阵车头灯的强光扫过他的脸庞，刺耳的轮胎摩擦地面的声音钻入耳膜，小向成看着他的母亲驾车呼啸而去，消失在茫茫夜色之中，急得跑上去，试图追赶那辆鲜艳的红色宾利，不想脚下一个踩空……

“哎哟——”

他摔下了台阶，额头重重地磕在了花坛边上的一块大石头上，鲜血染红了一大片地砖。

……

医院的走廊里很静，墙壁白得令人寒意顿生。

陈楠不喜欢医院的环境，她从小体质就不好，是医院的常客，在她的记忆中，消毒水、针筒和药片是陪伴她童年的东西。

窗外，天边开始泛白，黎明将至，陈楠忍不住捂着嘴打了个哈欠。

她凌晨四点被向阳的电话吵醒，得知向成摔破了脑袋，流了很多血。向阳拜托她先替他到医院看看情况，自己定了早班飞机立刻飞回来。

不远处，急救室门口坐着愁云惨雾的董家人。

陈楠不知道要怎么评价这家人，从她认识向阳至今不过四五个月，这个可怜的孩子已经不知伤了多少回？想来也是有趣，律师，设计师，工程师……哪个专业人才不是需要经历千辛万苦的学习和层层考核才能得到一张从业证书？然而偏偏人世间最伟大、最重要的“父母”一职却不需要学习考核就能上岗。

急救室的灯一灭，众人立刻起身上前围住医生。

“缝了六针，有脑震荡的情形，目前还在昏迷，需要留院观察，做进一步的检查。”

“昏迷啊？会不会有后遗症啊？”董母急问。

“目前还不知道，做完核磁共振后再看。孩子已经转入病房，你们家属先去办理入院手续。如果孩子清醒了，你们可以进去陪护。”

医生交代完后摇摇头：“你们三更半夜怎么会让孩子一个人跑出去？真是太不负责了。”

在医生的指责下，一家人都只能低头认错。尤其是两位老人，一个血压高，一个心脏病，一晚上没睡又受这么大的刺激，都有点儿撑不住了。

董伟见他二人脸色都不好，只得拜托陈楠先留在医院照应，自己先送父母回家休息。

董家人走后不久，护士出来告知陈楠孩子已经苏醒，转入了加护病房，陈楠赶紧跟着护士进到病房。

病床上的小向成看上去格外弱小，陈楠并没有快步上前，因为她有点儿担心向成看到自己后会反应过激。

“阿姨……”小向成转过头来，微弱地喊了她一声。

或许是他那双泪光莹莹的眸子，或许是他与向阳高度相似的容貌，也或许是他这一声绵软无力、求助似的呼喊，瞬间让陈楠的胸腔溢满柔情和同情。

她快步走到床边，看着小向成穿着病服，头上缠绕着纱布，手足上多处擦着红药水的样子，心里一阵说不出的难受。

“疼不疼？”她轻柔地问。

“疼。”小向成咬咬嘴唇，两条浓浓的眉毛蹙起：“但是我不哭。”

“你真勇敢。”陈楠顿觉鼻酸，伸手轻抚他那张稚嫩漂亮的小脸蛋。

向成的五官集齐了他父母二人的优点，长大后定会是个比向阳更要女人命的大帅哥，陈楠心中暗想。

“爸爸会来看我吗？”

“你爸爸一听到成成受伤，就立刻搭早班机赶回来了。”陈楠微笑安慰。

“那我妈妈呢？她还要我吗？”成成长长的睫毛扑闪着，眼中带着一丝恐惧。

“你妈妈会回来的，你舅舅和外公外婆都在联系她。”

成成抿着嘴唇，似懂非懂地点点头。

“阿姨，我好晕，想睡觉……你别走好吗？”小向成虚弱地说，眼皮渐渐阖了起来。

“好，阿姨不走，就坐在这陪你。”陈楠拉了一把椅子到床边坐下，像母亲哄孩子入睡般伸手轻轻拍他。

拍了两下，成成的小手握住了陈楠的手，迷迷糊糊地睡着了。

陈楠心中感慨，这个世界真是不公平的，有些人想要孩子烧香拜佛也求不得，而有些人生了孩子却视如草芥般，说打就打，说扔就扔。

陈楠想到自己的妇科疾病，是该去复查一下了。如果自己和向阳有缘结合，她还是希望能生个自己的孩子。一来她喜欢小孩，二来可以巩固两人的感情，三来成成可以有个弟妹陪伴……而且最重要的是，浪费向阳的好基因，简直是个罪过。

陈楠将头伏在成成的枕头边上，甜笑着用手指轻轻抚摸他滑嫩的小脸，脑海里畅想着未来，不多久也迷迷糊糊地睡着了，梦里是一个完美的四口之家……

不知过了多久，一阵急促的脚步声从走廊传来，陈楠从美梦中醒转，一抬头，就见向阳风尘仆仆地大步走进来。

“成成怎么样？”他浓眉紧锁，俯身查看孩子的伤口。

陈楠醒了醒神，掩嘴打了个哈欠说：“医生说伤口虽深，但暂时看来没有大碍，先观察一下，等脑震荡的症状消除。下午还要做个核磁共振，看脑内有没有淤血。”

向阳心疼得眼圈泛红，轻抚着向成的头，不停轻唤：“成成，爸爸来了。”

小向成睁开眼睛，看到向阳，立刻揽住他的脖子，父子二人紧紧抱在一起。

“爸爸，妈妈说她不要我了……你要不要我呀？”向成在父亲的怀抱里哭起来。

“要，要，爸爸不会不要成成的。”

“那爸爸把妈妈找回来好吗？”

“好，好，爸爸去把妈妈找回来。”

话音刚落，突然董伟带着董菲冲进了病房。

董菲上前一把将陈楠拉开，俯身搂住孩子抽噎道：“妈妈来了，妈妈来了。妈妈说的是气话，妈妈不会不要成成的，妈妈和爸爸要永远和成成在一起。”

“真的吗？”成成高兴地一手搂着向阳的脖子，一手搂着董菲的脖子。

董菲立刻给向阳投去一个意味深长的目光。

面对着受伤的儿子，向阳别无选择，只得点头称是。

被推到墙边的陈楠看着这个画面，心中一阵酸楚，不知道留在此还有什么意义。

他们曾经是情深似海，如今是血脉相连，自己分明就是一个多余的人。

陈楠悄悄走出病房，天早已大亮，医院里人头涌动。

她在挂号处停了一停，看了一眼牌子上的“妇科”，几个小时前她还在想着复查一下，如何尽早治疗妥当，将来要和向阳生个属于自己的孩子。

可如今，她顿时觉得无所谓了。生孩子？呵，说不定明天人家就复婚一家团圆了。

眼看就要走到医院大门口，突然身后传来唤声。

“陈楠！你等等！”

陈楠转头望去，原来是董伟气喘吁吁地追了出来。

“陈……陈楠”董伟气喘着说：“你别在意。我知道……你和向阳好。今天事出突然，向阳他不是三心二意的人。”

陈楠苦笑：“是，他是痴情专一的人，所以我就更没机会了。”

董伟语滞，不知道要怎么替向阳解释。

陈楠见他不语，心中更是难过，略甩甩头说：“谢谢你还特意跑来和我解释，我没事。我要赶回公司上班去了，你看上去很疲累，还是好好休息一下吧。”

告别了董伟，陈楠快步走出医院，截了一辆出租车就往公司赶去。

他没有追出来，也没有安抚一下，他完全忽略了她的存在，他把她当作工具般用完就扔在了一边……

凌晨四点被他的电话惊醒，接着披星戴月地赶到医院熬到天明，只为了替他尽一点点做父亲的责任，虽然不奢望在那种时刻他还能分身与自己卿卿我我，但是至少他也该有一点儿表示吧。连董伟都能察觉到自己的异样追出来解释，而向阳竟然毫无反应。

陈楠握着手机，心里祈祷着向阳能给自己一个电话或者短信。

可是没有，从医院到公司，从白天到黑夜，他一点儿消息都没有。

下班后，同事们陆续离开，连保洁阿姨都结束了工作，偌大的办公室里又只剩下她一人。今天的工作并不多，她只是拖延着不想离开。

年纪越大，压力就越大，尤其是对她这样别人眼中的大龄剩女来说，某种程度上父母的爱也已经变成巨大的压力。她不想回家面对父母的唠叨，更不想听父母为自己安排相亲。

拿着茶杯缓步走到休息室，她给自己泡了杯茶，还是坐在那个她最喜爱的窗边的高脚椅上，看着窗外的璀璨夜色。

她故意把手机调成静音，覆在了桌面上。

茶香幽幽冉起，清新舒缓，她又想起那次自己和向阳对坐在此，品着浓郁的咖啡。那天夜里，他说她很老实……

哦，是的，老实人不就是被人欺骗利用的吗？或许，这就是他接近自己的原因？

他真的爱自己吗？或者他不过是想找个合适的人做他孩子的后妈？又或者只是想找个合适的长期保姆？

想到此，陈楠越发觉得难过。她推开茶杯，双手覆住自己的脸，感受到自己的双眼正在发热，滚烫的泪水正在眼眶里积聚。

“陈楠？！”

陈楠猛地放下手，见到向阳站在昏暗的光影里，赶紧狼狈地用袖口擦了擦自己的眼泪。

“我刚打电话给你，你没接……”他缓步走进来，从头到脚一举一动都释放着两个字——犹豫。

陈楠没有说话，有些事说得太明白会很伤，成年人，还是留点余地和情面比较好。

向阳仰头叹了一声，摊摊手说：“我回来拿些资料。”

陈楠还是没有说话，因为这些都不是她想听的。

他来到她身边，连着轻叹数声，手指在桌面上滴答敲了两下，说：“我拿了资料就要去医院，在那里加班。你也早点回去，走，我送你下去。”

陈楠扭过头去：“不用你送，你要走就走吧。”

“你这是怎么了？在生我气吗？”

明知故问，陈楠不语。

“拜托，陈楠，请不要在这个时候生我的气好吗？我需要你的理解和支持。”向阳叹气，“我很累，我已经三十六小时没有合过眼了。”

他这话一说，陈楠心中的怨气突然像是被人戳爆了的气球，一下炸开了。

“向总监，我也快累死了，凌晨四点被人叫起来赶去医院，然后看了一场过程曲折但结局圆满的家庭闹剧，试问我要找谁说理去？”

向阳愣了愣说道：“我感激你，真的。但是我现在没时间也没精力向你道谢，更没力气和你吵架。我只希望你能给我点时间，让我处理这一团乱麻。等过几天，我一定好好陪你。”

陈楠苦笑摇头：“不用了，我既不需要你的感激，也不需要你的道谢，更不需要你虚情假意地陪伴，我只希望将来我不会是最后一个知道你复婚消息的人。”

陈楠起身要走，因为心情不好，她晚饭都没吃，此时又一生气，胃里隐隐作痛。她皱着眉头，捂着胃部往休息室外走。

向阳心头愧疚，疾步上前，一把拉住她，将她牢牢拥进怀里。

“对不起，陈楠，对不起。我真的是快疯了，出差这几天我每天都在想你，但是工作繁忙，董菲逼我，成成又受伤，我真的是筋疲力尽。我不想对你发脾气，可是我心里真的烦透了，你明白吗？我希望你能理解我……”

他的脸颊轻轻摩挲着她的耳鬓，边说边吻。

她被他箍得喘不过气来，但是心里却是激动的、兴奋的，于是也紧紧地拥抱他。

“我明白的，我懂的。我只是害怕……”

“你放心，我不会和董菲复婚的。但是成成年纪太小，他还不懂这些事，我们需要时间，让他慢慢接受你。”

向阳简单的几句话像是带有魔力，轻松将她心中的疑云怒火吹得消失殆尽，她幸福得像个初恋的小女生，撒娇道：“亲我一下。”

他也笑了，星眸闪烁，轻揽陈楠的腰，低头在她脸上亲吻。

突然“吧嗒”一声，休息室里的白炽灯被人打开，浪漫的昏黄暖光顿时变成了刺眼的白色冷光。

两人都被吓了一跳，赶紧松开彼此，来人也吓了一跳。

定睛一看，原来是C组新来的一个美工同事。

“哎哟！向总监……真不好意思，不好意思……我在加班赶稿，想进来泡杯茶……我什么都没看见……”美工尴尬地晃了一下自己的茶杯。

向阳干咳了一声，给陈楠使了个眼色，便快步离开了。

两人经此一吓，都有点担忧，尤其是向阳，他并不想辜负陈楠，但是如果让感情影响了自己的事业，他也是无法接受的。

人到中年，事业上已经经历过一次重创，他不能允许自己再失败，或者再被人毁掉。

因此两人在电话中约定，从今往后两人在公司里不得掺杂一点儿个人感情。对此提议，陈楠也表示理解，毕竟不是十七八岁的小女孩，懂得保持低调的好处，所以即使心里有点不舒服，她也接受了向阳的这个提议。

开会时远远欣赏他的英明神武，工作间隙悄悄地给他发个短信，休息时间两人短暂的眼神交流，这些偷偷摸摸的举动竟让陈楠觉得挺有情调，让她有种回归校园恋情时朦胧细腻的感觉。

原本两人说好，下班后陈楠去超市买菜，到他的公寓做饭，等他晚上回来一起吃饭度过难得的二人世界，陈楠再回自己家，向阳赶去医院陪护。

但是向阳工作太忙，大多数的时候他都需要加班或应酬到深夜，时间不由他掌控，

次数多了，陈楠的怨气也就多了。

原本两人在公司就只谈工作，现在下班时间也难得见面，两人几乎成了两条没有交集的平行线。望着辛苦做出来的爱心饭菜由热变冷，陈楠的心也由热变冷。

拨通向阳电话的时候，向阳正驾车赶往医院。

“楠，对不起，会议刚结束，碰上堵车，到家可能要九点了。阿姨打电话来说成成又不肯吃饭，所以……我现在必须马上赶到医院，今晚是赶不回去了。”

陈楠轻叹：“我们已经一个星期没有一起吃饭了。”

“我知道……可是……”

“别说了，我都明白。成成挑食，我现在把饭菜送到医院里来。”

“真的吗？那么远的路，你不嫌麻烦？”

“嫌啊，但是成成挑食，你没吃饭，我又想你，所以虽然我一个人麻烦点，却能解决三个人的问题，也算值了不是？”

“你简直就是天使。”向阳的夸奖瞬间把她心中的怨气给融化了。

恋爱中的女人姿态各异，却都有一颗为情郎跋山涉水的心。

陈楠将饭菜打包，打了个出租车赶到医院，兴冲冲地跑到住院部楼下，打电话叫向阳下来。

两人一见面，向阳展开笑颜，低头在陈楠脸上印了一吻。

“成成怎么样？”陈楠问。

“没事了，脑震荡的情形没了，过两天就能出院，只不过前额留下了疤。”

“现在祛疤技术也很先进了，问题不大。”

向阳看着陈楠被风吹乱的发丝和脸上淡淡的疲累，心中很是愧疚。

“等成成出院，我们找个时间一起出去旅游。”

她甜笑着点头，伸手轻抚他的脸颊。

“向阳！”

突然一个尖锐的女声传来，两人转头朝大门望去，只见董菲也拎了一大袋的食物走了进来。

她的一双美目在向阳和陈楠的脸上冰冷地扫过，又看了看一旁椅子上装着保鲜盒的包，视线集中在陈楠的脸上。

“陈小姐，你这是来给我孩子送饭的？”董菲嘴角勾起一个轻蔑的笑。

陈楠还未想好怎么回应，董菲拎起自己的购物袋笑说：“你认为我会饿着自己

的男人和孩子？”

“董菲，你能不能不要每次都这样咄咄逼人？”向阳皱着眉维护陈楠。

“我怎么咄咄逼人了？我只不过是好奇，为什么这位陈小姐可以理直气壮地来插足别人的家庭？”

“你简直有病！”向阳道：“我们现在把话说清楚，我和你已经离婚，陈楠和我是清清白白在一起的。如果你还搞不清楚，就回家拿出离婚判决书好好看看吧！”

向阳一手拉起陈楠，一手抓起一旁放食物的袋子就往门口走。

董菲气急喊道：“你连儿子都不管了？”

向阳头也不回地答：“有你这么出色的母亲在，有没有我这个父亲又有什么关系？！”

说罢他拉住陈楠加快脚步往停车场走，驾车来到附近的一家酒店，开了一间房。

关上门，世界总算是清静了！

向阳拿出袋子里的保鲜盒，逐一放在茶几上，打开盒盖。

“都凉了……”陈楠提醒。

向阳摇摇头：“你为我做的，永远都是热的。”

说着他拿起筷子夹起一片茄汁鱼片送进嘴里：“好吃！”

他抬眼看了看她：“快来一起吃啊。”

陈楠感动得热泪盈眶，忍不住抽噎起来。

向阳站起身来，将她轻轻拥进怀里，叹道：“你现在明白为什么当初我犹豫不前了吗？”

她伏在他的肩头点点头：“那我们要怎么办？”

“我也不知道。董菲的个性我知道，她不把我们拆散是不会罢休的。”

“她真的好美，如果她变好了，你会不会和她复婚？”

向阳摇摇头：“我知道谁更适合我。我只是不知道这样的混乱要持续到什么时候，我早已身心俱疲。”

“或许我们……”陈楠一个激动就想要把自己心底的那个强烈的结婚愿望吐露出来，可是话到了嘴边，又不自主地刹住了车。

就算她再迟钝，也感觉得到向阳现在对婚姻的沮丧和恐惧。

“什么？”向阳没有反应过来，以为她有什么好主意。

陈楠摇摇头，强行转了口风说：“或许我们可以等董菲嫁人了，一切就都会好起来的。”

“那倒是，我也希望有人能娶她。当初她硬要离婚就是因为那个迪拜富豪承诺要娶她，并送她一个欧洲的庄园做结婚礼物。”他自嘲苦笑：“呵，我和成成加起来也不够一座庄园有吸引力。可惜啊，那个富豪最终也没有履行承诺。”

两人把吃完的饭菜收拾好，都已疲惫不堪。

洗了澡，两人亲热一番，相拥而眠。

“春节长假打算怎么过？”陈楠伏在向阳肩头问。

“我得回法国去，成成和我一起去。”

“回法国？为什么？”

“如果只靠KT这一份工作，我连董菲那套公寓的贷款都还不起。”

“你在法国还有工作？”

向阳松开搂住陈楠的手臂，盯着天花板说：“是的。”

他没有再说下去，明显不想继续这个话题，陈楠也就识趣地没有继续追问，只是紧紧抱了他一下，掀开被子起床穿衣。

“你去哪儿？”他吃惊地问。

“回家。”

“回家？现在都快十二点了。”

“再晚我也得回家，除非我爸妈允许，不然我不能在外留宿。”

“天啊。”向阳扶额，一脸的不可思议，“陈楠，你都三十岁了……”

“我一天没出嫁一天都要听爸妈的。”

“你……你简直不可思议！”向阳长叹一声，爱人间的缱绻是人世间最美的时光，而她却因为要听爸妈的话把他一个人丢在酒店里。

“上次在你那儿住了几天，现在天天被他们唠叨。”

向阳想说些什么，但是又不知道要说什么。听话，孝顺，不在外留宿，这些都是绝对正确的观念，可是隐约中陈楠这种略带刻板的温顺让他觉得有些担忧。

陈楠穿戴完毕，爬上床与他吻别，向阳苦笑着捧着她的脸说：“我们以后都要这样？”

“嗯，除非我们结……”她抿住嘴唇，硬生生掐断了那个“婚”字。

“好吧，要不我送你回去吧。”

“不用了，我知道你很累了，我下楼叫出租车就行了。”陈楠看了看时间，恋恋不舍地又吻了他两下，这才匆匆离开。

向阳叹了口气倒在床上，不自禁地摇摇头，感觉很茫然。

他喜欢陈楠的温柔贤惠和体贴宽容，可是作为一个现代女性，她少了些东西，也是他很看重的东西——独立、勇敢和自信。

然而女人的温柔体贴似乎和独立勇敢是背道而驰的，要求两者兼有，向阳不知道自己是不是要求太高了。

第九章
雪中情断

周末，在蒋萱的公寓里，陈楠坐在窗台上看着对面脸色苍白、精神萎靡的蒋萱。

这么多年来，除了与罗旭分手后的那一段时日，陈楠从来没见过蒋萱如此低落。

白小帅消失大半个月了，再没有联系过蒋萱，蒋萱沉沦在失恋的痛苦中无法自拔，这让陈楠很担心。

“萱，萱！”陈楠不得不轻推了蒋萱两下，才把她的注意力唤回来。

“嗯？”

“白小帅不是在你介绍的那家公司工作吗？你直接打电话到他公司去找他不就好了？”

“他离开这儿的第二天就辞职了。”

“你当初不是一直说他不上进，不是托付终身的人吗？你看，果然被你说中了，既然如此又何必这么想不开？”

蒋萱苦笑着看着身旁的那一盆绿萝，绿油油的叶子长得茂盛。

“他是不上进，还劈腿。可是你看，这是他种的。”

说着她又抬头看看吊灯：“那是他装的。”

接着又指了指厨房的门：“油烟机也是他洗的……”

蒋萱转过头来看着陈楠：“他走了我才知道，这个屋子里到处都有他的心意。”

“可是劈腿是原则性问题，不能原谅，这可是你自己说的。”陈楠握住她的手说，尝试想从悲伤的漩涡里把她拉出来。

蒋萱摇摇头："我接过很多离婚案子，包括你的向阳，很多人即使知道另一半不忠都不愿离婚，以前我真的不明白，为什么他们那么执著地守着一段支离破碎的感情。现在我知道了，他们有的是怕生活没有依靠，有的是怕孩子没有完整的家，有的是怕再婚找不到人，但还有一些人，则是单纯习惯了那个人的存在。"

叹了口气，蒋萱又说："除非我把房子卖了，不然他的影子将会一直存在，我又怎么能够忘记他？"

"那你打算怎么办呢？"

"楠，我真的很喜欢他。"蒋萱抿住颤抖的嘴唇，强忍眼泪，半天还是无法控制地哽咽起来："一开始我是气，后来是恨，可是现在……我真的好难过……"

"你是说你真的爱上他了？我记得你当初说过，你不会认真的。"

蒋萱抓出纸巾抹去眼泪："我不知道我是不是爱他，我只是难过，很想很想他，哪怕我知道他现在可能和那个吴佳在一起。我是不是很没用？"

陈楠摇摇头轻叹不语，失恋的原因可能各不相同，但是失恋的痛楚都是一样的。自己当初被霍军退婚的时候，不也是每天都要靠安眠药才能入睡吗？这与对方是好是坏、值不值得没有多大关系，痛苦原因更多是因为自己曾经的付出并没有得到期待中的结果。

良久，陈楠苦笑说："又一年了，我们两个剩女依然情路坎坷，不过好在还能彼此做伴。"

蒋萱破涕为笑："我可没你那么恨嫁。再说你现在和向阳浓情蜜意，怎么叫情路坎坷？"

陈楠叹了口气："问题多多，感情再好也是枉然。"

"你怎么突然变聪明了？"蒋萱揶揄她。

"你别笑话我了，我知道我不聪明，但是也不至于笨到连放在眼前的问题都看不到的地步。向阳对我有所保留，我感觉得出来。"

"唉……傻丫头，我可再次提醒你，别太投入了。"

"为什么？"陈楠对蒋萱一而再、再而三对向阳的负面评价觉得奇怪。

"不是说他人不好，只是他不适合你……"蒋萱见陈楠眼珠子瞪得圆溜溜的，知她不安，若是平时，她一定会头头是道地为陈楠分析一通。可如今，她自己感情受挫，情绪低落，自信心备受打击，对自己的判断也产生了怀疑，"没什么，或许是我杞人忧天。"

陈楠抱着靠枕说："我知道你担心什么，他太优秀，长得好又有才，有过婚姻，有孩子，前妻纠缠不清，孩子折腾不停，这些我都知道。但我觉得我都能克服过去，他事业优秀，我就做他的贤内助啊！而且我们又是同行，我还可以给他出点子，帮他改图，修稿，夫唱妇随。”

陈楠略带羞涩地娇笑：“他离过婚有孩子也不是什么十恶不赦的事，董菲纠缠，他根本不为所动。至于成成，我也有信心和他改善关系。”

蒋萱见她满脸期待和幸福，也不想泼她冷水，摇摇头，悠悠道：“前段时间我看到罗旭和他老婆一起，他老婆怀孕了，估计现在他已经当爸爸了。”

“你还想着罗旭？”陈楠问。

“不是想，是感慨。之前白小帅向我求婚的时候，我想都没想就拒绝了，现在想起来，我当时说话实在太刻薄了。可能我的心里一直都还是放不下与罗旭的婚约。”

“萱，你这么说我真的替你担心了，你心里到底在想什么？”

“我想和罗旭结婚，想和白小帅复合。”蒋萱带着一抹苦笑斜睨着陈楠。

陈楠和蒋萱虽然是好友，但是性格差异很大。在陈楠的感情世界里，一次只能爱一个人，全心全意对他好。所以蒋萱的话一出口，陈楠顿时懵了，她完全无法理解，睁着大大的眼睛看着自己的好友。

蒋萱突然咯咯笑起来：“你怎么这么笨，我开玩笑的啦。我的意思是，罗旭温柔稳重，做老公是最好的；白小帅虽然毛躁，但是却也体贴可爱。可是他俩都背叛了我，选择了别人，我还有什么好想的？”

蒋萱停住了笑，陈楠觉得她最后那句话说得分外悲戚，于是上前给了她一个大大的拥抱，然后给她做了顿丰盛的晚饭。

两人吃完饭后，陈楠一走，屋子立时又变成了一座华丽的坟墓。

蒋萱靠在门板上，扫视着这个空荡荡的“家”。虽然陈楠的感情路比她顺畅不了多少，但她至少还有一个温暖的家，还有真心疼爱她的父母。而自己这个“家”似乎注定只有她一个人，她想起了那个遥远的家，那个她出生的家里，则是一个经典又老掉牙的“后母上位，重男轻女”的故事。

蒋萱的母亲早逝，之后父亲再娶，后母生了弟弟，她就变成了家中的“二等公民”。

于是，她努力、挣扎、拼搏，熬到了大学毕业。

到上海后，她进入了著名大律师邱博渊的事务所实习，被他重点培养，之后没几年邱博渊就退休去了美国，把手下的大客户分给了三个弟子。

就这样凭借能力和运气，她成了年轻成功的女律师。

当初对蒋萱百般刻薄的后母知道她发迹后，提出让蒋萱帮助弟弟到上海发展，蒋萱一口回绝。之后，冷酷、不孝、铁石心肠、没人情味等一条条的罪状就从父亲的嘴里宣读了出来。

蒋萱只是冷笑，虽然她被公审为家族败类，然而逢年过节她发的红包，那些“审判员”们倒是一个没落地全收了。

也许上天是公平的，所以给了她过人的事业运的同时给了她如此惨淡的感情运，亲情无靠，爱情无依。

蒋萱打开一瓶红酒，自饮自酌，看着电视里那些狗血的肥皂剧喝完一整瓶红酒，她有些飘飘然的感觉，虽然觉得头晕，但意识依然清醒。

她摇摇摆摆走到从酒架上又拿了一瓶XO，她记得喝混酒最容易醉，她现在就想喝醉，喝醉了就不会再那么烦恼。

蒋萱将红酒和XO混在一起一口饮下，那苦辣酸涩的味道简直就是一种味觉酷刑！

“真难喝！”蒋萱吐着舌头，却依然不停地把酒往自己的嘴里灌。

酒精迅速在她的血管里流窜，直冲她的脑部，她觉得自己充满了力量和勇气。

注视着桌面上的手机好一会儿，突然，她抓起手机，在联系人里找寻着一个熟悉的号码。

“上哪儿去了？在哪儿呢？”她喃喃自语。

她一拍额头，猛地记起，那个电话号码早被自己关进了黑名单，于是她又从黑名单里把这个压在心底多年的号码拉了回来。

电话响了，一声，两声，三声……她知道他一定会接起来，他从没有令她失望过。

“喂？”果然，是他的声音，低沉迷人，单凭声线就能让她的心沉静安宁。

眼眶一酸，泪珠滚滚而下，她牢牢捂住自己的嘴，生怕自己哭出声。

“萱儿，是你吗？”

她不敢出声，对着手机不停点头。

“萱儿，你还好吗？”

她颤抖着手指摁掉电话，迅速将罗旭的电话再次拉黑之后，再也忍不住，“哇”的一声大哭起来。

那天晚上，蒋萱独自一人在家里发酒疯，哭完了笑，笑完了哭，哭笑完了又开始唱，最后拿了一件白小帅的睡衣穿在身上睡着了。

根本不知道睡了多久，连手机闹钟都没听到，最后蒋萱是在一阵又一阵急促的电话铃声中头痛欲裂地苏醒。

“蒋萱！还有十五分钟就要开庭了，你人在哪儿？！”电话那头传来顾文广怒气腾腾的声音，如一声惊雷，直接把蒋萱从床上给炸了起来。

“马上到！”

放下电话，蒋萱用最快的速度洗漱穿戴。五分钟后，她就已经提着公事包冲出了房门。

一到楼下，就见到一辆深蓝色宝马车停在了她的面前。

“快上车。”驾驶室探出董伟的脑袋。

来不及多想，蒋萱赶紧钻进车里。

“这里有三明治和豆浆，豆浆已经放凉了，可以喝。”董伟边打着方向盘边说：“后座上的文件袋里有今天早上从交警大队发过来的事故报告，还有医院发过来的原告伤情鉴定报告，你赶快看一下。我已经和徐法官打好了招呼，多给了我们十分钟的时间。放心，我一直在听路况广播，没有堵车，来得及。”

蒋萱看了看他的侧脸，拿起豆浆吸了一口，只觉全身心的温暖。

最后总算及时赶到了法院，顺利完成出庭流程。众人都算松了口气，顾文广拉着蒋萱上上下下打量了好一会儿，说：“妹子，你这是怎么了？你看看你，眼圈那么黑，一点儿血色都没有。还好今天这个案子简单，但是你的表现我真是不敢恭维，一点儿都不像你平时清晰爽利的风格。我发觉你最近一阵子真不对头，是不是失恋了？”

顾文广是典型的北方汉子，语速快，说话直白，不等蒋萱回话，他又挑着眉毛朝董伟瞥了一眼，意味深长地笑：“不过失恋没什么好怕的，反正还有大把人排队等着呢。”

董伟尴尬地轻声道：“胡说什么呢你？”

“我又没说是你，你急什么？”

被顾文广这么一说，董伟悄悄瞥了一眼蒋萱，瞬间耳根子都红了。

“好了，不和你们说了，我要上庭了。”顾文广没有时间多开玩笑，拍了下董伟的肩头走了。

蒋萱转头往大门外走去，董伟跟在一旁问：“你脸色不好，我送你回家吧。”

“不用了。我想自己逛逛。”

蒋萱勉强挤出一个笑容，径直往大门外走去，截了辆出租车扬长而去。

她不是听不懂顾文广的调笑，也不是不知道董伟的心思，可是感情的事如何能够勉强？

“小姐，你要去哪儿？”司机问。

蒋萱毫无生气地靠在椅背上，侧着脑袋看着大街上人来车往的景象，却压根儿不知道自己该往哪儿去。

回家？不，那根本不是个家，而是个孤寂的大坟墓。

回事务所？就凭她现在这个酒精还未褪清的脑袋，坐在那儿也只能是石像般的发呆。

找朋友？除了陈楠，在这个打拼了七八年的大上海，她还真没什么贴心的朋友。况且现在是上班时间，谁有空陪自己满世界地乱溜达？

“哪里热闹去哪里。”她说。

于是，车子一路开进了上海繁华的心脏地带，南京路，西藏路，淮海路，复兴路，然后又转上了延安路高架。

突然，路旁一个楼房上竖立的大广告牌跃入蒋萱的眼中，她心头一跳，广告牌上的这家公司曾经和她的一个客户打过官司，而这个客户就是她介绍白小帅去上班的那家公司。

白小帅是辞职了，但是不出意外，他现在一定是和那个吴佳住在一起，只要找到吴佳的住址就能找到白小帅了。想到此，蒋萱迅速拨通了那家公司老总的电话。

蒋萱随口编了个吴佳欠自己钱的理由，从公司老总那儿要到了人事部经理的分机号，接着就从人事经理处顺利拿到了吴佳的联系方式和住址。

“司机，去霍山路……”

天阴沉沉的，云层厚得像一大团的脏棉花，蒋萱的心情压抑中又冒着几分“抓奸”的兴奋。

刚下车，天空就飘下绵绵细雨，吹到蒋萱的脸上，是一阵阵冰冷的水雾。

她抬头看了看这个老旧的居民小区，牌匾上的金漆早就脱落掉色，四周的墙上布满青黑色的污渍。与此相比，自己居住的高尚小区简直就是仙境。

白小帅放弃了自己就只为了与吴佳生活在这样的地方？简直不可思议！

蒋萱照着地址来到吴佳所住的那栋楼下，仰起头，目光直接来到四楼阳台，还没看清阳台的布置，就被晾衣竿上的那件范思哲长袖T恤和灰格子休闲裤牢牢吸引。

“呵。”蒋萱不自禁地冷笑，这是她今年年初买给白小帅的礼物。

她在小区里闲晃了好几圈，最后在对面楼下的车棚里找到一把旧椅子坐下，呆呆地盯着吴佳住的那栋楼。

她想看看吴佳到底是个什么样的女人，竟然能从她的手里抢走白小帅，也想看看白小帅到底有多爱吴佳，爱到连金钱和工作都可以抛弃。

雨丝渐渐变成雪珠，呼出的二氧化碳瞬间凝成白雾。

蒋萱手脚冰冷，瑟缩在厚重的大衣里，全身微微颤抖但她不想离开，她今天非要弄明白到底是自己瞎了眼，还是白小帅瞎了眼！

好在没有等多久，大楼的铁门就开了，白小帅穿着滑雪衫，带着围巾，手里拎了个包，打着伞走了出来。

蒋萱想冲上前去抓住他，但是念头一转，她选择了远远地跟在他身后。

白小帅出门后走到了不远处的一个公交车站，在那儿伫立良久，时不时抬头眺望远处开来的公交车。

雪珠坠落在蒋萱的眼皮上，一点点地汇聚于眼眶内，模模糊糊中，她看到他迎上一辆刚停下的公交车。模模糊糊中，她看到他微笑着将一个长发女子拢进怀中。模模糊糊中，她看到他从包里拿出一个热气腾腾的包子，送到那女子面前。

那女子钻进他的伞下，接过包子眯着眼睛咬了一口，脸上满是幸福。

他俩亲亲热热地搂着彼此，嬉笑低语着从蒋萱身旁走过，他们沉醉在爱河中，眼中没有其他人。

如此近距离地擦肩而过，他却丝毫没有察觉到她的存在，以至于蒋萱产生了疑惑，自己是不是在做梦？抑或自己已经成了隐形人？他怎么可能看不到自己？怎么可能不注意到自己？

或许是昨夜的宿醉未清，或许是被接近零度的天气冻坏了脑子，蒋萱脑袋一片空白，不由自主地跟在他们身后。

他们没有回小区，而是缓步往前方的菜市场走去。

多么温馨，多么甜蜜，下班接车，一起买菜，一起做饭，一起睡觉……

才半个月的时间，他已经彻底将她从记忆中删除了？

蒋萱擦干眼泪，疾步追上去，凄厉地大喊一声："白小帅！"

白小帅转身看到已经冲到自己面前的蒋萱，大吃一惊，不仅因为突然，更因为蒋萱那失魂落魄、近乎疯狂的模样。她俏丽的短发被雨雪打湿，凌乱地贴在脸上，脸上的妆容早就花了。

"萱……"

"白小帅，你以为你辞了工作，换了电话我就找不到你了？"蒋萱冷笑，眼中却是化不开的苦痛。

有那么一瞬，他心中是愧疚心疼的，甚至有些感动，毕竟如果她不在乎他，肯定不会找到这里来。可是当蒋萱的冷笑和犀利的言语一说出口，白小帅的那一丝恻隐之心立时化为乌有，涌进脑海的都是往日里蒋萱对自己的轻视和不屑。

"我们已经分手了，你还来做什么？"他皱起眉说。

"分手？我没同意！"

蒋萱恶狠狠地瞪着躲在白小帅肩后的吴佳。

“你就是吴佳？呵呵，我还以为是什么倾国倾城的大美人呢，原来不过如此。白小帅，我看你不但脑子有问题，连眼睛也有问题啊。”

最能够打击一个强者自尊心的往往不是高手间的角逐，而是输给一个被自己忽视、被自己看不起的“弱者”。

“对……对不起，萱姐。”吴佳用极其卑微轻柔的嗓音表示自己的害怕和无奈。

眼前的吴佳瘦弱娇小，她垂着头，一头清汤挂面的长发垂下来，遮住了半边脸。她牢牢缠住白小帅的手臂，看上去如此弱小，如此楚楚可怜。蒋萱此时才明白，柔弱也可以是武器，而且是极具伪装性、威力巨大的武器。

她的低头，她的秀发，她那看上去恐慌的表情全都是掩饰，她真正的意志是那条紧紧缠住白小帅的手臂。

蒋萱死死瞪着她的那条手臂，她抢走了他，还要用这种可怜巴巴的姿态来炫耀她的胜利！

“你给我住嘴！我告诉你，别在我面前装可怜，只有这个没脑子的男人才会被你骗，我不吃你这套！”

蒋萱转脸看向一旁脸色铁青的白小帅，厉声问道：“你就是为了这么一个什么都比不上我的女人离开我？”

白小帅紧抿嘴唇，一言不发。他也知道蒋萱什么都比吴佳好，他也怀念和蒋萱在一起的甜蜜时光，可是蒋萱的强势让他的自尊心很受挫，当伤痛超过了甜蜜，这样的爱情也就再也无法坚持。

雨雪变大了，想看热闹的路人也不得不匆匆望一眼就快速离开。

“你说话呀！你告诉我，你有没有真心爱过我？还是只为了我的钱？”

这是一个让白小帅很难回答的问题，他爱蒋萱吗？他自认是爱的。那他爱她的钱吗？他无法否定也是爱的，他还爱她带来的一切优渥舒适的生活。既然这么爱，又为什么要劈腿吴佳呢？那么，他到底爱她吗？他自己也糊涂了。

混乱的心智加上心虚的自问，瞬间让他暴跳如雷：“你还是先问问你自己有没有爱过我吧！你把我当什么？你养的狗吗？呼来喝去不说，动不动就训斥打骂。你以为你有钱就了不起？我告诉你我就不喜欢你，我就不要你，我就玩你了，怎么样？”

他见她的嘴唇动了两下，想要说话，立即不耐烦地抢先说：“我对你没兴趣了，我们结束了。”

说完，他搂着吴佳就要走。

蒋萱的热泪一股又一股地涌出来，眼睛冒着怒火瞪视着白小帅，在这天寒地冻的季节里，她却全身都在熊熊燃烧。

眼前这张陌生的俊脸是谁？还是那个小心翼翼搂住自己，怕自己做瑜伽闪了腰的大男孩吗？不，眼前分明就是一只无情无义的白眼狼。

蒋萱气得快要晕倒，这大半年来的恩爱都是假的，他怎么敢如此欺骗自己？

她的自尊心被击得粉碎，她不愿意接受自己被这么个黄毛小子给耍了，还输给了一个什么都不如自己的黄毛丫头。

她疯了一般冲了上去，使出全身的力气拉开吴佳那条毒蛇般的手臂，用力将白小帅推开，拽着吴佳的手臂指着白小帅大嚷："你就为了她？为了她而不要我？你这个白痴！白痴！你告诉我，她有什么好？"。

白小帅不防蒋萱突如其来地袭击，地上又湿滑，连连倒退好几步，狼狈地抓住街边一棵树的树干才算勉强站稳。

"萱姐，对不起，对不起……"吴佳泪眼婆娑地不停道歉求饶，仍旧一副楚楚可怜的模样。

蒋萱死死掐住吴佳的手臂说："你少来这套，我告诉你，白小帅用我的钱给你买东西，用我的钱和你一起开淘宝店，你们已经涉嫌诈骗，我不会放过你们的！"

说着她甩开吴佳的手臂，不想吴佳却"哎哟"一声，身子一软就倒在雪地上。

"你做什么？！"白小帅一脸戾气地冲上来，伸手揪起蒋萱的大衣领子："你竟敢打她？"

蒋萱惊诧地看着坐在地上的吴佳，想要解释："我没有打她……"

但是白小帅此时已经怒火攻心，没了理智，他用力将蒋萱提了起来，一手指着她的鼻尖骂道："你个疯婆子，佳佳已经怀孕，我们就要结婚了。如果孩子有事，我要你抵命！"

说着他朝地上啐了一口，将蒋萱一把推开，转身扶起吴佳。

吴佳瑟缩在白小帅的怀里发抖哭泣，白小帅百般安慰，又是擦眼泪，又是亲吻。

吴佳怀孕了？他们要结婚了？

天啊！这消息来得太过突然，蒋萱只觉得一阵天旋地转。

他对自己冷酷得犹如恶魔，却对吴佳温柔得犹如天使。

之前罗旭抛弃她和别的女人结婚生子，如今白小帅竟然也选择了抛弃她，与他人结婚生子！

"啊！"蒋萱大叫一声，像是被红布染红了双眼的公牛，她无法再一次承受这样的失去，她脑子里一片空白，几乎是下意识地、不顾一切地冲了上去，想要去厮打吴佳和白小帅。

“你做什么？！”白小帅立刻怀抱住吴佳，将她牢牢护在胸前，转身用背挡住蒋萱的拳脚。

昨夜酒精的劲道似乎到此时才来了个大释放，这一刻，蒋萱没了理智，没了气质，她像个疯妇般完全不顾及街上渐渐围拢的观众，不停地拍打着白小帅。

“啪”的一声，她的脸上挨上一记响亮清脆的耳光。

蒋萱捂着脸，惊愕地清醒了过来，怔怔地瞪着这个不久前还在向自己求婚的男人。

“滚！不然我对你不客气！”白小帅凶狠地转过身，用力将她推了出去。

一个踉跄，她重重地摔倒在地上，那一瞬间，她的美丽、骄傲和自信也全都摔得粉碎。

她坐在阴冷、肮脏的雪水中，惊恐地看着这个自己爱过的男人搂着别的女人一步一步远离。泪水模糊了他的背影，水雾背后的白小帅渐渐变成一个畸形的物体。

四周的喧闹声不断，她的脑海里只是一团浑浊的杂音。

良久，她缓缓爬起来，捂着热痛的脸，推开人群冲了出去。

……

陈楠翻动着手机，再次在微信上给蒋萱留言，她已经三天联系不上蒋萱了，心急如焚。可是年底事忙，几乎天天加班，周末也无法休息，她也挤不出时间去找蒋萱。

打电话给蒋萱的律师事务所，顾文广出差了，董伟回了美国，蒋萱的助手说她拿了半个月的休假去敦煌旅行了。

这事就更蹊跷了，蒋萱若是要去旅行为什么消息全无？会不会出了什么意外？

陈楠越想越烦躁，完全没心思工作。抬头看了看向阳的办公室，还是大门紧闭，安心如已经进去快半个小时了。

她起身走到秘书小林的座位前，敲了两下桌面问：“向总监还在和安心如谈话吗？”

小林抬头说：“是啊，还有十分钟就要和制作部开会了。”

陈楠皱皱眉正要离开，忽地从办公室里传出一阵笑声。陈楠好奇，悄悄走到一侧，从百叶窗的缝隙向里窥视。

只见向阳和安心如正拿着一张平面稿凑在一起谈论着什么，还夹杂着断断续续的笑声，甚是开怀。

安心如和向阳在深圳出差时的绯闻早就在公司内部传开了，虽然向阳对陈楠保证过与安心如毫无暧昧，陈楠也尽量自我宽慰，但谣言听多了，总还是会像风吹来的刺一般扎在了心上。

渐渐的，陈楠也开始关注起安心如与向阳之间的互动，越关注就越觉得他俩太过密切，太过默契，太过亲昵。

受不了内心的煎熬，陈楠吸了口气，敲响了向阳办公室的门。

听到敲门声，屋内二人立刻安静了下来。

“进来。”

陈楠板着脸走进办公室，分别在二人脸上盯了一眼。

“有事吗？”向阳问。

“我想和你单独谈谈。”

安心如笑笑起身：“那我先出去了。”

说着她瞟了陈楠一眼，带着一贯的骄傲神情走出了办公室。

“我还有三分钟的时间。”向阳看看手机说。

陈楠更是不满：“你和安心如有说有笑地聊了快半小时，和我就只有三分钟？”

向阳抬眼看看她：“我和心如是在谈公事，并不是在闲聊。”

“心如？很亲切嘛。”陈楠酸酸地说。

向阳摇摇头轻笑：“你现在就像是行走的醋瓶子。”

说着他拿起桌子上的两张稿纸走到陈楠面前，塞到她手里说：“这里一个是她给那个酸奶饮料做的色稿，上面的slogan也是她自己想的。还有一个是她对你的米娅和莉丝杰卡两个项目的意见。”

向阳边说边拿起iPad、文件和电话，走回到陈楠身边笑说：“就算你吃醋我也得说，安心如是个很有天赋的广告人。我先去开会了。”

陈楠看了下安心如的平面稿，一只可爱的卡通奶牛在喝酸奶，喝着喝着就从一头胖奶牛变成了一头穿比基尼的性感瘦奶牛。

“扑哧……”陈楠忍不住掩嘴笑了出来。

接着，她又看了看那两张写着对自己创意看法的稿纸。

“米娅内衣广告应该强调内衣对女性美的塑造性，精灵与神话创意虽然华丽却喧宾夺主，故事性过强而淡化了产品的特点，不如用光影人体艺术表现更有美感和视觉冲击力……”

陈楠蹙起眉间，米娅的广告创意是她与向阳共同完成的作品，也是他俩爱情故事的见证。况且，这个创意是她自认工作至今最好的一个作品，被一个新人如此批评自然是无法接受的。

走出向阳的办公室，她回到自己座位上点开电子邮件，心中不禁暗叹，因为其实就在几天前，她已经收到了客户发来的改稿诉求，提出了希望强化产品特点和品牌凸显，并要求修改TVC（电视广告）的脚本，改稿本来就是广告公司创意和设计部的日常工作，原本陈楠倒也并没怎么在意，可是刚才看到安心如对自己创意的评价，她心里突然一片茫然，不知道到底是创意的方向出了问题，还是制作出了问题。

“笃，笃，笃……”有人敲了三下陈楠办公桌的隔板。

陈楠抬头一看，安心如嘴角挂着一丝笑容，依然有些傲气地说：“lunchtime，我请你吃饭。”

陈楠很是意外，安心如一向独来独往，很少与人同行，除了向阳几乎就没人与她同伍。

一旁的杨妮突然探过身来，拉了下陈楠道：“楠姐，我和你一起吃。”说着给了安心如一个白眼。

陈楠知道这是因为安心如几乎把所有杨妮做的文案都否决了，换上了她自己做的广告词，无意中就把杨妮给边缘化了。

面对杨妮摆上面的敌对，安心如摊摊手笑笑：“随你。不过如果你和我吃饭，我包你不虚此行。”

陈楠想到向阳与她的绯闻，还有她对自己作品的诸多挑剔，倒真的对安心如的这个主动邀请有些好奇了。

于是拍拍杨妮的手说：“妮子，我今天和心如一起吃，改天我请你。”

杨妮拉过陈楠，附耳道：“楠姐，你小心点，她和向总监的绯闻早就传遍整个公司了，她可是你的情敌，小心她使坏。”

陈楠轻戳了下她的脑袋：“你是不是宫斗剧看多了，难道她还能给我下毒不成？”

说罢，陈楠略略收拾一下便与安心如走出公司大楼，来到一家小餐馆。

“是不是觉得很奇怪我为什么要请你吃饭？”安心如倒是开门见山。

“的确是有些奇怪，平日里你不太爱与人交往。”

“那是因为我知道你们不喜欢我。”

“唔……”

“你不用安慰我，也不用替他们解释什么，我不在意这些，不被人妒是庸才，有人嫉妒你是对你的一种肯定。”

陈楠喝了口茶，托着腮帮子打量她，发现她的言语和神态都像极了向阳，高傲自负，目空一切。

“我找你是因为我知道你喜欢向阳，而我也喜欢他。”安心如夹了块肉片到自己的碗里。

陈楠心头一震，没想到这个安心如会如此的直白，倒让她不知所措了。

“面试的时候我就喜欢他了，我也是为了他才推掉其他公司的offer，来了KT。”

“那你真是够深情的。”

安心如低着头笑笑：“我和他是同一类人，我和他的思想是高度一致的。而你不是。”

“何以见得？”

“从你设计的作品里就能看出，你和向阳绝不是一类人。你保守木讷，墨守成规，胆小谨慎。而向阳大胆挥洒，思维活跃，敢作敢为。”

“看来你并不了解他。”陈楠不服气地笑。

“怎么说？”

“既然你喜欢他，那就该知道他在感情上是很胆小，甚至是退缩的。”

“我并不觉得，那天你的前男友跑来公司闹事，他拿出支票想要帮你了断麻烦，你情绪崩溃跑了出去，他在众目睽睽之下不顾个人名声冲出去找你。在你危难的时刻，一个男人可以为你这样挺身而出，你还说他胆小退缩？”安心如抬起眼来盯着陈楠，好似觉得不可思议般地摇摇头。

陈楠想到向阳的好，心中自然也是甜蜜蜜的，只是这个安心如说了这一车的话，目的何在？这顿饭到底是“挑衅饭”，还是“澄清饭”？

“你不用整天疑神疑鬼的，我的确喜欢他，但是并不等于我要用什么阴谋诡计去破坏你们。不过如果你伤害他，离开他，我一定会乘虚而入的。”

安心如挑着眉峰，若无其事地吃着菜，明明是在下战帖，在她口中却说得那样轻松。

陈楠打量着眼前这个二十多岁初出茅庐的女孩，只觉可笑，她太张扬嚣张，太自以为是了。

“你似乎认定只要你出击，向阳就会爱上你了。小妹妹，你以为爱情就是两个人合并同类项？你与他相似又如何？他要找的是伴侣，又不是自己的复制品。”

安心如不再说话，默默地吃菜，陈楠是完全没了胃口，拿起包就准备走人。

“陈楠。”安心如喊住她，抬起眼皮，认真地看着她，顿了几秒，张嘴说：“谣言就是谣言，不要相信。”

陈楠愣了愣，这个安心如还真是个谜一样的人物。

安心如见她发呆，以为她没听懂，补充道：“在深圳那次，只不过是我在酒店走廊崴了脚，他扶我回房而已。客户部的杨玉成觉得向阳在客户面前抢了他的风头，所以故意造谣，想要破坏向阳在公司里的威信。”

陈楠不自觉地又坐回了椅子上，果然，所有的故事背后都藏着更多的故事，没有人是简单的，尤其是在名利场上。

安心如露出一个诚挚的微笑，给陈楠斟了杯茶。

一顿饭下来，陈楠算是和安心如这个情敌建立起了一种微妙的友谊。

因为这顿饭，那天晚上陈楠和向阳独处的时候分外热情，这倒是把向阳弄得有点儿摸不着头脑了。

陈楠热烈地吻他，紧紧地拥抱他，几乎要将他融入自己的身体里。

向阳笑问：“你今天怎么这么主动？”

“不喜欢啊？”陈楠脸红扭过身去。

向阳赶紧又把她拧回来：“喜欢得不得了，问题是我觉得事有蹊跷。早上你还醋意十足，现在不生气了？”

她用手指勾勒他的眼眉，嘴里问道：“你知不知道好多女人喜欢你？”

“我知道啊。”向阳拥着她。

“那你怎么会选我？你知道我不是最出色的那个。”

向阳翻了个身，头枕在手臂上说：“不知道，你是个意外，其实我原本压根就没打算要谈恋爱的。”

“那你会不会变心？”

向阳斜眼看看她，扑哧笑了：“你们女人啊，想得真多。就算我现在对天发誓，你相信吗？我和董菲结婚的时候还当真发过誓要对她不离不弃，可我现在还不是选择和你在一起吗？所以我只相信眼下，过好每一天就好，未来谁也不知道是什么样。”

“你这样说，我一点儿安全感都没有。”陈楠紧紧抱住他。

向阳亲吻她的额头：“相信我，我并不擅长和女人纠缠，我有你一个就够了。”

于是，陈楠的心田上又开出了那朵娇艳欲滴的爱情之花。

爱情中的女人总是会因为男人的一句话、几个词而迷失自我。那一瞬，陈楠忘了父母的教训，忘了她与向阳之间那条无法测量的鸿沟。

不过她的遗忘只维持了短短了几个小时，一踏进家门，家中的气氛立刻让她又回到了现实世界。

已过午夜，平日里这个时间父母早就睡熟了，可是今晚家里却灯火通明，父亲陈永明和母亲何莹坐在沙发上皱着眉瞪视着女儿心虚的脸。

“爸，妈，你们怎么还没睡？我……最近工作多……”

“你还撒谎！”陈永明从沙发里跳起来，嗓门之大吓得陈楠手上的钥匙都掉在了地上。

何莹拉了陈永明一把，上前把女儿拉了进来。

“楠楠，我们四个小时前给你打电话，你没接，就打去了你公司，你同事说你已经下班了。我们问你是不是天天都在公司加班，你同事说你最近都很早下班。你说，你到底去哪儿了？为什么每天都骗我们说你在加班？”

陈永明怒气腾腾地冲上来吼道：“你从小到大都不会说谎的，现在居然连父母都要骗！你知不知道人家小刘等了你一个小时，你姑妈打电话来把我骂了一顿！”

“啊！”陈楠轻呼，忙从包里拿出手机。

该死，下午开会时自己把手机调成了静音，之后竟然忘了，而这个小刘是姑妈介绍的相亲对象，前天约的相亲时间，陈楠早就忘得一干二净。

“对不起，我忘了。”

何莹大叹一口气，无奈地白了女儿一眼：“为了你的婚事，全家上下都操碎了心，你姑妈介绍的这个小刘，长相端正，博士毕业，还是个外科医生，家里都是知识分子，条件好得不得了……”

“现在还有什么好说的，我看她八九不离十还是和向阳混在一起！”陈永明嚷：“你说！是不是？”

陈楠咬了下嘴唇点头：“是。”

何莹急得跺脚：“楠楠啊，你怎么这么傻啊，你不能和向阳在一起啊，这当后妈是最吃力不讨好的事。”

“爸，妈，你们为什么那么顽固呢？”陈楠坚持，“你们不用再为我安排相亲了，我不会去的。”

陈永明气得半天说不出话，何莹也知道女儿对向阳动了真心，硬拆估计是拆不成，于是给陈永明使了个眼色，长叹一声说：“唉，算了算了，你也大了，我们父母是管不动了，你自己选的路你自己走。不过毕竟我们是你的父母，我们对你有责任，你要和向阳在一起可以，我们有几个条件。”

“什么条件？”

“第一，向阳要亲自上门来提亲。第二，你们要在半年内结婚。第三，他的儿子要跟他的前妻，他可以隔段时间去探视，但是不能由你们抚养。”

陈楠惊叫：“妈，你这也太苛刻了。”

"你妈的条件很公道！"陈永明说："既然你要和向阳在一起，就要满足这三个条件。我们家也不用他给什么彩礼，我知道他是有钱的，房子什么的也不用我们操心，只要他能做到这三条，我们就不再反对你们交往。"

陈楠像被一锤子打懵了一样，怔怔无言，她很清楚，这三条向阳可能一条都做不到。

上门提亲，还要半年内结婚？是的，她是很想嫁，可是向阳呢？一个小时前他还在对她灌输"今朝有酒今朝醉"的道理。而第三条要他把成成的抚养权还给董菲，那更是天方夜谭。

何莹观察女儿的表情，心中已经有数，问："怎么？是不是他根本做不到？"

陈楠不说话，备受打击地侧过脸去。

"所以，你看这完全是你的一厢情愿嘛。女儿，妈妈我告诉你，男人的话你只能信三成，他嘴巴上说得天花乱坠的喜欢你，那都是假的。只有他愿意和你结婚，愿意和你一生一世，那才是真的喜欢，而不是整天让你三更半夜不回家。"

陈永明急切道："我告诉你，从今天开始，你下班后第一时间就是回家。向阳要真心想和你交往，就先答应这三个条件，不然就算他上次对我有恩，我也不能同意你们交往。"

说完陈永明气呼呼地回了房，何莹拉着女儿坐到沙发上，轻声说："楠楠啊，你听爸妈的话吧，这个世界上谁都可能害你，只有爸妈不会害你的。你自己想想，是爱情靠得住还是亲情靠得住？"

母亲说完也回了房，剩下陈楠一个人坐在沙发上心情起伏。

划开手机屏幕，看到那个相亲对象的电话和留言，陈楠心中也颇有歉意，打开微信想道个歉，不想一开对话框，就发现对方发了几条恶狠狠的留言。

"你以为你是谁？天仙？摆什么臭架子，不想相亲就早说，浪费我那么多时间！要不是看在陈阿姨份上，我定要教训教训你！"

这就是姑妈说的优质男？什么时候这个社会开始流行只以人的学历、职业和收入来评价一个人是否优秀了？陈楠彻底将对方删除拉黑，一对比，更觉向阳出类拔萃，除了离异有孩这个缺点，其他各方面都远胜与这些"金玉其外，败絮其中"的人。

其实父母的担心她都懂，这也是她自己内心的忧虑。感情深、嘴巴硬并不能改变现实状况，自己已年过三十，也想早点找个归宿，而且女性的最佳生育年龄，也就这么几年，是没法自欺欺人的。

要怎么才能化解与向阳之间的僵局，让他产生再婚的念头呢？

陈楠只觉头大，拿起手机拨打了蒋萱的电话，依然无人接听，留言也无人回复，不知道她到底出了什么状况。

人与人之间的相处总在无意中形成一种固定模式，有人奉献，就有人享受，有人依赖，就有人扶持，亲情如此，爱情如此，友情也是如此。

陈楠与蒋萱之间的友情模式，通常是陈楠遇事就会向蒋萱求助，蒋萱以智者的身份为她指点迷津。而蒋萱个性坚韧，无论什么事都是自己暗抗，总要事后才会告诉陈楠，所以很多时候，陈楠对蒋萱的情况总是后知后觉。

到此时，陈楠才突然想起来，自己早上去办公室找向阳，原本是想找他要董伟的电话，问问他有没有蒋萱的消息。但当时看到向阳与安心如有说有笑，一生气就给忘了。

那晚，陈楠不断做噩梦，黑夜，怪兽，令人窒息的追逐……她拉着蒋萱在小巷里逃命，尝试躲避那些怪兽，可是总有更可怕的怪兽躲在角落里向她们伸出魔爪。

陈楠害怕极了，奔跑中突然看到前面有一处光亮，她拉着蒋萱拼命往那光亮处奔跑，突然间，蒋萱停住了脚步说："我出不去了，你快走。"说着，蒋萱用力推了她一把。

陈楠飞向了那个光亮处，可是一转头，她看到成千上万的怪兽将蒋萱撕咬得支离破碎。

陈楠大吸一口气惊醒过来，窗外已是天亮，却雾气重重，让人有种压抑恐惧的感觉。

她擦了擦额头上渗出的冷汗，心脏还在狂跳，一股强烈的不祥预感在她全身上下流窜。

蒋萱她会不会出事了？

陈楠抓起手机又呼叫了两遍蒋萱，可是依然没人接听，于是她赶紧打给了向阳。

没想到向阳很快就接起了电话："董伟刚打电话给我问你的电话号码，说想问问你知不知道蒋萱去哪儿了。"

"我打电话给你，也是想问董伟的电话号码呢。"

"出了什么事？"向阳迷迷糊糊问。

"我也不知道蒋萱去哪儿了，我已经三四天联系不上她了。我刚做了个噩梦，梦见蒋萱被一群怪兽撕得粉碎，我怕她出事。"

"你先别急，我听董伟说她每天都有和助手联系。看来她可能只是暂时不想和你们联系，也是不想你们担心去报警。"

"不行，我还是不放心，我要去她家看看，今天不回公司了。"

“这样吧，我现在开车过来你家，我们一起去，万一她真在家出了什么事，多一个人也是好的。”

“好，那你快过来吧……”陈楠一顿，想到昨晚上父母的那三个条件，立刻改口道：“你别进小区，到了小区门口打电话给我。”

“为什么？”

“你别问了，我现在没工夫和你解释，我满脑子都是噩梦里蒋萱出事的画面，慌得很。”

“好，我马上来，你别急。”

两人才挂了电话，陈楠就接到了董伟的电话。

“陈楠，蒋萱有没有和你在一起？你让她和我说说话吧。”董伟的声音听起来很着急。

“蒋萱没有和我在一起，她的助手说她定了去敦煌的机票，但她一直不接我电话，留言也不回，联系不上她，待会我和向阳先去她家看看。”

“那行……陈楠，你赶快加我微信，如果有一点儿蒋萱的消息请立刻通知我。拜托，拜托，我现在马上定回国的机票。”

“好，你也别太着急，路上多加小心。”

“谢谢。我真的该死，我知道她最近心情不好，就应该在她身边陪着她。我不该离开的，唉……”

“董伟，其实你该大胆点，有些事你说出来，哪怕被拒绝了，也好过你一辈子藏在心里。”

电话那头一阵沉默，良久，董伟吸了口气，“嗯”了一声。

陈楠和向阳赶到蒋萱家，敲了半天的门始终无人应答，隔壁邻居听到响动，开门告诉二人，她前几天出门正好看到蒋萱拖着行李箱出去，后来就再也没见过了。

“难道她真的去敦煌了？”陈楠还是有点儿放心不下。

“应该是的。她失恋心情不好，出去散散心也很正常，你别疑神疑鬼了。蒋萱是个理智的人，不会有事的。”

“你不了解她，她表面上看上去很理智、很冷静，但是内心其实很脆弱。她家庭条件特殊，从小缺少关爱，所以一直想找一份感情归宿，却不想连续两次感情经历都是这么惨淡的收场。当时她和罗旭分手的时候，也是每天看上去没事人似的，可是背地里不知道哭过多少回，罗旭结婚的那天晚上她喝了好多酒……”

陈楠说着，睁大眼睛看着向阳：“罗旭！哎呀，我怎么没想到。”

“你是说蒋萱会去找前男友？”

“说不准。”陈楠拿起手机在校友群里找寻罗旭的联系方式，向阳握住她的手：“既然那个罗旭已经结婚，万一蒋萱没去找他，你还让他掺和进来不是添乱吗？”

两人话未说完，向阳的手机突然响了，电话那头胡青杨催促他立刻回公司。

“怎么会这样？‘千山行’的广告不是说好了用我们的创意吗，怎么会被LY抢走？好，我马上回来。”

胡青杨在电话那头稍稍犹豫了一下，说：“对了，陈楠是不是和你在一起？叫她一起回来，米娅TVC的脚本和画面客户都不满意，制作部、客户部和外包摄影公司都在等着你们回来开会。”

“这……”

“这什么，我不瞎也不傻。公司虽然没有禁止员工之间谈恋爱，但是如果影响工作，那就不允许了。”胡青杨挂了电话。

向阳叹了口气，瞄了一眼陈楠：“制作部、客户部还有外包公司都等着我们回去开会，我们必须立刻回公司。我得先走，你自己打车吧。”

陈楠不明所以地看他。

向阳抿了下嘴唇：“以后……工作时间我们还是以公事为重吧。”

看着他疾步离开的背影，陈楠觉得有些心寒。

坐在出租车上，陈楠还是忍不住拨通了罗旭的电话，果然有所获。

“你是说，蒋萱两天前打过电话给你？”

“是的。”罗旭在电话里说：“当时我妻子在旁边，不方便说话，就随便敷衍了几句挂了，后来我再打过去，发现她又把我给拉黑了。唉……这几年里，其实每次逢年过节、她的生日我都会打电话给她，只是想问问她好不好，可是她一直把我的电话放在黑名单里。最近她倒是主动给我打过两次电话，但是一次是我接起来她怎么都不说话，第二次就是前天这个阴差阳错。”

陈楠不禁感慨，他俩终是无缘。

“陈楠，你是说蒋萱失联了？”

“不算失联，她每天都会和她的助理保持联系，但是就是不理会我们这些和她亲近的人。”

“我能做些什么吗？”罗旭问。

陈楠想了想说：“不用了，你已经结婚生子，就好好过你的日子吧，我想蒋萱目前还是安全的。”

“可是我担心她……当年是我对不起她。”罗旭突然忏悔起来。

“都过去了，再提也没什么意义。有消息我会和你联系。”

陈楠匆匆挂了电话，看着车外的风景不禁长叹，其实大多数的男人分手都没有女人来得干脆，女人深情也绝情，男人无情却长情。

到了公司，她立刻被叫到了二十八楼的总经理办公室开会。

小会议室里坐了七八个人，几乎都是每个部门总监级别的同事，他们各个神色凝重，不知出了什么事。

陈楠忐忑不安地一眼扫过去，在座的自己级别最低，而她这个级别的员工，平日里是没有机会到二十八楼来直接参与高层会议的，既然如此，那这次会议一定与她有关。

她知道自己最近在公司里惹出来的闲话非议多到可以编一台舞台剧，但她不知道今天叫她参与会议到底是为了什么。

总经理于明华坐在首座，面无表情地盯着她走进会议室。

胡青杨皱着眉，瞥了一眼身边的椅子，示意她赶紧坐下。

陈楠有些窘迫地坐下，抬头看了看坐在对面的向阳，向阳正捧着手上的一份文件阅读，神情严肃。

“‘千人行’取消了与我们签约的意向，菲尔斯要求改独家广告代理为非独家广告代理，而万正、宇泰、信科隆这三家大客户表示合同期满后将不再续约。这些都是同一个星期内提出的要求，事态严重，每个部门、每个项目的负责人都要查出问题所在。”于明华铁青着脸说：“客户部先把客户那里的情况说一下吧。”

客户部总监杨玉成清了清嗓子说：“据我们客户部的消息，这几家公司虽然是同一星期提出改变合作方式，但是他们提出改变的原因是不同的。千人行的合作计划取消得非常突然，因为就在两天前我们已经确认了合同条款，只差签字而已。”

“菲尔斯厨具去年就传出公司运营不善，资金周转不灵的消息，今年上半年与我们签约的公司已经破产被人收购，而现在的公司虽然还是叫菲尔斯，但是已经换了老板，工商信息都已经变更，也就是说，我们与老菲尔斯签的独家代理合同已经失效。虽然我已经和新菲尔斯再三洽谈，但是他们觉得我们以前制作的广告效益不理想，这次两年的续约还是我们客户部磨了很久的成果，不过他们怎么也不肯授予我们独家代理权了，客户部已经尽力了。”

杨玉成接着说：“万正、宇泰、信科隆这三家我们都在积极联系，但是他们态度很坚决，不愿意再与我们合作。目前，我不知道是为什么……”

杨玉成停顿一下，眼神朝向阳飘去，略提高声量说：“有传闻说这一波的变化是LY动了手脚。”

一听到LY的名字，会议桌上一片肃静，人人心中都震动了一下。

向阳把手上的文件往桌子上一扔，朗声说道："是韦先礼亲自出手了。"

众人一片哗然，纷纷交头接耳。

LY与KT竞争了十多年，一向都是LY更胜一筹，处处压制着KT。

韦先礼是行业内的领军人物，手下顶级设计师云集，关系网发达。两年前，他因为健康状况动了退隐的念头，尝试让儿子韦明轩接班。不想今年向阳加入KT，明里暗里做了很多事，硬是从LY的嘴里抢了几张大单。

所以临近年尾，突然冒出如此蹊跷的事，定有原因。

而事实上，向阳的猜测的确无比精准，这些事的起因就是韦先礼得知向阳回国加盟KT与自己为敌后，放弃了在加拿大安逸的日子，回国亲手对付KT，并要看看向阳到底有多大的本事。

向阳吸了口气说："据我所知，万正、宇泰、信科隆这三家都曾经与LY有过长期合作，而且这三家的老板与韦先礼私交不浅。前年韦明轩上位，因为轻浮狂躁，目中无人，得罪了很多设计师，也得罪了这三家的老板，所以当时KT有机会把这三家给抢了过来。如今，他们一起不再续约，很明显是有人在幕后操纵。"

顿了顿，向阳轻笑道："韦明轩是没有那个本事把这三家同时撬走的，唯一的可能就是韦先礼亲自出山，给了他们一些我们做不到的承诺。"

于明华听着向阳的分析，沉着地点头："这个事情我必须向董事长汇报。我以为只是我们业务上的问题，没想到还有这样的可能……"

杨玉成冷笑道："向总监，你曾经可是LY的精英啊，听说你和韦先礼的交情匪浅。他对你有知遇之恩，如今你加入KT与他为敌，好像有点儿说不过去啊。"

向阳冷眼看着杨玉成，他在海外多年，之前在LY的工作经历虽然没有刻意隐瞒，但时隔多年，其实知道的人也并不多，现在杨玉成突然在会上提起，不知意欲何为。杨玉成也毫不避讳向阳投来了目光，一脸阴沉地回望着他。

会议桌上的众人听到杨玉成对向阳过往的介绍，开始议论纷纷。

胡青杨咳了一声说："职场人员流动罢了，我们公司里在LY工作过的人多的是，我们以前的员工去LY发展的也有大把，有什么好大惊小怪的？"

杨玉成似乎故意与向阳为敌，似笑非笑地说："胡总监，话可不是这么说的。普通员工跳槽换工作确实是平常事，可是向阳是在国际上有名的广告界后起之秀，以他的资历和条件，怎么会屈就在KT做着初级管理层的工作，大家不觉得很可疑吗？"

"你这么说是什么意思？"向阳厉声质问。

"我的意思是，你和LY有什么私人恩怨应该自己去解决，不应该加盟KT，给KT

带来危机！”杨玉成也抬高了些嗓门：“你的出现让韦家父子把KT当作眼中钉，随时可能全面打击。过完年，事情怕是会更糟！”

此话一出，众人更是一片哗然。

“我离开LY时就已经和LY不再有任何瓜葛，我全心全意加盟KT，是为了让KT有更好的发展。”向阳急辩。

“你的意思是KT没有你就没有发展了？”杨玉成冷笑。

“都给我住嘴！”于明华拍了下桌子大喝一声：“大敌当前，还有心思内讧？”

于明华很少动怒，这一喝，顿时让众人安静了下来。他目光森冷地扫过一桌子的人，最后停在了向阳的脸上。

“我相信向阳是真心为KT服务。这半年来，向阳的创意和项目协调控制能力大家有目共睹，他为我们拉来了多少客户大家也是清楚的。”

停顿了几秒，于明华改了话锋问：“向阳，米娅和莉丝杰卡的问题是由你来说，还是我来说？”

向阳突然咬了下下唇，眼神闪烁地朝陈楠看了两眼。

“还是于总你说吧。”向阳像是有不可明言的苦衷般，倒在椅背上，不再看陈楠。

“好，那我来说。”于明华说：“米娅和莉丝杰卡这两个广告项目都是由创意部A组负责的，目前这两家客户看过我们提供的平面样稿和TVC的脚本，都表示希望能够进一步改进。米娅说画面很华美，故事也很精彩，但是标语不够鲜明，画面喧宾夺主。莉丝杰卡说硬照的模特他们不喜欢要换，创意不够体现他们化妆品年轻明快的风格。”

这两个项目的创意部分都是由陈楠负责的，一听此话，陈楠立刻紧张辩解：“创意部分我们都是得到客户认可后再做的细化，之前已经根据他们的要求改了好几次，现在马上要上线了，怎么来得及再做大幅改动？”

于明华盯着陈楠几秒，嘴唇绷得很紧，一副难以启齿的表情，弄得陈楠更是迷惑不解。

“怎么了于总？”

于明华叹了口气，酝酿了一下，张口说道：“陈楠，我知道你为了这两个大客户花了很多心血，不过……他们提了一个要求，你不要介意。”

“什么？”

“他们要求更换主创人员。”

这两个项目的创意都是由陈楠主创，经由客户认可同意采用才签下的合同，现在作品即将上线，他们居然要换掉自己？

陈楠以为自己听错了，震惊地傻盯着于明华的脸，完全不会反应。

“客户说，希望由你们组的安心如来负责他们的项目。”

“安心如？！”陈楠惊得不由自主地从座位上站了起来。

“对不起陈楠，这是客户的要求。他们觉得安心如的创意风格更贴近他们的产品宣传方向。这两个项目之后将由安心如接手负责。”

“可是，可是……我不明白，于总，这到底是怎么回事？客户怎么会知道安心如的创意风格？”

于明华的视线下意识地扫向向阳。

陈楠顺着他的目光看向向阳，瞬间明白了。

她的心像是被人插了一剑般，痛得无法呼吸，震惊过后，委屈和失望迅速变成了一层水雾蒙上了她的眼睛，她紧咬着牙不让泪水掉出来。

陈楠苦涩地笑了声：“好的，我明白了。这两家公司的工厂都在深圳，原来向总监和安大才女不久前去深圳出差就是为了这两个项目。”

向阳眉峰紧蹙，抬起眼皮无奈地看她。

“哈！”杨玉成突然笑了一声：“正是，向总监和安大才女在客户面前大秀精彩创意，他们两人合作起来真是珠联璧合。于总，这可真要好好表扬他们一番，有他们在，我们客户部都不知道省了多少力。”

陈楠用力抿了下嘴唇，强迫自己把泪水忍回去，瞪着向阳苦笑：“嗯，珠联璧合，真厉害，我自愧不如。”

陈楠说着拿起记事本和iPad，转身离开了会议室。

陈楠不知道自己是怎么走出会议室的，只知道自己很生气，很难过，很委屈。回到自己的座位上，杨妮见她神情不对，上来询问，陈楠摇摇头，一个字都不想说。

她打开电脑快速写下一封辞职信，要发送的那一刻又犹豫了。

真的要走吗？真的要用辞职来表达抗议吗？如果自己走了，那安心如就可以顺理成章地接替自己的工作和位置，甚至可以无所顾忌地对向阳献媚。

自己的退让只会让别人的爱情事业双丰收，凭什么？

陈楠关掉辞职邮件，重新写了一封请假信发给人事部，并抄送给了向阳和胡青杨。她这几年为公司拼死拼活忙碌，积攒了很多年假未休，想想真是不值得，接二连三事业和情感上的打击让她筋疲力尽，她想好好放松一下了。

收拾好东西，陈楠便起身要离开公司，一转身与安心如撞了个面。

“咦？楠姐，你现在就下班了？”

陈楠看到她一阵由里到外的反感，想说两句狠话，但终究觉得心累，懒得浪费口舌。

离开公司后，她以为向阳晚些时候会来安抚她，给她一个合理的解释。然而，等到午夜，他依然没有联系她，最终陈楠在失望中握着手机昏昏睡去。

第十章
月牙泉里的梦

大漠，戈壁，月牙泉。

天空湛蓝，一阵细风吹过，金灿灿的沙粒在沙丘上画出一道道波纹。

冬天的敦煌很冷，坡度稍高一点的沙丘上覆着白雪，黄沙与白雪相间，别有一番奇异之美。

淡季少了闹哄哄的游客，沙漠显出处子般的宁静，天国般的壮丽。

蒋萱穿得很厚重，坐在骆驼背上眺望着广阔的沙漠，连绵起伏的沙丘神秘又摄人心魄。

这里和上海简直是两个完全不同的世界，埋头于功名利禄和男欢女爱的世界里太久了，此刻呼吸着冰冷而纯净的空气，她觉得痛快到了骨子里。

蒋萱这次出游没有路线行程规划，没有时间限定，她不拍照，也不和人说话，她只想远离尘嚣，彻底忘记世俗烦恼的一切，融身在大自然的怀抱里。

“滴滴滴，滴滴滴。”前面一对情侣的手机又响了。

两人叽叽喳喳地对着手机说了半天，然后又喊着导游停下来拍照。

真是连片刻安宁也找不到，连到了沙漠里都要看人秀恩爱。

烦！

蒋萱戴起耳机，听着爱尔兰女音乐家恩雅空灵出世的音乐，把自己与外界隔绝开来。

回到酒店时天色已然全黑，蒋萱独自一人在夜市上逛了一圈，吃了碗驴肉黄面充饥，买了几瓶啤酒和一堆零食，又返回酒店。

她到敦煌已经有五天了，没有其他游客的兴高采烈和行色匆匆，也没有当地人的热情周到和闲情逸致，她就像一个游离在人世外的游魂，每天除了去旅游景点看看，就是在酒店里吃吃喝喝，坐在床上看电视。

每天她都会给助手发一个短信，就和向阳说的那样，为的就是不让他们觉得自己彻底失联跑去报警。发完短信，她就会把手机关机。

就这样过了几天，她发现这样似乎也挺好，无欲无求，无忧无虑，无喜无悲，无爱无恨，或许是看了莫高窟里的众多佛像，她的心中也生出了四大皆空的念头。

这次她之所以会选择从上海横跨中国，是因为这是她梦寐已久早就想来的地方，当年她甚至和罗旭约定，如果结婚就要在沙漠里，在月牙泉前拍一组婚纱照。

时光如指间沙流过，誓言随风而逝，罗旭让她不相信爱情，白小帅让她不相信自己。

她下意识地捂住自己的左脸颊，白小帅的那一记耳光打掉的不只是他们之间的感情，还彻底打掉了她的尊严和自信心。

不可否认，她曾经是看不起白小帅的，但她也是真的爱他的。她给他忠告，怕他误入歧途；她为他花钱，希望他高兴。为什么自己对他百般好，最终只能换来他的背叛和一记耳光？

一想到此，她又坠入尘念，落下泪来，开了一瓶啤酒，和着咸涩的眼泪咕嘟咕嘟一饮而尽。

一瓶，两瓶，三瓶……她只想喝醉了可以倒头就睡，忘却一切烦恼。

电视里正播映着一部青春偶像剧，英俊冷漠的男人，漂亮没脑的女人，爱来爱去。

或许是因为现实中的爱情太酸涩了，人们才会转而追捧那些虚幻完美的爱情故事。

蒋萱边喝边骂："演的什么鬼！全都是骗人的！"

她无力地倒在床上，记忆又跳回到了那个雨雪天，眼前不停翻滚着那几幕撕心裂肺的画面。白小帅打她，还叫她滚！

眯眼看着天花板，眼泪不听话地往外流。她又想起罗旭接电话时那种心慌意乱的语气，她不过是想听听他的声音，那样或许可以缓解白小帅带给她的伤痛，可是他却是那样冷漠地挂了电话，在她的心上再次狠狠插了一刀。

"啊！让男人都去死吧！"她从床上弹起来，猛地打开窗户，仰天哭喊。

顿时，零下十几度的寒风吹了进来，让她不由自主地打了个冷战。但她却没有关上窗，而是浑浑噩噩地将上半身探出了窗外。

寒冬夜的街上已经没什么人了，但天上的月色皎洁，光华照亮大地。

蒋萱又开了一瓶啤酒，迎着寒风，咕嘟咕嘟地猛灌。

“笃笃笃，笃笃笃！”

一阵急促的敲门声响起，蒋萱心里烦躁，真是吵死了！

“蒋萱！快开门！”门外的人改敲为拍，拍得门板震天响。

因为醉酒，蒋萱的意识已经有些模糊，她并没有理会外面的敲门声，抬头看了看清冷的月色，又灌下一口酒，学着古人般对月吟起诗句：“床前……明月光……举杯邀明月……月……”

酒精让她的思维迟钝，她挠着头，努力地尝试记忆下面的词句，可是门外那个敲门的人却一直锲而不舍，破坏了她“雅兴”。

她皱眉回头，门外那个男人急切地说：“快，帮帮忙，你看这是我的律师证，房间里是我的女朋友，我们吵架了，她一气之下跑到敦煌来，我已经很多天联系不上她了，我怕她会出事！拜托你，帮忙开开门吧……你看，这是我们的合影，请相信我！”

“吧嗒！”房门开了。

一个身形魁梧的男人冲了进来，那双清澈明亮的眼睛睁得老大，惊恐地大喊：“蒋萱！你要做什么？不要啊！”

蒋萱晕晕乎乎地还没闹明白是什么事，就已经被一双大手从窗边抓了进来，拥进了一个温暖宽广的怀抱里。

“我不准你有事，你不准有事，我不准你有事，你不准有事……”他的嘴里不停重复着这两句话。

蒋萱抬头看清来人，环住他的腰，将脸埋进他的胸膛，放声大哭起来：“董伟……”

他伸手将窗户关上，然后朝酒店工作人员打了个招呼：“谢谢，没事了。我会照顾她的。”

待到酒店工作人员走后，他俩还是这样拥抱着。

她不停地哭，他不停地安慰：“没事了，没事了，一切都过去了。有我在，我不会离开你。”

“骗人，你们这些臭男人都是骗子！”蒋萱无理地捶他。

董伟自嘲地一笑：“我是胖男人不是臭男人。”

此话一出，蒋萱“扑哧”一下，破涕为笑。

他抱着她坐到沙发上，拿了纸巾给她擦眼泪。

“我好累……”她依靠在他肩膀上，迷迷糊糊地说：“原来哭也是件体力活。”

他轻抚着她的短发：“以后我不会让你再哭了。”

蒋萱直起身子来，细细打量他说："我明白你的意思，可是我不能骗你，我不爱你。"

"我知道。"董伟微微地笑："我没奢望你会爱我，我只是希望以后你有事的时候能让我知道，不要再像这次这样。"

她凝视他的眼眸，闪亮如星，清澈如水，他的眼神没有罗旭的深沉，也没有白小帅的自负，却让她想起月牙泉的神秘美丽。

"我头晕，想睡觉。"

"睡吧，我在这陪着你。"董伟看着她，眼神里满是温柔。

蒋萱点点头，倒在他的怀里，安心地睡去。

睡梦中，蒋萱梦见自己置身于一个舒适、温暖的小屋里，和煦的阳光透过玻璃窗照耀着屋内的一切，她手持水壶在为窗台上的绿色植物浇水。

身后有人轻喊她："萱儿。"

她转身看去，耀眼的阳光下，那人全身被光晕笼罩，看不清脸，但他的身材像极了罗旭，轮廓又有点像白小帅，然而他的声音却是董伟的。

虽然无法确定这人到底是谁，但她却下意识地知道，他就是自己的真命天子。

她朝他走去，想看清他的样貌，可是那人却说："我知道你爱的人不是我，我是来向你告别的。再见了，萱儿！"

说罢，那人转身离去，走进了一片刺眼的光芒中，她再也看不见，也追不上。

"不要，不要……别走，别走……别走啊！"她大声呼喊，奔跑想要将他追回，可是她的双腿却不听使唤，怎么也迈不动。她疯了般大喊，挥舞着双手在空中乱抓。

"蒋萱，蒋萱，你怎么了？别怕，我在这，我不走。"董伟惊慌地抓住她的双臂，想要安抚睡梦中的她。

蒋萱猛地睁开双眼，满头冷汗，剧烈地喘息，干瞪着一脸焦急的董伟，良久才从梦魇中略略清醒过来。

"是你？"

"什么？"董伟疑惑地问。

她突然从床上坐起来，扑进他的怀里，紧紧揽住他的脖子，过一会儿又捧着他的脸，左右查看。

董伟被她弄得摸不着头脑，一动不动地任由她一会儿摸摸自己的耳朵，一会儿又捏捏自己的鼻子。

"爱我吗？"蒋萱柔声问，眼中是一片柔情。

“啊？”他被她突如其来的温柔和认真吓到，心脏在胸腔里狂跳，脸涨得通红，因为太过慌乱而不知要怎么表达。

她以为他在犹豫，心中失望，眼中的热情退却，垂下睫毛道：“不说算了，你走吧。”

说罢，她松开他的脸就又要躺下去。

“爱！”他一把握住她的肩头，将她扶正面对着自己，郑重地告白：“我爱你，萱儿，七年了，我爱了你七年。”

蒋萱热泪盈眶，这次的泪水不是因为痛苦而是因为感动。

“但是……”他的勇气突然又退缩而去：“我知道我配不上你，我知道我的样子……”

“吻我！”她命令。

他更是吃惊，他从没交过女朋友，面对她坚定的下令，他手足无措。

憋了好一会儿，他深吸了口气，看着她那两片淡粉色的唇瓣，鼓起最大的勇气，缓缓向前倾身……

笨拙地在她的嘴唇上啄了一下后，他感觉自己像是亵渎了神灵，慌乱得不知所措，正想要撤退，突然一只光滑细腻的手悄然伸到他脑后阻止了他的退缩，将他进一步往前牵引。

她的唇瓣温柔地贴合上来，睫毛低垂，给了他一个长长的吻。

他木讷地闭上眼，享受着这个梦想了七年之久的亲吻。

良久，她中止了这个吻，与他额头相抵，轻声道：“减肥，减肥成功之日，我们正式交往。”

他吃惊地看着她，傻傻问：“是不是我瘦了你就嫁给我？”

蒋萱嗤笑，故作刁难地说：“那可不一定，要看你瘦下来之后好不好看了。”

董伟也笑了：“我家就我一个例外，我不信我遗传不到一点优良基因。”

“从现在开始我会亲自监督你，明天我们回上海，先去听听营养师的意见，然后找一家健身中心，我和你一起锻炼。”

“明天就回去？我连飞了几十个小时呢。好歹让我休息两天，调一下时差好吗？”

蒋萱这才想起，自己出走前董伟是回了美国的。

“你是特意为我从美国飞回来的？”

董伟红着脸“嗯”了一声：“大前天从洛杉矶起飞，昨天直接在上海转机飞敦煌。还好你是用公司的会员卡定的酒店，我没费多大力气就查到了你在这家酒店入住……”

“你好傻。”她又开始鼻酸，情不自禁地紧握他的手。

他淡淡地笑：“你没事就好。”

最后，两人商量好索性在敦煌玩几天再回去，董伟发了信息给顾文广、陈楠和向阳报了平安，这场惊险才算落幕。

接下来的几天里，蒋萱觉得一切都变美了，雪特别白，沙特别软，连零下十几度的空气也变得特别甜，还有之前那对整天秀恩爱的情侣看上去也不那么讨厌了。

她在沙丘上奔跑，她拉着董伟给自己拍照，他跟着她，呵护着她，她感受到了从未有过的安全感。

收到董伟发来的平安信时，陈楠和向阳正在胡青杨的办公室里交战。

两人的头一人扭一边，都被怒气笼罩着。胡青杨坐在办公桌后静静地看着他俩，干咳一声说道：“陈楠，我知道你对这次的工作调动有意见，但是你不能一气之下就丢下工作走人啊。就算你要休假，你也得提前通知我们，让其他人跟进你的工作。你现在的的做法，实在太不知轻重了。”

“胡总，你们决定把我的项目转给安心如之前有没有通知过我呢？”陈楠在这次事件上实在忍无可忍。

“我们不是通知你了吗？这是为了公司的利益着想，客户看了安心如的设计风格，非常喜欢，强烈表示希望由她来主创，但是他们也没有否定你之前的创意啊。他们说了，第一季度的广告会使用你的创意，后面的再交给小安。”

“公司的决定，我自然是服从的。但是我冒昧地问一句向总监，是不是你带了安心如到米娅和莉丝杰卡的工厂里见了他们的老板？”

“没错。”

陈楠斜眼瞪着他：“那你是故意带她去工厂，让她有机会在他们的老板面前表现咯？”

向阳侧过身子来说：“陈楠，你别冤枉我行不行？我们这次去深圳一共拜访了七家客户，其中有四家是有意向与我们合作的，他们对安心如的创意很感兴趣，所以我这次才带了安心如过去和他们做进一步沟通，希望能把合同签下来。米娅和莉丝杰卡纯属意外，我们原本是去例行拜访，不想安心如和他们的老板谈起了自己的创意理念，然后当场说了几个idea，画了几张样图，我也没想到这两家的老板会如此看中她。”

“所以你就把我给卖了？”

“什么叫我把你给卖了？”

“那你为什么不在客户面前维护我一下？”

“你怎么知道我没有维护？”向阳气结：“再说，我早说过安心如有天分，迟早是要出头的，为了公司的利益，我也没有理由不让客户用他们喜爱的设计师啊。”

“你的意思是说我没天分，出不了头，比不上安心如呗。”向阳越说安心如的好处，陈楠就越生气。

这也是向阳几天没有联系陈楠的原因，因为他知道，只要自己一开口，陈楠一定会和自己吵架，而他现在生活事业两头焦，根本没有时间再来哄女朋友。

韦先礼这次出手一下子就拉走KT六家大客户，向阳心里很清楚，这其中的一部分原因是针对自己而来，心中已经很烦。加上董菲仍旧借着看儿子的由头三天两头骚扰他，他更是烦不胜烦。于是他只得选择先避开陈楠，免得自己控制不住脾气，把事情越弄越糟。

他原本想，等过两天自己理出个头绪再找陈楠解释清楚，没想到陈楠会未经同意擅自休假，弄得很多工作都被搁置，胡青杨亲自把陈楠叫了回来，才有了现在这个场面。

更没想到的是，陈楠会当着胡青杨的面与自己针锋相对，完全没了下级对上级该有的尊重，毫不掩饰两人之间的特殊关系。

胡青杨看着他俩，摇头道：“陈楠，向阳，我希望你俩都克制些。你们私下里怎么样公司不会管，但是如果你们把个人情绪带到工作中，影响工作的话，我是保不了你们的。”

向阳点点头：“知道，胡总你放心。我和陈楠、和安心如都只是普通的工作关系，请你不要相信谣言，我也绝不会让个人情绪影响工作。”

陈楠睁大眼睛瞪着他，她知道向阳的立场是正确的，他俩也有过共识，可是他把自己和安心如相提并论，话就变得分外刺耳。

恰好胡青杨来了电话，示意他二人先出去。

两人一出胡青杨办公室的门，向阳就快步疾走，很明显是在躲陈楠。

陈楠心中憋气，回到座位上，强行让自己投入工作。

办公室恋情比普通恋情更为残忍的地方就是，两人抬头不见低头见，无法做到“眼不见为净”。

向阳越冷漠，她就越想了解他的内心，越无法了解，就越伤心，越伤心就越关注，陷入一个死循环。陈楠上班分心，下班思念，每分每秒都在纠结要不要给他发个信息。

下班了，天寒地冻，满街的霓虹闪耀也依然无法驱除人们心中的孤独感。

陈楠独自走在街上，缓步往地铁站走去。

一转头，向阳的车从自己的身边开过，看着那两个红闪闪的车尾灯，她不禁叹气，或许他俩的恋情也一样亮起了红灯，酸楚的感觉在她身体内蔓延，陈楠的脑子里被一连串的问题占满，他要去哪？他要去做什么？他有没有看到自己？他是否想念自己？

或许男人与女人的世界从来都不同，正当陈楠沉浸在自己的爱情故事里时，向阳却在现实问题砌成的世界里挣扎。

他踩着油门让车子飞驰，因为十五分钟前，幼儿园老师打电话来说园门就要关闭，但是成成依然没有人来接。

保姆阿姨因为受不了成成的恶作剧，报复性地不辞而别。

赶到幼儿园，向阳不停向老师道歉，而老师的一番话让他再次备受打击。

“向先生，成成的情绪非常不稳定，高兴的时候特别亢奋，完全失控，不高兴的时候就找其他小朋友的麻烦，傲慢无礼，出言尖刻，甚至还打人，我们怀疑成成患有儿童躁狂症。我觉得你还是尽早带他去看看儿童心理医生，以免将来影响升学。另外，如果他的情形恶化，影响到其他小朋友，我们不排除让他退学的可能。”

那一刻，向阳的世界几乎崩塌，他抱着成成，脚步沉重地来到一家快餐店，因为董菲的严格控制，成成还从未吃过这些“垃圾食品”。可是今晚，他突然想让他尝尝正常孩子爱吃的食物。

看着成成眼睛晶亮地盯着大大的汉堡兴奋地拍手，向阳只觉心酸。

他不知道要怎么平衡自己的生活，放弃事业陪儿子，那他自己的人生梦想呢？放弃儿子拼事业，那孩子如何健康成长？

“好吃吗？”向阳拿着纸巾擦了擦成成嘴角上的番茄汁。

“好吃！”成成咀嚼着满嘴食物，弯着眼睛，微扬下巴说。

躁狂症？！怎么可能？向阳看着儿子可爱漂亮的小脸怎么也无法相信自己的孩子会不正常，可是他又不敢说成成就是正常的。

他想起成成对自己和陈楠挥舞的拳头，他歇斯底里的吼叫，还有他对保姆们的恶作剧，这些似乎都不是一个正常孩子该有的行为。

向阳痛苦地摁了摁太阳穴，他知道陈楠误会他，在生他的气，更知道陈楠在等他主动去联系，他又何尝不想她，可是他是男人，他肩上有许多比爱情更为沉重的责任，他暂时实在没有更多的精力来处理感情问题。

那天午夜，向阳正埋头在创意设计里，手机铃声突然打断了他的思路。

他瞥了一眼来电显示，是安心如的电话。

“这么晚还没休息？”他问。

安心如轻笑：“你不也和我一样在加班吗？”

“有什么事吗？”

“这几天我一直有点儿担心，我接手了楠姐的项目，她会不会不高兴？”

“你不用担心这个，这是公司的决定。你只要做好的你的本职工作就好了，人手不够的话，会从其他组调人过来先给你用着。”

“我看她的情绪很坏，你没有安抚她一下吗？”

向阳顿了顿说：“我会做我应该做的事的。还有其他事吗？”

“那天我请她吃了顿饭，我告诉她，我很喜欢你。”

向阳叹了一声倒在椅背里，捏了下眼角道：“安心如，我已经和你说过几次了，公私分明……”

“对啊，现在不是上班时间，我和你聊私事不行吗？”

“对不起，我没那闲工夫。”

向阳正要按掉电话，安心如又说道：“你为什么喜欢陈楠？在我看来她配不上你。”

向阳只觉头大，前有董菲，后有陈楠，现在还来了个安心如搅和，看来要让这个小女生死心，估计只能把话说绝一点儿了。

“你的看法并不重要，重要的是我的感觉。我对她有感觉，对你没感觉，这就足够了。”

“可是你需要我的辅助，她的天分不如我，你现在要和韦家父子开打，我才是你的得力助手。”

“你是在要挟我？”

“不是，我是在给你分析利弊！”安心如自信满满地说。

“安心如，你有天赋不假，但是你自视太高，和十年前的我非常相似，这样容易栽大跟头，所以你还是悠着点儿的好。另外，我不觉得陈楠的天分不如你，她的创意设计温暖感人，励志向上，让人有种心境开朗的感觉。你俩只是风格不同，而不是有高低之分，明白吗？”

“我不觉得……”

“你觉不觉得很重要吗？”向阳反感地打断她的话：“我再和你说明白点，我希望和你只是工作上的关系，也希望你不要再介入我的私生活。”

挂了安心如的电话，向阳把手机扔到一边，灵感已中断，毕竟他是人不是机器，他也需要休息，需要调节情绪。

给自己泡了杯咖啡，他靠在窗边看着窗外的夜色，外面不知什么时候开始下雪了，他看着天上纷纷扬扬飘下的雪花，神思不由自主地回到了自己的感情问题上。

陈楠的静默既让他安慰也让他担忧，而刚才拒绝安心如时，自己出自本能地维护陈楠，也让他意识到自己对陈楠是动了真情。

他想起那个让他心动的午后，阳光灿烂，陈楠在厨房里烹饪美食，自己陪着成成在客厅里玩耍，那个画面深深地烙在了他的心上。

他知道自己需要这样一位温柔贤惠的伴侣，柔情像丝一般，毫不锐利却坚韧地缠绕着他的心。

喝完咖啡，向阳走到房内，拿起手机看了看，已经快凌晨一点。

思念让他最终还是忍不住给陈楠发了个微信："睡了没？"

没想到，才过了三秒，陈楠就回了信息："没有。"

他立刻打了电话过去。

"还在生我的气？"

"现在不气了。"

他轻笑，然后又忧郁下来："幼儿园老师说成成可能得了'儿童躁狂症'，加上公司里的一堆事，我心里很烦。"

"我知道你压力大。成成的言行的确有点儿不太对，我们有空一起带他去看看医生吧。"

一股暖流从他心头流过，他"嗯"了一声说："这个周末我们一起去。我也想让成成和你多接触，让他习惯有你的生活，慢慢接受你。"

陈楠舒口气说："好的，我想我可以做到的。"

"啊，对了……"陈楠张了张嘴，想着先把父母提出的三个条件之一的"正式上门"先说出来。

"什么？"

话到嘴边，她又觉得时机还是未到，只得生硬地变了话题："蒋萱和董伟后天回上海，要不要去接机？"

向阳笑："人家你侬我侬，我们跑去当电灯泡吗？"

"你觉得蒋萱和董伟能成吗？"

"能啊，为什么不？董伟有这个心思也不是一天两天了。两人又是同行又是合伙人，到时夫妻联手，事务所肯定能生意兴隆。"

"我是有点儿担心，蒋萱才失恋没多久……"

"唔……这样吧，月底是成成的生日，我们开个小型生日会，大家一起聚聚，一来看看他俩的状况，二来我也想放松放松。”

“好。”

挂了电话，陈楠觉得全身心舒畅，尤其是向阳最后说蒋萱和董伟“是同行，夫妻联手肯定生意兴隆”，她立刻联想到，自己和向阳不也是同样的情况吗？

将来向阳如果有心要独立发展，那自己也一定会是他的好帮手，她美滋滋地想着。

第十一章
仇人的恩情

鲜红色的液体滴入漆黑的屏幕，红与黑撞击交融，旋转出一张男人和女人亲吻的剪影，画面渐渐变亮，一道耀眼的亮光过后，一个男人粗壮的手臂一把将画面撕下，捏在手中，重重地砸在画面中央，变成一瓶男士香水……

向阳听着交响乐，思维在创意的海洋里翻腾，工作是他的生命，他热爱在激情中制造惊艳。

手机响起，向阳瞄了瞄来电显示，心头猛地收缩，一个他以为这辈子只能做敌人的恩人，一个他曾经崇拜得五体投地，如今却想尽办法要打败的敌人——韦先礼！

向阳知道他俩迟早要见一面，却没想到韦先礼这位广告界大鳄会亲自打来电话。

关了音乐，收拾了下心情，他接起电话。

“韦董。”

“向阳，回国了也不打个电话给我？”

“回国是为了私事，临时决定在国内待一阵子，杂务繁琐，再加上听说韦董去了加拿大休养，也就没敢打扰。”

“好小子，场面话越说越漂亮，心机也越来越深了。没敢打扰？你一出手就抢了LY几千万的生意，难道我会不知道？你是故意把我引出来，让我看看你的厉害呢。”

向阳心中“咯噔”一下，佩服韦先礼的老辣。

“好了，现在你把我激出来了，我愿意听一听你的条件。明天上午九点，我在办公室等你。”

挂了电话，向阳攥了攥拳头，又松开，转头眺望着远处的夜景。

男人驰骋疆场、建功立业是生命第一要事，他没时间沉沦在感情世界里。

再次踏进LY的办公楼，向阳百感交集，当年初出茅庐，一腔热血来到这里，想要大展拳脚，没想最终却以被人栽赃陷害，身败名裂地离开。

想起当年报纸、网络上的口诛笔伐，他就难消心头之恨。

LY董事长的办公室是不能直达的，必须先经过秘书的询问登记才能改乘私人电梯上去。

韦先礼的秘书是个三十开外的鲍姓女子，比向阳大两岁，当年和向阳同一批进入公司，自然相识。

一见到向阳她就展开笑容："向阳，你没忘了我吧。"

"鲍姐。"向阳笑着迎上去。

鲍秘书打量了他一下，微笑摇头道："还是这么帅气。咦？你今天居然单枪匹马来的？"

"我不过是KT广告公司的一个小职员，没必要前呼后拥。"

"你啊，小心点。LY上下对你恨得牙痒痒。"

"我想韦董事长还不至于把我生吞活剥了。"

鲍秘书笑着指了指一旁的私人电梯："去吧，一大早就吩咐了，说你来了可以直接上去。"

向阳谢过她，上了电梯。

他对这里的一切都很熟悉，曾经他几乎天天乘坐这部象征着财富地位的电梯，为韦家父子效力。

电梯门打开，是一片开阔的空间，布置得清雅现代，一侧是一人高的抽象派雕塑，另一侧的墙上则是一幅放大了的康定斯基的几何抽象画，配上各种绿色植物，看得出这个设计师胸中确有丘壑，而这个设计师就是韦先礼本人。

韦先礼是美术学院科班出身，虽然在商场纵横多年，骨子里依然有着一股艺术家自命清高的傲气，很看不上唐进这样没有设计专业背景，管理系出身的广告人。

极简风的办公室门前坐着韦先礼的私人助理，一个二十七八岁的小伙子，长得非常利落，看到向阳到来，起身微笑说："韦先生正在等你。"

推门而入，敞亮的办公室里弥漫着颜料的气味，落地窗前是三个大大的画架，一旁的桌子上堆着各色颜料、画笔和工具。

架子前，一个中等身材，头发花白的男子，正穿着工作服，一手执笔，一手托着颜料盘在画纸上挥洒作画。

这个画面向阳十分熟悉，他也曾在这里作过画，并得到韦先礼的指点。

“韦董。”他唤了一声。

韦先礼并没有理会他，依然沉浸在自己的世界里。

向阳走上前去看，他画的是一幅旭日东升的图，火红的朝阳凝聚着巨大的能量从云海中跳脱而出，照耀群山万物，气势磅礴。

向阳走到另一个画架上，将画架略略转了个向，拿起铅笔也画了起来。

两人就这样静默地作画，待到韦先礼放下了画笔，向阳也已经完成了素描。

他将画架转了回来，将两幅画并排放在一起。

韦先礼仔细看了看向阳为自己画的素描，良久，侧头斜眼打量了一下向阳，嘴角微微扬起，渐渐展开一个笑容。

“不错，没把本事丢了。”

说着指了指一旁的洗手池，示意让向阳洗洗手上的铅粉。

向阳洗完手回来，韦先礼已经脱下画服，换上一身休闲服端坐在宽大的老板椅上，燃起了烟斗。

“坐吧。”

韦先礼年过六旬，精神矍铄，不怒而威，全身释放着令人不寒而栗的气场。

向阳正了正衣服坐了下来。

“韦董，您找我来有什么指教？”

韦先礼喷了口烟雾，眯了眯眼睛说：“开门见山，我希望你回来LY帮我。”

“韦董说笑，当年我可是被LY赶出去的。”

“你看我的样子像在说笑吗？”韦先礼严肃地说：“我知道每个人都有价码，说吧，你有什么条件？”

向阳也拉下脸来，不卑不亢地说：“韦董，的确每个人都有他的价码，但是金钱也未必能够买到一切。例如，尊严。”

“呵呵，我知道你还在记仇当年的事。但是时过境迁，冤家宜解不宜结嘛。你说，要我怎么做，你才肯回来？”

“我不太明白为什么一定要我回来，LY人才济济，我这个无名小辈根本无足轻重……”

韦先礼一抬手阻止向阳继续说下去：“向阳，你知道我不喜欢拐弯抹角，也不喜欢说废话。你在国外的作为，我前几年就知道了。你以为唐进怎么会千里迢迢地跑去法国把你挖回来？你以为你自贬身价在KT做一个小小的创意总监就能瞒天过海？”

向阳心中一颤，突然发现事有蹊跷，紧盯着韦先礼的脸。

韦先礼道：“唐进算个什么东西，他懂艺术吗？他懂广告吗？他除了每天躲在家里数钱外懂什么！他怎么会知道你向阳这号人物？”

韦先礼冷笑：“我告诉你吧，是我叫人透露给他听的。他不是想要打败我吗？我就要他输得更彻底。”

“我不懂您是什么意思？”

“我让唐进把你请回国，一来是想让明轩历练一下，尝尝失败的味道。二来我知道你想要报仇，而明轩绝对不是你的对手，这样可以让你出口恶气，也算是我们韦家对你的歉意吧。”

向阳眉间虬结，脸色渐白，不敢相信自己这几个月来的努力都是在别人的计算之中。

韦先礼慢悠悠地从抽屉里拿出一份文件举在手里。

“向阳，你是个全方位的人才，所以当初我会重点培养你，有意让你接任LY的CEO（总裁）一职。这是聘用合同，工资绝对让你满意，而且我再送你5%的股份。只要你同意，马上签字，你就是我们LY的CEO和股东。”

韦先礼将文件推到向阳的面前，又说道：“不过，这个offer（邀约函）限七十二小时内有效，过期作废。”

说着他看看手表，悠悠地将烟斗放进嘴里吸了一口，吐出一团烟雾说：“你可以好好考虑。”

这份优厚的合同对于一个野心勃勃的人来说，简直就是一个巨大的诱惑！

向阳吸了口气接过合同，神情严肃地翻阅着每一页，内心翻腾纠结着。

接受它，就等于承认了当年抄袭的罪名。

接受它，就等于替韦家父子的伪善唱赞歌。

接受它，就等于背叛KT，出卖诚信。

然而，不接受它，那就等于放弃掌握LY执政大权的机会，放弃一个鱼跃龙门、大展拳脚的机会。

将合同放回桌面，向阳抬头直视韦先礼，心中又敬又畏。果然韦先礼能在商战中处处占得先机不是没有道理的，这出手的气派，这一石多鸟的心机，唐进真是差了十万八千里。

相比韦先礼，唐进当初只是承诺了向阳一个执行创意总监，也就是胡青杨的位置，而且还是一年后才能兑现的承诺，虽然重用他却也处处扼制他，气度与胆识都远逊于韦先礼。

“怎么样？”韦先礼眼神锐利地盯着他。

向阳笑笑：“很诱人。但是人各有志，我想要回我当年的清白。”

韦先礼拉下嘴，闭眼摇头道：“不可能。”

“那就多谢韦董的抬举，我想就算不在LY，我也饿不死。”向阳站起身要走。

韦先礼朗声道：“KT只会埋没你的才华，唐进不懂设计的灵魂，他的眼里只有钱！而你不一样，你的每一个作品都在折射人性和思想，你和他不是同一类人，你迟早也会离开KT……你跟我来！”

说着韦先礼从办公桌后站起，打开一旁的小门，这是韦先礼的私人档案室，敞亮的屋子，前面是宽宽的屏幕，中间有一台投影机，内嵌式储物柜整齐排列在墙上。

这个屋子向阳曾经来过，他知道这里是韦先礼收集世界各大广告创意的地方，几乎所有令人惊艳的广告作品都荟萃与此，简直就是一个广告界的小型图书馆。

曾经，向阳跟着韦先礼一起在这观看研究一些广告创意资料和美术作品，那段日子真是美好又单纯，他抬头看了看韦先礼的背影，很是感慨。

韦先礼走到一个档案柜前，指了指，上面的标签竟然写着“向阳2010-2019”。

向阳惊讶得不能言语，他没想到自己的大名竟然会出现在这个高大上的档案室里，2010？当时他还是在校学生。

“这里面是你这十年里的各种创意作品，我专门派人收集、分类、归档的。”

说着，韦先礼拉开了柜子，里面整齐地陈列着向阳设计的各种作品，从青涩到成熟，从肤浅到深邃，从平面到影视，还有各种得奖记录。

那一刻向阳内心震动，一股莫名的感动在他的血管里涌动，他的父亲在他十五岁时去世，母亲含辛茹苦赚钱养家，也在他大学期间去世，没有亲人欣赏过他的作品，也没有亲人见证过他的成就。

他不知道韦先礼是真情还是假意，但是看到自己十年来的作品被人当作珍品一般保存起来，心头是忍不住的酸涩，喉头一阵阵地发紧。

“早在你在校期间，我就留意到你，所以你的导师才会建议你投简历到LY。”

“你是说，我的事业生涯一早就被你安排好了？”

“向阳，成功需要三个要素，天赋，努力和机遇，这样的机会不是人人都有的。你三样都有了，还有什么不满意？你以为我是人人都看得上的？”

此时的向阳就如在三岔道口前，必须抉择自己未来的道路，或归顺LY，或继续留在KT与LY为敌，抑或离开战场，另辟天地。

他对韦先礼的感情复杂到自己都无法明白的地步，韦先礼对他恩重如山，原本是件极好的事，可是总有些东西让他觉得很压抑，很窒息。

正在头脑交战，档案室里的电话响了，韦先礼接起电话说了句：“让他们进来吧。”

韦先礼关起档案柜，亲昵地拍着向阳的肩头，出了档案室。

“爸！阿米尔先生来了，你快出来啊。”

看到向阳的那一瞬，韦明轩目瞪口呆。

而向阳看到韦明轩身边的那个阿拉伯男子，更是惊愕得呆站在那无法呼吸。

这个四十开外的阿拉伯男人——阿米尔，就是毁了他和董菲婚姻的第三者。

呵，向阳心中冷笑一声，这个世界真是太小了，一屋子四个男人有三个都与董菲有关。

浓黑的头发，浓黑的眉眼，浓黑的络腮胡，长相不俗，气派不小，其实阿米尔并不认识向阳，也根本不知道董菲结过婚，更不知道董菲为了要跟他结婚而坚持和向阳离婚。

但向阳却认识他，当年董菲突然坚持要离婚，他几乎失去理智，他暗中跟踪调查过她，直到最后亲眼看到自己的妻子妖娆娇笑着依偎在阿米尔的臂弯里走出宾馆，坐上那辆闪耀的红色法拉利绝尘而去，他才不得已接受了她离婚的要求，这是他这辈子作为一个男人最大的耻辱！

向阳牙齿不自觉地咬得咯咯作响，双拳也不由自主地越握越紧，一个念头不停地在他脑海中旋转：冲上去揍他！

可是理智让他最终冷静了下来，他突然想起韦明轩和董菲的关系也不寻常，此时此刻他们三个和董菲有着千丝万缕关系的男人站在LY最高层的办公室里，绝对不会是偶尔，这里面一定有玄机。

一想到这儿，向阳决心看看韦家父子到底在演什么戏？

显然韦明轩并没料到向阳会出现在此，惊讶地指着向阳问韦先礼：“爸，他怎么会在这？”

韦先礼平淡地说：“我在邀请向阳加盟LY。”

“什么？！”韦明轩大叫：“爸，你是不是糊涂了？你邀请他加盟LY？他可是我们眼下最大的敌人啊！”

韦先礼冷冷地瞪了儿子一眼说：“我没糊涂，向阳也没糊涂，你最糊涂！为了个女人把自己的左膀右臂都砍了，有没有出息？向阳原本就是我们LY的人，他被逼离开我们，投入KT门下，还不都是你的错，你有什么话可说？”

韦明轩不服气地叫：“爸，这种事是个男人都忍不下去的，我不在乎女人，但是我在乎面子啊！当初我把他当兄弟，他居然挖我墙脚！”

“你给我住嘴，什么男人女人，我要的是有才华、能干活、能为LY打天下的人，你心胸如此狭窄，能成什么大事？”

“我不能成大事？”韦明轩指了指自己，又指了指阿米尔，满腹委屈地嚷：“是我说动阿米尔先生注资，是我说服他带来一批迪拜公司的广告项目。”说着韦明轩的手指又指向了向阳：“没有他，我一样可以把公司经营得蒸蒸日上。”

韦先礼摇头：“你当真以为我在加拿大睡懵了，不知道这两年你得罪了多少老客户？业绩下滑，质量下降，一味地开拓海外市场却忽略了国内商机。你还进军金融业、娱乐业，但都是亏得比赚的多，你还是老实点吧！”

韦明轩还要再辩，韦先礼低声喝道：“住嘴。我还没死呢，还轮不到你胡作非为。”

“我告诉你，只要向阳同意，他就是我们LY的CEO兼股东，你如果有气度、有魄力就该过去给他道个歉，化干戈为玉帛，从今往后携手共进。”

韦明轩气急而笑，不可思议地看着自己的父亲问：“爸，你要让他当LY的CEO，那你把我放在哪儿？我是你儿子还是他是你儿子？我真不明白，他到底哪里比我强？”

“韦董。”向阳打断韦家父子的争执：“我很感激你对我的青睐，但是如果我的加入造成你们父子不和，造成公司内部不和的话，那对LY只能是灾难。虽然我们有过节，但是我个人还是很敬佩您在艺术和商业上的造诣。”

转头又对韦明轩说：“韦公子，你放心，不吃你们韦家的饭，我向阳也活得下去。告辞！”

向阳说罢朝阿米尔投去一个目光，突然间没了恨心，甚至有点感谢他的出现，让自己明白自己的婚姻是一个巨大的错误。

出了LY的办公楼，向阳仰面朝天长长地吐了口气。

韦明轩和阿米尔的相识不会是偶尔，定是有人从中穿针引线，而这个人，一定就是董菲。

事实也正如他猜测的这样，因为阿米尔在中国的投资项目出了问题，资金周转困难还惹上了官司，于是停止了对董菲的供养。情急之下，董菲一边让哥哥董伟为阿米尔打官司，一边又找到了老相好韦明轩，半哄半骗说服了他帮助阿米尔解决资金周转问题，而阿米尔也承诺会介绍几个大广告项目给LY。

今天韦明轩带了阿米尔来见韦先礼，其实是想来邀功的，却不想韦先礼先给了他一个惊吓，韦先礼竟然想要扶植向阳做CEO接班人，这是他最为恐惧和忌讳的事，所以才会当着向阳和阿米尔的面和父亲争执。

向阳摇摇头，往停车场走去，突然身后有人叫他。

“向先生。”

转身一看，是韦先礼的助理。

“向先生，韦董事长让我把合同交给您。合同已经盖了公章，董事长也签了字，三天内您随时可以签字，合同会立刻生效。”

向阳蹙着眉犹豫片刻，盯着这份巨大的诱惑，最终还是收下了。

从医院出来，向阳和陈楠都心情沉重，医生确诊小向成患上了儿童躁狂症，需要药物和心理同时治疗。

三人来到滨江大道，虽然寒风凛冽，小向成却兴奋异常，又蹦又跳，一会儿假装自己是士兵，一会儿假装自己是孙悟空。

怎么可能？他不过是活泼了点，闹腾了点，任性了点，这些怎么就会是躁狂症的症状了呢？

“你信吗？”向阳皱着眉，没头没脑地问了句。

其实第一次到向阳的家里，看到沙发上那一撮撮保姆被剪下的头发时，陈楠就觉得这个孩子有问题，后来看到他从衣柜上跳下摔骨折，发脾气摔东西，捉弄保姆，再到后来发狂挥拳打自己，她对医生的这个诊断是完全信服的。

“医生说可以治好的。”陈楠答。

“怎么治？他才六岁，就要吃精神病的药？！”

向阳愤怒又无奈地摇了摇手里的那袋子药。

“怎么会这样？怎么会这样……”向阳瘫坐在长椅上，痛苦地将脸埋在掌心里。

陈楠伸手，爱怜地摸了摸他的头发。

小向成跑了过来，大声笑说：“爸爸！我将来要像超人一样打坏人！哈哈！我是无敌的！所有人都要怕我！”

向阳一把握住他的双肩怒斥：“住嘴！以后不准你再说这样的话！不准再说，听到没！”

小向成愣了两秒又大笑着说：“爸爸，我告诉你哦，我是变形金刚里的大黄蜂，只要我偷了孙悟空的金箍棒，我就可以变成大黄蜂。”

说着他挣脱出向阳的双手，张开双臂，欢叫着跑开了。

向阳茫然地看着他小小的背影，眼底发热，因为这也是症状之一——意念漂浮，夸夸其谈。

陈楠叹道：“你得尽快通知董菲，孩子的治疗不能只靠你一个人。”

“我不想和她说话，我迟点打电话给董伟，让他传话吧。”他伸手拉了陈楠坐在身边，将她的手放在唇边亲吻。

“你看你多傻，爱上我这个包袱重重的人。”

陈楠摇摇头，看着滔滔江水，暗自叹气。

自己要怎么向父母交代？一个健康的孩子父母尚且接受不了，何况是个生病的孩子。

虽然医生说积极治疗是可以矫正的，但是话里话外，陈楠都觉得医生在暗示这种病是很难痊愈的。

如果过不了父母那一关，那他俩还能走多远？

她爱他，愿意和他一起扛，但是现实毕竟不是小说，长期照顾一个非亲生的病孩，这种压力自己能承受吗？向阳对自己的态度飘忽不定，她完全不能确定向阳是否有再婚、再生一个孩子的欲望，如果他没有决心，那么自己该何去何从？

问题太多了，多到她忘记了还有一个不定时炸弹早已埋伏多时。

当天夜里，陈楠收到一个陌生号码发来的短信：“陈楠，我爸脑出血中风在医院抢救，我们家急需用钱，如果过去我们闹得太凶，我可以向你道歉，但是现在救命要紧，请你赶紧把钱还给我。”

呵！硬的不行又来软的，开始博同情戏码了？陈楠冷笑着把信息删除，把号码拉黑了。

道歉？如果伤害了他人只用道歉就能了事的话，那还需要法律做什么？

如果分手后，霍军不是避而不见，霍家人不是咄咄逼人，事情可能早就解决了。如果在大闹公司之前，霍军能真心忏悔，诚挚道歉的话，事情可能也解决了。

可是霍家人用了最龌龊的方式，让她成为公司里的笑柄，如今，即使陈楠本性宽仁，也无法原谅他们的所作所为。

陈楠和蒋萱聚头是在小向成的生日会上。

生日会设在董伟的别墅里，依照心理医生给的建议，向阳还请了小向成的幼儿园老师和几个曾经被他欺负过的小朋友以及他们的家长。

一来是想让小向成在家长的监督指导下学会用正确的方式交朋友，二来向阳想借这个机会向那几位小朋友的家长表示歉意。

一大早，陈楠和蒋萱就买了许多食材和装饰品来到董伟的家里，两人一边在厨房准备食物一边讲着悄悄话。

“你啊，已经入了魔了。”

“可能吧。我现在恨透了霍军，一点儿都不想提起他们家的事。”

“我随便你，这是你的事，我只是给你忠告，对霍家这样的人家，你不用法律给他们点颜色瞧瞧他们是不会收手的。”

“有很多事我不是不明白，可我就是不想去面对。我不想打官司，一想就头疼。”

“你不去面对现实，又怎么能前进呢？”蒋萱削着苹果说：“你和向阳打算怎么办？”

“我爸妈说，除非向阳把孩子的抚养权转给孩子的母亲，不然不同意我俩在一起。”

蒋萱停下来，瞪大眼睛看着陈楠：“这绝对办不到的。你知道当初向阳为了争取抚养权付出多大的代价吗？除了一辆保时捷和法国的工作室，其他所有的房产、现金全都归了董菲。”

“什么法国工作室？”陈楠惊讶地看着蒋萱。

“你不知道啊？”蒋萱轻打了下自己的嘴：“我以为你俩都好成这样了，他应该早就告诉你了。好了，这下我是犯了职业禁忌了。”

“啊呀，你说都说了，就别卖关子了。”陈楠急道。

“好吧好吧。”蒋萱顿了顿说：“五年前，向阳在法国开了一间颇有规模的工作室，好像是和他的几个法国同学一起弄的，他是老板，那几个同学如今也都是广告界的精英翘楚了，在国际上获得过不少奖项。对了，那个CC品牌的香水广告就是他们其中一个的大作。”

“不会吧，那可是世界一流品牌。”陈楠几乎不敢相信自己的耳朵。

“喂，你对你的男人怎么一无所知啊？”蒋萱恨铁不成钢地白她一眼，继续说：“具体什么情况我也不太清楚，我只看过他工作室的财务报表，大概猜测是他和同学共同组成的一个广告和设计师资源平台，吸引来的公司和设计师越来越多，赚到的钱工作室会抽取一部分，其余的归设计师所有。”

“那向阳的收入……”陈楠的疑惑在胸腔内扩散开来，如此看来自己对向阳真的一无所知。

“离婚的时候被董菲掏空了，现在只是留了个壳。”

“怪不得他说春节的时候要带成成去法国。”陈楠喃喃低语。

“怎么不带你一起去？”蒋萱问出了一个陈楠心底的问题。

陈楠更是无力的答：“不知道。”

“我早说过他不靠谱，你每次恋爱都找的什么人啊。”

陈楠拿起儿童小饼干倒在盘子里。

“唉……你现在就好了，董伟对你是一往情深，多年如一日。而且你看看这别墅，你啊，就是运气好，这下可要做董家少奶奶了？”

“啊呀，别瞎说，他现在还不是我男朋友。”蒋萱拿起一块小饼干放入口中，笑眯眯地说。

“都亲过了还不是男朋友呢？嘴犟！”

“那是报他的救命之恩，如果他不减肥，不能让我真心爱上他的话，什么都不算数。”蒋萱伸脸过来把下巴搁在陈楠的肩头，眨巴着眼睛说：“我颜控，他现在这个样子实在没法让我心动嘛。”

“肤浅！”陈楠朝她撅撅鼻子。

“嗯，你不肤浅，那你看上向阳什么来着？还神魂颠倒地当起后妈来了，将来有你肠子悔青的时候。”

两人正聊着，董伟探头进来笑问：“两位大美女，有什么需要帮忙的吗？”

“哟，没见这一阵子，董伟嘴巴变甜了。”陈楠玩笑道。

“进来吧，鬼鬼祟祟的。”蒋萱把他拉了进来。

“好香啊。”董伟吸了口空气中烤鸡的香味，盯着烤箱看：“今天成成生日，我能不能多吃一点点？”

“不能！”蒋萱掐了下他的胳膊，瞪起眼珠子：“烤鸡重要还是我重要？你要烤鸡还是要我？”

董伟立马投降：“你，你，你！当然是你重要，当然要你啊。”

“那还差不多。”蒋萱傲娇地抬起下巴甜笑：“放心，今天的烤鸡有你的份，两片。”

“啊，才两片啊，三片吧，我都吃了一个星期的减肥餐了。”董伟小心翼翼地伸出三根手指头。

“喂，造反啊。说了两片就两片，我都是精心算过卡路里的。你再啰嗦，我就和你分手！”

“好好好，听你的，听你的，两片就两片。我去看看向阳来了没有。”董伟转身离开。

陈楠摇头笑说：“你呀，就会欺负他。”

“什么嘛，我辛辛苦苦给他做的减肥餐，他敢不吃，哼！”蒋萱说着，朝一旁的两个饭盒看去。

陈楠上前打开饭盒一看，一盒上贴着“午餐”二字，装着炒丝瓜木耳蘑菇蛋、黑米燕麦糙米饭，一盒贴着“晚餐”二字，装着黄瓜、凉拌海蜇、蒸地瓜。

陈楠睁大眼吃惊地看着蒋萱问：“都是你做的？”

“是啊。”蒋萱轻咬下唇，脸上掠过一抹羞涩，把饭盒的盖子盖上。

“你可是最讨厌下厨的，如今怎么变得这么贤惠了？”陈楠意味深长地斜睨她。

“跟你学的呗，你看看你又是烤鸡又是点心的，不就是想讨向家父子欢心吗？”蒋萱拍了下陈楠的肩头说：“好了，我出去看看，不妨碍你在这里做爱心餐了。”

蒋萱走出厨房来到董伟身边，两人有说有笑。陈楠羡慕地看着他俩互动，一个娇嗔，一个宠溺，不知不觉竟看得有点入迷。

良久之后，陈楠轻叹一口气，转身搓着荠菜肉丸子，心中满满都是自己恋情的烦恼。

向阳在法国有工作室的事情为什么不对自己言明？他与韦家父子的仗到底要怎么打？他对自己的这段感情到底有什么打算？

胡思乱想着，蒋萱拉着董伟回到厨房。

“楠，我刚和董伟说了，今天就让他找个机会帮你去探探向阳的口风。有时候，他们男人间说话会比较方便。”

“这……”陈楠犹豫，不置可否：“会不会不太好？”

“什么不太好，等你这个包子自己去问，估计要等到下辈子了。”说着蒋萱用手肘捅了下董伟，“还是让董伟帮忙吧。”

董伟忙接话：“没问题，我待会就问问他。只不过，如果被董菲知道的话……”

“喂，不会吧，你那么怕你妹妹？那如果将来你妹妹欺负我，你打算帮谁？”蒋萱拉着他的胳膊逼问。

“当然是你啦！只不过董菲脾气你是知道的，我不是怕她，我是可怜她。”

“可怜她？”蒋萱怪叫：“是她婚内出轨，抛夫弃子，她才是过错方好吗？你看看她身边的人，哪个不被她折磨得几近崩溃？你还可怜她，真是是非不分！我看就是因为你们全家人的纵容，她才会变成这样。她不惹我就罢了，不然的话我可不会对她和颜悦色。”

董伟笑了：“说真的，如果家里有个人能让她怕或许还真是件好事。将来你帮我管这个家，别太亏待她就行。”

“我是律师，讲理的，我不会刻薄她，但是她也别想欺负我和陈楠。”蒋萱挽住陈楠的胳膊。

“好了好了，你们再秀恩爱要酸死我了。”陈楠浅笑：“我还有好几个菜要准备，你们出去吧。”

正说着，院子里传来汽车声，向阳和客人们都来了，董家的佣人们也都忙活起来招待。

蒋萱拿着五彩缤纷的气球分发给孩子们，董伟带着孩子和家长参观别墅里的各个地方。

小向成做起了孩子王，拉了几个孩子在花园里追逐嬉闹。

陈楠拿了一盘巧克力糖果，悄悄和小向成说：“你今天是小主人，你去分糖果给其他小朋友们。”

小向成做了个鬼脸，大喊一声：“有糖果吃，你们快过来。”

孩子们一拥而上，伸手抓了一把糖果就又跑开了。

董家别墅空间开阔，花草繁茂，假山喷泉，景色优美，几个孩子像是到了游乐园般兴奋，孩童的心思到底是单纯的，不一会儿就不记得早前的龃龉，玩得不亦乐乎。

倒是大人们的心思复杂，一个个指责向阳不会教孩子，向阳又是赔礼又是赔笑，加上有老师在旁协调，几位家长才总算原谅了向阳父子。

小向成戴着小皇冠，穿着最爱的超人披风，坐在中间，煞有介事地夹菜给其他几个小朋友吃，除了话多了点，看起来和其他小朋友没有什么不一样。

向阳暗感安慰，或许小向成还有希望康复，如今他只希望孩子能健康平安地长大，再无任何高期许。

陈楠最后端出来主菜——一只烤得外脆里嫩、香气四溢的火鸡，配上她自己调配的酱汁，一口咬下去，肉质松嫩，汁香浓郁。

大人孩子各个都边吃边赞。

“向成妈妈的厨艺可真不错啊！”

“是啊，每道菜都是色香味俱全，向成妈妈是不是厨师啊？”

“向成妈妈，怎么以前都没见过你去幼儿园呢？”

“工作特别忙吧。哟，我家美美说她爱吃这个酥肉，这个怎么做的呀？向成妈妈，待会教教我。”

众人一口一个向成妈妈，喊得陈楠尴尬万分。向阳拉了她坐在自己身边，含糊地敷衍了几句，试图蒙混过关。

众人正喜乐融融地享受着美食，一个女子尖锐的嗓音划破空气，穿透每个人的耳膜。

“谁是向成的妈妈呀？快让我看看！”

一听这声音，向阳心头一沉，忙轻握了下陈楠的手，给了她一个坚定的眼神，站了起来。

董菲衣着时髦，妖娆万分地大步走进来，盛气凌人的架势十步开外就已经压迫到在场的每个人。

“妈妈！”小向成本能地从椅子上下来，奔跑着扑进董菲的怀里。

董菲一把抱起孩子，亲热地亲了下向成的脸颊，得意扬扬地走到餐桌前，嘴角一歪，冷笑道：“多谢各位来我家给我儿子庆生，我是向成的妈妈。”

全桌鸦雀无声，客人们面面相觑，脸上都刻着“尴尬”二字，不知要如何反应，最终还是其中一个家长强行打圆场道：“嗯，像，儿子像妈，长得就是漂亮。”

众人也都一一附和。

董菲骄傲地瞟了陈楠一眼，转头对董伟说：“哥，你的胳膊肘也该往里弯弯了吧，平日里整天帮着外人教训我。如今我儿子开生日会，你都不通知我，还想让我儿子喊别人做妈，你也太过分了吧。”

董伟也是有点愧疚，虽然他心里是觉得陈楠更适合向阳，但是毕竟董菲是自己的亲妹妹，自己瞒着她答应向阳和陈楠在家里给向成开生日会，的确于情于理都有些说不过去。

“你不是说你这几天要去新加坡吗？”董伟支支吾吾地说。

“哥，你就别转移话题了，你心里想什么我知道得清清楚楚，不就是为了讨姓蒋的欢心吗？姓陈的和姓蒋的是好姐妹，你为了讨姓蒋的欢心所以就帮姓陈的……”

“是又怎么样？”蒋萱忍无可忍，起身直面董菲：“你自问你这个当妈的合格吗？你看看你儿子头上的那条疤，你有本事就告诉大家，你儿子的脑袋是因为什么缝了那么多针。亏你还有脸跑来认儿子。”

董菲毫不畏缩，斜眼鄙夷地扫了蒋萱一眼，冷呵一声：“蒋萱，你还没过门儿呢，就在这大呼小叫？我告诉你这房子的主人姓董，这里是我父母的财产，我在自己的家里，看自己的儿子，和自己的哥哥说话，碍你什么事？你如果看我不顺眼，你走就是了，还轮不到你来教训我！”

蒋萱本身性格如火，顿时被呛得火冒三丈，朝一旁的董伟瞪了一眼，眼神分明是在说：你就让你妹妹这样欺负我？

第一次受夹板气，董伟两难地暗叹，不知道帮谁好。

董菲再不懂事，毕竟是孩子的亲生母亲，看看小向成紧紧依偎在母亲怀里的样子，总不能硬把孩子从母亲的怀里夺走吧。但是蒋萱帮助朋友巩固爱情地位也没错，况且她又是自己钟爱的女人，维护董菲把蒋萱赶走他也是做不出来的。

搜肠刮肚半天找不到合适的词句来化解这两个女人之间的战火，董伟只得起身一脸委屈，用求饶的眼神看着蒋萱，低声道：“有客人在呢……”

蒋萱睁圆眼睛盯着他，男人果然都是软骨头，一到关键时刻就成了缩头乌龟。

她转过脸正准备朝董菲开火，突然向阳起身走了过来。

“既然来了，就坐下一起吃吧。”向阳边说边把孩子从董菲手上接过来，轻拢住董菲的腰际，趁势在董菲耳边极轻地说了句：“给孩子留点面子。”

董菲再任性毕竟也是母亲，她只是气不过向阳对自己的轻视和陈楠的鸠占鹊巢，并不希望毁了儿子的欢乐。

三人走到桌子旁，向阳顺手从一旁拉了一把椅子过来，亲自为董菲拉开椅子，微笑着让她坐下。

总算坐定，客人们看了这么一场精彩的家庭伦理剧，个个像是被点了穴般的表情僵化。

向阳索性介绍道：“大家可能还没见过，这是成成的母亲，董菲。”

几个家长赶紧跟着自我介绍了一下，老师也跟着附和家长们介绍着孩子在幼儿园里的表现，总算是生硬地化解了尴尬的气氛。

好在今天的主角是孩子，他们对大人世界里的明争暗斗不太关心，吃过美食后，小向成带着他们到房间里打开玩具箱，孩子们一下子就又闹腾了起来。

董菲为了给儿子长脸，显示下自己的财力和亲和的一面，吩咐管家拿来红包，又派人取来现金，给每个孩子家长和老师都塞了一个一千元的大红包，真是气派十足。

向阳也很配合地和董菲一起招待客人，俨然男女主人的组合。

蒋萱双手环在胸前气呼呼地瞪着向阳和董菲二人，心里咒骂着“渣男贱女”。

董伟见她气得双颊飞红，早就慌了神，伸出手指小心翼翼地拉了下她的衣服，凑过脸来轻声道：“你别生气了，他们毕竟是成成的父母……”

“你别碰我。”蒋萱刺猬似的竖起尖刺，低声怒喝：“还说什么会公平公正地处理，还不是让我受气！我现在还没嫁给你就得受这种气，将来结婚后还不被她气死。我今天算是看清了，你根本就是帮着你这个骄横跋扈的妹妹，你根本就不爱我！”

“哎呀！”董伟急得又是拍额又是跺脚，结结巴巴地解释：“我，我不是不帮你啊……这个房子是爸妈的，虽然是我在管理，董菲的确也是有份的，我没权不让她来啊。”

“那你不早说，在我那儿也能办啊。你看现在这事儿弄得，白白让我被她冲了一鼻子的灰。”

“将来我们结婚，我再买一套房子，可能没有这里那么豪华，但是一定让你满意。地段、样式、装修、家具全都你说了算，好不好？”

蒋萱斜眼瞥了他一眼，见他急得满头大汗，突然心头松了下来，笑了：“谁说要嫁你了？你都没变帅。”

董伟无奈说：“你看我光吃你做的减肥餐，一块肉都没多吃，生日会结束就去健身房。不过……如果我减肥后还是不好看怎么办？”

这是从敦煌回来后，董伟一直担心的事。

“那就整容！”蒋萱一本正经睁着圆溜溜的眼珠。

“啊？！”董伟诧异地睁大眼睛。

蒋萱扫了一眼餐桌，发现陈楠不见了，不再理会董伟，忙起身去寻找陈楠的身影。

最后，蒋萱在厨房里找到了正在准备甜品陈楠，见她神情忧郁，赶紧上前安慰。

“怎么，受刺激了？”

陈楠自嘲地笑笑：“一边是向阳和董菲旧情难忘，一边是你和董伟新欢呢喃，我已经被喂饱‘狗粮’了，除了躲进厨房还能做什么？”

“出去争取啊，向阳肯定是希望你和成成多相处的，他们现在在和家长们聊天，你就去和孩子玩啊。”

“没兴趣。”

“你看看你，我说什么来着，你连这么点挑战都应付不了，还想着说做后妈呢。今天这场面不过是给你个下马威，将来这样的事还多了去呢。”

陈楠不语，她心里不是不知道这些问题，只是她不愿意臣服于现实，她期待爱情能创造奇迹。

“唉，算我上辈子欠了你的，我去把那个向阳逮进来。你等着。”

陈楠来不及阻止，蒋萱已经急匆匆地走了出去。

没多久，向阳走了进来。

“怎么了？蒋萱说你找我。”

“我没找你。”陈楠面无表情地说。

他凑上来搂她：“生气了？”

“你说呢？”她白他一眼。

“我不想成成的生日被毁，他难得这么高兴。”

“你不用解释，我明白。我只是觉得自己多余。”

“你一点儿都不多余。”他捧住她的脸说：“是我需要你，有你在我觉得安心。走，跟我去花园里走走。”

果然枪林弹雨易挡，软语温存难抗，向阳轻悄悄的一句话，略加深情的语气，顿时让陈楠鼻头一酸，红了眼眶。

“不去，怪尴尬的。你放心，我知道你是为了成成，我没事。我待会就把甜品拿出去。”

向阳心中感动，叹了口气，将她拥入怀中，亲吻她的发丝。

“等生日会结束，我们去看电影？然后……”

“爸爸！”小向成挥舞着一把塑料玩具剑闯了进来，大声嚷：“妈妈让你到客厅去招呼客人。”

“好，我就来。”向阳松开陈楠，看了看甜点说：“这些都准备好了？我们一起端出去吧。”

“你端这个出去，我端水果。”陈楠说。

向阳点点头，端了甜品出去了。

陈楠转身准备水果拼盘，突然，小向成毫无征兆地挥起玩具剑重重地朝陈楠的大腿敲打下去，然后做了个鬼脸就跑了。

都知道小孩子不懂事，不能和他计较，何况成成有心理疾病，不能以常理来理解，但即便如此，成成的行为也足以让陈楠难过、气愤、失望，心头蒙上浓浓的阴影。

自己要多努力、多真诚才能打动这个孩子的心？如果一辈子都打动不了呢？

拍照是每个聚会必不可少的环节，陈楠却依然躲在厨房里，一会儿把洋葱放进篮子，一会儿擦一下桌子，假模假样地做着一些无谓的事。家政人员几次进来说清洁工作由她们来做，陈楠只是假笑敷衍。

透过玻璃窗看到一群人在花园里拍照留影，陈楠失落感更重。

“咦？我们家什么时候又多了个厨娘？”

陈楠一转头，只见董菲站在厨房门口，双臂妖娆万分地环在胸前，一双猫一样的眼睛在浓密上翘的睫毛下显得妩媚又神秘，她全身上下都散发着令人臣服又令人忍不住想多看几眼的气场。

她美艳得犹如一只傲娇的猫，野性、霸道的气质下却有着极为诱人的魅力。

即便是作为一个敌对的女人，陈楠都不自觉地惊艳于她的美，更不用说男人了。

艳丽的容貌，S型的身材，天生丽质再加上精致的妆容，华丽的服饰，她可以和任何一个女明星相媲美。

见陈楠呆呆地看着自己，董菲觉得向阳简直就是吃错药了才会看上眼前这个毫无惊艳点的女人。她看着陈楠清秀的容貌和素净的穿搭，只觉得小家子气，和自己相差何止十万八千里？

董菲摇曳生姿地走了进来，绕着陈楠转了一圈儿，嘴角浮起一个鄙夷的笑容：“陈小姐，你的戏可真多啊，第一次见你，你说和向阳只是上下级关系，第二次见你就跑到了我的公寓里给我的男人和儿子做饭，害得我和向阳大吵一架。第三次见你，你拎着饭菜跑去医院对我的男人和儿子献爱心。而这次见你，你又出现在我儿子的生日会上。啧啧啧，陈小姐，你是不是离不开我男人和儿子啊？”

“我……”陈楠极力搜索着词句想要反击，她想瞪起眼珠子大声说自己就是爱向阳，要和向阳过一辈子，可是，她说不出口，因为向阳的态度那样反复飘忽，令她对这段恋情毫无信心。

问题太多，谜团太多，她怕自己吐出豪言壮语后很快就会被打脸。

董菲干笑两声说：“陈小姐，你不知道我和向阳之前的故事，你不知道他有多爱我，所以我劝你要小心。男人逢场作戏玩玩暧昧是家常便饭，尤其是像向阳这样优秀的男人，一个眼神就能让女人沉沦。但是我了解他，他是个谨慎理智的男人，能让他真心爱上的女人少之又少。我是他唯一深爱的女人，你信吗？”

“有一句诗写得好，‘曾经沧海难为水，除却巫山不是云’。你觉得他在那样疯狂地爱过我之后，还会爱上其他女人吗？”顿了顿，董菲骄傲地半眯着眼睛看着陈楠。

陈楠听着董菲的挑衅，脑海中不停地回放自己与向阳交往的点点滴滴。接着，她的头像是失去了阳光的向日葵缓缓垂下，不是她不敢反驳，而是她完全没有信心反驳。

“喂！你想干吗？”蒋萱见到董菲趾高气扬地站在陈楠面前，立刻冲上前环住陈楠的肩头：“我告诉你，你敢欺负陈楠，就别怪我对你不客气！”

“怎么？难道你想打我？你的律师执照是不想要了吗？你好不容易钓到的我哥这个金龟婿不想要了吗？”董菲身材高挑，气势上真的有压人一头的威势，说完她冷笑两声，一甩卷发扭头就走了。

“你以为我特想嫁给你哥啊！你搞清楚，是你哥喜欢我，不是我喜欢他！有钱了不起么？一家子奇葩！”蒋萱气得跟上两步要与董菲对骂，陈楠一把拽住她。

“算了，今天是成成的生日，别搞得鸡犬不宁的。”

“你呀……”蒋萱转头正要骂陈楠缩头乌龟，一抬眼，却见到董伟站在厨房另一侧的门口怔怔地望着自己。

蒋萱心头一坠，知道他听到了自己刚才对董菲说的话，

陈楠赶紧推了她一把轻声说：“还不去和他解释？”

蒋萱心火未消，还沉浸在和董菲的对战中，又联想到刚才自己和董菲闹矛盾

时，董伟并没有帮着自己。她现在就和董菲势成水火，将来万一真的嫁进董家还不整天鸡飞狗跳？还不如趁自己现在对董伟感情还不深就此作罢。

“不去。”蒋萱别扭地甩了下肩头，眼睛却牢牢地盯着董伟失望远去的身影。

“哎呀，你真是的。我和向阳原本就是困难重重，你何必为了我让董伟难过？”

蒋萱耸耸肩：“不管他。”

窗外花园里传来一阵嬉笑声，两人朝窗外看去，管家正在给所有人拍集体照。

向阳抱着成成站在中间，成成展开双臂搂住父母的脖子，笑得格外甜美。

蒋萱看看陈楠脸上落寞的表情也不再劝，只是轻轻拍拍她的肩头，她心里深知陈楠的这段感情绝难有个完美结局，但是就如走进迷宫里的人，最终陈楠还是需要靠自己的力量走出来。

生日会总算是圆满落幕，宾客们陆续离开，家政人员开始收拾残局。

向阳本想和陈楠一起去看场电影，顺便逛街购物弥补一下陈楠受的委屈，可是成成拉着他和董菲，吵闹着非要和爸爸妈妈一起拆礼物。

待到他完成一个父亲的义务后，陈楠已经和蒋萱一起离开了。

高度兴奋地闹腾了一天，小向成终于精疲力竭地睡着了。

董菲抱着孩子到卧室里休息，小心翼翼地给孩子换上睡衣，又轻轻地盖上了被子，坐在床沿轻拍着孩子。

向阳默默坐在一旁的椅子上看着这幅动人的“慈母像”，这是他曾经日思夜想的画面，可如今真的展现在他面前，他却觉得虚假得犹如一幅讽刺漫画。

“我们以后都这样不好吗？”董菲难得一见地柔声说。

向阳不接茬，闭上了眼睛，隔绝眼前这幅“慈母像”对他心灵的冲击。他的心已碎，无论她再说什么，也改变不了他俩此生缘尽的事实。

“我知道我任性霸道，脾气坏，而且……还做过对不起你的事，我的确是不值得原谅。可是，向阳，此生我只爱过你一个人。什么韦明轩、阿米尔，还有那些围着我转的狂蜂浪蝶，我全没有放在心上的。”

董菲凄然地看了眼向阳，她说的其实是真心话。离婚后她就意识到自己对向阳的不舍，只是她太过自信、太过放纵，总觉得即使离婚向阳也依然会爱她如初，即使自己有再多的男朋友，向阳也会原谅她，接受她的回归，所以她胡闹，在纸醉金迷的生活里陶醉。直到陈楠出现，这个素净端庄、温柔从容的女人让她有了一种从未有过的危机感。

她虽骄纵却不愚蠢，她看得出向阳有意重建一个家庭，一个与之前完全不同，普通却会让她无比嫉妒的家庭。而每一次与陈楠见面，这种恐慌就不停扩大，慢慢吞噬她的自信心。

年近三十，再如十七八岁的女孩那样的闹腾是不实际的。原本以为阿米尔会娶她，给她提供女王级别的生活，可是一来宗教信仰不同，董菲不愿意入教，不愿意放弃五彩缤纷的世界。二来阿米尔虽然有钱，却也不是他之前形容的那样富可敌国，董菲有种被骗的感觉，两人已经在分手的边缘。

韦明轩对她倒是一如既往，一如既往地把她当玩物，她心里明白这些都是虚情假意，但看破不说破，渐渐地两人成了互相利用的利益共同体。

第十二章
单亲父亲的烦恼

董菲站起身缓步走到向阳跟前，轻轻坐在他的腿上，环住他的脖子，依偎在他身上。

“向阳，我们复婚吧，我再也不胡闹了，我一定做一个最好的妻子和母亲。”

向阳像尊雕塑般久久不语，往事仿若秋风中的落叶在枝头摇摇欲坠，他的心在悼亡自己的爱情。

缓缓睁开眼睛，他的眼中是一片荒芜，伸手轻抚那熟悉柔软的卷发，良久从干涩的喉头发出一声哀叹：“菲菲，太迟了。”

她将他搂得更紧，像是在抱最后的那块浮木，口中反复道：“不迟的，不迟的，向阳，我爱你，我爱你，我一直都爱着你，是我太幼稚，太愚钝，一直都不明白自己有多爱你……”

他摇头，她着急了，捧住他的头，热烈地亲吻他：“别拒绝我，我们是天生一对，没有人可以拆散我们的。”

向阳双手固定住她的脑袋，将她拉开些距离，略略抬高嗓门说：“是的，我们曾经是天生一对，曾经是没人可以拆散我们，是你！是你亲手拆散我们。”

董菲第一次尝到心痛、后悔和被拒绝的滋味，懊悔的情绪如滚滚熔岩般从心底翻腾，最后涌到眼眶内变成热泪。她不愿意就这样失去向阳，她不愿意眼睁睁看着他与别的女人牵手。

“向阳，不要抛弃我好不好，不要……”她哀求，哭得花容失色，“想想我们新婚的时候，你将红玫瑰的花瓣撒在床单上，你说拥有我此生足矣，你还记得吗……”

她不顾他的抗拒，拥抱他，亲吻他，泪珠落到他的脸颊上。

董菲见他不为所动，只能用最后一招，解开他的衬衣扣子，双手在他的胸膛上索取着爱恋和欲望。

他的眼眶也红了，眼前这个女人让他爱得那么深，伤得那么重，以至摧毁了他整个感情世界。他不否认，她的眼泪令他动容，因为他们有太多的往事，太多的牵扯。

“原谅我吧，原谅我吧，向阳。给我一个机会，让我证明给你看，我一定会比那个陈楠更温柔。”她的唇在他的脸上轻柔地摩挲，她努力想要燃起他的欲火。

可是，她失败了。

向阳将她从自己的身上推开，站起来摁了摁自己的太阳穴，苦笑道：“菲菲，你真是长不大的小女孩。你觉得我们之间的裂痕可以用‘性’来弥补吗？你把我当什么了，没有情感、没有意志的动物吗？我不是韦明轩，也不是阿米尔，我不是那些把你当玩物的男人。我是向阳，一个真真实实爱过你的男人！”

“我知道，我知道啊！”她激动地扑上去，牢牢抱住他的腰。

向阳仰天长叹，再次将她拉开，勾起她的下巴，让她看着自己的眼睛说：“我实话告诉你，我很想回到从前，可是这个世界上没有后悔药，时间也永不可倒流。董菲，我很难过，很痛苦，但是更多的是无奈，你明白吗？”

“为什么我们不能从头再来？”她恐惧又渴望地望着他：“你不会真的爱上那个陈楠了吧？不可能，不可能的……”

“不关陈楠的事，无论有没有她，我们都不可能再回到从前了。我对你的感觉变了……”

“我不准你爱上别人，你不能爱上别人！”绝望中的董菲情不自禁地举起拳头朝向阳打去。

向阳抓住她的双手，悲痛地望着她哭得妆容全花、怒不可遏的样子，那一刻他忽然想起医生说成成的躁狂症有一部分原因可能来自遗传。

“你看，你根本就改不了，你不爱我，你只是要占有我。”

“我会改，只要你回来我身边，我们一家三口离开这里。向阳，为了成成……”

“不要跟我提成成。”向阳看了一眼床上熟睡的儿子，压低声音警告她：“如果成成再因为你而受伤，我就会向法院申请取消你的探视权。”

“如果不是你刺激我，我怎么会弄伤他？向阳，只要我们重新在一起，我一定不会再让你难过……”

向阳冷笑一声向她摊牌：“不会让我难过？呵。是你把阿米尔介绍给韦明轩的吧？是你让韦明轩出手打击陈楠的吧？阿米尔的官司赢了，注资到LY，让LY有了更大的实力强行挖走KT的客户，而且你还特意关照韦明轩让他贿赂客户，强行要求更换主创人员，对吗？”

“我……”董菲慌乱地转着眼珠子。

“你明知道韦明轩当年是怎么诬陷我的，你居然帮着他来与我为敌，你还说爱我？”向阳凄然地摇头：“陈楠是因为我而受到牵连，因为你嫉妒。”

“你怎么知道？”她惊慌地问。

向阳指了指自己的脑袋：“董伟告诉我说阿米尔的官司赢了，资产也解冻了，其实这个结果的背后也有韦明轩的一份力量，对吗？”

董菲心虚地瞄了一眼向阳，垂下睫毛坐在床沿上。

向阳继续说：“我知道韦家人的手段，要让KT的几个大客户同一时间不再续约，甚至有好几家中小客户都冒着违约的风险毁约，只能说明有人在背后搞鬼，给了他们巨大的利益诱惑。而最让我疑惑的就是，陈楠的项目被强行要求更换主创人员。”

“关我什么事？是她自己没本事。”董菲嗫嚅地说。

“真的和你没关系？”向阳目光如炬，“米娅的老板最近因为偷税的问题被意大利政府调查，莉丝杰卡的老板因为投资失败而资金短缺，而且他们的CEO欠了一笔赌债，要收买他们并不是什么困难的事。但是陈楠和韦家毫无瓜葛，有谁会如此急切地打击一个毫不起眼的小小设计师？你不觉得奇怪？”

话说到此，再无撒谎的必要，董菲猛地站起身，扬起下巴说：“是，是我让韦明轩附带做的，我是讨厌陈楠，那是因为我爱你啊，我怎么可能让她抢走你？”

“好了，董菲，我们缘分已尽，我不知道我会不会再婚，但是我很肯定地告诉你，我不会和你复婚。”向阳也抬高了嗓门。

“爸爸，妈妈……”成成揉着眼睛半撑起身子问：“你们又吵架了？”

向阳赶紧上去安抚：“没有，爸爸妈妈没吵架，成成放心睡吧。”

孩子永远都是父母心上最柔软的那根心弦，向阳耐着性子坐在一旁轻拍着成成哄他睡觉。

董菲也趁机坐了过来，一手环住向阳的腰，依偎在向阳的肩头。

直到成成再次熟睡，向阳拉开董菲的手，站起身来走出卧室，董菲也紧跟其后。

客厅里，董伟正在壁炉前独饮，见到向阳和董菲怒气冲冲地走出来，不禁问：“你俩怎么了？”

“你问她吧。”说罢，向阳走到一旁给自己倒了杯马提尼。

“哥！我知道我以前胡闹，可我现在是真心想要改过啊！”董菲跑到董伟身旁摇晃他的手臂：“你快帮我说句话呀，帮我劝劝他。不然成成小小年纪就要看后妈的脸色，多可怜啊。”

董伟看着妹妹泪痕未干的样子终究于心不忍：“向阳……为了孩子，你要不要考虑一下？”

“呵。”向阳干笑一声，仰头喝了口辛辣的酒水。

董菲又推又拽董伟的衣服，她知道董伟在向阳心中有一定的分量，只要董伟极力劝说，向阳说不定会给自己一个机会。

董伟无奈地点点头，拍拍她的手：“菲菲，你先回去，我和向阳谈谈。哥哥答应你，一定好好劝他。”

董菲抓了两张纸巾抹了下眼泪，说：“你胳膊肘不准再向外拐了啊。”

董伟点点头，董菲起身走到向阳身后，突然张开双臂牢牢环住他的腰，闭着眼睛深吸了口气，然后抽身拎起小包离开了。

董伟缓缓走到吧台边，拿了两个玻璃杯倒上威士忌，递给向阳一杯，拍着他的肩头，两人坐到沙发上。

向阳笑笑：“很久没和你一起喝酒了。”

“是啊，上一次好像还是你和董菲离婚前。”董伟坐下来。

向阳歪在沙发上，伸直了两条修长的腿，稍稍舒展了一下身子：“我得先恭喜你啊，走了趟敦煌，终于抱得美人归，那么多年的相思苦总算是有了回报。”

向阳笑着朝董伟举举杯。

董伟略带羞涩地笑：“哪有，还没确定呢，蒋萱要我先减肥，减肥成功之后才决定要不要和我交往，还说如果减肥后还是不好看的话，就让我去整容……”

“哈哈……你现在知道女人有多厉害了吧。”向阳笑出声，“唉……我现在是真怕了女人。”

董伟勾起嘴角笑笑，迟疑着轻声道：“向阳，董菲虽然任性，却是敢于坦承自己想法的人。她说要改过，要回归家庭，那一定是真心话。”

“我知道。”向阳轻轻摇晃着杯中的酒水。

“我从没见过她为了一个男人哭得这么伤心，她是真的爱你。”

“我知道。”向阳喝了一口威士忌，辛辣苦涩的滋味让他不由地呲了呲牙。

“既然你都知道，那你怎么想呢？”

向阳两条浓眉纠结，他的心就如这酒水一样的苦辣，而董伟也从他的表情里读出了许多复杂的感情。

“你是担心成成还是担心陈楠？”

向阳朝他看了一眼，浅笑道：“都不是，我是担心自己。我发觉我似乎厌倦了情情爱爱的事，我现在只想过简单的生活，工作，挣钱，养孩子，看书，旅游，听音乐……”

董伟沉吟片刻说：“其实我并不担心董菲，这丫头一阵阵的，如果你不接受她，她可能会大发雷霆，大把地花钱，但是最终她还是会振作起来重新去恋爱。我反而比较担心陈楠……你到底打算怎么办？”

向阳侧过脸来带着怀疑的笑容道：“是蒋萱让你来套我的话吧？”

董伟笑：“逃不过你的眼睛，我对感情的事实在不在行。朋友一场你老实告诉我，你到底喜不喜欢陈楠？”

“不是不喜欢，是不知道要怎么喜欢。”向阳略略坐起，喝了一口酒，轻蹙眉心说，“其实我不该和她开始的。”

“怎么说？”

向阳看了董伟一眼，勾起嘴角笑笑：“实话告诉你吧，我没有再婚的打算。”

“为什么？难道你打算一辈子单过？别开玩笑了。”

“不是开玩笑。可能是年纪大了，没了当年的那股热情。我喜欢陈楠是因为她温柔心善，不任性，交往起来没什么压力，不需要一天到晚去讨好。”向阳说着举起手中的酒杯轻轻晃动，眼睛盯着杯中那橙褐色的液体，若有所思。

董伟看不懂他眼中的那抹忧虑，问：“这不挺好吗？她和董菲完全是两种类型的女人，宜家宜室，娶回家最合适了。”

“我知道。”向阳捏了下眼角说：“可是她需要结婚，将来还会要孩子，这两样我都给不了她。这才是我不能放开心怀去爱她的原因。”

董伟无法理解，因为他是那样期待与蒋萱结婚生孩子，组成温馨、温暖的家庭，为了蒋萱和他们的孩子，他可以做任何事。

向阳微侧过脸笑看董伟几秒说：“你现在的心情就如当初我想娶董菲的时候心情一样，我知道你在想什么，和自己心爱的女人结婚生子，建立自己的小家庭，然后为了这个小家而奋斗。”

他干笑一声接着说：“可如今成成被检查出有狂躁症，他的病百分之九十是因为我和董菲的婚姻造成的，我的责任巨大。如果我和陈楠结婚，再要个孩子，虽然陈楠性格温和，但是成成毕竟不是她亲生的，能保证陈楠对成成和自己的孩子一视同仁吗？如果不能，那成成怎么办？我和陈楠的婚姻又将怎么维持下去？如果我和陈楠的婚姻再出问题，那么那个新生的孩子又要怎么办？”

向阳一连串现实、尖锐的问题听得董伟哑口无言，两个男人静静地喝着酒，一时间都沉浸在对婚姻的自我探索中。

良久，董伟问：“那你打算怎么办？蒋萱说陈楠对你很认真，既然你已经想到这一层，就该给她一个结论。”

“是啊，我是该给她一个结论……不，我想我应该给她一个选择，因为她有选择的权利。”

董伟大致已经领会到向阳的意图，无奈地笑笑说：“知道吗？听你这么一说，我觉得婚姻很冷。”

“冷？”

“嗯。”董伟吸了口气，“虽然我没什么恋爱经验，但是今天发生的一切我也看得懂。向阳，你对陈楠不够重视。”

向阳没有反驳，只是轻摇着手中酒水，皱着眉头，仰头一饮而尽说：“或许我们就生活在这么一个冷婚时代吧。爱不敢爱，恨不敢恨，瞻前顾后，身不由己。”

“如果你不爱她，就尽快放了她，如果你爱她，就热情地追求她。”

爱或不爱？

向阳苦笑，董伟毕竟是没有太多感情经历的人，说出来的话依然像个青涩的学生，成年人的婚恋哪里只有爱与不爱那么简单？

向阳话锋一转，浅笑着说：“那你呢？对你的爱情有没有信心？”

董伟喝了口酒，想到下午在厨房门口听到的蒋萱与陈楠的对话，心下一酸，笑道：“没有。”

“怎么？”

“其实我也知道，蒋萱刚和男友分手，怎么可能那么快就接受我？她只是拿我做疗伤药罢了。不过，我心甘情愿陪她这一程。”

“为什么那么悲观？”

董伟也晃起酒杯来：“我和她认识七年，如果她会对我感兴趣，早就该有了。我虽然没什么经验，但还不至傻到不知道自己是什么角色的地步。”

向阳对董伟有些刮目相看，拍拍他的肩头，给他打气：“勇敢点，你和我不同，我失败过，还有个孩子需要考虑，而你和蒋萱的问题简单多了，你只需要尽量博取她的欢心就好。”

“未必，你和陈楠至少是彼此心仪，现实中的事能够协商沟通。而我和蒋萱之间是感情问题，她不爱我，这个事无法勉强。”

董伟的话再次让向阳为之一振，笑道：“董哥，没想到，你可真是真人不露相啊。”

“哪里，我只是刚入门。”

“你啊，应该更自信点，以你的条件，如果不是这么低调，估计早就有一车的妹子扑上来了。”

董伟摇头：“那她们扑的应该也只是我的财产，而不是我。我还不至于那么廉价，也没那么着急。”

“哈哈，董哥，说实话，认识你那么久，还真不知道你对女人和爱情有如此的见解。”

董伟将话题拉回到向阳身上说：“董菲是我妹妹，我私心始终都是向着她的，失去你是她人生最大的损失，我还是希望你能够考虑回到她身边。但是……如果你确实已经另有所爱，那我也祝福你。既然陈楠是个合适的人选，那就不要轻易放弃。”

向阳只是淡淡地笑，不做回应。

那天晚上，他点支烟坐在窗台上，董伟的话在他的脑海里翻来覆去，理智和情感的两个小人不停在他脑子里交战，一个声音说：“放弃吧，婚姻是现实的，爱情是脆弱的。”另一个声音说：“留下吧，珍惜缘分，她是多么好的伴侣。”

袅袅白烟从他的唇间喷出，在空气中翻转延展，像精灵在舞蹈一般。

早上七点，向阳被一阵砸门声吵醒。

“爸爸，爸爸，要迟到啦！”

“来了，来了。”向阳揉着惺忪的眼，迷迷瞪瞪地从暖和的床上爬起来。

凌晨三点才睡下，此时又不得不早起履行单亲父亲的责任。

他用冷水刷牙洗脸，强行加速让头脑进入工作状态。抬头对着镜子照了照，憔悴、布满红丝的眼睛，杂乱的头发和乌青的胡茬，实在不像样。他快速将胡茬剃干净，挤了些定型发膏，将头发打理了一下。

“爸爸！我的裤子……”成成噘着嘴一瘸一拐地推门进来，身上的衣服穿得歪歪扭扭，腿上的一条裤管因为朝内卷曲着，孩子的腿伸进去后就堵在里面伸不出来，只得踩着裤管跑来求助。

向阳赶紧把他抱到床上，一边帮他重新穿衣服裤子，一边问：“刷牙洗脸了没有？”

“刷了！”成成咧嘴呲牙让向阳看。

向阳看着儿子可爱的模样，忍不住亲了下他的脸蛋。

穿完衣裤，将他放到地上，拍了下他的屁股说：“自己去找袜子，爸爸换衣服。”

“好！”成成一溜烟儿地跑了出去。

向阳看着他小小的身影，心头总觉亏欠他太多，自己一个大男人，到底是粗手粗脚的，照顾不周全，加之自己工作太忙，也没有很多时间陪伴他。这么小的孩子，没有一个女性照顾终究是不行的。

他一边换衣服一边想着，一个名字很自然地浮上心头——陈楠。

坐在餐桌旁，父子俩喝着麦片粥，向阳酝酿了片刻问："成成，爸爸问你一个事……你喜不喜欢陈楠阿姨？"

"不喜欢！"成成不假思索地答。

"为什么？"向阳奇怪地看他，"你不是很喜欢吃陈楠阿姨做的菜吗？"

"妈妈说的，陈楠阿姨做菜是为了讨好你，不是因为喜欢我。陈楠阿姨是坏女人！"

向阳皱眉："不许胡说。"

"妈妈说，陈楠阿姨想要做我的妈妈，以后你们还会生小弟弟，然后你就只喜欢小弟弟，不喜欢我了！"小向成抬起下巴道，"我有妈妈，为什么要她做我妈妈？"

"胡说八道，谁说爸爸会不喜欢成成的？无论有没有小弟弟，爸爸永远都喜欢成成。"

"真的吗？"

"当然。"

"妈妈还说，陈楠阿姨在饭菜里下了迷魂药，把你迷晕了，所以你才不要妈妈的。"

"乱说！"向阳心中怒气升腾，这个董菲到底对孩子胡说八道了些什么。

"妈妈还说，我绝对不可以喜欢陈楠阿姨，不然妈妈就会死掉。"

向阳气极，这董菲脑子里都在想什么？她竟完全不顾孩子的心理健康，早早地在他的心里埋下了仇恨的种子。

"你妈还说什么了？"

"妈妈还说，你身边所有的女人都是坏女人，都是想要她死掉，想要成成死掉的坏女人。"

听到这儿，向阳忍无可忍，抓起手机拨通了董菲的电话。

董菲在睡梦中被电话铃声惊醒，嗓音沙哑地"喂"了一声。

"董菲，我和你有什么仇？你要这样毁了成成，毁了我？"

"向阳，你一大早发什么疯？我五点才睡，看到是你的电话我才接的。"

向阳懒得听她废话，厉声说："你给我听好，你以后少对成成胡说八道，他一个心思纯澈的小孩子，你把他拖进我们成年人的纷争中，不觉得残忍吗？"

“我残忍？你想让我们的儿子喊别人做妈，你不残忍吗？他亲妈还没死呢！”

“你再这样我就要上法院申请禁止你的探视权了。”

“呵！威胁我吗？我告诉你，如果你敢和陈楠结婚我就带孩子走，让你永远见不到他！你是我的！是我的！我不准你爱上别人！不准！！”董菲说完直接挂了电话。

向阳气得把手机扔在桌子上，怒道：“简直是疯子！不可理喻！”

“爸爸……”

一只小手拉了拉他的衣袖，向阳转头看着儿子迷茫恐惧的小脸，心头酸痛，轻抚他的脸蛋说：“成成，你还太小，很多事你不明白。但是爸爸可以保证陈楠阿姨不是坏人，你如果爱爸爸，相信爸爸，给陈楠阿姨一个机会好不好？”

成成想了一会儿，终究也是搞不明白父母的感情纷扰，不置可否地点了点头。

吃过早饭，正要出门，发现成成的袜子穿错了，向阳又匆匆跑去给他找袜子重新穿上。穿袜子的时候，成成说：“爸爸，今天下午你来看我跳舞吗？”

向阳愣了一下，拍了下额头，想起生日会上老师的确说过，寒假前的最后一天幼儿园安排了小朋友汇报演出。

可他今天一整天都有会议，下午还要去外包影视公司看样片，一点儿时间都挤不出来。

成成看到父亲脸上犯难的表情，立刻明白，嘟起嘴失望地说：“没关系……”

向阳想想自己三年里都没有参加过一次儿子的活动，心里很是愧疚，一咬牙说：“放心，爸爸一定到，几点开始？”

“下午三点。”

“好。爸爸记住了，爸爸一定准时到。”

“我想妈妈也能来。”

向阳摇摇头：“爸爸不知道妈妈能不能来，爸爸让陈楠阿姨来好吗？表演结束，我们一起去儿童乐园玩滑轮好不好？”

“好！”

毕竟是小孩子，有得吃有得玩就会忘掉烦恼，向阳暗自庆幸成成不是青春期的孩子，不然真不知道要怎么哄。

送了成成到幼儿园，再开车回公司，一路上堵车堵得让人心焦，向阳一边打电话给助手小林，让她把下午的工作尽量安排在上午，一边又打电话给家政公司，希望他们能尽快再介绍一位钟点工阿姨解决家里的卫生和做饭问题。

一踏进办公室，就看到陈楠和安心如在争执，而小组其他人都在帮着陈楠指责安心如。

“什么事？”向阳上前问。

“我让陈楠把所有与米娅和莉丝的沟通记录交给我，她不愿意。”安心如扬眉道。

陈楠辩解：“我已经把客户的诉求和设计资料都交给你了，有什么必要还要我把聊天记录都截屏给你？我没时间做这么无聊的事。”

“这是工作。”

“谁布置的工作，你吗？你不过是接替楠姐的工作，并没有权力安排她的工作。”杨妮和其他组员一致站在陈楠一边，指责安心如拿着鸡毛当令箭。

向阳一抬手：“好了，上班时间都围在这叽叽喳喳的，当公司是菜市场啊？陈楠和安心如到我办公室来，其他人回去做好自己的本职工作。”

三人来到办公室，向阳表情严肃，陈楠面色铁青，倒是安心如还是一如既往一副无所谓的样子。

“安心如，为什么要让陈楠把聊天记录截屏给你？”

“我需要知道当时客户是怎么和陈楠沟通的，因为我现在看到的诉求和资料和当时在工厂时两家公司老板形容的不一样。”

“有什么不一样？”

“当时米娅的老板亲口和我们说广告要强调面料的透气性和塑型功能，可是我看了他们所有的appeal（诉求），都没有提到面料的透气性。莉丝的老板一直强调他们要用各个种族的年轻女性做模特，可是appeal里却没有强调青春风格。我和两家公司联系过，他们坚持说他们当初是有和设计师交流过的，但是陈楠说没有，这就奇怪了。这几个月来公司已经花了很多人力、物力，如果是因为沟通有问题造成客户拒收最后的成果，不是要损失很多？所以我要陈楠把所有的聊天记录截图打印出来，将来万一客户拒收，我们也可以有个证据。”

“真是荒谬！”陈楠气道：“我为什么要说谎？”

“所以我要拿出证据来说明问题啊。”

眼看两人又要争执起来，向阳赶紧稍稍提高嗓门道：“别吵了，这个事情我会处理，安心如你担心公司损失是好事，但是陈楠依然是A组的组长，你就算有合理的要求也要注意语气态度，不能如此咄咄逼人。”

安心如挑起眉毛扫了一眼向阳和陈楠，笑着耸耸肩摊摊手，说了声“好”就离开了。

陈楠和向阳虽然奇怪安心如的反应，但是整个创意部都知道她是个特立独行的怪胎，也就没特别放在心上。

“都是你惯的。”陈楠埋怨。

“你以后别理她。”

“谁要理她？整个部门的人看见她都绕道走，还不是因为你，所以她处处针对我。”

向阳笑笑：“好啦，别生气了，我已经和她说得很清楚了。”

陈楠摇摇头，起身走到他跟前，问：“中午一起吃饭吗？”

“不行，中午和制作部的人一起请影视公司的人吃饭，然后看样片，下午我就不回公司了。三点成成的幼儿园搞活动，我得去参加，你也请个假，和我一起去。活动结束后，我们一起去儿童乐园玩玩。”

陈楠脸上绽开久违的笑颜。

“快去完成工作，下午我直接过去，你打车过来。”

“嗯。”她娇羞地点点头，忽地想起什么来，眼睛一闪说：“你等等，我马上来。”

陈楠快步走出向阳的办公室，回到自己的座位，从桌子下拉出一个包装袋，然后满脸甜蜜地又跑到向阳的办公室里，将百叶窗关上。

“什么东西，这么神秘？”向阳已经开始工作，一边回复着邮件一边头也不抬地说。

“你看看，你看看呀。”她略有些撒娇地推了推他。

向阳停下工作，从包装袋里拿出两件衣服。

“亲子装？”

陈楠娇笑道：“对啊，你说巧不巧，我早上路过那家服装店，原本是看上一套情侣装的，但是最后却买了亲子装，刚才你又说下午要去参加成成的活动，如果你俩穿上亲子装，那多可爱啊？”

向阳心头一阵暖意，温柔地看着她：“我发现你越来越好看了。”

陈楠笑意更深，打开包装将衣服抖开，在他身上比了比。

“你和我的尺寸都合适，就是不知道成成的是不是合身，不过如果不合身可以换的。”

向阳突然想起董伟形容陈楠“宜家宜室”，真是再贴切不过了。

电话响起，向阳按了对讲机，秘书小林提醒道：“向总监，制作部的郭经理来了。”

向阳给陈楠使了个眼色，陈楠急忙将衣服卷起收进包装，急匆匆地离开向阳的办公室。

一开门，迎面就撞见制作部的郭建明和正要敲门的小林。

尴尬中又带着偷偷摸摸的兴奋，陈楠朝他们点点头，带着笑意回到自己的座位上。

坐下后，陈楠快速打了张请假条，怀揣着待会和向阳约会的激动心情做着设计图。

吃过午餐，陈楠直接来到成成幼儿园附近逛街，买了点小点心，想着待会带进幼儿园里分给众人吃。

透过栅栏，陈楠看到一些老师正带着小朋友们布置花园，气球，鲜花，各种小动物装饰品，鲜艳而有趣，孩子们嘻嘻哈哈的欢笑声似乎将冬天的寒冷都驱赶了。

看到这些活泼可爱的孩子，陈楠又开始憧憬起当妈妈的梦想，而要实现这个梦想的第一步就是要和向阳把婚事定下来，一想到这，陈楠脸上的笑容又渐渐收拢了起来。

不咸不淡地和向阳谈了好几个月，过完年自己又要大一岁，如果现在是二十出头，就算谈个两三年也未必会慌张，可是年过三十，脑袋上就像是被扣了一口大钟，时不时地会被敲打一下，提醒你速战速决，切莫浪费光阴。

要去和向阳摊牌吗？陈楠完全没有底气，因为她知道向阳需要更多的时间去做决定，可他需要多久呢？一个星期？一个月？还是一年？

如果自己去催促会有什么样的后果？向阳的个性绝不会在大问题上迁就女方，逼婚、催婚的下场可能就是让这段原本就算不上热的感情凉得更快。

园门外的家长越聚越多，大多是老人家和一些全职妈妈。

时间到了，门卫打开了门，家长们拿着“家长通知书”鱼贯而入，陈楠自然只能在外等候向阳的到来。

五分钟，十分钟，音乐声和欢笑声已经从幼儿园的礼堂里传了出来。

陈楠拿起手机正要拨号给向阳，突然“哔哔”两声喇叭声响，一辆红色宾利跑车从她身边呼啸而过。

耀眼，妖媚，虽然没有看清驾驶员的样子，但是这两个词已经让陈楠联想起董菲那双猫一般的眼睛。

心头“咯噔”一下，她怎么会来？

可转念一想，她是成成的亲生母亲，当然有资格来，相反的是，自己在寒风中站了大半个小时真有些莫名其妙。

泊好车后，董菲甩了甩她那头精心打理过的长波浪卷发，迈动着两条修长的腿，带着讥讽的笑容走了过来。

“哟，怎么又是你？陈小姐，你为了追我的前夫可真是不遗余力啊。”

陈楠吸了口气说：“是向阳让我来的。”

董菲扬了扬手上的“家长通知书”，说：“这就是血缘亲情明白吗？其实我并不想为难你，不过呢，我看你爱得浑浑噩噩的，在这好言相劝两句。我和向阳认识七八年，你才认识他多久？我劝你还是死了那份心。”

“如果我不死心呢？你俩已经离婚了，你就该放了他，让他自由选择。”陈楠鼓起勇气反击。

董菲冷笑两声说：“你啊，真是傻得可怜，都说女人心海底针，其实男人心更难猜。你对我和向阳的故事也是从他的嘴里得知，难道就从没想过故事可能有另外一个版本？”

“什么版本？”。

董菲嘴角勾起一个苦涩的笑容说：“向阳是个事业心极强的男人，当年成成还没满月，他就能抛下我们母子一个人去法国深造。那段日子，我一个人在国内带孩子，父母也不在身边，根本没人帮我。如今你们一个个觉得我是抛夫弃子的坏女人，可你们有谁尝试过我孤苦无依的滋味？我从来不屑说那些，因为我爱他，我知道他受了莫大的委屈急于要翻身，我更知道事业是他的生命，我和孩子都得往后靠。当年他如此爱我尚且如此，陈小姐，你自问自己又有什么魅力能够让他为你牺牲他的事业？”

果然故事总有不同的版本，看是谁说的而已。

理智上陈楠知道董菲说的是事实，情感上也能同情董菲当时的困境，但是如今她俩是情敌对立，气势上陈楠不想一再被人压制，吸了口气说：“我不需要他为我牺牲事业，况且，我和他是同行，我还可以帮他。”

董菲有些怜悯地看了她一眼，摇摇头：“你不需要和我解释什么，我儿子的表演已经开始了，你好自为之吧。”

董菲转身走进了幼儿园，将“家长通知书”递给了门卫，转过头来得意地给了陈楠一个飞吻，高傲地走了进去。

陈楠咬着嘴唇，望着她的背影久久不能平静。

“陈楠！”

一转头，向阳从停车场跑过来，脸上洋溢着高兴的笑容。

“对不起，影视公司的那个经理实在太能喝了，话又多，看过片子后又开了个会，路上又堵了一会儿就迟了。冻着了吗？待会表演结束，我们去玩滑轮，然后晚上吃火锅。”他美滋滋地说着自己的完美计划，拉起陈楠的手就往幼儿园里走。

不想陈楠却一动不动地站在那里，脸色已经凝上一层冷霜。

向阳疑惑地看着她问："怎么了？是不是气我迟到了？对不起啦，别生气……"

"董菲已经在里面了。"她黯然地说。

向阳愣住了："她怎么会来？"

"她是成成的母亲，她来才是天经地义的，有什么好奇怪。"

"她是不是对你说了些什么？"他皱起眉头暗叹，想了一会儿说："那既然她来了，我就不进去了，我们去看电影吧。"

说着向阳拉着陈楠转身要往停车场走，可陈楠依然纹丝不动。向阳回头，疑惑地看她。

"孩子需要母亲也需要父亲，别让成成失望了。"她将点心蛋糕送到向阳手里说："快进去吧。我先去书城逛逛，活动结束了你给我电话。"

他嘴角带着感恩的笑容凝视她，张开双臂紧紧拥抱她，极其温柔地低语："表演一结束，我立刻给你电话。"

看着向阳急匆匆走入幼儿园的俊朗背影，陈楠不得不承认，无论从身高、容貌和气质上看，他和董菲都是金童玉女。

在书城里逛了将近两个小时，陈楠才收到向阳发来的一个微信留言："对不起，成成很闹，我无法脱身，晚些给你电话。"

"吧嗒"一下合上手上的书本放回原处，陈楠是满肚子的委屈和火气。

难道就因为她懂事乖巧就能被如此敷衍地打发？难道就因为她爱他他就如此冷落她？难道就因为她宽容大度就能一而再再而三地被放鸽子？

陈楠愤然在手机上写下"随你的便！"

真要按下发送键时，她又犹豫了，他是为了孩子，他也情有可原。

陈楠憋着气在书城里转悠了十几分钟，最后，她还是拿起手机将留言改成了"好的。"

那天晚上直到十点，向阳才打来电话，解释说成成非要拉着他和董菲一起去儿童乐园，一起吃饭，一起回家。

其实就算他不说，她也猜得到。男女之间一旦有了孩子，就相当于间接的骨血相连，再分也分不清。

人可分，情可分，血缘怎么分？

向阳竭力地安抚她，提议说周末让董伟受累一天带成成，他二人去上海近郊的七宝古镇一日游。

可能是失望了太多次，陈楠的心情依然很低落，她很想对向阳发泄一下，埋怨几句，可是她那该死的包子性格让她再次选择隐忍，浅浅地交流了几句，她发了几个可爱的表情掩盖了内心的伤感，就结束了对话。

“笃笃……”房门被母亲何莹敲开。

她一脸喜乐地坐到了陈楠的床边，一言不发地就将手机送到她面前。

一张浓眉高鼻的俊脸占满了母亲的手机屏幕。

“这谁啊？长得不错呢。”陈楠疑惑地问。

何莹神秘地笑笑：“喜欢不？”

陈楠哭笑不得：“我都不认识他，哪儿谈得上喜不喜欢啊？”

“谁说你不认识他？你忘啦，你和他是小学同学。”何莹笑得眉毛都弯了。

陈楠接过照片仔细看了半天，依然没有印象。

“我从小到大的男同学就没有长得比较像样的。”陈楠将手机塞回母亲的手里，拿起下午在书城买的广告设计书翻阅。

“哎哟，你的记性连妈妈都赶不上了，这是二号楼杜爷爷的孙子杜子松啊。”

陈楠只觉耳熟，放下手中的书在脑海中搜索了一番，猛然想起：“啊，我想起来了，是不是那个经常流鼻涕，瘦得跟小猴子似的‘肚子痛’啊？”

“什么‘肚子痛’？是杜子松！”何莹满意地笑：“是不是很帅？”

“他不是跟他爸妈去四川了吗？”

“回来啦！今年杜爷爷身体不好，他就跟他爸妈一起回来了。工程师，未婚，和你同年的。要不要见见？”何莹极力推荐。

“你要我嫁到四川去啊？”

“哎哟，人家在上海买了大房子了，这次就是要把杜爷爷接过去住。杜爷爷一直都蛮喜欢你的，我已经把你的微信给他们了，你随时看看有没有人加你好友啊。”

“妈……”陈楠埋怨地叫：“你怎么可以把我的微信随便给人呢？”

“反正你们是同学，有什么关系。当然，你如果肯先加对方，我现在就可以把他的微信给你，你自己去联系。”说着何莹就把杜子松的微信和照片都发到了陈楠的微信上。

陈楠哭笑不得地摇头道：“妈，你明知道我有男朋友，你现在让我去相亲？”

“哎！你可别再提那个向阳了，都谈了几个月了，到现在都没正式上过门，这难道是真心对你？总之我和你爸上次说的那三个要求他必须做到，不然我们绝对不同意你俩在一起。”何莹伸出指头戳了下女儿的脑袋说：“这个星期天，我们小区几个要好的邻居要给杜爷爷践行，祝贺他搬去大房子，人家特意邀请了我们一家人，你一定要到场，听到没有？”

为了耳根子清净，陈楠无奈地点点头，何莹这才满意地起身离开，嘴里还在碎碎念：“好好的未婚男孩子不要，非要去找个离婚有孩子的，真是搞不懂……”

第十三章 破碎的美梦

“哎，妞，你脸色可不太好，怎么了？”蒋萱泡了两杯柠檬茶过来。

陈楠捧着杯子暖手：“我爸妈知道霍家大闹公司的事了。”

“你说的？”

“不是，是王桂群电话里自己说的。”

“还是威胁你们？”

“遇到无赖人家真是可怕，我爸妈怕他们再来骚扰我，昨天瞒着我把钱给了他们，事情了结了。”

蒋萱略感吃惊却不意外，叹了口气：“我是律师，这种事看多了，很多人因为怕麻烦而选择私了，如果你们家愿意妥协也没什么不可以，只是作为朋友我觉得你们太亏了。”

“算了，亏就亏吧。我妈说得对，就算法院判了我们家全胜，一分钱都不用还，但是万一明的不行，他们来暗的，吃亏的终究是我们。”

“这倒是。虽然不鼓励，但也能理解。”蒋萱抿了口茶水，抬眼问：“那你和向阳最近怎么样了？”

“向阳？”陈楠顿了顿，苦涩地笑笑：“我们已经很久没有单独见过面了。他很忙，公司很重用他，而且他总是一副心事重重的样子，我不想自讨没趣，就也没去找他。”

“不是我说，你们这恋爱怎么谈得一点儿温度都没有啊。爱情应该是热烈的、汹涌的、疯狂的，该撒狗粮的时候就撒呀，让周围人羡慕嫉妒恨啊！”

“障碍太多呗。”陈楠撇撇嘴笑问：“那你呢？和董伟是热烈的、汹涌的还是疯狂的？”

蒋萱有些支吾地含糊带过说：“董伟已经帮你探听过敌情了，虽然那笨蛋说得模模糊糊的，但是大概意思就是向阳对再婚有很多顾虑，目前的重点还是事业。”

“我知道。”

“那你打算就一直这样跟他耗啊？你可以要警觉点，他有儿子，有事业，他可不着急，万一和你耗个五六年，到那时你奔四的年纪嫁谁去啊？你还生不生孩子了？”

“哎呀……别说了，我已经烦死了。”陈楠被蒋萱说到自己焦虑的根源，不由自主地流露出不满。

“你啊，我都不知道要说你什么才好，你相亲去就完了。”蒋萱盯着陈楠手机上的相片，一脸兴奋：“嘿，你别说，你这个小学同学还真帅。你真的不去见见？”

陈楠苦笑着摇摇头：“你也糊涂啊，我现在跑去相亲，怎么对得起向阳？我做不出一脚踏两船的事。”

“你真是一根筋，你是被逼的嘛。再说，你不说向阳怎么知道？”

陈楠微微摇头：“我是不是特傻？”

“你才知道啊？”蒋萱睁大眼睛，夸张地说。

“明年我就要三十一岁了，好可怕的年纪。”陈楠叹气：“感觉一下子就从青年走入了中年，却一事无成。工作上毫无成就，婚姻上更是惨不忍睹。萱，我想改变，我不想一直‘包子’下去。”

“江山易改本性难移。”蒋萱笑：“你就是个天生的‘包子’……”

陈楠微撅嘴唇：“你再这么说我要生气了……”

“我话还没说完你就急，包子就包子，你可以在包子馅里加点辣椒嘛！”

“扑哧……”陈楠笑了：“怎么加？”

蒋萱托着下巴仔细端详了陈楠片刻说：“认真的，我觉得你该和向阳摊牌了。”

“摊什么牌？”陈楠顿时不安起来。

“你知道我在说什么，别自欺欺人。生日会上我看得清清楚楚，你俩的互动很不对劲，虽然向阳要顾及成成的感受不得已和董菲演戏，但是他对你也太冷落了。”

“你是说他不喜欢我？”

“哎呀，大小姐，问题不是喜不喜欢，是他想不想和你结婚啊！”蒋萱对陈楠的迟钝只能无奈地拍额。

“你是说让我直接去问他？”

“对啊！马上春节了，是上门提亲最好的日子。别放过他啊！”

“可是他说春节期间要带成成回法国。”

“那就在他走之前，不过就是买点礼物上你家见见你父母，然后把你俩的事摆到桌面上说说……”

陈楠一想到父母的那三个条件和向阳厌烦冷漠的表情，心就往下沉。

“不行的，不行的！”她的头摇得像拨浪鼓。

蒋萱见她心虚恐惧的样子，只得止住了话头，摊摊手说：“你看？刚才还说不想做‘包子’呢，就这么点儿小事，前怕狼后怕虎的。你注定一辈子就是个‘包子’了！”

蒋萱瞪了她一眼，不再说话。

都知道性格决定命运，却鲜有人迈出改变命运的那一步。

过了一会儿，蒋萱玩笑道：“喂，既然你不打算去相亲，要不就让给我，肥水不流外人田嘛，我去探探虚实，说不定他和我合适呢？”

陈楠惊呼：“你疯啦，那董伟怎么办？人家飞了几十个小时去敦煌把你找回来，对你痴心一片，默默暗恋你那么多年，你还不定心啊？”

“恩情是恩情，友情是友情，爱情是爱情，那我就是爱不上他我也没办法啊。”蒋萱垂下睫毛吸着杯子里的饮料。

“不会吧，那你天天给他做减肥餐？”

“那是我一时兴起，现在也没了兴致了。”

“你啊，还说我瞎呢。董伟有什么不好？家世、学历、事业样样优秀，最重要的是对你的那份心。”

“哎呀，我知道他很好，但是他再好、再爱我，我对他没感觉又有什么用呢？”

陈楠见蒋萱坚持，也就不再说下去了，爱情终究是要你情我愿。何况她现在也没有多余的心思操心闺蜜的情事，她自己的感情还如同一堆烂摊子等着她去收拾。

见陈楠对着窗外的景色长吁短叹，蒋萱心中来气，拿起手机干脆利落地拨通了向阳的电话。

“喂，向阳，你再忙也要吃饭睡觉吧，你现在这样完全把女朋友丢一边是什么意思？”

陈楠大惊，赶忙伸手抓她的手臂，轻声叫：“你做什么？别啊！”

蒋萱挡开她的手，继续和向阳说：“你一个大男人，怎么处理感情问题就这么磨叽呢？你到底喜不喜欢陈楠，你倒是说啊！”

向阳轻问：“是陈楠让你打电话给我的？”

“不是，她现在被你折磨得鹌鹑似的，哪里敢给你打电话？是我看不过眼来帮她问问，你到底喜不喜欢陈楠？要不要结婚？”

向阳抽了口气，略略思量说道：“你把电话给陈楠，我自己和她说。”

“好，不过我有言在先，她对你可是很认真的，你想好了再说。”

“我明白。”

蒋萱将手机塞到一脸紧张的陈楠手里。

“怕什么，男人多的是，如果他不答应，就甩了他换一个呗！”蒋萱急急地将手机塞到陈楠手上。

陈楠的心脏跳得咚咚直响，好像手上的手机就像是一只会咬人的怪物。真不知道从什么时候起，她会如此害怕与向阳对话，如此害怕面对现实。

“喂？”她用极微弱的声音打招呼。

“陈楠，这样吧，我来接你，我们去外滩走走，晚上一起吃个饭。”

“嗯，好。”

挂了电话，蒋萱眼睛瞪得更大：“这就说完了？”

陈楠埋怨地看了她一眼：“他约我出去吃饭，估计是要摊牌了。”

“摊牌总好过你每天云里雾里地瞎猜。”

“万一他说分手怎么办？我觉得这个可能性很大，我真的不想再被甩了！”陈楠痛苦地说。

“哎呀，我这火暴性子真是受不了你了！”蒋萱站起身叫道：“早就提醒过你，你非要跳这坑，现在又怂成这个样。”

陈楠无法辩驳，她的心很乱，她承认自己有鸵鸟心理，一方面觉得蒋萱说的很有道理，一方面又有点怨蒋萱把向阳往摊牌的路上逼，如果向阳提分手，自己就要再次被推入深渊。

然而无论是主动还是被动，最终总是要面对现实。

一个多小时后，向阳载着陈楠来到外滩。

因为寒冷，游客不算多，他牵着她在寒风中漫步，两人都很沉默，一个不知道要如何开口，一个等着对方开口，平静的表面下是两颗慌乱的心。

不知走了多久，陈楠觉得，他们几乎从外滩的一端走到了另一端。

“陈楠。”向阳舔了下几乎被寒风吹干的嘴唇，然而准备了多时的话却噎在喉头说不出来。

他拉着她来到月牙形的观景台前，转身面对她，她的眼睛清澈如水，鼻子和两颊被冻得红红的，端正的鹅蛋脸，清丽动人的五官，让他难以舍弃。

如此寒冷的天气，他拉着她来吹江风，若换作董菲或者安心如这类女孩，估计早就提出抗议了。然而陈楠不会，她的沉静和包容令他动容。

他脱下手套，轻捧她的脸，用掌心的温度温暖她的脸。

他的体温从她的脸颊传入她的体内，缓缓注入她的心脏，将她之前的怀疑、犹豫和失望都化尽了，那一刻她只看见他眼中的柔情，她相信他是喜爱自己的。于是，像快要枯萎的花朵再次被注入生命，她又活了。

陈楠娇羞地垂下睫毛，嘴角泛起一个柔美的微笑，也把他心中的冰山融化了。

向阳深吸了口气，憋了几秒，妥协认命般地呼了出来，一把将她拥入怀里。

“我们需要认真谈谈。”

他带她来到外滩一家高档西餐厅里，在精致怀旧的海派氛围和邓丽君柔美细腻的嗓音中，他俩简单地吃了晚餐。

吃完后，向阳要了两杯咖啡，两人对着桌子上的红烛，终于慢慢归入正题。

“我拒绝了LY请我出任CEO的邀请。”向阳边说边拆了一袋砂糖，倒入咖啡，用小匙搅动了几下。

陈楠吃惊地看着他：“为什么？如此好的机会。你不是一直想要这个职位，然后用你的方式去改变LY吗？”

向阳喝了一口咖啡，抿了抿嘴唇摇头道：“我不喜欢被人控制，被人安排。况且我和韦明轩的积怨已深，我入了LY就等于和韦明轩开战，对我的事业发展并没有好处。”

“那倒是。每天钩心斗角，尔虞我诈也很累，不过你不想报仇了？”

向阳再次摇头：“韦先礼把我十年里的所有作品珍藏在他的档案室里，我突然明白，如果没有那次的重创，我就无法体会人世间的‘恶’与‘苦’，也就没有了我后来的作品。我要报仇就得先报恩，既然得先报恩，又何必去报仇？所以在那一刻，我就不想报仇了。”

“那你决定继续留在KT？”

向阳放下咖啡杯，轻握她的手，认真地说：“这个取决于你。”

“我？”陈楠睁大眼看着他。

“告诉我，你愿意一直和我在一起吗？”

陈楠吃惊他会突然谈起这个严肃又敏感的话题。

“你知道我想的。但我担心……”

“你担心什么？”

稍稍砌词造句，陈楠委婉地说：“我不担心董菲，我知道她已经是过去式。我担心的是成成对你的影响。成成对我很抗拒，我没有信心。”

向阳闷声不语。

陈楠吃不准他在想什么，接着说：“还有就是，我爸妈希望我们能够尽早定下来……”

向阳托着下颚凝视她，良久低声问：“陈楠，你爱我吗？”

“当然！”陈楠惊讶他有此一问。

“那你愿不愿意跟我离开这，去一个更开明、更自由的地方？”

“你的意思是？”陈楠小心翼翼地问。

“我们抛开这里的一切，去法国生活。”

向阳这话对陈楠来说简直是天大的好消息，她一直向往着去看看外面的世界，法国，那个时尚之都、浪漫之都、艺术之都，简直没有比这更好的选项了。

她一百个愿意，这样一来，她就可以彻底摆脱国内的这些烂摊子，什么霍军、安心如，什么相亲、打官司，都滚蛋吧，她要跟着自己的爱人去法国享受浪漫爱情了！

陈楠心潮一浪高过一浪，心脏因为兴奋不停地狂跳，她的脸也因为激动而泛起红晕，眼眸因为渴望闪出异样的光芒。

正要一口答应，不想向阳又接着说了下去。

“那里没有繁文缛节，没有传统枷锁，没有什么剩男剩女理论，也没有婚姻压力，男人和女人只因为爱而结合，一辈子不结婚不生孩子也没有人会议论。”

陈楠头脑里“嗡”的一声，他的话里有话，似乎是在表达什么，又似乎是在说服她接受什么，她一时间有些茫然，等着向阳更详细的陈述。

“我想过了，成成的病情我有很大的责任，你说得对，我该多陪陪他。法国的生活节奏比较慢，压力也比较小，我在那里还有一些根基，工作和生活能兼顾。你不用担心在法国的生活，我随时可以托朋友帮我找房子，我会替你安排好一切。我们三个离开中国，放下这里的一切，去法国重新开始。”

他的计划很美好不是吗？一家三口抛开国内的一切烦恼去法国生活，解决了所有的问题，也躲开了所有麻烦，可是……陈楠总觉得哪里不对。

“对了，还有你的前男友和他的家人，你真的不打算追究他们的法律责任了吗？如果你愿意，我可以出所有的费用，帮你一起把他绳之以法。我可以等你解决这些事情后，再一起去法国。”

“不用了，已经解决了。”

“哦？怎么解决的？”

“他爸爸生病住院急需要钱，又威胁说还要去公司闹，还要找人打我。我爸妈吓坏了，昨天已经在居委会的见证下，把钱还给了他们。”

“陈楠！”向阳握拳轻砸在桌面上：“原本你们两家在装修费上的纷争属于民事案件，你们要怎么协商解决都可以。但是你忘了，他们是怎么带人到公司来毁坏你的名誉？这已经是刑事案件了，你怎么可以这样轻易地放过他，他是在犯罪啊！”

“我想把所有的一切都忘记，我不想再去追究这些是是非非了，就当我倒霉被狗咬了，我自认倒霉行了吧？”

“你……我知道你害怕，但是你为什么不和我商量呢？”

“找你商量？你不是很忙吗？我们多久没有约会了？”陈楠终于把心中的怨气吐露出来。

“你想我就给我打电话嘛，我只是这段时间事情太多太忙。”向阳自知“忙”这个字很难有说服力，索性转了话锋：“不过我真不明白，你们怎么可以如此妥协？”

“那你是想我被人跟踪，被人伤害吗？”

“所以更要将他们绳之以法，打掉他们的气焰啊！”向阳生气地说。

“别说了，我爸妈是为了保护我才同意妥协的。现在事情已经了结了，我不想和他们家再有任何牵扯。”

向阳叹了口气，只得作罢，思量片刻蹙眉道：“这二十万我来出吧，你爸妈也上了年纪，将来你不在他们身边生活，他们也需要些钱防身。”

陈楠没有想到他会这么做，惊讶地扬起睫毛看他，这个男人太完美了！

他给了承诺，给了计划，甚至拿出了钱，这些足以说明他是爱她的，他是有诚意的，但还有一件事他没说。

陈楠以为他是忘记了，甜笑着问：“你这样做，我爸妈对你的印象一定会大大加分的。向阳……我想你该正式上门拜访一下我爸妈了，把我们婚后去法国生活的计划给他们说一下。我想他们会同意的。”

向阳一愣，发现自己说了一大堆，陈楠完全没有领会自己在说什么。

犹豫片刻，只得挑明了说：“陈楠，我随时可以见你爸妈，表明我对你的诚心，但是如果他们不同意我们的做法，我不愿意送上门去讨骂。”

“不会的，我爸妈当初反对我们在一起，是怕董菲夹在我们中间，我会受委屈。如今我们既然决定婚后带着成成去法国定居，自然就没什么问题了……我想只要我们态度坚决，我爸妈会接受的。”

“不，陈楠，你误会我的意思了。”向阳赶紧分辩，“我的意思是我们先去法国生活，暂时不结婚，而是同居。在那里同居是合法的，你可以得到法律的保护。

签证方面你不用担心，我有工作室，可以帮你办妥工作签证。”

“什么？！”陈楠惊叫，他的话像十级大地震，震得她的世界坍塌了。

良久，她才用颤抖地声音问：“你是说你不和我结婚，要我和你同居一辈子？”

“我并没有说一辈子不结婚，只是眼下我们交往不久，彼此都有顾虑……”向阳婉转地解释：“其实就算一辈子同居又有什么不可以呢？这样对我们双方都轻松。而且在欧洲，这种形式很普及很正常，是被法律认可的。”

“你别说了！”她抽回手，全身血液凝固，心头泛起凉意：“我是中国人，我不能接受外国人的模式，我接受不了……向阳，你不爱我，你根本不爱我！”她痛苦地呐喊。

“如果我不爱你，怎么会坐在这和你说这些？”向阳也是一肚子的委屈，这是他想了很久才想出来的最完美、最大化符合双方需要的方法。

“你不想和我结婚就明说，何必绕这么大个弯子？”陈楠脸色煞白，眼眶慢慢积起一层水雾。

“你别那么大的反应，我不过是在和你商量。”

“商量？你是在表明态度！”

向阳也收回自己的手，蹙起眉头，刚才的柔情蜜意烟消云散，乌云再次笼上心头。

“结婚不过是一个形式，一张证书而已，为什么要如此坚持？”

“你太自私了！”失望的泪水还是忍不住从陈楠的眼角滑落。

他自私吗？向阳自问，他不过是在表达自己的想法，难道一定要结婚才叫不自私？他不明白。

他结过婚，知道婚姻是什么样的，所以不知道这东西还有什么值得憧憬？

“我爸妈要求我们半年内结婚，不然就不允许我们交往了。而且我妈已经逼我去相亲了，如果你再不拿出实际行动，我真的扛不住了。”

陈楠说出她的困境，希望得到他的理解和配合。然而，这话进入向阳的耳朵里，却变成了奇谈怪论。

“你爸妈要求？这是在逼婚吗？你爸妈怎么能提出这么荒谬的要求？”

“你不能不尊重我的父母。”她本能地维护父母。

“我并没有不尊重你的父母，我只是无法理解他们的要求。我们如何交往、什么时候结婚、要不要结婚为什么要由你的父母来决定？”向阳有点生气：“陈楠，请问我是在和一个女人交往，还是在和一整个家庭交往？”

“我爸妈是为了保护我。”

向阳摇摇头轻叹："好吧，我知道你父母也是为你好。我只是希望你能独立思考分析，不要受别人的影响。"

"我并没有受别人的影响……"陈楠说得心虚。

"是吗？"向阳轻笑："你听到公司里的风言风语就怀疑我和安心如有暧昧；你父母说将来我会因为成成而亏待你，你就认为自己与成成无法共处；董菲故意挑拨我俩的关系，你就当即中招与我冷战；蒋萱说我不靠谱，你就对我疑心重重。陈楠，你太容易被他人影响了。所有人都能影响你，而我是唯一无法影响你的人。"

陈楠红了脸，虽然向阳说的是事实，但是她无法承认所有的一切都是自己的错。

"那你呢？你冷落我那么久，就想出这么个同居的主意？"

一时间话题中断，两人都陷入沉默和沉思，不约而同地转头眺望窗外的外滩夜景。

这是一场男人与女人之间爱的较量，相爱并不一定能够走到白头。作为两个成年人，他们心里清楚地知道一段感情能否天长地久，是需要主观意志和客观条件配合的。

她不够西化，不够开放，所以不能接受他的"完美计划"。

他不够勇气，不够投入，所以不敢再次用婚姻来做赌注。

当陈楠的神思跟着远处江面上霓虹闪烁的观光游船悠悠飘过时，向阳决定给出另一个选项。

"唐进已经和我谈妥合作意向，我回法国将工作室改成公司制后，KT就会与我的公司合资成立KT深圳分公司。我这几次去深圳的目的，其实也是为了这个计划做前期准备工作。"

向阳突然调转话头说起自己的事业，不过陈楠完全没有兴趣跟进，她的心还在为那个"完美计划"剧烈震荡，目光依然遥望着五彩缤纷的黄浦江两岸。

"LY的市场份额主要在江浙和长江以北地区，而南边他们还未触及，所以我建议唐进进军南方市场。当然此事目前还只是意向，对于我来说，可做可不做。如果你同意我刚才的提议，那你、我还有成成就放下中国的一切，去法国开始新的生活。如果你不同意的话……"向阳眉峰轻蹙："那我明年就会推动与KT的合作，转战深圳。"

陈楠有些迷糊，转过头来问："你这几次去深圳其实都是为了这个目的？"

"是的。我现在看淡很多，与其与LY针锋相对，不如打开自己的天地，到时自然能洗刷我当年的冤屈。"

"那我们呢？"她还未能明白向阳对这段感情的打算。

向阳脸色凝重，缄默不语，那双漂亮的眼睛里透出几丝决绝。

就是这几丝的决绝眼神，终于令她渐渐明白了……

陈楠深吸了口气，极力想要表现出平静淡定，然而颤抖的声线和泛红的眼眶还是出卖了她。

“你是说，如果我不同意和你去法国同居，你就打算和我分手是吗？”

“分手”这两个字终于出现在了他俩之间，向阳心中抽痛，却无他法。

从一开始他就知道这段感情走不远，就像颗先天不良的种子，再怎么施肥浇水，终究也长不成参天大树。他尽力了，给了她一个可选方案，这是他能做的最大让步。

向阳有些内疚地点点头：“其实我不该责怪你，我自身也有很多问题。陈楠，我知道你想要什么，我是怕我给不起。但是……我真的喜欢你，所以才会越陷越深。”

他鼓起勇气再次握起她的手，真挚地说：“陈楠，我们需要彼此体谅一下。这样吧，我们各退一步，我试试正式上门和你父母面对面沟通，尽量让他们同意你跟我去法国。但是我不能保证半年内结婚，目前时机未成熟，我希望过一段时间再做决定。而且，我必须顾及到成成的感受。”

陈楠被他说得动容，其实她也觉得向阳言之有理，只是她知道父母对向阳的计划一定会排斥，可是事到如今，不进则退，她看得出向阳的诚意和努力，既然如此，自己也得做点让步。

想了想，陈楠叹了口气说：“那你自己去说服我爸妈。”

向阳笑了，拉起她的手放在唇边亲吻：“我尽力而为，但是我希望你能更独立一些，即使你爸妈不同意，你也应该坚持自己的想法，和我共同进退。”

陈楠愁锁眉头，他的话说得很明白了，若不想分手就只能挑战父母的权威。

两人商定好向阳周末上门，虽然心中都揣着问号，但是至少事情总算是有了点进展。

陈楠一回家就把这个消息告诉给了父母，然而她母亲却还是惦记着之前她答应同去的践行宴。

“妈，杜爷爷的践行宴我就别去了吧。我现在有男朋友，你们还让我去和别人相亲，这不是骗人吗？”

陈永明沉吟一声看看妻子，何莹接了丈夫的眼色，心领神会道：“楠楠啊，杜爷爷的宴席是中午，你让向阳晚上来家里吃晚饭，两下不耽搁的。”

“既然向阳都上门来了，我还有什么必要去和那个杜子松见面？”

“去见见有什么关系？我们又没让你一定去和人家谈恋爱，不过是邻里吃顿饭。”

“我不去。要去的话你们自己去吧，我在家打扫屋子。”

何莹看说不动女儿，只得朝陈永明递了个眼色。

“你必须去！如果你不去参加杜爷爷的宴席，那你就叫向阳别来了，你们的婚事我们是不会答应的！”

“为什么呀？”陈楠急得叫起来。

“没有为什么，我们就这么决定了。如果你中午不去宴席，晚上我们就不见向阳！”为了女儿未来的幸福，陈永明只能蛮横不讲理。

说到底老两口对于女儿要去当人家的后妈，心里是老大不痛快的，而且眼前就摆着一个样貌、事业、条件都不比向阳差的杜子松，怎么也要让女儿试试这个机会才行。

看到父母态度如此强硬，陈楠最终只得妥协。

杜家的宴会开得十分热闹，陈楠到了现场才知道杜子松在国内985大学毕业后，又考上了剑桥，取得博士学位后回国工作，前两年自己和朋友组建了一个公司，做得有声有色。

最让陈楠惊讶的是他样貌上的变化，都说女大十八变，原来男人也会十八变的。

小学时那个邋遢鼻涕虫，如今竟然长成了身高一米八五、风度翩翩的帅哥。

陈楠故意穿得很朴素，脸上只是最简单的妆容，连首饰都没戴，整一个叫素净。

她心里惦念着向阳，压根就对别的男人没兴趣。

在家长们的撮合下，她被安排坐到了杜子松身旁，两人一打照面，杜子松立刻认出了陈楠。

“陈楠！我可记得你哦。”杜子松微笑，浓眉大眼，笑容可掬。

“你的记性可真好，我们都二十多年没见了。”陈楠回笑。

“我不会忘记我的恩人。”杜子松眼睛闪亮：“你还记不记得，那次我被几个同学欺负推到地上，额头撞破了，留了很多血，是你拿手帕替我捂着伤口到医疗室的？”

陈楠努力回想了一下，模模糊糊地好像是有那么回事。

杜子松继续道：“当时我哭你也哭，老师还以为那些男同学把你也欺负了呢。”

杜子松目光在她脸上溜了一圈，笑道：“没想到你现在长得这么漂亮了。”

陈楠一愣，不好意思地笑：“你更让人眼前一亮，现在完全大变样了。我记得你以前是我们班上最矮小的男生，现在竟然长得这么高了。”

“哈哈，打篮球的效果吧。”杜子松朗朗而笑，忽的探过头来轻声说：“你知道今天这顿饭除了给我爷爷践行外还有什么用意吗？”

陈楠有些难为情地笑笑，嘴角显出淡淡的酒窝。

杜子松低声笑道：“今天是我们的相亲大会，你看这些阿姨叔叔们，各个都在偷偷打量我们呢。”

陈楠略略扫了众人一圈，果然那些叔伯阿姨们都在悄悄关注着他俩。

“走，我们出去走走。”杜子松提议。

陈楠点头答应。

两人来到饭店附近的公园里，对着树木花卉，假山池塘，心境轻松了许多。

“你这么优秀怎么会没有女朋友？”陈楠问。

“没有遇到合适的。你呢？你这么漂亮怎么会被剩下？”

陈楠脸上一红，轻声道：“一言难尽……其实我有男朋友，只不过家里不太满意。”

“哦，原来这样。”杜子松点点头：“这种事在国内比比皆是，自己喜欢的家里不喜欢，家里喜欢的自己不喜欢。”

“你不急着结婚吗？像你这样的条件，要找女朋友不难。”

“难是不难，不过我不着急结婚，我想找个自己喜欢的。”杜子松笑笑说：“这样吧，待会回去你就告诉你父母说我已经有女朋友了，我也回去说你已经有男朋友了，让家长们死了这份心，你就可以好好和你的男朋友发展了。不过难得再遇到你这个小学同学，如果你不介意，我们就保持联系。”

“嗯，好的，当然不介意。”杜子松的通情达理让陈楠松了口气。

两人在公园里谈天说地，聊了聊彼此的人生进程，边聊边缓步回宴席。

这次见面，陈楠虽然对杜子松的印象很好，觉得他不骄不躁，进退得宜，不过可惜，此时她全心全意只想着和向阳能够开花结果，因此对杜子松完全没有上心。

“妈，向阳喜欢吃清蒸鲈鱼和白切鸡……爸，你不用准备酒，向阳会带酒来的……”

陈楠一回家就开始打扫布置家里。

何莹和陈永明见陈楠如此钟情于向阳，也只得暗自叹气，谁叫是自家女儿呢。

“那个杜子松真的和你说他有女朋友啊？”何莹在厨房里悄悄问陈楠。

“是啊。”陈楠照着杜子松的话撒谎。

“这杜老头，怎么骗我说他孙子没女朋友呢。”何莹一边切菜一边惋惜。

“妈，向阳待会就要来了，你怎么还惦记着杜子松呢？我被你们弄得像做贼似的，总感觉对不起向阳。”

“爸妈不是不知道向阳的好，爸妈是怕你以后受委屈。你小孩子家不懂的，待会爸妈问他话，你别多嘴护着他知道吗？我们就你一个女儿，总不能让你将来后悔说我们做父母的当初没有替你把关。”

“妈……如果……”陈楠想先探探母亲对于向阳先同居后结婚打算的口风：“如果我跟向阳去法国生活，你们有意见吗？”

“什么？他要带你去法国吗？”何莹停下切菜，转头瞪着女儿。

“嗯。他在法国有工作室，我去那里可以帮他一起打理……”

何莹愣了几秒，叹了口气，继续切菜说道：“我倒是没什么，只要把你嫁出去，我们做父母的就算尽责了，你要跟着他去月亮上住也随你。况且，这样一来，我还可以沾沾光去法国玩玩呢。但是你爸……估计不会答应，你爸是老顽固。”

陈楠的父母中，母亲何莹相对来说更温和，然而相对温和的母亲话里话外都是把结婚放在第一考量位置上，那一向严厉的父亲就更不用提了。

陈楠怔怔发呆，心中七上八下，直到母亲提醒她煮白斩鸡的水已经沸腾了，她才回魂。

晚上七点，陈家已经准备好了一桌丰盛晚餐，家中灯火通明，陈家父母特意换了较为正式的衣服，何莹化了点妆，还在陈永明的头上抹上了点发蜡。

虽然对向阳不满意，但是女儿情之所钟，爱屋及乌，老两口也只能认了。为了女儿，怎么也要显得重视她男朋友的第一次上门。

门铃准时响了，陈楠飞奔到门口，兴奋又激动地打开了门。

然而打开门的那一霎，陈楠的笑容渐渐凝结在脸上。

向阳一手拎着礼物，胳膊肘里拢着一束鲜花，另一只手却牵着小向成。

她并不是不欢迎向成的到来，只是太意外，尤其是这第一次上门。

小向成眨着乌亮的大眼睛，微撅着的小嘴毫不掩饰他不乐意的情绪。

向阳看懂陈楠的表情，立马解释：“对不起，我们明天的飞机，保姆阿姨做到今天就不做了，我找不到人照顾他。”

陈楠无奈地笑笑：“迟早都是要见的，进来吧。”

向阳感激地回之一笑。

“是向阳来了吗？”何莹拉了陈永明也来到玄关迎接。

老两口见到向阳拖着小向成走进屋子，脸上热情的笑容也顿时石化。

向阳把礼物交给陈楠，拉着向成上前来打招呼。

“伯父、伯母好，早就该来拜访的。这是我儿子——向成。”

向阳弯腰让向成也打招呼：“快叫陈爷爷，陈奶奶。”

小向成看着陌生的陈家人，虽然年幼，但察言观色，隐约中也猜到了几分父亲来这里的目的。

“哼！”小向成冷冷地转过头去，他用抗拒来表达自己的不满。

陈永明和何莹不禁都皱起了眉头。

“对不起，他与陌生人见面时都是这样，熟悉了就好了。”向阳赶紧解释。

陈楠也上来打圆场：“是的，是的，爸，妈，别和小孩子计较。待会熟了就好了。”

看在女儿的份上，陈永明和何莹只得作罢，重新堆起笑脸，将向阳请进了屋内。

只是第一次上门就带着和前妻生的孩子，原本陈永明和何莹就算不上开明的父母，这就像是一进门就重重地打了他们一拳，虽然脸上带着笑，但心里却着实不太舒服。

陈楠忙着给小向成添碗筷。

“家里没有儿童餐具，成成就用勺子吃吧。阿姨帮你把菜夹到碗里好不好？”陈楠极其温柔小心，甚至是有点儿讨好地问。

向成又是一声冷哼，将脸埋在向阳手臂上。

“成成，阿姨在和你说话呢。”向阳将他拉开些，语气严厉。

陈楠赶紧制止向阳：“没事，没事，小孩子嘛……”

她心中有点怨向阳第一次上门就带成成来，她很怕父母发现成成的行为异常，如果他们得知成成有心理方面的疾病，就会更坚决地反对她和向阳的发展。

小向成好像故意不给陈楠面子，毫不领情地冲着陈楠做了个鬼脸。

饭桌上的气氛就如窗外的寒霜冰露，冻得不知要怎么来融化。

何莹强撑起客气的笑容，招呼向阳吃菜来缓和气氛。

向阳抱歉道：“真对不起，我工作忙碌，一直没有好好教育他，导致他的行为有些偏差，我正在努力矫正他。”

“算了，算了，小孩子可以慢慢教。”何莹只得勉强圆场，“先吃饭吧，其他话我们吃完饭再聊。我们这顿饭啊，就算你没有和我家楠楠在一起，也是要请的。上次我们家出事，多亏你在医院里照应，还把我们一家送回来，真是要谢谢你。”

何莹悄悄在桌子底下踢了陈永明一脚，陈永明这才有些勉强举起酒杯说："向总监……"

"伯父，叫我向阳就好。"向阳恭敬地说。

"嗯，向阳，这杯酒我先敬你，谢谢你上次出手相助。其他的事呢，我们待会再说。"

向阳和陈楠互换一眼，心知今晚必然是有一场风波要起。

一顿饭吃得是沉闷又压抑，陈永明从头到尾皱着眉头，每看一眼成成，双眉就绞紧一分。

何莹尽力地缓和气氛，但是眼看着成成对陈楠又拍又推，作为母亲她的心里实在不好受，最终连强颜欢笑都难以支撑，简单地问了问向阳的家庭情况，就再也不想说话了。

陈楠强行坚持着两头讨好，一会儿给父母夹菜，一会儿给向阳和成成夹菜。

向阳也竭尽全力地给两位长辈斟酒夹菜，可惜气氛就如结了冰的水，越来越冰，越来越冷。

直到成成的一句话，像一把尖锐的斧凿突如其来将厚厚的冰层凿开了裂痕。

"爸爸！妈妈说她明天也去法国，说要和我在机场捉迷藏，看我能不能找到她。"

陈楠心里"咔啦"一声似乎已经听到了冰层断裂的声音，冰冷刺骨的寒流灌进所有人的血管里。

所有人都停下了杯筷，陈家三口不约而同地把视线聚焦在了向阳的脸上。

向阳脸上一阵青一阵白，百口莫辩，他根本就不知道有这么回事，但是从陈家人质疑愤怒的眼神中，他知道自己跳进黄河也洗不清了。

他张嘴想要解释，但陈永明已经再也忍不住，丢下筷子，冷哼一声起身走到一旁的沙发旁。

何莹埋怨地瞪了女儿一眼："楠楠啊，你这是怎么回事啊？你爸身体不好，可受不住刺激的。"

说罢不满地瞥了向阳一眼，赶紧到一旁去劝自己的丈夫。

陈楠震惊之余感觉自己的忍耐也已经接近极限，她已经让了太多步，已经忍了太多事，可是一而再、再而三的妥协换来的竟然是一次又一次的惊吓。

她爱他，爱得已经准备好要为了他与父母抗争，爱得放下原来的只结婚不同居的原则，爱得准备好接受做后妈的挑战，但是她受不了他对她有保留、有隐瞒。看到父母生气的样子，她知道今晚的谈判已经失败了一半。

“是真的吗？”她问他。

向阳无奈地摇头：“不是。”

“你是说成成在撒谎？”

“我没有撒谎！”成成插嘴道。

“住嘴！”向阳喝止儿子，抬头对陈楠说：“相信我，我根本不知道董菲也要去法国。”

“你让我怎么相信？我有假期，你不带我去，是不是因为这个原因？”

“不是，不是！”向阳越急就越想不出解释的语句：“陈楠，请你相信我。我是下了很大的决心才来见你父母，我不是开玩笑的。”

陈楠红着眼眶审视他的表情，太多真真假假，似是而非的事情已经让她迷茫。

向阳无奈，心中已然开始后悔自己头脑一热跑来陈家，吸了口气说：“无论他们是否同意我们在一起，我只需要你相信我，我是真心的，我没有玩弄你也没有欺骗你，所有的事情我都可以解释清楚，但是我需要时间去证明，更需要你信任我。”

陈楠脑袋里像一个大杂烩，一会儿是向阳的承诺，一会儿是父母的担忧，一会儿是董菲的警告，一会儿是蒋萱的预言，一会儿是成成的爆料，一会儿是安心如的挑衅……一堆人在她的脑子里唱大戏般集体登场。

向阳见她一脸犹豫质疑的表情，知道她并不相信自己，只得暗叹一声起身来到客厅面对陈楠的父母。

“伯父，伯母，对不起，我知道成成刚才的话让你们生气了，可事实上我根本不知道我前妻也要去法国……”

“好了好了。”陈永明摆摆手说：“你是第一次来，我们也是第一次正式见面，你先坐下。楠楠你也过来，我们坐下来好好谈谈。”

向阳赶紧拉了陈楠，拖着成成坐到了陈永明两口子面前。

陈永明顿了顿，打量了下向阳，不得不承认自己女儿的眼光不错，眼前的向阳眉宇间器宇轩昂，而且谈吐得体，隐隐透着傲气和才气。

但是陈永明也看到了向阳骨子里的勃勃野心和不安分，经验和阅历告诉他，向阳不是居家过日子的男人。

“其实我们做父母的只是希望孩子幸福快乐，你也是有孩子的人，我相信你能理解我们的心情。”

“是的，我明白二位的顾虑。所以我是经过慎重考虑之后，才决定这么做的……”向阳略顿了顿说：“你们放心，我不是那种三心二意的人，既然来到这面对二位，我就是带着诚意来的。”

说着，向阳从西装里袋拿出一张预先准备好的支票，恭敬地推到陈永明面前。

“这是什么意思？”陈永明惊讶地问。

“我知道霍家的事让你们损失了很多……这二十五万，就当是我的一点儿心意吧。”

“这怎么行呢？”陈永明连连摆手：“霍家的事和你没有半点关系……”

“不不不，陈伯父，我希望你们收下这些钱，这是我和陈楠的一份心意。”

他的话很得体，陈永明和何莹心中的不满稍稍舒缓了些。

“我们都老了，钱不钱的无所谓，够吃够用就行，倒是你们年轻人将来花钱的地方多。所以我们的要求很简单，婚房是现成的，你们爱住就住，如果有更好的住处，我们也不强求。礼金我们也不需要这么多，给个一两万意思一下就行了。我们只希望你们婚后能每个星期来看看我们，全家一起吃顿饭就好了。”

何莹给丈夫使了个眼色：“他们年轻人工作忙，哪能强求他们每个星期都来看我们，或许他们要去国外工作生活呢？只要他们有空的时候回来看看我们，或者我们闲得无聊也可以去看看他们就好了嘛，你别老顽固，提些过分的要求让孩子难做。”

陈永明有点儿摸不着头脑：“我这要求很过分吗？”

何莹瞪了丈夫一眼，转头堆笑问向阳：“别管他，没事的，你们喜欢住哪里就住哪里，现在交通便利，还有网络，没关系的。那你们准备什么时候把婚事办了呢？”

向阳看了陈楠一眼，吸了口气说：“陈伯父，陈伯母，不瞒你们说，我这次来是希望你们能够同意陈楠和我一起去法国生活。”

“什么？！”陈永明直接从沙发上蹦了起来：“去法国生活？那么远，不行！”

何莹赶忙拉了拉他的袖子，道：“哎呀，你这老脑筋，去法国有什么不好？他们又不是不回来了，再说我们也可以过去看他们的嘛。”

“哎，你是不是吃错药了？”陈永明铁青着脸对何莹嚷：“他说的是法国，不是隔壁的法式小区！隔了半个地球，我们这个女儿不就等于没有了吗？不行不行！”

“你怎么那么顽固？现在都什么时代了，出国定居有什么不可以的？”何莹也提高了嗓门。

陈家虽然是陈永明一言九鼎，但是当平日里温柔贤惠的何莹偶尔发脾气时，陈永明还是会顺从妻子的。

何莹此时心中所想是既然女儿喜欢向阳，向阳也诚意十足，出手就是二十五万，够大方，够气派，做父母再去棒打鸳鸯就太不通情理。再说在她眼中，女儿已经大龄，如果真的硬拆散了，这婚还不知道哪年哪月才结得成。

向阳虽然离异有孩子，但总算样貌出众，事业有成，再斤斤计较又有什么意义？

陈永明被妻子一吼，也只能摇头，他明白妻子的想法，也看得出女儿对向阳的一片痴情，虽然心中意不平，此时只得作罢。

何莹拉着向阳坐下，直接切入正题。

“刚才听你说你们家里亲戚朋友不多，那我们就简单点，我们在上海的亲朋好友也不多，摆个二三十桌就差不多了。”

向阳吸了口气，正要张嘴，陈楠一把摁住他的手说：“爸妈，这个我们还没商量好呢。你们别催啊，总之迟早会办的。”

“咦？不是你们急着要去法国吗？”何莹奇怪地问。

陈楠撒娇地拉住母亲的小臂说：“哎呀，那我总要先去法国看看，适应一段时间吧，然后我还得学法文……”

“等等，等等……”陈永明疑惑地打断女儿的话：“我怎么听你的意思是说你俩不打算结婚，你打算没名没份地跟着他去法国？”

空气凝结，一片静默，陈永明和何莹已经明白一切。

“女儿啊，你不会是中邪了吧！”何莹抓住陈楠的双臂，惊恐地打量自己从小就乖巧懂事的女儿。

“呵，我说向总监怎么会一上来就这么大方地拿出二十五万的支票？”陈永明气得冷笑：“原来是要拿钱骗我女儿去和你同居啊？！”

“伯父……我和陈楠需要再进一步彼此了解，还有陈楠也需要和孩子先适应一下……”向阳努力解释，但是陈家父母的态度让他觉得自己的任何解释都是那样的苍白无力。

更要命的是，成成此时又有了发病的迹象，在陈家客厅的地板上滚来滚去，一会儿拿着变形金刚的玩具在那自言自语，一会儿又把玩具摔在地上自己哈哈大笑。

陈永明原本心情就不好，成成的吵闹更是让他心火上蹿，忍不住嫌恶地瞪了成成一眼。

“不行！”陈永明打断向阳的辩解：“你们俩要么光明正大的结婚，之后你们爱去哪儿去哪儿，我眼不见为净；要么你就趁早离开，别耽误我女儿找好归宿。”

“爸……”陈楠见父亲已经怒气上脸，吓得赶紧跑过去，想要拉住父亲安抚几句。

向阳虽然来之前就知道一定会遇到阻力，却没想到陈楠父母的反应会如此激烈，一时间也有点儿不知所措。他原以为只要自己拿出诚意，就算一时间不能说服陈楠父母，但至少可以有个商量的余地。

可是陈永明语气冰冷，言辞生硬得令他吃惊。

“爸，向阳第一次来我们家，你好好说话嘛。”陈楠急得想哭。

“你啊，那么大的人还不长脑子。”陈永明气得用力戳女儿的脑袋。

何莹也上来劝：“是啊，这次妈妈也不帮你了，你爸爸说得对。”

陈楠看着向阳孤单单地坐在那儿为难，心里难过，想要过去和他站在同一战线上，却被何莹一把拉住。

陈家的客厅里，陈家三口站一边，向家父子站一边，已然成了一个两军交锋的战场。

向阳叹了口气道：“陈伯父，陈伯母，现在已经是二十一世纪了，我想你们该听听陈楠的想法，让她自己决定自己的人生。”

“你别花言巧语和我们谈什么时代不同了，我们就是传统的父母，接受不了什么前卫的想法。如果你要和我们楠楠在一起，就必须要结婚，光明正大地在一起。对了，差点儿忘了说，你最好把孩子的抚养权转给你前妻，一来孩子那么小跟着母亲更合适，二来将来你和楠楠再生个孩子，压力大不说，还容易生出差异心来，到时候矛盾多多，对谁都不好。”

向阳瞪大眼睛，像是听到了外星言论，本能的反应：“不可能！这个我永远做不到。”

陈永明见他态度坚决，完全没有商量的余地，压抑隐忍的不满情绪终于爆发了。

“哦，你的儿子不能离开你，我的女儿就能离开我吗？你想得倒美，让我女儿没名没份跟你去那么远的地方伺候你们两父子，还要受你这个没教养的孩子的气，简直比免费保姆还划算！而且万一说不定哪天你的前妻再来搞搞事，我女儿还有什么地位？”

没教养的孩子？免费保姆？天啊！父亲在说什么啊？！陈楠错愕地望着父亲，心知不好。

果然，陈楠还没缓过神来，向阳已经“噌”地一下站了起来。

怒气在他的眼眉间凝聚，这是一个父亲的本能反应，他们可以骂他，批评他，但是没人可以侮辱他的儿子。

向阳一把抱起成成，用极快极冷的目光扫过陈家三口：“告辞！”

转身走到玄关，他默默给成成穿好衣服鞋子，自己也穿好衣服。

正准备离开，陈楠挣脱开母亲，跑到玄关处拉住他的手臂。

“向阳，对不起，我爸他不是故意的，他只是情急之下说错话而已。”

向阳还未回应，陈永明快步跟了过来。

“楠楠！把支票还给他，省得将来说不清楚。”陈永明将支票塞到陈楠手里便气冲冲地回房去了。

何莹见事情变成如此田地，也无计可施，只能长叹摇头跟着丈夫回了房。

陈楠握着那张支票，心脏像是裂开般地疼痛，鼻尖一酸，热泪涌进了眼眶。

向阳冷冷地站在那儿看着她，眼中只有怒气，一把将支票从陈楠手上夺过撕毁扔在地上。

“我需要的是一个女人，不是一个长不大的好女儿。我想我们都需要时间好好想想，暂时别联系了。再见！陈楠。”

向阳抱起成成离开了陈家，大门关上的那一刻，她崩溃地瘫坐在了地上失声痛哭，她知道自己和向阳结束了，他带着那个美轮美奂的梦境永远离开了……

女儿撕心裂肺的哭声终究是把房间里的父母给震动了，三十年来他们从没见过女儿哭得如此伤心，如此绝望。

何莹赶忙上前来搂住女儿，心疼地跟着哭起来：“傻女儿啊，你真那么喜欢他就随你吧，随你吧。永明啊，你快来劝劝女儿啊！”

陈永明也后悔自己的口不择言，但是他要保护女儿啊，远嫁他国他已是万般不舍，更别说是不结婚、没有法律保护的同居了，万一哪天向阳变心了怎么办？下一秒，女儿失魂落魄游荡在陌生国度大街上乞讨的画面甚至都已浮现在他眼前，真是越想越怕。

他不能心软，女儿如果要恨自己就让她恨吧。陈永明想，他是为了她好，总有一天女儿会明白自己的一番苦心。

一咬牙，陈永明喝道：“劝什么？！为了一句话就能抛弃你的男人能有多爱你？她要哭就让她哭。”

“哎呀，你这人就是这样，说话不过脑的。女儿现在这么伤心，你不怕她出事啊。”

“我就是怕她到了国外出事才这么说的。”

父母的争吵简直就是在火上浇油，陈楠更加心烦意乱，擦了擦眼泪，站起身来，走到父母面前哽咽道：“拜托你们别吵了行吗？向阳已经走了，你们还吵什么呢？”

说完她迅速躲进自己的卧室，反锁了房门，总算是有了一点儿自由的空间。她突然觉得好累，虚脱般的累，将自己抛到床上，瞪着天花板一晚上，脑袋里却是一片空白。

第十四章
鸵鸟的涅槃

第二天，向阳带了成成去了法国，春节长假也开始了。

陈家的过节气氛只能用“沉闷”二字来形容，一家三口例行公事般地做了个大扫除，买了几幅春联，置了点年货，靠着电视机和手机打发时间。

因为陈楠再次失恋，相亲失败，结婚无望，加上霍军退婚的事已经在亲戚朋友间传开，陈永明夫妇自觉无颜见人，编了个一家人出国旅游的借口，拒绝了所有亲友的联谊活动，窝在家里避世。

看着小区邻居家子女成双成对、拖儿带女，提着礼物的回家团聚，陈永明和何莹只有羡慕的份。

父母愁眉苦脸、唉声叹气的样子让陈楠很有负罪感，压力巨大，只得买了些零食跑去蒋萱的住处消磨时光。

陈楠的突然到来让蒋萱意识到她一定是遇上了麻烦，今天是小年夜，往年此时陈楠都是与父母一起准备过节事宜的，而陈楠苍白落寞的神情更是印证了蒋萱的猜测。

“求你什么都别问，我只是想在你这躲清净。”陈楠一进门就直奔飘窗而去，一屁股坐下，抓起一个抱枕入怀，靠着墙看窗外的景色。

蒋萱给她泡了杯花茶，就坐在她对面，几次想张口说话，但都咽了回去。

过了一个多小时，董伟买了许多火锅食材也过来了，蒋萱高兴地迎了上去。

“都买了什么啊？”蒋萱朝购物袋里探头。

“我是照着你的购物清单买的，一个都没漏掉。”

蒋萱一个甜笑，捏了下他的脸：“算你有功了。”

说着她又朝窗边发呆的陈楠扫了一眼，给董伟递了个眼色。

“陈楠怎么了？”董伟问。

“还不是你的好兄弟向阳气的。”蒋萱低声说：“一个多小时一句话都没说，只是坐在那儿发呆，我估计这次闹得挺严重。”

“不会吧，向阳做事有分寸的，是不是有误会啊？”

“去去去，你再替他说好话，我就不理你。”蒋萱白了他一眼，跑回飘窗边，把陈楠拉起往厨房走：“你知道我的厨艺有多糟糕，今天大厨的角色非你莫属。”

陈楠恹恹地点点头，像个机器人似的洗菜、切菜、摆盘、熬火锅汤底，每一个工序她都做得很仔细，只是面无表情，一言不发，蒋萱故意在她身边叽叽喳喳地说话，却收效甚微。

等到杯碗瓢勺、菜肉汤锅一并就绪，董伟开了瓶红酒，三人斟满杯，蒋萱笑道：“我呢，是有家不能归的人；陈楠呢，是有家不想归的人；董伟呢，是有家归不去的人。今天是小年夜，我们三个人一起过，每人说一句辞旧迎新的感言，然后一口气把这杯酒喝下去怎么样？”

“好。”董伟应道。

“我先来。”蒋萱扑闪了两下睫毛，略思片刻说道：“我今年经历了渣男，新的一年里我要放下感情，全力投入工作，有朝一日要成为名律师。”说完蒋萱将杯中酒一饮而尽。

“到你了！”蒋萱用手肘顶了下董伟。

董伟缓缓地举起酒杯微笑道：“我每一年的生活都一样，梦想也一样，就是想用法律来锄强扶弱。”

“你是木头人啊？就不能说点对未来的展望？”蒋萱白他一眼。

董伟尴尬地笑笑：“我真的想不出来。”

蒋萱伸出手指在他的肚腩上一戳：“减肥大计啊！这么重大的展望你不说？”

董伟看看自己的肚子憨笑起来：“差点儿忘了，我希望明年能够减肥成功！”

“这还差不多，不然我就拖你去抽脂！”蒋萱搞怪地做了个好笑的表情，她打趣董伟其实是想引起陈楠的注意力，让她开心起来，可是陈楠从始至终都是面无表情地盯着手中的那杯红酒。

“陈楠？”蒋萱小心翼翼地唤她：“你没事吧？”

良久，陈楠突然吸了口气说：“到我了。”

喝了一大口的红酒，她皱着眉开口说：“你们看这酒的颜色多好看，怪不得人们把爱情比做红酒，玫瑰红的颜色，芬芳的果香代表着浪漫与诱惑。然而当你去品味它，就知道其实它根本就没有看上去的那么好喝，又酸又涩又苦，哪里来的什么甜味？‘甜’，不过是饮酒者自己臆想出来的味道。还有那该死的酒精，就是用来麻木人们理智的，喝得越多就越沉醉，越辨别不出真伪虚实，渐渐沉沦，渐渐迷失……”

陈楠这一番对红酒和爱情独特犀利的评论，让蒋萱和董伟刮目相看的同时又很是暗自心惊。

陈楠苦笑着接着说：“从小到大我都是个安分守己、默默无闻的人，在学校里没有老师会记得我，在公司里没有领导会关注我。我知道自己天资有限，懦弱胆小，只想过与世无争的日子。可是我发现，这个世上的人大多都是恃强凌弱的，哪怕我只想做一只鸵鸟，也无我的生存空间。我不知道明年该做些什么，也没有任何打算，但是有一点我知道，如果我想要活下去，就必须改变，彻彻底底地改变！”

说完她猛一抬头，咕嘟咕嘟地把一整杯红酒饮尽，用手背抹了下嘴，将酒杯“咚”的一声砸在桌子上，看看蒋萱和董伟说：“你们俩别再生在福中不知福了，早点结婚生子吧，你们根本不知道有多少人在羡慕你们。唉……”

陈楠说完转身抓起挎包，不顾蒋萱和董伟的挽留，快步离开了蒋萱的公寓。

蒋萱准备去追，董伟拉住她说：“你让她静静或许会更好。”

“我怕她做傻事啊。”

“不会的，一个想要自我改变的人怎么会去寻短见？我觉得她现在需要的是找到改变的方法，而这个过程是需要她自己去探索。”董伟说。

蒋萱难过地叹道：“我早和她说过向阳不靠谱的。”

“向阳有他的难处。”

“他有难处就别招惹陈楠啊。不过陈楠也是，怎么那么糊涂。”

“陈楠未必不知道困难有多大，但是爱情有时候很难说的，明知道不可为而为之也是爱情的魅力所在。”

蒋萱目光在董伟脸上转了一圈笑道：“你什么时候变成爱情专家了？说得还挺有道理。”

董伟腼腆地笑：“没吃过猪肉还没见过猪跑吗？”

“你说谁是猪呢？”蒋萱撅起嘴佯装生气，董伟没明白自己说错了什么，脑筋硬转了几个圈才明白过来，自己把爱情比喻成了猪，那蒋萱自然而然就变成猪肉了。

他忍不住笑起来，蒋萱举手拍打他，董伟趁势一把握住她的手，将她拉近了些。

眼波流动，四目相交，瞬间气氛变得旖旎奇妙起来。

自从敦煌那一吻之后，他俩虽然保持着言语上的暧昧，但是肢体上却一直都是疏远的。

他俩现在到底是什么关系？她到底爱不爱他？这两个问题一直在董伟脑子里打转。

这一握既是情之所钟，也是趁势而为，他想把心中的谜团解开。

如果她是爱他的，那她应该是欣然接受，如若不然，那自然一切明了。

蒋萱瞪着大大的眼睛看他，脸颊上飞起的两朵红云说明她此时心跳很快，但表情却很僵硬。很明显，她知道他的用意，她的内心在斗争。

董伟的心跳也很快，他鼓足勇气伸手轻轻搂住她的腰，稍稍用力将她往怀里拢，低头朝她的双唇吻去。

他的唇在逼近，他的气息喷吐在她脸上，他要吻她了！

她的心越跳越快，越跳越快……终于，她屈服在自己的本能反应上。

“哎呀，你看汤都要熬干了，快点下菜，我去厨房再弄点鸡汤来。”蒋萱侧头瞥了一眼正在沸腾的火锅汤，借机用手掌撑住董伟的胸膛，趁势转身，转出了他的怀抱，钻进厨房。

她的心脏咚咚狂跳，脑袋里像是有两支军队在打仗，乱哄哄的。

为什么抗拒？为什么逃跑？董伟对自己痴心一片，人品气度都是上佳的男人，如若再往现实里想，董伟家底丰厚，自己嫁进去就是少奶奶，何乐不为？

想当时即便罗旭和白小帅都没有董伟的学历和家世，可是与他们的亲密缱绻是那样自然，为什么对着董伟自己就是无法全身心的投入？

蒋萱心头长叹，其实她知道原因的，因为自己肤浅，因为自己颜控，男方没有俊美的容貌就无法激活她的荷尔蒙。

活该自己被甩、被劈腿、被抛弃，她哀叹，却不知道要怎样让自己去爱上董伟。

端着鸡汤出来，她小心翼翼地留意董伟的表情，还好，一切正常，董伟的脸上依然带着温和憨厚的笑容。

她心下稍安。

两人一边看电视，一边吃火锅，吃吃喝喝，倒也快乐。

喝到半醉，董伟突然眯着眼笑说：“你还没听过我唱歌吧？”

蒋萱也醉眼蒙眬地笑：“你会唱歌？”

“嘿嘿，我中学的时候可参加过歌唱比赛呢。”

她晃着酒杯咯咯笑，不停摇头：“我不信，你现在就唱一首来听听……就唱你参加比赛的那首。”

“好！”董伟朗声应道，抬手将杯中的半杯红酒一口饮尽，将电视机的声音关掉，拿出手机，找到张宇的《用心良苦》的伴奏音乐，开始播放。

那熟悉柔美的乐曲像一股带着波澜的泉水汩汩涌进两人的耳朵，涓涓流入心田。

这首九十年代风靡一时的流行歌曲，唱出多少痴男怨女的伤痛，触人心弦的旋律，伤感独白式的歌词加上歌手那略带沙哑的嗓音，曾令多少人黯然泪下。

“你的脸有几分憔悴，你的眼有残留的泪，你的唇美丽中有疲惫，我用去整夜的时间，想分辨在你我之间，到底谁会爱谁多一点，我宁愿看着你，睡得如此沉静，胜过你醒时决裂般无情。你说你想要逃，偏偏注定要落脚，情灭了，爱熄了，剩下空心要不要，春已走花又落，用心良苦却成空，我的痛怎么形容，一生爱错放你的手……”

董伟动情地唱着，他的歌喉低沉磁性，深情款款，一字一句都唱到了蒋萱的心里。

渐渐的，她脸上的假笑渐渐被从心头翻涌而上的酸楚取代，这歌词是多么贴切地道出了她内心的苦痛和他内心的失落。

回想着自己的两段惨败的恋情和眼前这段无法投入的感情，她的眼眶又热又酸，眼前董伟的形象也在慢慢模糊。

一曲唱毕，空气中弥漫着苦涩无奈，董伟呆呆地看着桌子上的空酒杯，蒋萱泪眼蒙胧地看着董伟。

她歪歪扭扭站起来，倚靠在他肩头。

“留下？”她问。

他拍拍她的手，抬头给了她一个淡淡的笑：“不了。”

很快，她醉了，眼角带着泪痕瘫软在他怀里，他将她抱进卧室，轻轻放在床上，小心翼翼地为她盖好被子。

可她睡得不踏实，睡梦中还在不停地扭动着肢体，嘴里说着胡话。

“白小帅！你敢骗我……你居然敢骗我……我要，我要告你……”

“呜……”她在梦中糊里糊涂地哭起来。

董伟心中凄然，却不知要如何安慰，他从床头柜上的纸巾盒里抽了一张面纸，极温柔地替她拭去眼角溢出的泪水。

“白小帅！白小帅……罗旭……”她嘴里胡乱喊着，却始终没有他的名字。

董伟觉得悲凉，带着绝望前最后的一丝勇气，他缓缓俯下身子，几乎是颤着声音在她耳边问：“萱……如果我离开，你会不会难过？你会不会也在梦中呼唤我的名字？”

她喝得太醉，她的心太乱，她的梦境里并没有他……此时，她只想沉沉睡去，任何声音都是一种噪音，于是无意识的，她抬起手推了他一把，转身进入了梦乡。

她不知道，那夜，他坐到天际发白才悄然离去；她不知道，那夜，他带着一颗破碎的心悄然离去……

陈楠离开蒋萱的公寓后并没有回家，而是打车到了一个对她来说是禁地的地方——酒吧。

今天晚上她要去的不是听听爵士乐、在烛光下小酌清谈的那种酒吧，而是这条酒吧街上最吵闹、最火爆、半条街外就能听到震天音乐的那家摇滚酒吧。

才到门口，扑面而来的就是浓浓的香水味，虽然是大冬天，但男男女女一进门就褪下厚重的外套，急不可耐地露出性感妖娆的身躯，踩着强烈的节奏，迅速投入到一个光怪陆离的世界里去。

陈楠知道这里是热门娱乐场所，却没想到大冬天的夜里居然会有这么多人挤在这里寻求放纵的刺激。

周围的女子大多穿着大胆，甚至有些奇装异服，舞台上穿着暴露的舞娘卖力地扭动着腰肢，贴满亮片的舞衣，雪白的大腿，还有那粘着长长假睫毛的眼睛，在闪烁的五彩灯下，犹如闪电般让人躁动不安。

不知道是不是心理作用，那舞娘一甩头，好似冲陈楠抛了个媚眼，露出个极为妖媚的笑容。

陈楠不禁打了个激灵，赶紧找到一个角落的位置坐下，她需要适应一下这个陌生的世界，然而，正因为陌生，她的内心激动异常。

她终于踏进了这个被排斥在自己世界之外的“魔域”，鹿一般纯净的眼睛看着这些人在那儿喝酒玩闹。

她也脱了外套，藏青色的长袖宽松休闲毛衣与现场疯狂的风格格格不入。

“小姐，要不要来一杯德国黑啤？”一个服务员走过来，带着微笑问。

“哦，好……”陈楠点点头，啤酒总好过那些其他不知名的烈酒，无论如何自己单身在外，还是要小心些。

低音贝斯震得她五脏六腑都在发颤，陈楠其实不喜欢这样嘈杂的环境，甚至有些奇怪为什么会有那么多人喜欢来这样的地方寻找欢乐。

但是此时此刻她脑子里只有四个字：改变自己！

既然要改变，自然是要去尝试一些自己从来都没尝试过的事情。

喝了两大口甘醇的黑啤，她稍稍放松了些，因为她发现，其实并没有什么人留意到她，也没人在意她，她不过是黑暗角落里的一个影子。

难得放纵一回，不如洒脱点，她点了些点心和小菜，一个人自饮自酌，倒是从未有过的轻松快活。

几杯黑啤下去，渐渐地，酒精让她觉得眼前的一切都美妙起来，身子开始跟着只有“咚咚”贝斯声的音乐摇晃。

台上的DJ对着麦克风不知吼了一句什么英文，陈楠跟着周围人一起，举起双手欢呼，她像是被另一个灵魂附体一般，越来越亢奋。

陈楠，这个平时同事嘴里的老实人，男友嘴里的保守女人，闺蜜嘴里的“包子”，如果这些人看到现在的她会不会大吃一惊呢？

真后悔没拉上杨妮、向阳、蒋萱这些人一起来，让他们亲眼看看她陈楠也是会玩、会解放自己的时尚现代女性！

陈楠心底暗自兴奋甚至有些骄傲，自己居然能深夜独自在酒吧喝酒，这从小被父母形容成鬼蜮魔窟的地方原来也可以是充满了欢乐的神坛。

随着血液中酒精的成分越来越多，陈楠寻求解禁的欲望高涨，踩着微醺的步伐，她也缓缓挤进了舞池。

她不会跳，动作十分僵硬，但她此刻并不在意，她跟着DJ的口令和大家一起欢呼，一起举手，一起摇摆。

正玩到兴头上，DJ突然换了一首舒缓的舞曲，陈楠心中抱怨好端端的干吗要换这种柔情似水的曲子，简直扫兴。

这种慢吞吞、甜腻腻的曲子摆明了就是让在场男女彼此组队燃烧荷尔蒙的，对于陈楠这种备受情伤的人来说根本就是折磨，还是回座位继续吃喝吧。

一转身，一个褐发蓝眼的中年外国男人喷吐着酒气来到她面前，笑道：“Hello，小姐，能和你跳舞吗？”

陈楠淡笑着摆手拒绝，却不想那个外国男人竟然伸过手来搂她的腰，这一下把陈楠吓得不轻，急忙往后躲闪。可是舞池拥挤，加上她此时酒精上头，脚下发软，一会儿踩到身后的人，一会儿撞到身边的人，引来一阵侧目。

那外国男人不依不饶又缠了上来，伸手就要来拉陈楠的手。陈楠正苦于无法脱身，突然人群中不知从哪里伸出一只手来抓住她的小臂，用力将她拉出舞池。

陈楠虽头晕，但神智还算清醒的，在闪烁的镭射光下，她影影绰绰看到那个男人的背影有种似曾相识的感觉。

“喂，你是谁？”她问，但声浪很快被淹没在吵闹的音乐声中。

那男人显然是没有听见，将她带回座位上就转身离开了。

陈楠甩甩脑袋，揉揉眼睛想看清楚那人到底是谁，可就在此时，现场又释放出了干冰，整个场子变得雾气弥漫，只看到那个人的背影晃到了另一侧的角落里，没入了黑暗中。

那个人到底是谁？陈楠一脸疑惑坐在那儿，心脏还在突突直跳，这种场合英雄救美并不稀奇，但是救了美却不泡妞那可是稀罕事，那人为什么要救自己脱离困境？为什么救了自己就默默离开，连一句客套寒暄都没有？

想到这，陈楠好奇心起，一咬牙豁出去了，反正从今晚开始，她要做一个全新的自我，再不可胆小懦弱，那就从主动找男人聊天开始吧！

陈楠提气壮胆，一手抓起酒杯，有些摇晃地站了起来，来到那个角落的位置前。

小餐桌上堆满了啤酒杯，两碟下酒菜已经吃得七七八八，看来这个人比自己来得还早，喝得还多。

在小蜡烛跳跃的火光下，她只看到那人的轮廓，却看不清那人的脸。

“先生，我是不是认识你？”陈楠第一次这么大胆地和陌生男人说话，可能是酒精的作用，倒也不觉得有什么尴尬。

“呵。”那人只是冷冷笑了一声，并没说话。

两人僵持了几秒，陈楠觉得很无趣，出师不利，自己第一次如此勇敢，却被如此冷遇，看来自己的确是没有魅力，怪不得向阳对自己那么冷淡，她心头暗痛。

“想知道我是谁？”有些醉意的声音从黑暗中飘来，让陈楠心头一沉。

还未等陈楠搜索记忆里这个熟悉的声音属于谁，那个男人已缓缓地从黑暗中坐了起来，将自己的脸送到烛光里。

“霍军！”陈楠惊呼，顿时被吓得酒醒：“你……你怎么会在这？”

惊吓之下，她问了个傻到家的问题，公众消遣娱乐的地方，自然谁都可以来，但是大上海几千万人口，是什么样的缘分让她居然在这再次遇见他？

见到陈楠惊呆的样子，霍军倒是很镇定。

“没想到吧？这就叫冤家路窄。”

冤家路窄？说得好，霍军用了最恰当的四个字来形容他们的重逢，陈楠不停地点头。

霍军斜嘴笑笑：“我这个倒霉蛋来这里喝酒、看戏、看女人也就算了，你不是有新男友了吗，怎么也会来这借酒消愁？”

陈楠一阵心塞，完全答不上来。她自知向阳这一走，新男友变成前男友，而眼前这个前男友已经升级成了前前男友。哈！真是可笑又可悲，陈楠对自己多磨多难的情路只能用自嘲的方式来纾解了。

“我知道你讨厌我，恨我，不过既然今晚我俩都是借酒消愁的人，就不用恶言相向了吧。这叫同是天涯沦落人……”

四周又开始响起震耳欲聋的音乐声，将霍军的声音埋没。

霍军举起杯子，一饮而尽，起身在陈楠耳边大声嚷：“这里太吵，要不要换个安静点的地方聊聊？”

“你让我恶心，我没兴趣和你聊！”陈楠恨恨瞪他。

“哈哈，难道你就不想听听……我这个前男友对你的评价？”霍军也有点醉意，大着舌头说：“或许……对你将来谈恋爱有好处呢……”

这句话倒是说到了陈楠心里，向阳离开后，她一直在做自我反省，始终想不明白几次三番夭折的恋情问题到底出在哪儿，到底是男方自私小气还是自己真的有问题？

或许……陈楠抬头看看霍军，或许眼前这个与自己有过爱恨情仇的男人能给自己一些答案？

“好，走。”陈楠难得爽利地一口答应。

今夜她要彻底地改变自己，不再优柔寡断，不再懦弱胆小。

走出酒吧的那一瞬，好像从一个时空穿越到了另一个时空。空气凛冽却清新，耳朵好似被噪音震聋了，一时间听不见任何响声，倒觉得世界无比清净。

陈楠还是第一次尝试到腿脚不受自己控制的感觉，明明自己想往右走，身子却往左歪。

有趣！她兀自笑了起来，在酒吧里一通宣泄之后，她感觉就像是蒸桑拿般的过瘾，一身轻松。

仰望夜空，今夜难得清朗，繁星点点，不知道向阳此时在法国会不会也和自己一样被失恋的痛苦煎熬？

应该是不会的，失恋自然是被甩的那个人才叫失恋，甩人的那个人应该叫解脱，既然是解脱又怎么会痛苦呢？或许向阳此时此刻正与董菲花前月下，旧情复炽，一家团聚呢，怎么会痛苦？自己真是傻透了……

陈楠越想越难过，感觉全身的细胞都在哭泣，但是今夜她不想流泪也不能流泪，哪怕痛死，今夜的陈楠也不能掉一滴眼泪。

她心神涣散，酒精上头，看不清前路，高跟鞋一个没踩稳，差点儿崴了脚。

“你小心点。”霍军走着S型的步伐上前来扶陈楠。

陈楠本能地打开他的手：“不要你扶，你这个缩头乌龟！”

“缩头乌龟？”霍军略愣了愣，随之哈哈大笑：“骂得好！骂得好！唉……”

一阵慵懒舒缓的爵士乐从一旁的酒吧里飘了出来，吸引了陈楠的注意力。

“就这家！”她指了指这家爵士乐酒吧。

两人走进酒吧，挑了最僻静，靠窗口的一个角落坐下。

可能是因为音乐不够疯狂，入座的大多是中年怀旧、小资情调的酒客。

轻缓的旋律与空气中淡淡的香水味、酒水味调和成了一种极具挑逗诱惑力的味道。

可惜，人不对，一切都不对，如果对面坐的是向阳，当下的陈楠可能已经笑成了花，然而眼前人是霍军，一个令她讨厌憎恨的男人。

真不知道老天爷搞什么鬼，如此良宵竟然弄这么个男人来陪她喝酒听音乐，难道今晚与霍军的意外重逢是天意要让她与过往的一切来个彻底切割？

“你知道你最让男人喜欢的是哪里吗？”霍军拿着搅拌棒搅动着翠绿晶莹的经典鸡尾酒Mojito，酒醉让他倾诉欲大增。

陈楠冷冷地盯着他，待他继续说下去。

“你最让男人喜欢的就是你这张看上去乖巧温柔的脸，让人觉得你一定会是个贤妻良母。”他抿了口酒水，皱了皱眉头，又说道：“但是！”

他强调地加重语音：“你这张脸是骗人的，你啊……你根本就不是个女人！”

“你再敢侮辱我，我就拿酒泼你！”陈楠端起自己那杯“大都会”鸡尾酒。

“哈哈！泼啊！”霍军放肆地笑，扭曲着眼眉鼻嘴，无赖兮兮地指着自己的脸说：“往这泼！我现在惨得连条狗都不如，还怕你泼酒？”

陈楠吸了口气，冷静下来道：“说下去，我今晚就要听听你对我的评价。”

陈楠的镇定让霍军有些吃惊，干咳了一声继续说道：“你也不用生气，我话还没说完呢。说你不是女人，是因为你什么都要听你父母的，可是你的父母啊……呸！就是一对假正经的混蛋！什么坏主意都是他们出的！

“明明我家有婚房，你们家嫌远了，哄着我们装修你们的新房。我知道，你没那么大的主意，都是你爸妈在后面使坏，让我们家白白给你们家装修！如果倒过来让你们给我们家装修呢？你们估计早就要逼我家在房产证上写上你的名字了吧！

“你们家算计得精啊，我是傻，我活该，为了和你结婚，甚至连你不会生孩子的事都瞒着我爸妈！还帮着你们劝我爸妈拿钱出来装修。你呢？你有没有为我想过？花那么多钱娶个不会生孩子的女人回家，我心里多堵啊！

“我知道你其实是想嫁给我的，但是你根本就不是个女人，你是你爸妈的乖女儿，可是你永远也成为不了别人的妻子！你不是骂我是妈宝男吗？那你就是妈宝女！知道吗？你爸妈在你心目中永远都是第一位的，你那么孝顺就别嫁人啊，一辈子待在家里陪你爸妈不就行了，为什么要跑出来祸害人呢？”

霍军一口气把郁结在心的话倒豆子似的统统说了出来，倒觉得轻松了许多，瘫在圈椅里，昏沉沉地说：“其实我们这个年纪的男人女人，就是为了成个家凑合在一起罢了，爱不爱什么的早就不重要了。但是，就算你骂我是骗子，我也要说，我当初的确是喜欢过你的。”

“呵。”陈楠忍不住冷笑，事到如今，无论霍军说什么在她耳里都只是狡辩和谎言。

“哦，还有那个蒋萱，就是个搬弄是非的家伙！我的朋友怎么你们了？大家一起出去玩了一趟，她就整天在你面前嚼舌根说我朋友这不好、那不好。我知道你没脑子，都是那个蒋萱教唆你，三天两头说我朋友三观不正，还说我父母对你不够热情，难道我和你结婚非要弄到众叛亲离的地步？”

“你的那些朋友私生活混乱，素质低劣，你爸妈从装修房子开始就变了脸，这些是事实，和我爸妈和蒋萱没关系……”陈楠忍不住辩护，但一转念，两人走到今时今日再去翻旧账真是无聊之极，便止住了话头，摆摆手道：“算了算了，没意思。”

吸了口气，霍军长叹：“唉……悔婚是我不对，但是长痛不如短痛，总好过结了婚之后再闹离婚吧。我是不争气，但是你呢？完全是活在你父母和那个蒋萱的影响之下，将来谁娶了你就等于娶了你全家还要外加一个闺蜜。”

他耷拉下脑袋，手指摁着太阳穴，嘴里叨叨着：“傻子才会娶你呢。”

陈楠听完他这一长篇的苦水，良久不语，她该生气的，可是此时此刻比愤怒更多的是震惊。

那些孰是孰非都已成过去，她懒得去和他争执。但是霍军和向阳几乎同样的评语令她不寒而栗，尤其是霍军嘴里的“妈宝女”这三个字刺激着她的神经。

妈宝女？好女孩不就该听父母的话的吗？百善孝为先，孝顺怎么会成了罪过？为什么男人们一个个说自己不是女人？

她突然陷入沉思，如果当日自己坚决地站在向阳那边对抗父母，现在会是什么样的局面？或许此时她正与向阳在塞纳河畔漫步？又或许在卢浮宫里细品油画？真的能那样的浪漫惬意吗？

她叹气朝窗外的夜景看去，不，只是她的一厢情愿罢了。别忘了，向阳的世界里还有工作、儿子和前妻。

到底怎样的选择才是对的？或许是因为向阳做的也不够吧，她想，如果向阳能够再多些热情，再投入一些，或许……

陈楠掐断马后炮式的假设，抬眼看了看醉意浓重的霍军，这个无论样貌、家庭、事业甚至是人品都在及格线上浮动的男人，真不知道他哪儿来的优越感，就因为他是男性，所以可以更从容、更任性地对待婚姻大事？

看看他如今这副落魄的样子，看来甩掉自己这个包袱，要回了装修费也并不能让他快乐起来。

陈楠举起红艳艳的“大都会”鸡尾酒，抿了一口问：“你如今不是已经得偿所愿了吗？婚也退了，钱也拿到手了，怎么还会在这喝闷酒？”

霍军垂着头摇了两下，根本不抬头看陈楠。

“我已经不想再相亲了。”

“那就别相呗。”

“我也不想结婚。”霍军用手指搓了两下鼻梁两侧：“我觉得很累，相亲相得我都觉得自己像个等待交配的动物，根本找不到有感觉的。”

“你可不是感情丰富的人，这不像你说的话。”

“我知道，我不相信什么爱来爱去的话，不过就是找个人搭伙过日子，让父母完成抱孙子的愿望。但是我总觉得少了点儿什么。”话头一转，霍军抬头挤出个故作轻松的笑：“没什么大不了的，以我的条件，要找个愿意嫁给我的女人还是不难的。你不也很想嫁给我吗？”

“那是我当时瞎了眼。”陈楠冷冷瞪他一眼。

再无话题可言，他俩的故事画上了句号，不会再有任何交集。

陈楠喝了口酒，拿起包起身而去，嘴里说道：“你请客吧，当你把欠我的都还了，从今往后你我陌路，老死不相往来。”

“陈楠！”他叫住她：“去把你的病治治好，没几个男人能接受女人不会生孩子的。”

这个该死的男人，临了还要在她心口上插一刀。

忍无可忍，则无须再忍，原本想要和平了结恩怨的陈楠一股怒气涌上心头，借着酒兴她突然转身，抓起桌子上那杯红艳艳的“大都会”就朝霍军泼了过去！

“滚！”这是陈楠留给这段感情的最后一个字。

被淋得满脸酒水的霍军大吃一惊，顿时酒醒了几分，瞪大眼珠子不可思议地看着这个曾经包子一样软糯的女人，如今挺直了腰杆气势汹汹地转身离去。

他最后那句话其实是一番好意，只不过他没想到这句话在陈楠听来异常刺耳。

霍军没有去擦拭脸上的酒水，其实他今天来买醉是被相亲对象放了鸽子，他等了两个小时，最后女方却发了个短信说自己已经在某个角落见到了他，没看对眼，为了不浪费彼此的时间，就不见面了。

霍军最后生着闷气跑去酒吧喝闷酒，不想却意外发现陈楠在舞池里狂扭着身子，这个曾经循规蹈矩、连和男友出去看场午夜电影都要得到父母批准的女孩，居然在舞池里癫狂起舞？看来她也过得不快乐，或许和自己一样心里太过压抑，需要释放。

虽然陈家最后退还了二十万元装修费，但他父亲终因脑出血而半身不遂。母亲王桂群现在每天除了催逼他相亲结婚，就是絮絮叨叨埋怨他把家里的运势弄坏了。

这或许就是现世报吧！他忍不住这么想，费了那么大劲把装修费要了回来，却转手全交给了医院和药房。

想想当初，如果咬咬牙真的和陈楠结了婚，或许就不会有这么多的倒霉事……

念头一起，霍军旋即又摇了摇头否定，抓起桌子上的纸巾擦了擦脸上的酒水，买单起身离开了酒吧。

说到底，感情不深，就如纸糊的房子，风一吹就散了……

一个半月后，当向阳再次回国，发现陈楠已经辞职，虽感吃惊却不意外。

他和唐进签订了合作协议，成为KT的股东之一，并任深圳分公司的总经理。

事业的腾飞让他彻底将儿女私情放了下来，一心一意扑在了KT深圳分公司的筹备上。向阳聘请了董伟担任公司的法律顾问，两人谈完公事后来到一家咖啡馆小憩，自然而然地谈起了私事。

“过年前你还在说想要和成成留在法国生活，怎么又决定回来了？”董伟问。

向阳抿了口咖啡笑笑：“是想过。到法国后，我带着成成在一个庄园里住了半个月，一开始感觉很美好，蓝天白云，鸟语花香，无忧无虑，但是很快这些美好的感觉就变成一个又一个的创作灵感。呵呵……说好的放下工作、享受人生却变得比平时更忙碌，拍照、画画、收集素材和灵感，真的有太多太多的事想做了。”

顿了顿向阳深有感悟地说：“我现在有点信命了，天生的劳碌命何苦强求去悠闲？只是觉得对不起孩子。不过这次董菲总算是做了件好事，她找到了一家儿童心理诊所，丈夫是医生，妻子是儿童教育学家。两人在家里开了个诊所，家里有花园，养着小猫小狗、小鸡小鸭之类的小动物，孩子玩得很开心，成成的治疗效果也不错。”

“尼古拉斯和伊莎贝拉都是我的同学。”董伟说。

向阳吃惊地吸了口气：“是你把尼古拉斯夫妇介绍给董菲的？”

“她一定要去法国找你和成成，我怕她又去和你闹，突然想起这两个法国校友，就联系了一下，让董菲到了法国后去找他们。董菲虽然任性，但毕竟是成成的母亲，她也不希望成成的一生就这样被毁掉。”

“怪不得，她这次到法国是安静懂事了许多，现在成成寄宿在尼古拉斯家里，倒是开心得很。董菲在附近找了个公寓，每天过去陪孩子，跟着伊莎贝拉学做糕点，顺便照顾来求诊的孩子们，还真做得有模有样。”向阳苦笑着摇摇头。

“你知道她的用意。”

向阳莞尔一笑，并不接话。虽说浪子回头金不换，但有时候回得太晚了，终究也是枉然。

“对了，蒋萱有没有和你说起陈楠的情况？”他问。

董伟摇头道：“蒋萱只说你把陈楠伤得很重，她也已经有一段日子没见到陈楠了。”

向阳微蹙眉间，点点头，沉默不语。

“你和陈楠真的结束了？”董伟问。

向阳的双眉绞得更紧，无奈叹道：“我想是的。”

沉吟片刻，话锋一转，向阳问：“你和蒋萱怎么样？什么时候能喝你们的喜酒？”

董伟嘴角浮起一个耐人寻味的笑容：“哪儿来的喜酒？苦酒倒是有一杯。”

“怎么？”

“没什么，从来也没开始过的故事，不提也罢。”董伟摆摆手，淡然地笑笑。

两个男人不约而同地叹了声，心照不宣地相视而笑。

不是不痛，不是不苦，只是不善倾诉，男人的伤痕只有自己看得见。

第十五章 世上没有后悔药

“嘀……嘀……”

“嘭！嘭！嘭！”

凌晨三点，蒋萱在睡梦中被急促的门铃和砸门声惊醒，不但头昏脑涨，连心脏都被这催命似的吵闹声折腾得隐隐闷痛。

“谁啊？”蒋萱没好气地打开床头灯，披上睡袍，趿拉着拖鞋昏昏沉沉地往大门走去，朦胧中差点儿撞上墙。

“真是见鬼！”她咒骂着，猛的一个激灵，醒了大半，现在三更半夜的，谁会这样砸门？

蒋萱赶紧把家中的灯全都打开，从鞋箱边拿起一根棒球棍紧握在手中，走到门后，深吸口气，探头往猫眼里看。

“萱儿，是我，快开门！”一个带着哽咽的嗓音传来。

蒋萱心头一紧，只见一个男人失魂落魄地伏在门框上。

白小帅？怎么会是他？

蒋萱打开大门，隔着防盗门盯着他：“你想干什么？”

“萱儿！萱儿！”白小帅抬起哭得通红的双眼带着祈求的目光看着她，双手抓住防盗门的网格：“我知道错了，我真的知道错了，萱儿，是我蠢，我爱的人是你，我爱的人一直是你，但是我太幼稚，我不懂珍惜。”

蒋萱莫名其妙地听着他类似电视剧对白似的表白，还以为自己是在梦里，悄悄掐了自己一下，才知道眼前荒谬的剧情是真实的。

“白小帅，凌晨三点你这个鬼样子跑来和我说这些话，你是不是疯了？”

“不，我没疯。”他哭得稀里哗啦：“萱儿，开开门，让我进去，我有好多话要对你说……”

“我没话和你说，滚去找你的无辜小白兔吧！”蒋萱厌恶地一把将门关了。

“真是精神病！”她低声咒骂，看看墙上的钟，想到天亮后自己还要上庭，赶紧往卧室里走。

原以为白小帅讨了个没趣会离开，没想砸门声和门铃声的双重轰炸接连不断。

蒋萱被他敲得头痛欲裂，自知如果不解决这问题，今晚是不用睡了。

再次怒气腾腾地打开门，正要开口，隔壁邻居已经走出了个彪形大汉，指着白小帅就吼：“喂！你不睡觉别人要睡觉，再吵我就揍你！”

蒋萱乐了：“嗯，你揍他吧。我不认识他！”

“萱儿，我知道你生气，你让我进去，我给你解释……”

“我和你早就没关系了，我不要听你任何解释，你走吧！”

蒋萱又要关门，邻居大汉上来说：“这个小男人之前不是一直和你住一起的吗？你们俩有什么事自己回家说去！别在这扰民，我可警告你们，你们再弄出一点儿响声来，我就报警！”

大汉说完转身离去，嘴里嘟囔着：“一对精神病！”

白小帅继续哀求蒋萱：“萱儿，我已经和吴佳分手了。我知道我那天做得太过分了，是我幼稚，是我蠢，我知道错了，给我个机会吧……”

“不可能，你爱闹就闹，你爱砸就砸，反正就算我不报警也会有人报警，你就等着警察来教育你吧！”

蒋萱不再理会他的苦苦哀求和痛哭流涕，一把关上门，回到卧室里睡觉。

门铃又响了两次，蒋萱用被子把头捂住，强迫自己入睡。

可是这么一折腾，她早就睡意全消，一会儿想着早上要上庭，一会儿好奇白小帅到底走了没。

真该死，看来是睡不着了。蒋萱拉下被子，开了床头灯，竖起耳朵听屋外的声音。

很安静，看来白小帅是走了。

她松了口气，一转头却看到墙上的一排彩色小相框，心脏突然收缩，隐隐有些痛楚。

这些小相框是他们一起买的，当时白小帅按照她的意思一个个钉上去，蒋萱嫌他钉得不好硬要自己来，不想却被榔头砸到了手指头。白小帅心疼地将她的手指含在嘴中，然后给她包扎，整一个星期都不让她做一点儿家务，还时不时提醒她手指不要沾到水。

再不堪的恋情，总也有美好的片段，蒋萱暗叹，一想到过去，愁绪如藤蔓般将她的心紧紧缠绕起来。

翻了个身，目光又落到衣架上挂着的那只帆布包上。这只帆布包对她意义重大，是罗旭送给她的第一份礼物，那年她二十岁，从此开启了他俩那段纯美的恋情，她从没告诉过别人这只包是罗旭送的。她一直珍藏着，可惜有一次她急着翻找东西，烦躁之下包上的一朵装饰花不小心被拉扯了下来，花掉了，帆布包上也破了个洞，蒋萱急得大哭，白小帅见到后紧紧拥抱住她，耐着性子安慰她。后来白小帅看了许多针黹修补方面的教学视频，花了几天的工夫亲手修补好了破洞，还在上面绣了只简单的蝴蝶。

虽然他的绣工并不好，但是至今想来，蒋萱还是有几分感动。

人分手后果然不能去想过去的好，也不能去想过去的不好，不然的话，不是后悔就是后怕。

蒋萱越想就越觉得心头沉甸甸的，压得她喘不过气来，一把掀开被子，她再次爬起来，走到厨房倒了杯水喝。

走过大门，她还是忍不住想看看白小帅到底走了没有。

悄悄探头朝猫眼里看了一眼，不见了人，应该是走了，她想，好奇心驱使下，她又拉开了门，想看个真切。

门开了，赫然见到白小帅坐在地上，靠着门墙，耷拉着脑袋，犹如丧家之犬般。

蒋萱还是动了恻隐之心，伸手把防盗门打开。

“进来吧。”

白小帅缓缓站起来，跟着走了进来，刚要张开双臂来拥抱蒋萱，蒋萱立马拿起棒球棍顶住他的肩头。

“我警告你啊，如果你乱来，我可对你不客气。”蒋萱走到桌子边，倒了杯水放在桌子上给他。

白小帅叹了口气，坐了下来。

“说吧，发生了什么事？”

白小帅喝了口水，放下杯子，又哭起来。

“你一个大男人哭什么？不说你就给我出去。”蒋萱烦躁地喝止他。

“萱儿，我走投无路了……”白小帅哽咽着抬起那张漂亮的脸，只可惜因为落魄沮丧，这张脸早已失去了光彩，毫无魅力可言。

白小帅顿了顿接着说：“我该听你的话的，你说得对，阿坤和阿亮真的有问题，我不知道他们用了什么办法，一开始店里的货卖得很好，我也分到了钱，可是后来他们说周转不灵，大家把赚的钱再拿出来进货，谁知道，这一投下去，他们就不见了。我找到厂里去，他们说阿坤的叔叔压根就不是什么厂长，不过是厂长身边的跟班，工厂让他去外地收钱，但是他卷款逃跑了。”

“那现在是什么情况？”

“因为当时签赊销合同的时候是我和阿坤、阿亮一起签的，现在阿坤和阿亮都消失了，工厂要求我还二十八万的货款，不然的话就要起诉我诈骗。”

“萱儿……”白小帅一把抓住蒋萱的手，“你是大律师，你帮帮我，我再也不离开你了。”

蒋萱将手抽出来，冷静地说：“首先你得去报案，让有关部门立案侦查，律师只有到准备打官司的地步才能出面。第二，我现在手上的案子很多，没时间也没兴趣接你的案子。”

“话我已经说尽了，我不想再和你有任何瓜葛。”蒋萱指了指门说：“你走吧。”

“不，萱儿，你别赶我走，我现在无家可归……但我并不是因为走投无路才来找你的，我是因为爱你啊……”

蒋萱像是看怪物一样的看着他，以前她只是觉得白小帅头脑简单，好高骛远，如今一看这哪里只是头脑简单？分明是无耻！

“你爱我？你是不是有失忆症了？你那只伪善小白兔呢？她不是怀孕了，你不是很快就要做爸爸了吗？怎么会跑来我这里表白爱意呢？”蒋萱越看他越觉得不可思议。

“我已经和吴佳分手了，淘宝店关了，她亏了很多钱，说是我害的，一气之下把孩子打了，我和她已经没有任何瓜葛了。萱儿，我爱的人从来都只有你啊……”

“哈哈……”蒋萱忍不住大笑一声，心底涌出一股大仇得报的痛快，“这应该算是现世报吧。”

白小帅痛苦愧疚地垂着头，无言以对，他知道自己错得离谱，败得活该，当初和蒋萱在一起的日子是那样的美好惬意，而如今自己已然一无所有。

蒋萱走进厨房，泡了一碗泡面，煎了两个鸡蛋，递到他面前。

“吃完就走吧。”她的心中其实并不好过，那一刹那的痛快过后是浓重的失落。

虽然最终吴佳离开了白小帅，但是到底自己也没有收获到一份真挚的爱情。

白小帅滴下了悔恨的泪水，他哭得很伤心，他是真心知道错了，但是知错并不等于能得到原谅。

边哭边吃完泡面，他只能哀求：“我能不能在这住一晚，就一晚，天亮我就走。”

“不……”蒋萱本能地抗拒，但是看到他一脸落魄的样子，最终还是无法绝情到冷血的地步，皱着眉点了点头，指了指沙发便不再管他，转身回了卧室。

白小帅收拾完碗筷，把厨房打扫了一遍，蜷缩在沙发里睡觉。

蒋萱拿了一床被子出来，扔在他身上：“天亮就给我走人。”

她说得很霸气，然而当她倒在床上，看着架子上的那个帆布包时，眼眶还是不自觉地红了。

第二天蒋萱醒来时，白小帅已经离开。客厅里窗明几净，干净整洁，所有的绿色植物都被细心地浇过了水。

为什么人总要等到失去后才会懂得珍惜，董菲如此，霍军如此，白小帅也如此。

白昼之下，这个大都市又一次换上冰冷、理智、高效的面孔，昨夜的笙歌、暧昧、激情都像是一场梦，烟消云散。

车流与人群穿梭在摩天大楼之间，鲜有人再去为昨夜情伤掉泪。

都市男女的情感与都市节奏同步，白天和夜晚是两张截然不同的脸孔。

忙，除了婴儿和老人，每个人都很忙。忙忙碌碌地追逐功名利禄也是一种疗伤的办法，至少这样就没工夫去伤春悲秋，想一些永没有答案的问题。

日子就在忙碌和日夜交替中过去，让蒋萱不得不在大白天面对感情问题的事发生在一个月后的一天早上。

白衬衣，黑套裙，衣领上别了一个S型的水钻胸针，脖子上是一根铂金细项链，经典的职业装束，整洁、干练又十分优雅。

她自信满满地坐到办公桌前，却被桌子上十几个文件夹给吓了一跳，摁了助手的电话问：“怎么回事，我桌子上怎么有这么多的文件夹？”

助手急急忙忙地跑进来解释。

“对不起，我也不知道是怎么回事，刚才小卓也被顾律师问了同样的问题。”

小卓是顾文广的助手，蒋萱一听更是奇怪，难道顾文广的桌子上也是堆满了文件？

挥挥手让助手出去，她随手拿起其中的一个文件翻了翻，当下大吃一惊，旋即快步往顾文广的办公室里走，不想却在途中和顾文广撞了个正面。

顾文广手中也拿着一个文件夹，两人当即会意，自己是要找对方说同一件事。

蒋萱使了个眼色，两人立刻一起来到董伟的办公室。

“蒋律师，顾律师，你们来啦！”董伟的助手笑盈盈地站了起来，像是早就知道他们会来找她索要答案。

“董伟呢？为什么他的卷宗都跑到了我和蒋萱的桌上？”顾文广问。

说着就推门而入，蒋萱也跟了进来，瞬间两人被办公室里的情形惊呆了。

窗明几净的办公室里空空如也，办公桌上不寻常的干净，一份文件、一张纸、一支笔都没有。

两人立刻意识到事不寻常，齐齐转头盯着董伟的助手。

“这是怎么回事？”

“董律师已经提出辞呈，邮件刚才已经发到了两位邮箱里。”

“辞呈？！”顾文广跳了起来，“怎么回事？他就算不干了，要辞职也该和我们打声招呼吧。”

助手并不回答顾文广的问题，继续说道：“董律师将他手上二十个大客户的资料和卷宗分别给了顾律师和蒋律师，由你们来跟进。还有十八家小客户，就分给事务所的其他律师了。”

“他在搞什么啊？”蒋萱急急拿起手机就要拨电话给董伟。

董伟的助手忙说道：“蒋律师，董律师今天凌晨的飞机飞纽约，现在应该还在飞行中。” “什么？！”蒋萱惊呼，她想起董伟前几天都在外地出差，怎么会突然飞去了美国。

助手又说：“哦，董律师已经把他在中国的电话和其他联系方式都停用了，董律师说，今后只有关于事务所决策性的问题可以通过我与他联系。”

“到底出了什么事他走得这那么急？”蒋萱问。

助手摇摇头：“董律师没说，我只是照他的吩咐传话。”

“这，这，这……”顾文广已经震惊得说不出话来，急得原地打转，却也无计可施。

蒋萱更是突然像是被人抽空了一样，惊得无言以对。

她快步走回自己的办公室，关上门，坐在椅子上做了个深呼吸，顾文广跟了进来。

“妹子，你和董伟是不是出什么问题了？”顾文广开门见山。

蒋萱抬眼看看他，淡淡道：“我和他会出什么问题？”

“你俩不是在谈恋爱吗？你是不是把他甩了，所以他受刺激走了？”

“谁和你说我俩在谈恋爱？谁告诉你我把他甩了？”

顾文广急道：“哎呀……我虽然不太管你们的事，但毕竟我们是同门师兄妹，共事这么多年，我又不瞎，难道看不出来？前阵子你不是还每天做饭给他吃……”

“顾哥！”蒋萱打断他的话：“别说了，我和他没事，不过是同事关系。”

顾文广见她死不认账，也只得摆摆手说："你认不认都没关系，不过妹子，我可告诉你，董伟是个好男人，他一向做事负责，如果不是受了极大的刺激，心灰意冷，是不会搞出这么大的意外出来。你自己好好想想，不要错失良人，后悔莫及。"

顾文广走后，蒋萱突然像崩溃了一样，整个人瘫倒在桌子上，枕着那一堆的文件夹，头脑一片空白。

董伟真的是因为自己才离开的吗？自己对他真的造成了这么大的伤害吗？可是他出差前还是好好的，还请自己吃了顿饭，全程也没有任何异常啊。

打开工作邮箱，董伟的辞职信很简短，只说因为个人原因需要赴美生活一段日子，从今以后只以事务所股东的身份参与决策性问题，不再从事经营和担任任何职务。

作为拥有65%事务所股权的大股东，董伟的决定自然是不需要得到其他人的批准，可是他怎么能够连说都不说一声就离开事务所，离开自己呢？他还掐断了所有的联系方式，分明就是要躲开自己。

从来工作越多、压力越大就越兴奋的蒋萱，如今面对这一大堆的案件和工作却心乱如麻，一点儿工作的激情都没有。

那天夜里，她带着一大堆的工作垂头丧气地回到家，开门的那一霎，那种孤独悲凉的感觉再次扑面袭来。

这种感觉已经有一段时间没有出现过了，自从敦煌回来，这种感觉就消失了，哪怕她一个人在家，也再没觉得孤单。

她第一次没来由地把手上的卷宗扔在地上，她觉得没意思。工作没意思，赚钱没意思，吃饭没意思，看电视没意思，睡觉没意思，什么都没意思……

拿起手机，她拨通董伟的电话，她不信他真的会切断所有的联系方式。

"您拨的电话已关机，请稍后再拨。"

该死的！蒋萱咒骂，她最讨厌听到这句电话录音，让她感觉被拒绝在世界之外。

哦，对的，她有他美国的电话，或许他已经到了美国，换了电话？她又拨打他的美国电话，可是对面传来的是意思完全相同的英文版电话录音。

然后她像着了魔似的开始尝试他所有的联系方式，微信，邮件，电话留言。

"你在哪儿？为什么要消失？"她在他所有的联系方式上留下信息，希望他见到后回应自己。

可是没有，所有的方式都试尽了，他依然静默无踪。

恐慌渐渐将她围住，她开始意识到董伟不是开玩笑，更不是一时冲动。他是个隐忍、有责任心的男人，应该是早就想这么做了，悄悄安排好了所有事情。

自己怎么就那么迟钝，竟然毫无察觉？

“董伟，董伟，董伟……”蒋萱的在屋子里来回踱步，嘴里像念咒似的念着他的名字，最后跌坐回椅子上，痛苦地将脸埋在手心里。

“嘀嘀嘀——”电话突然响了。

蒋萱整个人跳了起来，一把抓起手机，来电是个陌生号码。

莫非是董伟换了个手机号？她的心咚咚直跳，犹疑又兴奋地接听起来。

“喂？你是……”她差点直接问对方是不是董伟，好在对方抢着接了话。

“萱儿，是我。”

一个熟悉又陌生的男声，蒋萱一时间竟然辨认不出对方到底是谁？但是可以确定，这个声音不是董伟。她的情绪立刻低落了下去，此时此刻，除了董伟，她谁的电话都不想听，谁也不想见。

“我是罗旭。萱儿，你还好吗？”

罗旭？

蒋萱一愣，强行将系在董伟身上的思绪拉回：“你怎么会打电话给我？”

“我知道你不会接我的电话，所以刚才新买了张电话卡……萱儿，不要挂掉电话，我想和聊你几句。”

蒋萱皱起眉头，心里不明所以地有点烦。

“说吧。”

“我想见见你，我现在就在你事务所楼下。”

蒋萱看看时间，已经是晚上十点。

“那么晚你不回家，在我事务所楼下做什么？”

“我想见你，今天是三月一号。”

三月一号？蒋萱在乱麻似的脑袋里翻找着这个日子，良久才想起来，三月一号是他俩当年定情的日子，那天晚上，他带她去看电影，然后在电影院里吻了她。

蒋萱是个恋旧的人，曾经这些纪念日对于她来说都无比值得留念，第一次牵手，第一亲吻，第一次一起看星星，第一次一起过情人节……无数的第一次，无数的回忆，曾经她还因为罗旭忘了他们的这些纪念日而生气。

可是此时罗旭用这么个“第一次”来做重聚的借口让她觉得无比矫情。

“我不想见你。”她说。

“那就当是我咨询法律吧。”

“咨询法律？怎么，你惹上官司了？”

"嗯……"他的声音轻而浊。

"那就等明天上班时间，你来我办公室谈吧。"

"不……我明天也要上班，我不会占用你很多时间的，你可以加倍收费。"

蒋萱叹了口气，勉强答应。

两人再次见面，蒋萱有种恍若隔世的感觉，不知道为何，眼前的罗旭好像不再帅气，不再那么有魅力了，也完全没有了让蒋萱紧张心跳的感觉。

两人最终找了一家精致安静的小酒吧坐下。

"说吧，你惹上什么官司了？"

"离婚。"罗旭倒也坦率。

"离婚？！"蒋萱惊讶地看着他："如果我没记错，你孩子应该才刚出生没多久吧！"

罗旭点了点头。

"我能问为什么吗？"

"为你，也为我自己。"

"为我？"蒋萱瞪大眼睛看着他，"开什么玩笑，我并没有介入你的家庭。"

"萱儿，我错了。这几年虽然我过得很平静，但是我心里始终觉得亏欠你。是我拉你来上海发展，是我承诺要和你一生一世，也是我亲手毁了自己的承诺。我小气，我狭隘，我心理不平衡。"他伸手握住她的手说："可是我一直都很怀念我们在校园里的日子，我们刚到上海时条件那么苦，可是有你在我身边，我却是那样的开心。"

"现在说这些有什么用？"蒋萱轻叹着摇头。

"有用，我必须把话给你说明白。我和丽娟在一起，其实一开始就目的不纯，我想要上海户口，她喜欢我的样貌学识。开始她的父母嫌我是外地人，不太同意我俩的婚事，不过她还是坚持嫁给了我。婚后不知怎的，她也开始处处嫌弃我……"罗旭说到这，突然抿了下嘴唇，停顿下来，然后接着说："算了，我不想说她的问题，其实最大的问题是我自己。萱儿，其实我放不下你。我知道你一直在校友群关注我，你和我一样放不下我们那么多年的感情。"

"或许曾经是吧……"忆起往事，蒋萱有些梦游似的回答，心中却毫无波澜。

"萱儿，我知道你和你男朋友分手了，他让你伤心，我也让你伤心，但是我可以补救。我可以离婚，重获自由，然后我们结婚，就像当初我说过的，我们再也不分开，我们可以自己开一家事务所……"

蒋萱见他脸上写满悔意和真诚，知道他并不是信口开河。她了解他，他是个稳重的人，若没有十分的决心，绝不会有如此惊人之举。

抛妻弃子只为了与自己双宿双栖？蒋萱觉得别扭，但是那么多年来的思念牵挂，也令她有点动容。

她感觉头昏脑胀，今天一天里发生的事像是电影情节般转折又转折。董伟默默地走了，罗旭大动干戈地回来了。无论哪一件事，都让她心里很不是滋味。

她不得不承认，罗旭是唯一一个让她动过结婚念头的男人，当年她是那样的想要嫁给他，与他白头到老，罗旭另娶他人之后，她以为此生与他无缘了，却忘记了，结婚并非就是Happy Ending（完美结局），离婚是重获自由的选项。

这个时代就是如此，男女间分分合合太容易，永恒二字谁也说不出口。

最后，蒋萱提议两人去外滩走走，因为她需要吹吹风来让自己的脑袋冷静一下。

大上海就是这点好，五光十色的不夜城，任何时候都能找到勃勃生机。

蒋萱倚在栏杆上眺望江面，思考分析着三个男人与自己的感情故事。

白小帅的背叛是不可饶恕的死罪，即便他俩曾经有过快乐时光，但是一旦有了欺骗和不忠，这段关系注定只能死亡。对于白小帅，蒋萱感觉像一场游戏，说到底她对白小帅的感情是肤浅的，也经不住任何考验。

董伟的痴情是感动又无奈的僵局，他令她迷惑又犯难。在敦煌时，两人的亲近与欢乐，到底是恩情还是爱情？她尝试过与他开启一段恋情，可是身体上的本能排斥，令她无力接受。

而身后的罗旭，是她唯一身心融合爱过的人，如果他离婚，恢复自由，自己真的可以与他再续前缘吗？

今夜的风有点大，江面上的波涛翻涌得有些激烈，浪花拍打桥墩的声音一记又一记，像是在拍打蒋萱的心脏。

罗旭从身后拢上来，双手抓着栏杆，将她圈在自己的身前。

久违了的温暖，久违了的熟悉感，久违了的亲密感，蒋萱没有动，只是在体会，在审视自己的心。

“萱儿，我好想你，自从我离开的那一天起，我就一直在想你。可是我过不去自己心中的坎，我好愚蠢。”他下巴抵在她的颈窝，亲吻她。

她把头偏开一点儿说：“你有老婆孩子。”

“可我想要你。”他收缩双臂间的空隙，将她圈紧了点。

真是滑稽，蒋萱忍不住冷笑，这个世界上的男人是不是都喜欢吃着碗里瞧着锅里，不出个轨就对不起自己来这人世走一回？

吸了口清冷的空气，蒋萱头脑清醒了许多，转过身来目不转睛地盯着罗旭，看得他心里有些发毛。

“好，我要做个实验！如果实验成功了，你就去离婚，我们试试再续前缘。如果实验失败，你就乖乖滚回去做好丈夫、好爸爸，我们从此分道扬镳，老死不相往来。”

“什么实验？”罗旭问。

“吻我，要慢慢的。”她坚定地说。

罗旭虽然是求之不得，但是也是满腹狐疑，不知道蒋萱突然转变的态度到底是什么意思。

他低下头，缓缓靠近她，一点一点，一寸一寸地接近那两片美丽的嘴唇，他曾经吻过它们很多次，记忆中它们柔软又香甜，他迫不及待地想要重温旧梦。

他的呼吸喷到她的脸上，他的嘴唇越来越靠近，五厘米，三厘米，一厘米！

停！

一股自然而生的排斥感让她猛地侧过脸去，躲开了他的双唇。

实验失败了，她知道自己这个念念不忘的初恋情结打开了，她和罗旭的故事彻彻底底地落幕，不会再有将来，不会再有后续。

“对不起，我已经不爱你了。再见！”蒋萱将他推开，一甩那头俏丽的短发，迎着风，转身离去。

那一刻，她的心上突然像是卸掉了一块千斤巨石般，无比的轻松。

第十六章
飞向蓝天

陈楠自己也没料到会再次和安心如一起喝下午茶，人很奇怪，对于来自敌人的邀约，往往好奇心会更甚。

“约我出来有什么指教？”陈楠冷着一张脸问。

“下战书。”安心如从包里拿出一个精美的宣传册，递了过来。

陈楠接过一看，原来是一个国际型的“广告创意大奖赛”。

“我知道你辞职的一部分原因是因为我，公司让我取代了你的位置，这让你很难堪，很不爽。你在KT工作了六七年竟然还比不上我这个新人，你一心一意为公司，最后竟是如此待遇，换成是我也会觉得不公。”安心如呷了一口茶继续说：“其实如果你觉得不公就该站出来证明给那些人看，是他们眼瞎。打败我，就是对他们最大的还击不是吗？”

陈楠吃惊地看着她，头脑像被敲了一下，有种豁然开悟的感觉。

若照她以往的脾性，她会直接摆出不屑一顾的样子然后躲进自己的壳里，可自从那天夜里她将那杯“大都会”鸡尾酒泼在霍军的脸上，不知道是什么样的力量进入了她的体内，忽然间多了许多能量。

此时冷静一想，安心如说的并非没有道理。

“我知道你刚离职，需要一段时间找工作，适应新环境，这个比赛是明年三月份，有足够的时间给你做准备，希望到时候你能展现出你真正的实力，我们一较高下。”安心如嘴角一扬：“我会让你输得心服口服。”

陈楠看着她那一脸不可一世的骄傲，微微一笑，将大赛宣传册塞进了包里。

“还有一件事。”安心如略略迟疑后说：“向阳明天就要去深圳任职了。虽然现在交通方便，但是距离对感情的影响还是很大的。他这一走，可能就很难再有见面的机会了。”

陈楠心头像是被人用力抓了一下，双眉蹙起。

“你不跟着过去？”她问。

安心如摇摇头：“我要接替他在上海的位置。”

陈楠再次愤愤不平，自己六七年的忠诚比不上一个进公司半年的小姑娘，当真失败。

“你爬得很快。”

“你放心，我爬得快也是靠自己的本事，我并没有爬上向阳的床。”

这句话实在刺耳，陈楠立刻板下脸来：“你什么意思？”

“我并没有什么意思，只是告诉你我和向阳没有什么暧昧，我表白过，他拒绝了，他说对我没感觉，对你才有感觉。”

“他是这么说的？”陈楠心神一晃。

“是的。我不会说话，经常得罪人，但是我不说假话。”安心如说：“我现在很期待和你在赛场上一比高下，其他的事我不在意了。不过如果你还对他有念想的话，就尽快考虑下和他一起去深圳吧。”

“去深圳？”陈楠犹豫着。

“成成和他的妈妈现在在法国生活，向阳如今孤身一人，他这么个钻石王老五一个人跑到深圳，还不变成唐僧肉？他可以拒绝我，可不一定能够拒绝别人，你自己三思。”

安心如收拾了一下，起身站了起来说：“向阳明天早上十点的飞机从浦东机场飞深圳，你自己看着办吧。”

安心如这个谜一样的女子摇曳生姿地走了，留下陈楠一个人怔怔发呆。

自己该怎么做？向阳上门后，时间已经过了三个多月，期间两人再没联系过，都已经默认这段感情已经终止。

他们还有缘分吗？自己该给他电话吗？万一他已经把自己给忘了，自己如此主动多么掉价？

回家的路上，各种各样的想法和可能性排山倒海地席卷她的大脑，可是问题归根究底，是他俩不同的婚姻观。

陈楠一到家就把自己锁进卧室，躺在床上盯着天花板发呆。

心乱如麻，反复思量了几个小时，她终于鼓足勇气拿起电话，找到他的电话号码，勇敢地摁了下去。

每一声电话铃声都像是行刑的电锯声，震得她的心脏“咚咚”狂跳，她握着手机的手居然在微微发颤。

“喂？”终于对面传来那个迷人的声音。

“是我……”陈楠小声地回应。

“陈楠？哦，对不起，我昨晚通宵没睡，今天请了一天假补觉。”

“哦，那是我吵醒你了？”

“没关系，我已经醒了。你最近好吗？”

怎么会好呢？陈楠紧张得有点想哭。

“听说你明天就要去深圳了？”

“是的，以后就要在深圳长住了。”向阳捏了两下眼角，开了床头灯。

“我是想为上次我爸说的那些话向你道歉……”

“没事，都过去了，我早就不记得了。”向阳说，“我已经把我的车都卖了，在上海彻底没了牵挂。我喜欢这种重新开始的感觉，新的挑战，新的人生，会有更多的可能性。”

“彻底没了牵挂？也包括我在内是吗？”

“陈楠，别想太多了，你我都有很长的路要走。”

“明白了，那我只能祝你一路平安了。再见，我挂了。”陈楠对他冰冷的言语和暗示感到绝望。

“陈楠。”他喊住她，沉默了几秒，轻声说：“相信我，我并不好受。每个人都要面对选择，只有当我们选择同样的路，我们才能携手一起走下去，不然结局只能是分道扬镳。”

“我知道了，我还是谢谢你曾经给了我一个美丽的梦境。”她挂了电话。

向阳盯着电话愣了几秒，心中泛起微澜，但是纠结不会有结果的事，除了浪费时间毫无意义。

当年在妻儿与复仇中，他选择了复仇。今天在儿子与事业中，他依然选择了事业。或许自己天生就是个冷情的人。他爱儿子吗？自然是爱的。他喜欢陈楠吗？肯定是喜欢的。只不过这些私人感情都比不上他对成功的渴望。

他把所有的伤痛和遗憾都埋葬在别人看不见的地方，或许就像陈楠骂的一样，他是个自私的人。向阳摁了下太阳穴，关了床头灯，平躺在床上，看着天花板发呆。

他知道自己总有一天会停下对名利的追逐，到那时他会回归家庭，做一个好丈夫、好父亲，可现在还不是时候。他心底里希望未来的另一半是陈楠，可是也知道陈楠不可能等到那一天。

昏昏沉沉中，他渐入梦境，梦中一束阳光照进家园，光亮明媚，空气中弥漫着薰衣草的花香和食物的香气，他看到自己和成成在客厅的地毯上嬉闹，厨房里，陈楠系着围裙忙碌地做着美食，时不时得转头向他投来温柔的笑容……

一觉睡到天亮，梦境散去，窗外又是苍白冰冷的钢筋水泥混合而成的世界。收拾起昨夜的零星残梦，向阳起床洗漱收拾，脑子里开始整理起一堆现实问题。

商场如战场，千变万化，没有永恒的敌人，也没有永恒的朋友，只有永恒的利益。在他拒绝了LY的诱人加盟合同后，韦先礼非但没有责怪放弃他，而是想进一步与他合作，提出注资他在法国的广告人交流平台的想法。

向阳对韦先礼的这种企业家胸怀不得不佩服，因为他曾经和唐进提过放弃与LY竞争的状态，改为合作，让LY注资成为KT的小股东，用利益捆绑的方式让LY分享资源，从而壮大KT的实力。可是唐进却是寸步不让，保持死磕到底的态度。

向阳看到唐进的局限性，最终拒绝了KT之前想要注资自己广告人平台的意向，而是用合资控股的方式与KT展开合作建立了KT深圳分公司。此次合作，向阳的平台公司占了百分之四十的股权，而向阳幕后的金主正是韦先礼。

这是一次博弈，也是韦先礼和向阳第一次正式联手合作。为了不引起唐进的戒心和韦明轩的反感，这次韦先礼是用个人名义非常隐蔽地资助向阳。

向阳明白，韦先礼绝不是单因为爱才来资助自己。这是一石多鸟的计谋，既控制了他，又利用他的公司达到逐步渗透蚕食KT目的，最终还能利用KT的力量打开南方市场。而其他的附带效果更是不可思议，一方面化解了与向阳之间的矛盾，收买了向阳的人心，另一方面通过向阳把手伸到了法国，为自己的广告帝国打开欧洲市场做铺垫。

向阳早已不是十年前的毛头愣小子，看到韦先礼的一系列布局，他不得不佩服。

人要赚点小钱并不难，但真正要成为某个行业的领军人物，成为一方霸主那就绝不是小聪明、小心眼可以做到的了，他要学习的东西还很多。

和所有的精英人士一样，即使坐在出租车内，他也在工作，一会儿看报表，一会儿看文件，每一分每一秒的时间都是那样珍贵。

到了机场，他终于暂时停下了工作的思绪，看着大屏幕找值机的柜台。

“向阳！”一个女声激动又响亮地喊他的名字。

向阳一愣，循声望去，只见十步开外，陈楠穿着一身米色的风衣，手中拖着一个行李箱，亭亭玉立又楚楚可怜地站在那儿，她的神色悲凄又有点兴奋。

他们已经好几个月没见了，但是心里却无数次地在思念着彼此。

“陈楠？！”他是吃惊的，也是感动的，他知道要陈楠这样矜持内敛的女子主动追到飞机场来需要多大的勇气。

他疾步走向她，她也快步向他走来。

于是他们再一次近在咫尺，四目相对。

她眼波粼粼，泪水在眼眶里打转，鼻尖和脸颊都红红的，组织了十几个小时的言辞此刻都哽咽在了喉头，一个字都吐不出来。

他轻蹙眉头看着她，千言万语，即使她一个字都不说，他也已经明白。

张开双臂，他一把将她搂紧怀里，心中涌起情涛爱浪，那一刻他从一台追逐名利的机器再次变成了一个有血有肉有情感的人。

“我决定了，我跟你走。我不要名分了，我不要结婚了，无论去哪儿我都跟着你。我爱你……”她抽噎着在他耳边激动地说。

他的心软了，疼了，酸了，化了，小心翼翼地拨开覆在她脸颊上的发丝，他眼中柔情似水，捧着她的脸，他忍不住亲了又亲。

两人的拥吻引来路人的注视，向阳赶紧一手拉起自己的行李箱，一手牵着陈楠，找到一个僻静的角落说话。

他再次将她拥紧，亲吻她的发丝，他似乎又找到了多年前为爱痴狂的热情，他为她的勇气动容，为她的表白动容，为她一腔痴情动容，以至于心潮澎湃，眼底发热。

“我买了和你同一班机的机票，我和你一起去深圳。”她说。

“你爸妈同意吗？”他将她拉开些问。

陈楠的眼睛瞬间失去了光彩，咬着牙摇摇头，此时在阳光下，向阳才看到陈楠左脸颊上有几条淡淡的指痕。

“他们打你？”向阳轻呼，小心翼翼地摸着那隐约凸起的指痕：“就因为你要跟我走？”

陈楠扬起睫毛说：“我已经和父母闹翻了，我想和你在一起。”

突然间所有的问题都回来了，向阳叹了口气，将她再次紧紧拥抱在怀里，眼睛却盯着窗外一架正在升腾入云的飞机。

他已经做好了腾飞的准备，是要轻装上阵，还是要背负着情感重任踏上征程？别忘了，他在法国还有牵挂，成成排斥董菲以外的所有女性，如果要让他接受陈楠，那必然是要花费一番工夫的，而董菲想要回到他身边的愿望也极为强烈……

人世间的情事如果能粗暴的用“是或不是”“对或不对”来回答，那世上就不会有那么多的无奈和叹息了。

时间一分一秒地过去，他必须当机立断，在感情和理智、爱情和事业中做出选择。

吸了口气，他爱怜动情地捧起陈楠的脸，极为缠绵温柔地吻在她的唇上，然后，他皱起眉头，咬牙将陈楠松开。

“不行。”他说：“陈楠，我目前没有结婚的打算，我不知道什么时候会有，或许我会单身一辈子。这对你很不公平，你该去寻找你的幸福，我没有权利拖着你不放，更没有权利让你和父母反目。”

抽了口气，向阳鼓起勇气道：“还有一件事我必须向你坦诚，就是孩子的问题……我已经决定，这辈子就成成一个就够了，我不会再要孩子。所以你看，无论你现在多爱我，做多少的让步，我们之间迟早会出问题，迟早会决裂，我不能一错再错。”

向阳难过地抿了下嘴唇：“你今天能来，我真的很感动。你也看到了，我不是对你没感觉，但是如果今天我们不分手，将来你会恨我的。对不起陈楠，保重。”

他用大拇指轻轻拭去她坠落的泪珠，重重叹了一声，无奈、纠结却又决绝地转身离去。

人来人往的机场，熙熙攘攘，每天演绎着数不清的聚散离合，讲述着无数个人间故事。

陈楠泪眼蒙眬地看着向阳的背影渐渐走远，眼睁睁地看着自己与向阳之间的故事落下帷幕，耳旁响起的是董菲那日在幼儿园门口对她的警告……

“楠楠啊，上次那个小孙怎么样，有没有在联系啊？”何莹端着汤来到饭桌前。

“没有，彼此看不上。”陈楠在一旁盛饭。

日子又回归了平淡、平凡、平静，母亲依然积极地给陈楠张罗着介绍对象，父亲依然不苟言笑。

“一把年纪还在挑三拣四，再这样下去四十岁都嫁不出去。”陈永明闷闷地抱怨。

“那怎么办，我去大街上随便拉一个结婚吗？”自从经历了向阳的事情，陈楠对父亲有了抵触。

“你别跟我凶，你以为是我们当爸妈的阻了你的好姻缘？你自己想想，就算我们不阻止，你和那个姓向的会有好果子吃吗？那么大的人还那么天真，以为找个好看的男人就能过日子了？过日子就得要踏踏实实的。”

“我不是已经和他分手了吗？”

“你和他分手？是人家甩了你吧！”陈永明自己斟了杯酒，抿了一口。

陈楠被刺痛自尊心，难堪地低下头。

何莹推了一把丈夫："吃饭还不能堵上你的嘴吗？"

"我不是要刺激她，我是希望她认清现实。"

陈楠默默坐下。

是啊，认清现实，人长大了就得认清现实过日子，再迷人的梦境始终是梦境，梦醒了比没做过梦更难受。

"爸，妈，我不想再相亲了，我想好好工作。"陈楠说。

"不相亲？靠你自己找要找到什么时候？"何莹担心地问。

"无论如何，我不会再去相亲，你们别操心了。因为……我打算去外地工作。"

"去外地？"陈永明惊呼："别人各个削尖了脑袋往上海挤，你倒要去外地工作？"

"是的，现在就有一个职位等我去面试，在成都。"

"哎哟，不行的啦。楠楠，你从小到大除了旅游从来没有离开过上海。跑到那么远的地方去，万一遇到什么事可怎么办啊？"

"成都再远不还是在中国吗？三个多小时的飞机而已，有什么好怕的。我想换个环境。"

"不准！"陈永明喝道："你一个女孩子跑那么远，我们不放心。要找工作就在上海找，上海多的是工作。"

陈楠深切地看了一眼父亲，不再辩解也不再争论。

那天夜里，陈楠坐在床上，盯着安心如给她的那份"国际广告创意大奖赛"的宣传册思绪纷纷。她想起与向阳第一次见面时的情形，他说她的履历太过干净，阅历太浅，思想不够深度，创造出来的作品没有冲击力。

可不是吗？人生是要去体验各种滋味的。自己年过三十依然活在父母的羽翼之下，说得好听是有福气，与家人共享天伦，说得难听自己就是巨婴，霍军嘴里的"妈宝女"。

世界如此之大，若一生只是从一个门走到另一个门，从一个"两点一线"走到另一个"两点一线"，未免太过乏味。

看看向阳，看看蒋萱，看看董伟，哪一个不是独立潇洒地在异乡独自闯荡，或许他们会经历风雨险阻，但是他们看到的世界是那样的多姿多彩，他们的人生是那样的生机勃勃，哪里像自己这般未老先衰，还未绽放光彩就已走入暮色。

陈楠将宣传册放入包中，再次确认了一下机票和酒店。看了看时间，已是午夜，确定父母已进入梦乡，她才轻手轻脚地拉出行李箱，整理起衣物。

有人说失恋让人成长，是的，但那必须是真正爱过、痛过之后才能升华出来的一种领悟。

这次她与向阳分手与以往失恋完全不同，以前几次的恋情说白了太过平凡，吃吃饭，逛逛街，看看电影，搂搂抱抱算是定情。可是与向阳的这场恋爱中，她第一次明白什么叫作男女博弈。他们的爱情就像是两军交战，一路上从隐忍、逃避、思念、纠缠、释放，再到挣扎、深思、收敛、选择、认命。短短几个月里，她在这段感情里历经了各种人生的考验。

这一次失恋，她不再上网倾诉，不再找蒋萱倾诉，更没有找母亲倾诉，她只是一个人默默地品味着伤痛的滋味，默默地思考。

“笃笃……”房门被轻轻敲响。

陈楠惊了一跳，赶紧手忙脚乱地用床单盖住床上一大堆杂乱的东西，又将行李箱推进了床底。

开了门，母亲何莹端了一碗冰糖银耳羹进来。

“妈，这么晚你还不睡？”陈楠心虚地问。

何莹看看女儿的脸色，用眼角扫了一圈房内的情况，心中已猜了个大概。

“我睡不着，看你房里还有灯光，就给你热了一碗银耳羹。”何莹将银耳羹递给陈楠，转身关了门，愁绪满面地坐了下来。

陈楠不知母亲发现了什么，只能佯装着喝银耳羹，时不时抬眼看看母亲的表情。

母亲只是忧愁地看着她，直到陈楠将银耳羹喝完，她才慢慢地打开话匣子。

“楠楠，你真的想好了要去成都吗？”

陈楠点点头。

何莹叹气道：“那么远，你一个人我真的不放心，你看看到时候谁还会给你做银耳羹哦？”

“我自己也会做。妈，你不用担心。”

何莹苦笑着摇摇头：“俗话说，‘在家千日好，出门一时难’。你啊，会后悔的。”

陈楠微笑道：“我又不是到月球上去，真后悔了，我再回来不就是了？”

“妈妈是怕你吃苦啊。我和你爸不同，其实如果你真的想到外面去看看，我也不会那么坚决地反对。我只是不懂，你那么喜欢向阳为什么不去深圳找他，而非要去成都呢？”

“我和向阳已经结束了，跑去找他完全没有意义，以后不要再提了。去成都是因为我想去看看那边的山山水水和民俗风情，找点创作灵感。”

“那你的婚姻大事怎么办？我还是最操心这件事。”何莹一想到女儿的婚事，真是愁字绕心，无法解脱。

“妈，我都相了多少个了，何必强求呢？或许我去了成都，姻缘就来了呢？”

何莹思量片刻，嘴角总算是露出一个浅笑：“倒也是，或许你的姻缘就不在上海也没准。”

说着她像是突然想起什么来，眼睛一亮说：“对了，杜子松他们一家在成都有根基啊，我怎么给忘了？我马上打电话给杜老头，让他们家给你安排一下，至少有个当地人给你做个后备保障。”

陈楠笑着拉住母亲的手：“我已经联系过啦，杜子松的爸妈和爷爷虽然现在在上海定居，但是外婆外公还在成都，他还让我帮他带东西过去呢，我到了那就会和杜家人联络的。妈，你放心好了，我已经不是小孩子了。”

“哎哟，这我就放心多了。杜子松那孩子我看着真不错，不过可惜啊，人家有女朋友了，我们也不能硬拆……”

陈楠微笑不语，并不想把杜子松杜撰女朋友的事说出来。

“什么时候的飞机？”

“明天上午十一点。我七点就走。”

何莹蹙着双眉点点头：“那好吧，我早上拉你爸去公园锻炼，你就走吧。不过要记得，每天都要和妈妈联系知道吗？”

何莹万般不舍地握着陈楠的手，眼中已是泪光点点。

母女俩各叹一声，拥抱在一起。

春去夏来，万物俱变，只有忙碌的都市节奏毫无改变。

蒋萱一手拿着手机讲电话，一手拿着文件，腋下夹着公文包，急匆匆地从法院的阶梯上走下来。

“陈大小姐，你可真不够意思，跑去甘孜玩也不和我提前说一声，是报复我上次去敦煌没提前告诉你？”

电话那头传来陈楠咯咯的笑声：“对。不过我不是出来玩的，我是来工作的，搜集天地人的美。”

“哎呀，你是好命的，对着天地人的美，可我是天天对着人间丑恶。对了，有没有人陪你啊？你一个人我可不放心。”

“放心，这次是公司组织的，有同事在。”

“那就好。哎，你的笑声听上去可是有点春风得意的感觉，快说，是不是看上哪个四川帅哥了？记得给我留意着，有不错的就发过来瞧瞧，看对眼了我就不干活去成都投奔你。”

“都是小鲜肉，哪里轮得到我们这些阿姨级别的？”陈楠笑答。

“我老少皆宜，只要是单身，能看对眼都行啊。”

“你还是算了吧，也就嘴巴厉害，心肠那么软，根本就做不了豪放女。对了，董伟还没消息吗？”

一听到董伟的名字，蒋萱立刻沉静下来，对着天空长叹一声：“没有。我真不知道他到底搞什么鬼？现在整个事务所除了他的助手可以用邮件联系到他，其他人完全被他隔绝了，而他的助手还真是个难搞的死硬派，我什么法子都想尽了，她就是不肯把联系方式给我。”

“萱，说实话，你想不想他？”

“怎能不想？他丢下一堆客户就这么一走了之，害得我和顾哥都快忙疯了。我们又不是超人，客户一下子多出一倍，我几乎天天加班……”

“你知道我不是指这些。”陈楠打断她的吐槽，逼她面对问题核心。

蒋萱走到座驾旁，开了车门坐进了车里。

良久说道：“我感觉我都快变成林黛玉了，你知道吗？我每天都会不由自主地去给他的微信留言……我还是蒋萱么？我怎么会做这么矫情的事？”

“为什么不会？或许你早就爱上他了。”

“真的吗？”蒋萱迷茫地叹气：“无论我是不是爱上他，我总得先找到他啊。”

陈楠沉默了几秒，轻声道：“你找不到董伟，可以找找认识董伟的人啊。”

“谁？”蒋萱下意识地脱口而出。

陈楠并不回答，蒋萱一拍脑袋，立刻明白陈楠指的是向阳。

对啊！自己怎么就没有想到找向阳要董伟的联系方式呢？他俩是好朋友，而且加上董菲这层关系，向阳是不可能不知道董伟下落的。

“唔，我待会打电话问问他。”蒋萱顿了顿，纠结了一下问：“妞……要不要我帮你打听下向阳的近况？”

“不必了，你能找到董伟就好，董伟对你一片痴心，为了你他什么都愿意做。向阳对我则不然，这几个月我已经想得很明白，我死心了。”陈楠淡淡地说道，抬头眺望远处的壮丽雪山，挂了电话。

蒋萱不知道陈楠是不是真的死心了，却知道自己是真的不死心。她想知道董伟的下落，她想听到他的声音，她想把他揪出来大声问他为什么要失踪。

蒋萱拨通向阳的电话时，向阳正忙着建立他的广告帝国，会议一个接着一个。

但是见蒋萱连着打了七八个电话过来，他第一个反应是陈楠出事了，丢下一桌子的投资人和高级经理，急匆匆地离开会议室，回拨给蒋萱。

“蒋萱，什么事找我这么急？是不是陈楠她……”

“唷，你还记得陈楠呢？”

“当然，她没事吧？”向阳着急地问。

蒋萱叹了口气道：“她没事，好着呢，她现在在甘孜骑马看雪山，被美男围绕。”

向阳沉默不语，眉间不自禁地锁成了一个疙瘩。

“我找你是想问你要董伟的联系方式，你别告诉我你不知道。”

“我知道。”向阳答：“不过不能让你知道，这是董伟特意交代的。”

“为什么？！”蒋萱瞪大眼睛大叫。

“我不知道，这个问题的答案或许你该问问你自己。我还有会议在进行，就先这样吧。”向阳挂了电话，带着泛起波澜的心情回到会议室。

她去了甘孜？为什么去那么遥远的地方？是因为伤心吗？她真的被美男围绕么？她是否就要开启一段新的恋情？

接下来的会议，向阳变得迟钝，变得沉默寡言。

几天后，董伟的助手请病假，蒋萱在董伟的办公室里查阅一些客户的旧档资料，翻找中，从书架上那些比砖头还要厚的法律书籍的夹缝里掉落下一个档案袋。

怎么会有档案袋藏在这么隐蔽的地方？

蒋萱捡起一看，档案袋看上去很新，上面却没有标注任何的标签，看来这是一件不久前的案件。

蒋萱将办公室的门关了，坐在办公桌前小心翼翼地打开档案袋，将里面的案卷抽了出来。

《江苏XXX汽配厂起诉白小帅诈骗案》

蒋萱顿时眼睛睁得三倍大，白小帅的案子怎么会在董伟的办公室里？

她快速将案卷浏览完毕，已知事情始末，也终于明白为什么白小帅那次走后就再也没有来纠缠自己。

拿起卷宗，她回到自己的办公室里打了个电话给白小帅，约了他一起吃饭。

饭桌对面，那张年轻的脸早已没了往日的风采，曾经清澈的眼神如今变得浑浊无神，身上的阳光、清新的味道如今已经被一阵阵的烟酒臭味取代，凌乱的发丝和胡渣更是把他的潦倒写得淋漓尽致。

“你怎么还在上海？”蒋萱拿起茶壶给他倒了杯茶。

“不甘心吧……”他答得虚弱。

“如果我没猜错，你是想找到阿坤和阿亮，为自己洗刷冤屈对吗？”

白小帅抬起眼，慌乱地看了蒋萱一眼，点点头：“是。”

“我劝你放弃这个想法，早点回老家去找份安稳工作，娶妻生子。抓贼的事，就交给警察去做吧。”

白小帅一脸恨意，痛苦地咬着牙，却不敢反驳蒋萱。

“告诉我，你的案子是怎么解决的？”

白小帅似乎很意外，睁大了眼睛，嗫嚅了半天说：“董大哥保证过不告诉你的……”

“他并没有告诉我，是我自己意外得知的。”蒋萱眼神锐利地盯着白小帅：“如果不是在一审前你退还了二十八万货款，得到了原诉人的谅解，检察机关是不会对你的诈骗罪做不予起诉的处理。那么我就想问你，你这二十八万的货款是从何而来？”

白小帅瑟瑟地拿起茶杯喝了口茶，一副被老师拆穿谎言的小学生模样。

“是董大哥替我还了钱，还多付了两万块作为赔偿，他们才肯放过我。”

虽然心里早已猜到，但是当蒋萱从白小帅嘴里确认了自己的猜测时，心脏还是一阵剧烈收缩，几秒后，她突然笑着流下眼泪。

白小帅不解她的反应，奇怪地看着她问：“萱儿，你怎么了，为什么哭了？我知道我让你失望了，我知道自己很蠢……”

蒋萱吸了下鼻子，挥挥手：“不不不，我比你更蠢，蠢到家了。”

起身丢下五百块在桌子上，蒋萱冷冷道：“买张车票回家吧。”

正要离去，白小帅一把拉住她的手，浑浊的眼神中闪出一丝复杂的情感。

两人僵持了片刻，白小帅眼眶泛红，眼眉挤在了一起，艰难地开口说道：“去找他吧，董大哥才是你该托付终身的男人。我祝你们早日结婚。”

蒋萱笑了：“我知道，我不会放过他了。”

两人相视而笑，一切恩怨泯灭，缘尽情消。

当晚，蒋萱一个电话打到了远在法国的董菲处。

“董菲，你哥现在在哪儿？”

“在美国家里啊，怎么？”

“把他的联系方式给我。”

“咦？你不是我哥的女朋友吗，怎么会来找我拿他的联系方式？”

“你别管，我有重要的事要找他。”

董菲愣了两秒，突然哈哈笑起来：“啊……我明白了，你一定是把我哥给气跑了。蒋萱，你可真有本事，我哥那种高压锅都煮不沸的温吞水也能被你气到要躲起来。”

“他到底在哪儿？”蒋萱不理会她的讥讽，她现在只有一个想法，就是要得知董伟的下落和联系方式。

“我偏不告诉你，你以为我不知道吗？你压根儿就对我哥没意思。我哥那么老实，如果真娶了你这个凶婆娘，将来还不被你欺负死！还有你可别忘了，是你串通了向阳把我对成成的抚养权给夺走了，这个仇我是不会忘记的。所以啊，你就省了这口气吧。我哥现在已经看清你的真面目，他不要你了！”董菲挂了电话。

蒋萱又气又悔，想想当初真的不该和董菲把关系搞得这么僵，与人为敌最终都会变成与己为敌。

夜色浓重，蒋萱坐在窗台上发呆，耳边再次响起张宇的那首《用心良苦》，心中最柔软、最纤细的那几根弦再次被拨动。

她是那样想他，那样急于向他表白，那样渴望他的拥抱亲吻，然而他在哪儿？他们还会不会有重逢的那一天？如果十年八载之后他俩再度重聚，他会不会已经佳人在侧，儿女绕膝？

这是她第一次悔恨交加，也是第一次如此束手无策……

时光飞逝，岁月流淌。

一年后，白小帅终于收拾起了行囊，踏上归途。罗旭终究没有离婚，继续忍受妻家的白眼。霍军凑合着谈了个外地女朋友准备结婚。而董菲似乎明白了作为一个母亲的责任，在法国细心照料儿子的同时报名上了儿童教育的课程，打算成为一个幼教工作者。

与此同时，向阳建立起了他的商业王国，蒋萱终于在业界打响了名声，只是董伟却依然音讯全无。

那年的一个国际知名“广告创意大奖赛”上，一个陌生的设计师名字出现在了得奖名单上——陈楠。

“道路再崎岖，也不能阻止我们攀登巅峰的勇气！”

雪山，丛林，洼地，一群不同年龄的人们彼此互助着往顶峰攀爬着。路上，他们拯救落难的动物，拆除各种偷猎的陷阱，长者教授儿童知识，儿童为长者递水，小狗在前头引路，最终所有人登上了山顶，看阳光普照大地，天地人合为一体。

成都OM广告公司凭借这个风景宏美、充满人性、同时又传达了抵制偷猎、保护动物、爱护生态、尊老爱幼等观念的温暖广告，不但拿下了大奖赛的金奖，并一举拿下了国际品牌登山鞋的千万广告独家代理权。

庆功宴上，陈楠带领着团队在台上欢呼，在镁光灯和雪片般散落的彩纸下，陈楠喜极而泣。

公司CEO当场宣布陈楠升任创意总监一职。

“有一个人想见见你，她也是这次力荐用你的创意参赛的人。”年轻CEO在陈楠的耳边神秘兮兮地说。

陈楠赶紧擦干自己的喜泪，的确，这个是她心中的一个大疑问。

她加入新公司的时日尚短，公司不乏优秀的设计人员，怎么就会挑中了自己的这个创意去参赛呢？

CEO引着她来到宴会厅旁边的一个会客室里，会客室的窗前站着一个衣着高贵优雅的女子，她的头发高高盘起。

“她来了，你们谈，我先出去了。”CEO对陈楠笑笑，转身离去。

这个背影有点熟悉，但是陈楠想不起在哪里见过。

“楠姐！”那女子转过身来，露出一个熟悉甜美的笑容。

陈楠愣了半天，惊呼道：“小霜？！”

眼前这个优雅高贵的女子是当初因为泄露陈楠设计稿而被KT开除的吴小霜！

“天啊！小霜，怎么会是你？你可真是大变样了。”

吴小霜迈步上前激动地拉起陈楠的手，脸上闪动着激动又明媚的光彩。

故友重逢，令人感慨，而吴小霜的改变令陈楠无法相信自己的眼睛。

“我知道你很吃惊，这两年，每次想起自己的变化，我也会觉得不可思议。”

“快告诉我，到底发生了什么？”陈楠急急问。

吴小霜轻叹了一声笑道：“人生真是充满了变数，当年我被KT开除后，原本想结婚后过相夫教子的生活。可是没想到就在结婚前，他的前女友找上了我，到那时我才知道原来他们一直都是藕断丝连，还一起去旅行。当时我死活不相信，后来他前女友就故意设了一个局，在他们开房的时候让我到场亲眼见证。呵！我的婚礼就这样泡汤了。”

吴小霜苦笑两声，随即说：“那年你发来的红包是我收到的唯一祝福，那时我正在低谷，所有人都排斥我，我也排斥着所有人，只有你的那个祝福红包让我感到了一点点的安慰。我收下是因为我需要这份温暖的祝福，我没回复你是因为我实在没脸和你说话。楠姐，我知道你是个有情有义的人。虽然以前我经常动点小脑筋，小心思，但是我心里却是那样的喜欢你，把你当成亲姐一样的看待。

“那次米娅比稿的事，其实也是因为我的前男友说我家要的彩礼太重，他负担不起，用分手做威胁。我当时天真地信了他，恐慌极了，我怕他悔婚。正在犯愁，恰好LY有人来找我，说愿意出高价看一眼我们的创意方案，我一时想歪了，才会……”

“原来如此……不过算了，都过去了。”陈楠安慰道。

吴小霜摇摇头笑道：“不过，如果不经历那一段黑暗时期，或许就不会有我今天的转变。”她继续说：“工作没了，婚也没结成，在圈子里名声也臭了，我只能改行找了一份文秘的工作。说也奇怪，好像我注定就和广告业有缘似的。那时，我工作的那家公司因为要拓展西部业务，就找到了OM广告公司来为商品做广告宣传。我就跟着我的老板来到了成都做推广活动，可是我老板对广告公司提供的创意方案怎么都不满意。后来有一天，一个年轻的设计师突然独自来找我们，和我老板理论交涉，我看他不卑不亢又耐心谦虚很是欣赏。”

陈楠点头，同行嘛，谁都有过被客户刁难的经历。

吴小霜脸上绽出丝丝甜笑，继续回忆着：“或许这就是缘分吧，后来我私下里找到他，告诉他我老板真正的喜好，还给他出了几个点子。他发现我也是做设计的，很高兴也很吃惊，于是我们就约了一起做设计，结果我的老板很满意。”

吴小霜笑意更深了些，接着说：“没想到，就这样一来二去的我和他谈起了恋爱。一开始我以为他不过是个普通设计师，半年前，他邀请我去他家见父母，那时我才知道，原来他是OM广告公司第二大股东的儿子。我真没想到这种小说情节会发生在我身上，因为他坚持，所以他们家也没有嫌弃我的平凡家世，一切倒也顺利，很快我们就结婚了。三个月前，他父亲将股权转让给了他，他目前是公司的股东兼CEO。”

“天啦！原来他就是……”陈楠目瞪口呆地指了指会客室的门。

“是的，你刚见过他，他是我丈夫。”吴小霜笑颜如花，满脸的幸福与满足。

原来灰姑娘的故事还真的会发生在现实中，只不过概率可能就像中彩票头奖一样吧，陈楠久久无法言语。

“我平时不参与公司里的事，但是这次参赛选拔项目的时候，我老公很是烦躁，就在家里给我看了候选的几个作品，这时我才知道原来楠姐也来到了OM，所以我想，既然天意如此，我自然是要帮一把作为赎罪。”

吴小霜拉着陈楠坐到沙发上，笑说：“我就知道楠姐你一定行，果然我眼光不错。”

陈楠百感交集地看着吴小霜，两人相视而笑，感慨万千。

这次得奖后，陈楠还接到了安心如的祝福短信，依然是那样的独特，说她并不觉得陈楠的创意有什么好，得金奖不过是运气，但还是恭喜陈楠。

陈楠见后只是微微一笑，不做回应。

成功者又有什么必要去研究失败者的心情呢？她需要做的是提升自己更上一层楼，用实力去打败对手。

她变了，变得不再害怕挑战，不再害怕竞争，不再害怕别人批评讥讽，因为她的人生是如此的充实精彩，压根儿就没有时间去在意那些不友善的人。

感情上她还是一片荒漠，主要是因为她无心，没有心的人就接收不到别人的信号，一切静止，只是偶尔见到向阳的作品时，心中还是会起波澜。

“哥……”董菲在电话里拖着长音怪叫：“拜托你，别让我再受这个罪了行不？”

“怎么了？”董伟一边翻着法律书，一边回答董菲的电话。

“那个蒋萱是不是花痴病晚期啊？每天七八个电话追着我要你的联系方式。你又不让我说，又不让我拉黑她，你到底想干什么啊？”

董伟愣了愣，合起书本，拿起手机放在耳旁：“你就说你不知道不就行了？”

“哎哟喂，我早说过一千八百次了，她不信啊。我告诉你，她要是再来骚扰我，我就拉黑她了，我不管你俩的破事了。”

“董菲，哥哥只求你这一件事，别拉黑她。”

“哥，你到底想怎么样？她已经骚扰了我一年多了，我快被她烦死了。我是不喜欢她，但是你是我哥，我不希望你后悔难过，就像现在我对向阳，完全是有心无力。所以如果你还喜欢她，你就现身吧，别等到哪天她被人追跑了你再来后悔。”董菲认真地说：“哥，我也是女人，我知道要一个女人这样长时间坚持主动找寻一个男人的下落是不容易的，她能这样坚持一年多每天打听你的下落，已经说明她是真的在乎你了。怎么样？现身吧！”

长长地沉默过后，董伟叹道：“不，我现在不想见她，也不想和她联系。”

“为什么啊？”

“时机未到。”

“还未到啊？哥，你快三十八岁了……”

“别说了董菲，我只求你不要拉黑她，让她和你保持联系，我就很感激你了。”

挂了电话，董伟再也没有心思研究课题，扔下手中的笔，他起身来到健身房。

董伟这次来到华盛顿是参加一个法律界精英俱乐部的年度论坛，他和师父邱博渊都是俱乐部的会员，两人结伴而来。

金碧辉煌的酒店，男士绅士精致，女士衣香鬓影，大家手中端着冒着气泡的香槟酒，边浅饮轻酌，边低声交谈。

"董伟，你可真是大变样了！"邱博渊看着自己的得意门生大加赞赏："而且像你这样同时拥有中美两种法律体系知识的人才可不多啊，你如果愿意，随时都可以进入政府部门从事法务工作。以后代表国家处理各种涉外案件，那可真是前途不可限量啊。"

董伟浅笑道："我当年选择法律专业的时候，是想用法律替那些弱势群体说话。在哪里工作都一样，我没什么雄心壮志。"

"唉，我知道，这是你的优点也是缺点，不过人各有志，师父我也不好勉强你。"邱博渊笑说："对了，你和蓉蓉最近怎么样？"

董伟尴尬地愣了几秒，邱蓉是邱博渊的小女儿，这半年里，邱博渊极力想要撮合这门亲事，董伟碍着师父的情面和邱蓉单独接触过几次，邱蓉对他是一见倾心，但董伟心不在焉，这只不过是一段落花有意流水无情的插曲。

"师父，蓉蓉是个好女孩，我配不上她。"

"开玩笑，你和蓉蓉是天造地设的一对！"

话音刚落，只听到身后传来一个清脆爽朗的女声："师父！你找这么块木头回家当女婿，岂不太委屈了蓉蓉师妹？"

两人吃惊地转身，只见蒋萱一席吊带连衣裙，妆容精致，全身闪着光芒，摇曳着修长的身姿，款款走来。

"蒋萱？"邱博渊一脸震惊。

"师父您忘了，我也是俱乐部的人。当年还是您帮我申请的，我可是每年都有交年费的。"蒋萱扬了扬手中的会员证。

"哎哟！瞧我的记性。哈哈，好好好，正好我们师徒聚聚。"

蒋萱一回头轻唤一声："顾哥，你能走快点吗？"

一抬头，只见顾文广也是西装笔挺，皮鞋锃亮地大步走来。

"师父！"他恭敬地和邱博渊打过招呼，转头一看董伟，顿时惊得脸都变形了。

"你是董伟？！你去韩国整容了吗？"

他这话一说，四人都忍俊不禁。

董伟红了脸，蒋萱更是目光灼热地盯着眼前这个俊美的男人。

他变了，瘦了，男模一样的身材和脸孔，漂亮得令她晕眩。

“你这个该死的骗子，逃兵！”蒋萱狠狠骂他。

众人还未反应过来，蒋萱突然上前勾住他的脖子，踮起脚来快速在他唇上印了一吻。

“跟我走还是留在这参加宴会？”她问他。

董伟深深地注视她，不一会儿，嘴角扬起一个笑容，将她一把搂在怀里，重重地吻了一下她的嘴唇，朗声道：“师父，让蓉蓉另择佳婿吧！”

说罢，他拉起蒋萱的手，快步走出了会场。

月光从天窗洒进屋内，将屋内的一切染上一层童话般的浪漫。

柔软舒适的地毯上，蒋萱依偎在董伟的臂弯里，嘴角挂着一个甜美的笑容。

“你怎么会和文广突然出现在晚宴上？”董伟亲吻着她的前额问。

“我想我快把董菲给烦死了。”蒋萱忍不住咯咯笑：“说真的，她没拉黑我还真是奇迹，她那臭脾气比我还爆呢。”

他跟着轻笑，她抬眼看他，豁然明白过来，指着他说：“我明白了，是你故意的对不对？”

“没有啊！我只是让她别拉黑你。”

“你这坏蛋，我还以为你是老实人呢，原来心机那么深！你知道我在找你为什么不回应我？你知不知道我有多……”话到嘴边，她羞涩地咬住了嘴唇。

“想我？”他替她把话接完，宝石般的眼睛在月光下闪烁着深邃迷人的光彩。

她牢牢抱紧他，用行动回答他的问题。

“萱儿。”他用手指轻轻勾起她的下巴，让她看着自己的眼睛，认真又严肃地问：“告诉我实话，如果我减肥没有成功，你还会像现在这样依偎在我怀里吗？”

蒋萱轻抚他那张俊美的脸说：“你把微信打开就可以看到这一年多来我对你的思念，这一年多来，我脑海中的你一直都是那个胖胖丑丑的样子啊。我想那天你冲进敦煌的酒店把我从窗边拉进怀里的时候，我就已经爱上你了。”

她含泪说：“无论你有没有减肥，我都爱你。”

他们的眼睛看入彼此的心里，他缓缓低下头，吻在她的唇上，将她紧拥在怀里。

“你借给白小帅的三十万，我估计他这辈子都还不上了。”

“我没想过要他还。他不是坏人，只是太年轻。”

她凝视他良久，心海翻腾，湿润了眼眶。

“董伟，我爱你……”

“嫁给我……”他在她耳边呢喃。

“好。”

夜色如水，情如歌，轻轻的一声承诺，许下的是一生的誓言。

尾声

半年后，董伟和蒋萱的婚礼在上海隆重举行。

花团锦簇，宾客如云，董伟的父母和邱博渊从美国飞回来参加婚礼，陈楠更是请了一个星期的假从成都飞回来一路帮着蒋萱筹备婚礼，蒋萱的父亲和后母也带了儿子从老家赶来。

或许是因为被幸福和祝福围绕，此时的蒋萱对父亲和后母的恨意也烟消云散了。

陈楠看着身穿香槟色长拖尾华贵婚纱，脸上满是甜笑，眼中满是爱意的蒋萱缓步走进礼堂时，不自禁感动得热泪盈眶，她知道好友终于找到了最理想的归宿。

经历过寻觅、波折、分离与沉淀，蒋萱已经明白真爱为何物，也明白眼前的一切来之不易，唯有珍惜才能拥有幸福。

礼毕，蒋萱转过身直接将新娘捧花塞进了陈楠的手里。

“下一个一定是你！”蒋萱笑着捏捏陈楠的下巴。

陈楠笑说：“我可没有你这样的运气。不过说真的，董伟现在这个模样，可是会招桃花的哟。”

蒋萱拉了董伟到身边撅嘴问：“你会不会招蜂引蝶？”

董伟笑：“有你这瓶强力杀虫剂在身边，哪里还会有什么蜜蜂蝴蝶敢来招惹我？”

“你敢说我是杀虫剂？你给我记住，如果你在外面勾三搭四，我就把你再喂成大胖子。”蒋萱娇嗔着鼓起腮帮子。

董伟坏坏一笑：“以你的厨艺，我大可高枕无忧。”

“哇，才结婚你就造反啊。陈楠你一定要教我做饭，我要把他再喂成大胖子。”

陈楠被他俩逗得咯咯直笑。

“你呀，颜控晚期患者，还是算了吧，有这么个老公是几世修来的福分，可别糟蹋了。”

三人正说笑着，董伟忽然朝门口招了招手。

陈楠和蒋萱顺着他的视线朝门口望去，只见向阳牵着成成走了进来。

“舅舅！”向成欢快地朝董伟快步跑来。

陈楠脸上的笑容随即消散，蒋萱见她神情突变，轻叹一声，低声说：“向阳私下里问了董伟好几次你的近况，说他看到你得奖的消息，非常高兴，希望你能加盟他的平台公司。我猜他有复合的意思，不过我没传话给你。一来是我不想影响你的新生活，二来你俩之间的问题压根没有解决，说了也等于白说。”

蒋萱朝陈楠身后看了看，将陈楠拉的更近些，附耳说：“那个‘肚子痛’条件不错啊，有得选为什么不选一个简单合适的？”

陈楠看着手中的捧花，颔首不语。

蒋萱轻推她一下，“他待会一定会来找你的，你可要自己拿主意。”

蒋萱跟上董伟去招呼客人。

陈楠站在那儿怔怔望着风采依旧的向阳，而向阳也看到了她，两人四目相对，往事不经意间在脑海中翻动，她的心两年来第一次如此剧烈地跳动起来。

阳光从玻璃窗上照射进来，打在他的身上，他整个人看起来像是在发光。

当他走近了些，身上的光芒退却，她在他背后的光影中见到了董菲的身影，而几乎是同一时间，向阳也看到了她的身边不远处站着一个丰神俊朗的年轻人——杜子松。

两人静默地凝视对方，各有所思。

若前路艰险，是否还要开启旅程？

若现实沧桑，是否还要坚持理想？

若花儿的美丽终会枯萎，是否还要绽放？

若爱情的终点不是婚姻，是否还要牵手？

陈楠默默自问之际，向阳嘴角微扬，向她伸出了手。

窗外响起一阵雀跃的欢呼声，那是亲朋好友在草坪上为蒋萱和董伟送上新婚祝福。气球、花瓣、彩纸漫天飞舞……

陈楠不由自主地缓步踱到窗边，目光跟随着那对摇曳上升的心形气球飞向蓝天，灿烂的阳光洒在她的脸上，她眯着眼，嘴角带着淡淡的微笑，心中豁然清朗。

人的一生是由许许多多的选择组成的，无论她这次如何选择，只要不再执著结局，那么，阳光将会一直照耀她的人生……

（全书完）